BASTEI
LÜBBE

Felix Huby · Bernd Storz

Ein Bayer auf Rügen

Der Roman zur erfolgreichen Fernsehserie

BASTEI LÜBBE

BASTEI-LÜBBE-TASCHENBUCH
Band 12163

Erstveröffentlichung

Herausgeber: Gustav Lübbe Verlag GmbH, Bergisch Gladbach
Printed in Germany 1994
Einbandgestaltung: Roland Winkler
Titelbild: Zur Verfügung gestellt von SAT 1.
Der Fotograf konnte leider nicht ermittelt werden.
Satz, Druck und Bindung: Ebner Ulm
ISBN 3-404-12163-5

Der Preis dieses Bandes versteht sich einschließlich
der gesetzlichen Mehrwertsteuer.

1

Erinnerungen

Im Tal ruhten noch Reste sanfter Nebelschleier, die sich in den kräftigen Strahlen der Morgensonne rasch auflösten. Droben auf den Wiesenhängen des Aiblinger Hofes lag Tau, der ihnen ein besonders sattes Grün verlieh. Ein leichter Wind trug den entfernten Glockenklang der Miesbacher Pfarrkirche herauf. Er vermischte sich mit dem vereinzelten Geläut von Kuhglocken: Das meiste Vieh verbrachte den Sommer auf der Lahner Alm, und nur wenige Kühe weideten auf den ortsnahen Wiesen.

Valentin genoß solche Momente sehr, wenn er, wie früher, als er noch seinen Dienst auf dem Miesbacher Polizeirevier antreten mußte, auf seiner Harley-Davidson das schmale, kurvenreiche Sträßchen ins Tal hinabfuhr. Und er mußte daran denken, wie er an einem dieser frühherbstlichen Tage vor gut einem Jahr nach München zum Polizeipräsidenten beordert worden war, der ihm nach einigen lobenden Worten über seine Arbeit seine Versetzung nach Rügen mitteilte. Stichwort: Amtshilfe Ost. Die Nachricht hatte ihn im ersten Moment wie einen Schlag getroffen. Zu verdanken hatte er ihn seinem unmittelbaren Dienstvorgesetzten Haberl, einem schwerfälligen Beamten, der jemanden mit einem eigenen Kopf nur schwer neben sich ertrug.

Er konnte sich das anfangs nicht vorstellen: In eine ganz andere Gegend zu gehen, fort von allem, was ihm von Kindheit an vertraut war.

Als der Personalchef sagte: »Das ist doch eine Sache, Herr Gruber, Sie werden befördert und sehen sich einer neuen Herausforderung gegenüber – ist das nicht wunderbar?« Da hatte ihn der Valentin nur angesehen und geantwortet: »Nein, eher nicht, Herr Polizeirat – mir langen die Herausforderungen in Miesbach!« Dabei hatte er allerdings eher an die hübsche Heidi Mitterer als an den Polizeidienst gedacht.

Heidi hatte ihn bisher zwar noch nicht erhört, aber sie hatte ihn auch nicht abgewiesen: Alles war offen!

Die Straße durch das kleine Waldstück fiel jetzt steil ab. In den Schlaglöchern standen Pfützen, Reste eines nächtlichen Regenschauers. Er mußte die Geschwindigkeit drosseln.

Der Aiblinger Bauer, sein Großvater, hatte ihm schon in jungen Jahren den Vater ersetzt, nachdem der damals Hals über Kopf nach Mexiko ausgewandert war und Frau und Sohn zurückgelassen hatte. Genaues hatte Valentin so recht nie erfahren, man sprach nicht darüber, und da ihn seine Fragen im Grunde selber schmerzten, hatte er bald aufgehört, nachzubohren.

Der Wald öffnete sich nun zu einer kleinen, sumpfigen Hochebene hin, an deren talwärts gelegenem Ende, unmittelbar neben der Straße, ein Felsvorsprung aufragte, dessen Gipfel ein schmiedeeisernes Kreuz zierte. Als es in Valentins Blickfeld kam, mußte er unwillkürlich anhalten. Wie oft hatte er als Junge unter diesem Kreuz auf dem Felsen gesessen und träumend ins Tal hinabgeschaut! Er stellte die Maschine auf dem Pfad ab, der sich nur wenige Meter bis zum Gipfel hochschlängelte, und ging rasch bergan. Am Fuß des Kreuzes steckte in einer Halterung noch diesselbe zierliche Porzellanvase mit Goldrand, die unbekannte Hände mit frischen Wiesenblumen versorgt hatten. Valentin blickte in das weite Tal hinab, in dessen Mitte in tiefem Blaugrün der Tegernsee schimmerte. Wie die Farbe der Wasseroberfläche sich zu den verschiedenen Tages- und Jahreszeiten veränderte! Es gab Tage, da hatte das Wasser einen stahlblauen Ton, manchmal schien es von einem schmutzigen Grau. Und wenn Wolken über das Tal hinjagten, wechselte der See seine Farben von einer Sekunde zur anderen!

Von hier aus konnte man das lange Band der Straße von Miesbach bis hier oben herauf mühelos überblicken. Wieviele Stunden hatte er an diesem Platz auf seinen Vater gewartet, von dem er annahm, er müßte jeden Moment von seiner Reise zurückkehren. Fest glaubte er daran, daß der alte dunkelblaue Citroën plötzlich hinter der baufälligen Scheune des Waldmüller Sepp hervorschießen würde! Lange Zeit wollte er es nicht wahrhaben, daß sein Vater nicht mehr zurückkam, aber irgendwann, nachdem Tag um Tag und Woche um Woche ins Land gegangen waren und er Stunde um Stunde auf dem Felsen Ausschau gehalten hatte, war eines Tages die Kathrin zu ihm getreten, war ihm durchs Haar gefahren und hatte gesagt: »Komm heim Valentin, es nützt ja alles nichts.«

Die Kathi führte dem Großvater den Haushalt und liebte den Jungen wie ihren eigenen Sohn.

»Aber er kommt ganz bestimmt ... – er muß kommen, sonst hätt' er's mir doch g'sagt!« stammelte der Junge unter Tränen.

»Wor er nocht amal deiner Mama was g'sagt hat«, antwortete die Kathi.

Da erst hatte Valentin begriffen, daß er vergeblich warten würde. Ein paarmal war er noch zu dem Aussichtsplatz hinaufgestiegen. Bis er sich dann eines Tages von diesem Aussichtsplatz losgerissen hatte. Er war zu seinem Fahrrad an der Straße hinuntergerannt mit einem Brennen im Hals, als wollte eine Flut ungeweinter Tränen auf einmal aus ihm herausbrechen. Aber er weinte nicht. Er hatte sich auf sein Fahrrad geschwungen und war in einem mörderischen Tempo ins Tal hinabgeprescht, ohne daß sich die Beklemmung gelöst hätte. Erst spät am Abend war er damals zurückgekehrt auf den Aiblinger Hof. Seine Mutter hatte ihn unter der Tür mit einem strafenden Blick empfangen und schweigend auf die Wanduhr gedeutet. Er hatte sich an ihr vorbeigedrückt und war durch den Hausflur geradewegs hinüber in den warmen Stall gelaufen, wo der Großvater die Kühe gerade mit frischem Heu versorgt hatte und der großen Braunen, die keinen Namen hatte, den Hals tätschelte. Und als er dann Großvaters zugewandten, besorgten Blick spürte, war es losgebrochen. Er hatte sich in seine Arme fallen lassen, das Gesicht in seiner Wolljacke vergraben und bitterlich geheult. Großvater hatte sich zu ihm niedergebeugt, seinen Kopf zärtlich zwischen die schwieligen Hände genommen und schließlich, als sein Schluchzen langsam verebbte, einen einzigen Satz gesagt: »Glaub' mir, Valentin, ich vermiss' meinen Sohn mindestens genauso wie du deinen Vater. Aber damit müssen wir beide jetzt leben!«

Von diesem Tag an war er nie mehr an seinen Aussichtspunkt unter dem Kreuz zurückgekehrt.

Wer so hoch über dem Tal aufwächst, lernt vielleicht, die Dinge nicht so eng zu sehen und auch die Menschen nicht so schnell nach Äußerlichkeiten zu beurteilen, wie das manche Leute tun, die drunten im Tal oder gar drinnen in der großen Stadt ihren Geschäften nachgehen. Der hochgewachsene, schlanke Mann, der inzwischen vierunddreißig Jahre zählte, hatte jedenfalls ein besonderes Gespür entwickelt für Menschen, die in irgendeiner Weise eher am Rande stehen oder deren Leben in irgend einer Form beschädigt war. Gerade weil ihn die Geschichten der Menschen interessierten, verhielt er sich auch als Ordnungshüter eher nachsichtig. Mit Paragraphen zu hantieren, war seine Sache nicht. Sein Wahlspruch »Und ist der Berg auch noch so steil, a bissel was geht alleweil« leitete ihn bei allem, was er tat. Manchen Leuten konnte er durchaus ein Licht aufsetzen. Er tat dies dann mit der ihm eigenen Ironie und einer guten Portion Bauernschläue, die die Betreffenden meist erst dann bemerkten, wenn es zum Reagieren bereits zu spät war ...

Valentin erreichte nun den Ort und fuhr durch die

malerischen Straßen. Miesbach hatte in den letzten Jahren an touristischer Anziehungskraft gewonnen, war aber noch weit davon entfernt, seine Chancen auf diesem Gebiet voll zu nutzen. Das kleine Stadtzentrum mit seinen wenigen, stolzen Bürgerhäusern war mit Liebe zu kleinen, erhaltenswerten Details restauriert und herausgeputzt worden. Da gab es barocke Giebel, kleine, blumengeschmückte Erker und hier und da sogar einige ältere Wandmalereien, auf die man bei den Sanierungsarbeiten gestoßen war und die man in mühevoller Kleinarbeit wieder hergerichtet hatte.

Als Valentin den Marktplatz mit dem schmucken Fachwerk-Rathaus kreuzte und in die Straße einbog, in der sich seine ehemalige Dienststelle befand, trat vor sein geistiges Auge das strenge Gesicht von Haberl, und er mußte daran denken, wie er ihn morgens häufig schon mit einem gereizten Blick auf seine Armbanduhr begrüßte: »Schon wieder eine halbe Stunde zu spät, Polizeimeister Gruber.«

Valentins Antwort: »Dafür bin ich gestern zwei Stunden später gegangen«, beeindruckte den brummigen Kommissar nur wenig. Er deutete mit dem Daumen auf ein Polizeimotorrad, das im Hof aufgebockt war. »Das da ist Ihre Dienstmaschine!«

Valentin deutete mit der gleichen Geste auf seine Harley-Davidson: »Aber ich fahr lieber mit der da!« Schon in der Schule hatten ihm seine Lehrer prophezeit, daß er sich mit seinem Mangel an Respekt gegenüber Autoritätspersonen noch manchen Stein in den Weg legen würde. Doch die einzige Autorität, die er für sich anerkannte, war die seines Großvaters.

Seine alte Schule lag nur einen Steinwurf vom Polizeirevier entfernt. Er wußte noch genau, wie seine Mutter – er war damals gerade acht Jahre alt – eines Tages mit einem fremden Mann vor der Schultür aufgekreuzt war, um ihn abzuholen. Der Mann fuhr ein türkisgrünes Auto einer ihm bis dahin unbekannten Marke, einen Wartburg, mit einem Autokennzeichen, das er ebenso wenig einordnen konnte. Man fuhr zum Aiblinger Hof. Der Mann sprach von einem Haus auf Rügen, in das er seine Mutter und ihn mitnehmen wolle. Seine Mutter redete von irgendeinem neuen Anfang, daß man auch einmal etwas anderes von der Welt sehen müsse, und daß er ja auch eigentlich schon lange einen neuen Papa brauche. Valentin mußte in Gedanken unweigerlich den Kopf schütteln, wenn er heute an diese Szene zurückdachte, an die er sich noch sehr genau erinnern konnte. Als könne ein Vater verlorengehen wie ein Hut oder ein Regenschirm, den man einfach wieder ersetzen kann! Aber andererseits wollte er seiner Mutter heute auch nicht unrecht tun. Sie hatte es sicher auch nur gut gemeint und es halt nicht besser gewußt. Damals aber war er furchtbar enttäuscht von ihr, war er sich doch sicher gewesen, daß sie ihn nicht verlassen würde, wenn er darauf bestehen würde, beim Großvater zu bleiben. Aber es kam anders! Sie hatte die feste Absicht, mit ihrem neuen Mann auf Rügen *ein neues Leben zu beginnen* und wollte ihn, vor die endgültige Entscheidung gestellt, auch nicht dazu zwingen, mitzukommen. Er aber hatte sich fürs Dableiben entschlossen. Fest und unerschütterlich.

»Überleg's dir gut«, hatte der Großvater gesagt, aber seine Augen konnten nicht lügen. Der alte Mann wünschte sich nichts sehnlicher, als den Enkel behalten zu können.

»Rügen liegt doch mitten im Meer, Opa, gell?«

»Ja, glaub schon!«

»Ich geh nicht!«

»Aber deine Mutter ...«

»Ich kann sie ja besuchen und sie mich auch, oder?«

»Ja freilich!«

»Ich geh nicht!«

Dieses kleine Gespräch mit dem Großvater hatte sich in sein Gedächtnis eingebrannt.

Den Tag, als ihn auch noch die Mutter verließ, würde er nie vergessen. Aber damals und bis heute war er sich sicher, daß er sich richtig entschieden hatte. Er gehörte auf den Aiblinger Hof. Daß er nun trotzdem, mehr als fünfundzwanzig Jahre danach, auf Rügen wohnte und Dienst tat, hatte man damals ja nicht ahnen können.

Ein paar entfernte Bekannte, die ihn lautstark von der gegenüberliegenden Straßenseite her grüßten, rissen Valentin aus seinen Gedanken. Er winkte ihnen zu und startete rasch seine Maschine. Er wollte für sich sein. In der Stadtmauerstraße hielt er vor einem Blumenladen. Die Verkäuferin, eine pausbackige Auszubildende mit zu einem Kranz aufgesteckten schwarzen Haaren, kannte ihn nicht. Er wählte einen bereits fertig gebundenen Strauß mit verschiedenfarbigen Dahlien und Astern, bezahlte rasch und verließ das Geschäft. Draußen auf dem Gehweg blieb er für einen Augenblick stehen. Die Sonne erfüllte die Straße mit einem milden, herbstlichen Licht. Über den Giebeln der Dächer schimmerten die blaugrünen Wälder und die immer noch im saftigen Grün stehenden Weiden auf den umliegenden Höhen in einem matten Glanz. Als sein Blick die entfernter liegenden Gehöfte streifte, fiel ihm etwas ein. Er ging noch einmal zurück in den Blumenladen und kaufte einen zweiten Strauß. Dann verstaute er die Blumen vorsichtig in den Seitentaschen seiner Maschine, startete und fuhr gemächlich durch verwinkelte Nebenstraßen dem Ortsausgang zu.

Der Friedhof lag auf einer kleinen Anhöhe außerhalb des Städtchens. Valentin lenkte seine Harley bedächtig die schmale Anfahrt hoch, die zunächst von akkurat geschnittenen Ligusterhecken gesäumt war und dann durch Streuobstwiesen führte. Am Wegrand lagen hier und da die kleinen, rotbackigen, schrumpeligen Äpfel, die er als Kind immer eifrig eingesammelt hatte, um seiner Mutter zu helfen, die Apfelmus daraus machte. Sie war zu Beginn dieses Jahres gestorben, und als er daran dachte, wie oft er vergeblich versucht hatte, telefonisch vom Revier aus zu ihr im Saßnitzer Krankenhaus durchzukommen, traten ihm wieder Tränen in die Augen. Wenn auch ihr altes Herzleiden ihr schon oft zu schaffen gemacht hatte, ohne unmittelbar lebensbedrohlich zu werden, hatte er doch gespürt, daß es diesmal ernst war. Und doch hatte er dieses Gefühl tagelang nicht ernstgenommen, war nicht nach Rügen hinaufgefahren zu ihr. Als er dann an diesem Tag am

Ende seiner Spätschicht zurück zum Aiblinger Hof kam, hatte er auf den Gesichtern von Großvater und der Kathrin sofort lesen können, daß es geschehen war.

»Es ist ang'rufen worden«, hatte Kathrin gesagt, aber dann hatte sie nicht weiterreden können.

»Vor einer Stund' ist sie g'storben!« Kathrin hatte sich schluchzend abgewandt.

Vier Jahre hatte er seine Mutter nicht mehr gesehen gehabt! Selbst nach dem Tod ihres zweiten Mannes, Konrad Droste, hatte er sie nicht öfter besucht. Es war einfach nicht seine Welt gewesen, die Leute dort oben an der Ostsee, ihr Dialekt und dieses ewig flache Land, versuchte er sich zu trösten, aber sein schlechtes Gewissen nagte trotzdem an ihm, ein Druck, der sich ihm jedesmal auf die Brust legte, so oft er daran dachte.

Valentin stellte seine Maschine neben dem schmiedeeisernen Friedhofstor ab, nahm den Strauß mit den Astern und Dahlien, die der Großvater immer besonders gern gemocht hatte, und stapfte den Kiesweg unter den alten Buchen und Fichten empor bis zu seinem Grab. Ein knappes Vierteljahr war es jetzt her, daß ihn die Nachricht vom Tod des Aiblinger Bauern auf Rügen erreicht hatte. Der zweite bittere Verlust. Völlig unerwartet! Es war noch nicht allzulange her, da hatte der Großvater mit seiner Roßnatur einen Sturz in den eiskalten See überlebt und den darauf folgenden Krankenhausaufenthalt abgebrochen, weil er es nicht mehr ausgehalten hatte, tatenlos im Bett herumzuliegen ... Valentin hätte nicht sagen können, welcher der beiden Todesfälle ihm nähergegangen war.

Und dann, während der Beerdigungsfeier in der Kirche war plötzlich die Tür aufgegangen und ein hochgewachsener, breitschultriger Mann hatte auf der Schwelle gestanden. Der Pfarrer sagte gerade: »Eine tiefe Enttäuschung war es für unseren Aiblinger Bauern, daß sein Sohn, auf den er so große Hoffnungen gesetzt hatte, Haus und Hof hinter sich ließ und in die Welt hinauszog ...« Da hatte Valentin die Unruhe wahrgenommen, die einzelne Gemeindemitglieder plötzlich erfaßte, aber auch die Irritation des Pfarrers, der dem Neuankömmling erstaunt entgegenblickte und unwillkürlich ins Stottern kam. Valentin drehte sich zur Tür um. Er erkannte seinen Vater im gleichen Augenblick, spürte aber auch, wie er sich gegen diesen Mann innerlich verschloß.

Michael Gruber, Valentins Vater, war danach in Miesbach geblieben. Er warb um das Verständnis und die Verzeihung seines Sohnes, aber Valentin war unfähig, dem Vater auch nur einen Schritt entgegenzukommen.

»Wie kannst du mich auch verstehen«, hatte Michael Gruber eines Tages zu seinem Sohn gesagt, »wenn du mich nicht einmal anhörst.«

»Ich weiß eh alles«, hatte Valentin geantwortet, »einen Zettel hast auf den Tisch gelegt und verschwunden bist. Und als d' Leut g'sagt haben, du kommst nicht wieder, hab ich's keinem geglaubt.«

Michael nickte. »Muß schlimm g'wesen sein!«

»Das hättest dir damals überlegen sollen.«

»Aber ich hab's hier nicht mehr ausg'halten. Ich hab gehen müssen, verstehst?«

»Nein«, gab Valentin wütend zurück. »Ich hab's damals nicht verstanden und ich versteh's heut noch nicht!«

Im Grunde seines Herzens hätte er dem Vater gerne vergeben, aber seine Enttäuschung und sein Schmerz saßen so tief, daß er den Weg dazu einfach damals noch nicht fand.

Valentin beugte sich jetzt zum Grab seines Großvaters nieder und legte den Strauß zu den anderen Blumen, die inzwischen in der Erde blühten. Ein frischer Wind bewegte die Bäume und trieb raschelnd bunte Blätter vor sich her. Valentin fröstelte. Er knöpfte seine Jacke zu und schlug den Kragen hoch. Ein paar Sekunden blieb er noch vor dem Grab stehen, dann gab er sich einen Ruck und ging an der moosbewachsenen Steinmauer entlang dem Ausgang zu. Als er das kurze Stück zu seinem Motorrad über weichen Grasboden ging, bemerkte er erst, wie still es hier oben war! Nur das leise Rauschen in den Baumkronen war zu vernehmen, wenn der Wind die Buchenblätter bewegte.

Auf dem Weg ins Tal hinab kam ihm die Testamentseröffnung beim Notar wieder in den Sinn. Kathrin, sein Vater Michael Gruber, sein Vetter Karl und er waren geladen. Als der Notar das Testament verlas, hatte er im Geist noch einmal Großvaters Stimme gehört, und als es ausgesprochen war, daß er den Aiblinger Hof erben sollte, wußte er in dem Augenblick nicht, ob er sich darüber freuen sollte oder nicht. »Valentin, der ihn in meinem Sinne weiterführen wird«, hatte der Großvater geschrieben. Aber ihm war klar, daß er niemals sein Leben als Bauer verbringen wollte. Immerhin würde er wenigstens verhindern können, daß Karl, der inzwischen mit Unterstützung der ganzen Familie zum Bürgermeister avanciert war, dieses wunderschöne Fleckchen Erde in einen getriebigen Ferienpark umwandelte. Karl, der die Ländereien im Mohnbachtal und sämtliches Barvermögen erbte, mußte vom Notar zurechtgewiesen werden, als er sofort seine Absicht anmeldete, das Testament anfechten zu wollen. Er schien maßlos enttäuscht und machte sich nach dem Termin wütend davon. Kathrin erhielt das Ausgedinghäusel auf dem Grund des Hofes mit Wohnrecht auf Lebenszeit. Selbst an seinen verlorenen Sohn, dessen Erbe er ja bereits vor Jahren ausbezahlt hatte, hatte der Großvater noch gedacht. »Es schmerzt mich«, stand im Testament, »daß mein Sohn Michael nicht mehr zurückkam. Sollte er aber zurückkommen, dann wird Valentin für ihn sorgen, da bin ich mir sicher.«

So kam es, daß Valentin innerhalb kurzer Zeit zweimal geerbt hatte. Nach der Beerdigung seiner Mutter auf Rügen war es Domberger gewesen, der Chronist der Insel und Besitzer eines kleinen Fotogeschäfts, der ihn als erster darauf aufmerksam machte, daß das Betriebserholungsheim »Strandsonne« nach der Wende wieder auf Konrad Droste zurückgefallen und vor zwei Jahren auf seine Mutter übergegangen war! Inzwischen hatte Valentin sein Haus im Rosenhag nach einigem Hin und Her seinem Erzfeind Christian Bode verkauft, einem windigen Immobilienmakler, der mit üblen Methoden und unglaublicher Hartnäckigkeit seinen Plan verfolgte, nahe bei Saßnitz ein großes Feriencenter mit Yachthafen zu bauen. Er war sich sicher, daß dieser Mann einen Einheimischen namens Hagenow zu mehreren Brandstiftungen angeheuert hatte, um die Ruinen zu Billigstpreisen aufkaufen zu können. Aber nachzuweisen war ihm bisher nichts. Immer, wenn Valentin geglaubt hatte, jetzt habe er Bode in der Falle, zog er seinen Hals im letzten Moment wieder aus der Schlinge, was ihm allerdings ohne die Unterstützung des ihm überaus verbundenen Bürgermeisters Knoop, einem skrupellosen typischen Wendehals, nicht gelungen wäre!

Inzwischen hatte er Miesbach wieder hinter sich gelassen und war längst auf der Straße hinauf zum Aiblinger Hof, da wanderten seine Gedanken weiter durch die Zeit, die er bisher auf Rügen verbracht hatte, und ihm wurde plötzlich klar, wie sehr ihm das Land und seine Menschen dort oben doch inzwischen ans Herz gewachsen waren! Diese Insel, die aus der Vogelperspektive aussah wie ein zerfleddertes Gespenst, beherbergte wunderbare Rotbuchen- und Kiefernwälder, in denen es, wenn die Sonne sie lang genug erwärmt hatte, unvergleichlich nach süßem Harz duftete. Und dann die Farben! Nicht nur das strahlende Weiß der Sandstrände und Kreidefelsen bei schönem Wetter, sondern auch das leuchtende Gelb der ausgedehnten Rapsfelder und der Ginstersträucher, hier und da unterbrochen vom kräftigen Rot der Backsteinkirchen! Das wichtigste für ihn aber war, daß er Hanna dort oben kennen-

und liebengelernt hatte. Mit der jungen Kollegin mit den ausdrucksvollen dunklen Augen verbanden ihn inzwischen viele zärtliche Stunden. Valentin dachte an Aufbruch. Er freute sich auf Hanna. Und die offenen Fragen, die es hier unten für ihn noch zu klären gab, ließen sich sowieso nicht alle an einem Tag klären.

So stellte er seine Maschine vor dem Aiblinger Hof ab und packte den Blumenstrauß aus, den er Kathrin zum Abschied überreichte. Dann verabschiedete er sich noch von seinem Vater, den er beim Ausmisten im Stall antraf. Er würde sich um die Dinge hier kümmern, bis eine endgültige Lösung für den Hof gefunden wäre. Lange würde es diesmal nicht dauern bis zu einem Wiedersehen, denn schon zum nächsten Wochenende wollte eine Delegation aus Miesbach mit vielen seiner Freunde und Verwandten im Gefolge der Gemeinde Saßnitz einen Besuch abstatten ...

2

Durst wird durch Bier erst schön

Das Blaulicht war schon von weitem zu sehen. Michael Gruber deutete auf den Polizeilastwagen am Strand und sagte: »Da vorn scheint was passiert zu sein!« Und, als Hanna nicht gleich reagierte, setzte er hinzu: »Da vorne da: die Menschenmenge!«

Hanna lächelte ihn an. Seit er sie vor einigen Wochen bei ihrem Kurzurlaub in Miesbach kennengelernt hatte, mochte er dieses Lächeln an ihr besonders. Nun, da er das erste Mal auf Rügen war, hatte er sich gefreut, als es sich zufällig ergeben hatte, sie auf ihrem Dienstweg ein Stück in Richtung Küste begleiten zu können, wo man dann auch Valentin treffen wollte.

»Sehn wir mal!« erwiderte sie nur und fuhr auf die Menschenansammlung zu.

Ihre Gelassenheit irritierte ihn. Aber vielleicht brachte das der Polizeiberuf so mit sich, daß man sich nicht mehr durch jedes Blaulicht in Aufregung versetzen läßt.

Hanna parkte den Wagen in unmittelbarer Nähe des Geschehens. Jetzt erst entdeckte er auf dem Dach des LKW-Führerhauses die kräftige Gestalt des Saßnitzer Feuerwehrkommandanten Petersen, der durch sein Fernglas den Strand beobachtete. Als sie sich durch das Gedränge nach vorne durcharbeiteten und er die angespannte, aber heitere Stimmung der Leute wahrnahm, war ihm plötzlich alles klar.

»Eine Übung!« rief er Hanna zu, die ihm vorausging.

Aber die war in dem Moment schon vorne angekommen, und dann sahen sie auch Valentin. Der trug soeben in triefender Montur den scheinbar leblosen Körper eines anmutigen Mädchens aus dem flachen Wasser heraus, legte sie im Sand ab und begann sofort mit einer Brustkorbmassage und Mund-zu-Mund-Beatmung. Michael entging nicht, wie Hanna für einen Augenblick die Mundwinkel verzog. Da raste aber auch schon ein Rettungswagen heran. Zwei Sanitäter sprangen heraus, holten eine Trage und eilten zu Valentin hin.

»Dein Sohn als Lebensretter«, bemerkte Hanna.

»Na ja – bei *dem* Vater!« gab er ein wenig an.

»Ah geh, was hast jetzt *du* für ihn getan?« entgegnete sie nun ironisch.

Michael nahm ihre Herausforderung an. »Die Hand hab' ich über ihn gehalten . . .«

»Von Mexiko aus?«

»Und immerhin hab ich ihn einmal gezeugt.«

»So schwierig wird das ja wohl auch wieder nicht gewesen sein!« hielt Hanna augenzwinkernd dagegen.

Die Sanitäter betteten das Mädchen auf die Trage und waren eben im Begriff, sie wegzutragen, da ertönte Petersens Stimme: »Danke, das genügt!«

Im selben Augenblick war das Mädchen wieder lebendig, sprang von der Trage und küßte den verdutzten Valentin auf den Mund.

»Von dir würd ich mich doch glatt noch mal retten lassen, Valentin!«

»Ende der Übung!« ertönte von oben nochmals Petersens Stimme, diesmal mit etwas mehr Nachdruck, was unter den Leuten allgemeine Heiterkeit auslöste.

Valentin hatte das Mädchen mit einem Blick des Bedauerns gehen lassen und nahm nun, etwas erschöpft, das Lob des Kommandanten Petersen entgegen: »Gut gemacht, wirklich – Kompliment, Herr Gruber!«

»Danke. So was hat bei uns zur Grundausbildung gehört!« erwiderte Valentin und ging die letzten Schritte auf seinen Vater und Hanna zu.

»Hast dich aber sehr angestrengt, was?« begrüßte sie ihn lächelnd.

»Man tut halt, was man kann«, gab er zurück und küßte Hanna mit zugespitzten Lippen auf den Mund.

Das Wasser floß aus seiner Uniform und bildete kleine Lachen um seine Füße.

Michael fragte ihn, ob er nach dem Umziehen ein bißchen Zeit habe. Er müsse leider noch einem Hinweis in der Diebstahlserie nachgehen, bedauerte Valentin.

»Ich gehe jedenfalls ein Bier trinken«, sagte der Vater. »Kannst ja nachkommen, wenn du deinen Dieb auf Nummer Sicher hast!«

Valentin gab ihm zu verstehen, daß es so schnell

sicher nicht gehe und erkundigte sich, wann sie denn wieder zurück nach Miesbach fahren würden.

»Willst uns los sein, was?«

»Schmarrn!« protestierte Valentin.

»Übermorgen abend feiern wir Abschied. Mir ham schon alle eingeladen.«

Da verzog Valentin das Gesicht: »Mich net.«

»Ist soeben g'schehen.«

Eine halbe Stunde später war Valentin bereits in der Autowerkstätte GRILL, um nach der Benzinpumpe seiner Maschine zu sehen, da der Motor am Morgen immer wieder kurz gestottert hatte. Niemals hätte er sein Motorrad alleine einem Mechaniker anvertraut, nicht einmal zum Wechseln der Zündkerzen. So schraubte er denn mit dem Mechaniker gemeinsam herum. Durch die offenstehende Tür der Halle drangen hin und wieder die Geräusche von vorbeifahrenden Fahrzeugen.

»Lange hält die Pumpe nicht mehr, sage ich dir«, mahnte der Mechaniker. »Solltest dir bald eine neue kaufen!« Er legte seinen Schraubenschlüssel aus der Hand. »Starte mal!« »Und was kostet das?« fragte Valentin und setzte die Maschine in Gang.

»Sechshundert ... Mindestens. Ohne Arbeitszeit.«

Der Motor kam langsam auf Touren und fand zu seinem vollen Klang zurück. Valentin schrie: »Nur die Pumpe?« Die Antwort des Mechanikers blieb in dem Lärm hängen. Die Maschine arbeitete gleichmäßig, ohne Unterbrechungen. Als der Mechaniker nickte, stellte Valentin den Motor wieder ab und sagte: »Ist ja Irrsinn. Vor einem Jahr war die noch um die Hälfte zu haben!«

»Was soll ich dir sagen«, entgegnete der Mechaniker und zog entschuldigend die Schultern in die Höhe. »Die Industrie will immer mehr an Ersatzteilen verdienen und mir bleiben die Kunden aus. Viele kommen, lassen sich für die Versicherung einen Kostenvoranschlag machen und kommen dann nie wieder. Wenn das so weitergeht, kann ich bald den Laden hier dichtmachen!«

Valentin erkundigte sich erstaunt, ob andere Werkstätten denn billiger seien.

»Kann ich mir nicht vorstellen«, antwortete der Mechaniker, den das Thema zunehmend in Rage brachte. »Ersatzteile müssen die doch genauso kaufen wie ich.« Und er fügte verbittert hinzu: »Und für meine Arbeitszeit berechne ich sowieso nur mehr die Hälfte!«

»Aber die Autos werden doch repariert . . .«

»Fragt sich nur wo und vor allem von wem!« murmelte der Mechaniker nun vor sich hin, aber eben noch so laut, daß es Valentin hören sollte. Der blickte ihn jetzt eindringlich ins Gesicht. »In Hinterhöfen, Scheunen, was weiß ich.« Der Mechaniker machte eine wegwerfende Handbewegung und sah zu dem roten Wagen auf, der soeben vorbeifuhr. »Der dort, zum Beispiel.«

Valentin folgte der Bewegung seines Kopfes.

»Vorige Woche war der hier. Hat den Wagen überprüfen lassen, einen Kostenvoranschlag verlangt und kam dann nie mehr wieder.«

»Aber der Wagen fährt doch . . .« stutzte Valentin.

»Das seh ich auch!«

Unvermittelt schwang sich Valentin jetzt auf

seine Maschine und fuhr dem roten Wagen hinterher. Am Steuer, soviel konnte er aus der Entfernung erkennen, saß offenbar ein Mann, auf dem Beifahrersitz eine Frau. Der Wagen verließ Saßnitz in Richtung Binz. Durch ausgedehnte Buchenwälder und Wiesen auf dem schmalen Landstreifen zwischen dem Kleinen Jasmunder Bodden und der »Prorer Wiek« genannten Ostseebucht folgte Valentin ihnen in gebührendem Abstand Richtung Süden, bis sie das moderne Neubaugebiet mit den großen Kur- und Ferienhäusern von Binz erreichten, das einmal das bedeutendste Urlaubszentrum der DDR an der Ostseeküste war. Sie setzten die Fahrt durch das »alte« Binz mit seinen weißen Villen und Geschäftshäusern fort in Richtung Puttbus, bogen aber nicht nach Bergen ab, sondern stießen nach Osten gen Sellin vor. Valentin fragte sich, wo die Fahrt wohl enden würde. Als auf einer höher gelegenen Landzunge schließlich Göhren in Sicht kam, bog der Wagen kurz vor Ortsanfang in einen schmalen, ungeteerten Seitenweg ab, der sich zu einem größeren Grundstück hin öffnete, einem Bauernhof. Das Auto hielt im Hinterhof, Valentin fuhr vor, stieg ab und ging auf das Paar zu.

»Tag die Herrschaften!«

Die Leute waren um die vierzig und wirkten nicht unsympathisch. Verwundert sahen sie den Polizisten an und erwiderten seinen Gruß.

»Woher kommen Sie und was haben Sie eingekauft?« fragte Valentin und bemühte sich um einen routinemäßigen Ton.

»Ich weiß zwar nicht, was Sie das angeht, aber im

wesentlichen Essensvorräte«, erwiderte der Mann etwas mürrisch.

»Kann ich mal sehen?«

»Nun wird's aber gemischt!« schaltete sich die Frau ein und stellte sich neben ihren Mann in Position.

Valentin fühlte sich nicht ganz wohl in seiner Haut und sagte: »Eine Routinekontrolle halt . . .«

»Und warum gerade bei uns?«

»Ich hab einen Hinweis bekommen. Anonym.«

»Ist ja wie zu Honeckers Zeiten!« erregte sich der Mann nun. »Und jetzt sollen wir uns in die Taschen gucken lassen, ja?«

»Nun laß ihn mal«, versuchte seine Frau ihn zu beschwichtigen.

»Danke. Nur Routine, bin gleich fertig«, murmelte Valentin etwas verlegen und begann, den Wagen zu durchsuchen. Da erschien plötzlich eine Frau auf einem Fahrrad im Eingang des Nebenhauses. Valentin sah hoch. Es war Gernrich Wibke, Hannas Tante, eine rothaarige Mittsechzigerin, in deren Kate Valentin wohnte und mit der er sich angefreundet hatte.

»Was machst du denn hier?« fragte er erstaunt.

»Ich war bei Bekannten!«

Valentin entging nicht, daß sich das Paar und Tante Wibke offenbar kannten.

»Gibt's Ärger, Herr Streitz?« fragte sie.

Valentin erklärte ihr, er habe eine Diebstahlserie aufzuklären.

»Was bevorzugen denn die Täter so?« erkundigte sich Tante Wibke.

»Autozubehör und Ersatzteile für so ziemlich alle Fahrzeugtypen«, klärte Valentin sie auf. Dann blickte er Streitz an und fragte: »Sagen Sie, Ihr Wagen mußte doch vorige Woche repariert werden? Welcher Werkstätte haben Sie ihn denn anvertraut?«

»Ich weiß zwar nicht, was Sie das angeht, aber bitte: Es war die Autowerkstätte GRILL.«

»Soviel ich weiß, haben Sie sich dort nur einen Kostenvoranschlag geben lassen. Aber ich möchte wissen, wo Sie Ihren Wagen *reparieren* ließen!«

Valentin registrierte, wie der Mann einen Moment zögerte und den Blick senkte.

»Den hab ich selbst wieder in Schwung gebracht«, sagte er jetzt schnell.

»Das kann ich bestätigen«, fügte die Frau hinzu. »Mein Mann hat zwei goldene Hände, was das betrifft!«

Valentin fragte, ob er sich auf dem Hof einmal umsehen könne.

»Haben Sie einen Hausdurchsuchungsbefehl?« fragte Streitz nun in scharfem Ton.

»Aber Herr Streitz, Sie haben doch nichts zu verbergen. Ich kenn Sie doch jetzt schon eine Weile«, versuchte Wibke ihn zu beruhigen.

»Das ist eine Frage des Prinzips!« beharrte er.

Valentin fragte sich, ob er da nun nicht doch vielleicht etwas zu weit ging. Aber da kam ihm Tante Wibke nochmals zu Hilfe.

»Herr Gruber kann sich einen Durchsuchungsbefehl besorgen!«

»Dann soll er das tun und dann wiederkommen!« preßte Streitz ärgerlich hervor.

»Also wir haben doch wirklich nichts zu verbergen. Soll er sich doch umsehen«, mischte sich Frau Streitz ein.

Ohne die Reaktion des Mannes abzuwarten, machte sich Valentin an die Durchsuchung des Gebäudes. Er suchte in Abstellräumen und im Keller nach einem möglichen Ersatzteillager, auch in die Wohnung warf er einen Blick, konnte aber nichts finden. Schließlich verabschiedete er sich von dem Ehepaar mit einer Entschuldigung. Es sei halt seine Pflicht gewesen, dem Hinweis nachzugehen ...

Die Sportmaschine, die auf den kleinen Rüganer Flugplatz zuhielt, machte durch Aussetzer des Motors auf sich aufmerksam. Die glasklare Luft, von einem nächtlichen Sturm gereinigt, war erfüllt vom kräftigen, aber milden Licht der herbstlichen Sonne, die jetzt im Zenit stand. Petersen und Eberhard Rothmann, der Leiter des Flughafens, kamen aus dem Luftaufsichtsgebäude und fixierten sofort das Flugzeug, dessen Motor jetzt für einen Moment ganz aussetzte, dann aber doch hustend wieder ansprang.

»Klingt nicht so gut«, stellte Petersen trocken fest.

»Nee, ganz und gar nicht«, sagte Rothmann. »Und was du gesagt hast, klingt noch schlechter.«

Petersen sah Rothmann, der in Mechanikermontur neben ihm stand und sich nervös den Hinterkopf kratzte, ins Gesicht. »Eberhard! Ihr braucht ne vernünftige Feuerschutzeinrichtung. Laß mal was passieren ...« Rothmann ärgerte sich im stillen über Petersen. Er war in seinen Augen ein wichtigtuerischer Prinzipienreiter und ein Hundertfünfzigprozentiger noch dazu. Einer vom Schlag jener Leute, die offenbar nur dazu da sind, einem das Leben schwer zu machen. Früher hatte man das auch nicht so übergenau genommen mit den Sicherheitsvorschriften, und bisher war noch nie etwas passiert!

»Warum biste denn so aktiv, Mann? Heut morgen die Rettungsübung am Strand und jetzt machst du hier auf TÜV!« sagte er.

Das Sportflugzeug hatte jetzt zur Landung angesetzt, da setzte der Motor wieder aus, sprang aber sofort wieder an, was den Piloten offenbar so irritierte, daß er kurz vor dem Aufsetzen wieder voll durchstartete! Den beiden Männern am Boden, die einiges gewohnt waren, stand plötzlich der Schweiß auf der Stirn.

Petersen fühlte sich durch den Vorfall bestätigt: »Wenn der da nu hinknallt und in Flammen aufgeht, kannste mit deinen zwei Handfeuerlöschern wenig ausrichten!«

»Du hast vielleicht ein Gemüt, Mann – wie 'n Fleischerhund!« brummte Rothmann.

Der Flieger drehte nun eine Kurve und setzte erneut zur Landung an.

Wäre Petersen ein Kirchgänger gewesen, hätte er jetzt vielleicht drei Vaterunser gesprochen, so aber sagte er nur: »Na, wolln wir dem mal die Daumen drücken, daß er die Kiste heil vollends runterbringt.« Wie auf ein geheimes Zeichen hin umschlossen nun die beiden Männer tatsächlich ihre Daumen.

Wieder setzte der Motor kurz vor der Landung aus, doch diesmal brach der Pilot das Manöver nicht ab. Die Maschine setzte unsanft auf und kam ins

Schlingern, fing sich aber wieder und rollte schließlich dicht vor Petersen und Rothmann aus.

In diesem Moment preschte hinter dem Flughafengebäude der schwarze Mercedes des Immobilienmaklers Christian Bode heran. Der Pilot rappelte sich aus seiner Maschine heraus, nahm Fliegerkappe und Kopfhörer mit zitternden Händen ab und wischte sich den Schweiß von der Stirn. Mit wackeligen Beinen ging er an den Männern vorbei. Bode, in einen legeren weißen Sportanzug gekleidet, das dunkle Haar locker nach hinten gekämmt, kam ihm mit ausgestreckten Armen entgegen.

»Herr Kneebusch!« Auf die Minute genau – das nenne ich Pünktlichkeit!« rief er.

Das Fliegen war für den Industriellen Hans Kneebusch aus Düsseldorf *die* große Leidenschaft in seinem Leben, und wann immer es sich einrichten ließ, unternahm er auch seine Geschäftsreisen in seinem kleinen Privatjet.

»Um ein Haar wäre ich früher unten gewesen«, entgegnete er Bode. »Ich komme mir vor, als ob mir grade das Leben noch mal geschenkt worden wäre.«

»Motorschaden, was?« warf Rothmann dazwischen.

»Sieht so aus, ja. Und weit und breit keiner, der die Kiste reparieren kann.«

Bode runzelte die Stirn, dann begann er zu lächeln: »Das würde ich nun so nicht sagen.«

»Ihr Optimismus in Ehren, lieber Herr Bode.« Kneebusch senkte abschätzig seine Mundwinkel. »Bis da einer vom Werk eingeflogen kommt, das kann Tage dauern. Ich muß aber spätestens am Donnerstag morgen zurück nach Düsseldorf und am Tag darauf gleich nach Mailand und dann weiter nach Rom. Und das wollte ich alles mit dem Vogel da machen.«

Bode lächelte. »Bis übermogen ist Ihre Maschine wieder flugbereit. Ich verspreche es Ihnen!«

Kneebusch war von verschiedener Seite bereits vor den vollmundigen Äußerungen des Maklers gewarnt worden und zögerte, ließ sich dann aber, als er sogar mit ihm darauf wetten wollte, doch überreden, die Sache ihm zu überlassen.

»Ich zieh dann die Maschine in den Hangar«, sagte Rothmann, als er Kneebuschs Einverständnis erkannte, und zeigte auf die Baracke am Rande des Flugfeldes. Der Anblick des heruntergekommenen Schuppens war nun nicht gerade das überzeugendste Argument, um Kneebuschs Vertrauen in Bodes Versprechen zu stärken.

»Wenn Sie das Hangar nennen, wie sieht dann Ihr Mechaniker aus?« fragte er süffisant.

Bode überhörte die Frage und bat ihn zu seinem Wagen.

Nachdem er mit Kneebusch einen Termin für den nächsten Tag vereinbart und ihn dann bei seinem Hotel abgesetzt hatte, fuhr Bode zurück zu seinem Haus, einer prachtvollen Fachwerkvilla mit einem riesigen Garten, direkt am Meer. Er eilte durch den großzügigen Eingangsbereich seinem Büro im Erdgeschoß zu. Von hier aus führte eine Treppe mit einem Geländer aus dunkelgebeizten, gedrechselten Säulen zu seiner Wohnung im ersten Stock. Sofort setzte er sich an seinen Schreibtisch und arbeitete sich in einem seiner Aktenbündel voran. Da ging plötzlich die Tür auf und Heidi erschien mit einem frischgepflückten Strauß Wiesenblumen. Er hatte die hübsche junge Frau aus Miesbach, der Valentin früher einmal den Hof gemacht hatte, eher zufällig kennengelernt. Sie hatte ihn nicht nur durch ihre Anmut beeindruckt. Ihr gastronomisches Know-how, das sie sich in den Jahren als Bedienung im Alpengasthof und Hotel »Berghof« in Miesbach angeeignet hatte, setzte sie in diesem Gespräch geschickt ein, während er sie bei ihrem Spaziergang ein bißchen in seine eigenen Pläne einweihte. Daraufhin hatte er sie ganz spontan als Mitarbeiterin angeworben, da er sich sicher war, ihr bodenständiger Geschäftssinn und ihr Einfallsreichtum würden ihm zumindest in beruflicher Hinsicht noch nützlich sein. Und Heidi, da ihre Pläne, mit Valentins Vetter Karl in Miesbach zu einem Feriencenter zu kommen, im Augenblick stagnierten, hatte zugesagt. Es reizte sie, an einem anderen Ort einmal neue Erfahrungen zu sammeln, das konnte auch im Hinblick auf die Dinge, die sich vielleicht in Miesbach noch entwickeln ließen, nicht schaden. Andererseits machte ihr die Entscheidung, für Bode zu arbeiten, auch ein wenig Angst. Wer wußte schon, was noch alles auf sie zukam?

Nun ordnete sie den Strauß mit wenigen gekonnten Griffen in die Vase auf seinem Schreibtisch – er sah prachtvoll aus!

»Das war Ihre beste Entscheidung seit Jahren – bei mir einzusteigen!« sagte Bode weich.

»Hoffentlich bereu ich's nicht eines Tages«, erwiderte sie.

»Das werden wir gemeinsam zu verhindern wissen, hm?« lächelte Bode sie an.

Heidi wollte nicht, daß die Stimmung zu vertraulich würde und wechselte rasch das Thema. »Ich hab gestern mit Karl Gruber telefoniert.«

»Ihrem Bürgermeister und künftigen Mann«, stellte Bode sachlich fest.

»Bürgermeister schon! Er hat ja das Mohnbachtal geerbt. Sozusagen als Abfindung dafür, daß Valentin den Hof gekriegt hat.«

Bode kannte die Geschichte und nickte.

»Der Karl meint, er könnte das Mohnbachtal zum Bauerwartungsland machen, und dann könnt ja schnell auch vollends Bauland draus werden.«

»Da braucht er aber den Gemeinderat dazu«, gab Bode zu bedenken.

»Er sagt, er hat's schon amal vorgeklärt. Naja, und ich hab halt gedacht, wenn Sie und der Herr Kneebusch ... da wär ja eine gewisse Potenz beisammen ...«

»Eine finanzielle Potenz.« Bode schmunzelte.

»Über nix anderes hab ich gredet. Vielleicht sprechens ja den Herrn Kneebusch mal drauf an.«

»Worauf Sie sich verlassen können. Schon der Gedanke, diesem Valentin Gruber eins auszuwischen – stellen Sie sich vor, ich baue in Miesbach quasi vor seiner Nase – am liebsten einen Großflughafen oder ein Kohlekraftwerk!« Damit kramte Bode einige Papiere in seinen Aktenkoffer, stand auf und blickte auf seine Armbanduhr. Er mußte noch zu einem Termin. Im Hinausgehen küßte er Heidi begeistert auf die Wange. Dann war er fort. Heidi aber blickte nachdenklich in den Garten hinaus. Daß ihre Absichten *gegen* Valentin umgemünzt würden – *so* hatte sie es eigentlich nicht gemeint!

Pater Tobias aus Miesbach und Moosburger, Karls Vorgänger im Amt des Miesbacher Bürgermeisters, waren in der Brauereigaststätte auf Michael Gruber gestoßen und hatten ihr erstes Bier bereits hinter sich. Morgen sollte hier ihr Abschiedsfest steigen.

»Schmeckt wie ein'gschlafene Füß!« moserte Michael und schaute sein Bierglas vorwurfsvoll an.

»Ein Meister des Zapfhahns ist er nicht gerade, der Herr Wirt«, pflichtete Moosburger ihm bei.

Nun stieß der Saßnitzer Pfarrer zu ihnen: »Tag die Herrn, isses gestattet?«

»Aber bitte, Herr Kollege«, Pater Tobias bot ihm den freien Platz neben Michael an.

»Soviel geistlichen Beistand hätt' ich gar net braucht!« frotzelte dieser.

»Lassen Sie mal«, stellte der Pfarrer klar. »Dienst ist Dienst und Bier ist Bier – und davon hätt' ich nu gern eins.«

Der Wirt war nun an den Tisch gekommen.

»Rolf, ein echtes, frisch gezapftes Mecklenburger Pils!«

»Uns bitte diesmal eines aus der Flasche«, sagte Moosburger mit leicht beleidigtem Ton.

Als Pater Tobias dann den ersten Schluck aus der Flasche trank, stellte er das Glas sichtlich angewidert zurück auf den Tisch.

»Das taugt also auch nix!« meinte Michael und rümpfte die Nase.

Da sagte der Pfarrer: »Kennen Sie den Witz von unserm Amtsbruder in Wiek? Er trinkt, wie ich, auch lieber Rotwein als Bier. Als der Wirt ihm bedeutet, daß Polizeistunde sei, läßt er sich noch ne Flasche von dem Rotspon mitgeben.«

»Den möcht ich einmal kennenlernen«, wirft Michael belustigt dazwischen, »einen Pfarrer, der wirklich was verträgt ...«

Pater Tobias holte zum Schein mit der Hand aus und sagte mit drohendem Unterton: »Wenn das eine Spitze sein soll ...«

»So ganz sicher war er jedenfalls nicht mehr auf den Beinen«, fuhr der Pfarrer in seiner Erzählung fort. »Und als er ins Pfarrhaus kommt und die Treppe rauf steigt, tritt er daneben, stürzt hin und – eine rote Lache breitet sich aus.«

»Der Mann kann einem leid tun«, sagte Pater Tobias mitfühlend.

»Und was sagt der Amtsbruder mit einem bittenden Blick nach oben? ›Lieber Gott, laß es Blut sein‹!«

In dem Moment, da alle schallend lachten, betrat Valentin die Gaststätte. Man sah ihm seine schlechte Laune sofort an. Die lange, vergebliche Verfolgungsfahrt war nicht ganz spurlos an ihm vorübergegangen. Er setzte sich zu den anderen und bestellte sich auch ein Bier.

»Ich sag dir gleich, das schmeckt nach ... – nein, ich sag's lieber nicht«, warnte ihn sein Vater.

»Das Bier hier ist vom Feinsten!« erhob Valentin sofort Einspruch. Dann sah er die Flaschen. »Trinkt halt eins vom Faß!« riet er den anderen. Aber die winkten nur ab.

»Schon probiert«, sagte der Pater, und Michael setzte noch eins drauf: »Ein gutes Bier kriegst halt nur in Bayern.«

Das ging Valentin nun aber doch zu weit. »Ach Schmarren! Das Bier hier ist kein Haar schlechter als eins aus Miesbach, München oder Kulmbach – eher im Gegenteil.«

»Dich haben's ja ganz schön eingemeindet hier!« stellte der Pater trocken fest.

Nachdem Valentin den ersten genüßlichen Schluck von seinem frisch gezapften Mecklenburger genommen hatte, die anderen aber offenbar zu keinem anderen Thema finden wollten, als weiter über das angeblich schwächliche Bier herzuziehen, stellte sich Valentin genervt an den Tresen.

Dort flüsterte ihm der Wirt vertraulich zu, am meisten ärgere es ihn, weil sie das Bier noch selbst brauten und sich solche Mühe dabei geben würden. Er habe zwar gute Angebote, aber er denke nicht daran, zu verkaufen! Immerhin habe er dreißig Mitarbeiter, die ihren Job verlieren würden. Denn wer heute eine Brauerei aufkaufe, wolle den Markt und nicht die Herstellung.

Valentin fragte ihn nun, wie es denn mit seiner Bewerbung ums Stadthotel stehe.

Die Finanzierung stimme, das Konzept auch. Aber jetzt schleppe Bode plötzlich auch einen Interessenten an. An dem führe offenbar kein Weg mehr vorbei!

Da hatte Valentin plötzlich eine Idee. Nicht fürs Hotelprojekt, aber fürs Bier! Und er fragte, ob er mal telefonieren dürfe.

Am anderen Ende der Leitung nahm Bernie Ziegler den Hörer ab. Der schwergewichtige Bayer war Valentins bester Freund seit Kindheitstagen. Als Redaktionsleiter des »Miesbacher Anzeigers« hatte er sich unentbehrlich gemacht, da er das Ohr immer »am Volk« hatte, und außerdem verfügte er auch über die Fähigkeit, »das Gras wachsen zu hören«. Zur Obrigkeit hatte er ein zutiefst gespaltenes Verhältnis. Wenn er es für angebracht hielt, ließ er heftige Kritik vom Stapel. Andererseits hatte er auch einmal dem Miesbacher Landtagsabgeordneten und Staatssekretär Maisinger seine Wahlreden geschrieben, als es um das Bürgermeisteramt ging, einem Mann, den er eigentlich gar nicht mochte. Freilich hatte er sich diesen Nebenjob gut bezahlen lassen, und im übrigen hatte es Maisinger schließlich gar nichts genützt. Allerdings war für Bernie damals die Grenze erreicht, als Maisinger dazu überging, Karl Gruber und dessen Familie persönlich zu diffamieren. Das konnte er als Valentins Freund nicht zulassen und hatte dem Maisinger auch entsprechend Bescheid gestoßen!

Valentin flüsterte in den Hörer, damit die Bayern am Biertisch ihn nicht hören konnten: »Ich hab jetzt nicht viel Zeit, Bernie. Paß auf! Ich brauch Etiketten von der Mohnbachbrauerei.«

Bernie blickte auf seine Uhr. Es war 21.30 Uhr. Er hörte die Wirtshausgeräusche im Hintergrund, das Klappern von Geschirr, die Stimmen ... Ob Valentin schon einen in der Krone hatte? Aber da fuhr der schon fort: »Ich erklär dir das ein anderes Mal. Die werden doch bei euch gedruckt.«

»Gedruckt und ausgerüstet. Das heißt: Mit einer

Kleberückseite versehen«, antwortete Bernie geduldig.

»Hör mal Bernie, du steckst a paar von den Etiketten in einen Umschlag und schickst ihn mir expreß, verstehst?«

»Nö, aber dös macht ja nix!« konstatierte Bernie darauf trocken, atmete tief durch und legte auf.

Als Christian Harmsen und Eike Blohmsen, die beiden stolzen Besitzer des kleinen Personendampfers »Medo« von ihrem Landgang zum Saßnitzer Hafen zurückkehrten, trauten sie ihren Augen nicht: Auf ihrem Schiff hatte ein Sprayer seine Spuren hinterlassen. Auch auf die erst vor kurzem renovierte weiße Kabinenwand hatte er kunstvolle Graffiti gesprüht: ineinander verwobene, bunte Erzählbilder mit exotischen Pflanzen, Kraken, Vampiren, Telefonen, Häusern und Ornamenten.

Harmsen und Blohmsen sahen sich fassungslos an und verständigten das Polizeirevier. Dann begannen sie, unruhig auf dem Schiff auf und ab zu gehen.

»Vandalismus ist das!« stieß Blohmsen hervor und unterbrach seine Schritte. Er war ein hagerer, großgewachsener Mann – vielleicht sah er aber auch nur im Vergleich zu dem dicken Harmsen so schmal aus, denn kräftig zupacken konnte Blohmsen durchaus.

»Da mußt du jetzt tagelang schrubben, bis du das Geschmiere wieder runter hast!« sagte Harmsen von oben herab und blieb ebenfalls stehen. Er hatte die Daumen unter seine Hosenträger geschoben, die glatt auf der Rundung seines Bauches lagen. Ein breites Grinsen ging über sein rundes, bärtiges Gesicht.

»Ich, warum denn ich?« erwiderte Blohmsen entgeistert.

»Weil ich dir hiermit die Weisung gebe«, erklärte Harmsen überheblich. »Oder hast du inzwischen dein Patent gemacht?«

Kopfschüttelnd blickte Blohmsen auf den Boden und begann wieder, auf und ab zu gehen. Wie hatte sich Christian nur verändert in der letzten Zeit! Gut, er wollte schon immer der Erste sein und gerne den Ton angeben. Aber dennoch waren sie immer gute Partner gewesen und hatten mit ihrem Fischkutter kein schlechtes Leben geführt. Der Staat hatte ihnen damals ja den Fisch zu garantierten Preisen abgenommen. Nach der Wende waren die aber ziemlich rasch in den Keller gefallen. Von nun an mußten sie sozusagen mit dem Weltmarkt konkurrieren! Da dies aussichtslos war, hatten sie sich umgestellt, ihren Kutter frisch mit dunkelblauer Farbe gestrichen und einen Personendampfer daraus gemacht. Die ersten Touristen, die zu den Kreidefelsen hinausgefahren werden wollten, stellten sich auch bald ein. Nur einen Haken hatte die Sache: Weder Harmsen noch er besaßen eine Erlaubnis zur Personenbeförderung, und Valentin machte ihnen bald klar, um ein solches Patent würden sie auf die Dauer nicht herumkommen!

Donatius Domberger hatte sich bereit erklärt, sie auf die Prüfung vorzubereiten, und so kreuzten sie morgens schon in aller Herrgottsfrühe bei ihm auf und bemühten sich widerwillig, die unseligen Paragraphen auswendig zu lernen, brachten ihren Lehrer dabei aber mehr als einmal an den Rand der Verzweiflung. Blohmsen mußte schmunzeln, als er an die Szene zurückdachte, da Domberger ihnen die Frage stellte: »Was sagt man zu den Passagieren, wenn sie an Bord kommen?« und sie einstimmig geantwortet hatten: »Moin! Moin!« Das trockene Zeug wollte einfach nicht in ihre Köpfe.

Valentin Gruber war es dann zu ihrer Überraschung, der ihnen zu einem Ausweg verhalf. Harmsen mußte sich von Donatius einen Gipsarm anlegen lassen, und zwar schon eine Woche vor der Prüfung, um nicht unnötig Verdacht auf sich zu lenken. Denn in diesem Gipsarm verstaute Valentin einen Sender, während der Empfänger und das Mikro an der Brille untergebracht waren, einem unförmigen, klobigen Kassengestell von anno Tobak. Es war klar, daß nur einer von ihnen in diesem Aufzug zur Prüfung erscheinen konnte und alle dachten ja auch, es genüge, wenn einer der beiden ungleichen Partner das Patent zur Personenbeförderung erlange. Dennoch stritten sie dann während der Prüfung so heftig um die Brille, daß der Schwindel fast aufgeflogen wäre – während Valentin und Donatius vor dem Prüfungsgebäude im Auto saßen und die richtigen Antworten aus einem dicken Handbuch herausfummelten.

Eike Blohmsen blieb nun stehen und blickte auf die hohe See hinaus. Er war verbittert. Seit Harmsen das Patent besaß, spielte er sich hier als Befehlshaber auf. Er hatte es satt, immer bloß zu schlucken und um des lieben Friedens willen nachzugeben.

Zum ersten Mal dachte er ernsthaft daran, sich von seinem langjährigen Partner zu trennen. Und da kam ihm auch schon eine Idee ...

Konstantin Künath fuhr in seinem Polizei-Wartburg heran. Der ehemalige Leiter der Dienststelle Saßnitz war als besonnener, zurückhaltender Mann bekannt, der seine Arbeit als Polizeibeamter gewissenhaft versah und sich bemühte, niemandem unnötig auf die Füße zu treten. Als er die Graffiti sah, rief er: »Am Kurhaus in Binz und an der Hafenmauer hat er sich auch schon verewigt. Wir haben jetzt also einen Sprayer auf Rügen!«

Blohmsen, in seinen Gedankengängen unterbrochen, rief dem Polizeibeamten entgegen: »Die Versicherung muß uns den Schaden bezahlen!«

»Du mußt ein Protokoll anfertigen, alles fotografieren«, schloß sich Harmsen an. »Das muß 'ne offizielle Polizeisache werden. Nur dann kann ich kassieren!«

»Gut«, entgegnete Künath bereitwillig. »Dann geh ich eben nochmal zum Wagen zurück.«

Kaum hatte der Polizist kehrtgemacht, griff Blohmsen auch schon zu Wassereimer und Schrubber, um sich an die Graffiti zu machen. Erst im letzten Moment begriff Harmsen, was er vorhatte, und drückte ihm den Arm weg.

»Das muß doch erst fotografiert werden!« ermahnte er Blohmsen kopfschüttelnd und verzog abschätzig den breiten Mund.

»Mir steht's hier«, stieß Blohmsen nun hervor und strich mit der flachen Hand über das Kinn. »Unterkante Oberlippe, verstehst du?! Von dir laß ich mich nicht mehr rumkommandieren!« Und damit drückte er dem verblüfften Harmsen den Eimer und den Schrubber in die Hand.

»Sondern?« fragte dieser belustigt.

»Ich kündige! Ich hab nämlich noch bessere Angebote!«

Harmsen schüttelte den Kopf und grinste gehässig. »Ist nicht dein Ernst!«

Blohmsen blieb hart. »Du zahlst mich aus, ich geh ...«

Überheblich fragte Harmsen ihn, ob er denn auch schon wisse, wohin? Da hob Blohmsen stolz die Brust, streckte langsam den Arm aus und zeigte zu einem schönen alten Segelschiff hinüber, das unweit von ihrer Anlegestelle lag. Blohmsen betonte jedes einzelne Wort: »Ich heuere bei der Gräfin Lacrosse an.«

Harmsen blickte zu der älteren, gutaussehenden Dame hinüber, die sich auf ihrer Jacht sonnte. Plötzlich war er sich seiner Sache nicht mehr so sicher und sagte: »Das glaubste doch selber nicht!«

»Champagner, Kaviar und schöne Frauen jeden Tag!« Mit diesen Worten drehte sich Blohmsen um und ging stolz wie ein Spanier von der Medo.

»Die Treuhand will eine klare Finanzierung und ein Versprechen, wieviele Arbeitsplätze hier zu schaffen sind«, sagte Bode zu Kneebusch. »Je mehr Arbeitsplätze Sie schaffen, desto billiger können Sie das Hotel kaufen ...«

Sie standen vor dem Eingang des alten Saßnitzer

Stadthotels, das bereits seit Jahren geschlossen war. Kneebusch trat einige Schritte zurück. Er besah sich kritisch die heruntergekommene Holzfassade, die mit ihren Rundbögen und den feinen Schnitzereien von der ehemaligen Pracht der Saßnitzer Bäderarchitektur kündete. Dann sagte er nachdenklich: »Am liebsten würde ich hier ja Ferienwohnungen einbauen. Ein Hausmeister, kein Personal.«

Bode schloß den Eingang auf. Die Tür gab erst nach mehrmaligem Rütteln ächzend nach. Der Makler ließ Kneebusch den Vortritt und sagte, während er die Tür von innen wieder zuschob: »Die Versprechungen müssen exakt sein!« Und, als Kneebusch ihn fragend anschaute, fügte er augenzwinkernd hinzu: »Einhalten müssen Sie sie nicht!«

Nur wenige Augenblicke, nachdem die beiden in dem Gebäude verschwunden waren, fuhr Valentin auf der gegenüberliegenden Seite der Straße vor und betrat Dombergers Fotoladen. Domberger sortierte Rechnungen. Wibke saß an dem kleinen Tischchen im Verkaufsraum.

»Bode hat wieder einen Interessenten für das Stadthotel«, begrüßte sie Valentin.

»Hat er schon vielen gezeigt«, erklärte Domberger, ohne von seinen Papieren aufzusehen. »Ist nie was daraus geworden. Eigentlich müßte man die Bude abreißen.«

Valentin setzte sich zu Wibke und wärmte seine Hände an der Tasse Kaffee, die sie ihm anbot. Er machte einen niedergeschlagenen Eindruck.

Wibke sah ihm sofort an, daß es ihm nicht gut

ging, und traf mit ihrer Frage, ob was mit Hanna sei, auch gleich ins Schwarze.

»Die macht den Segelschein. Ist ein neuer Spleen von ihr«, antwortete Valentin dumpf.

»Find ich ja spitze!« rief Wibke begeistert aus.

Valentin schaute sie säuerlich an. »Ja? Nett von dir, mir so was zu sagen.«

Aber Wibke ließ sich von ihrer Begeisterung nicht abbringen und meinte, er könne doch mitmachen.

»Spinnst. Ich auf dem Wasser. In einem Boot. Das fehlt mir noch in meiner Freizeit«, antwortete Valentin störrisch.

Während er vor sich hin brütete, nahm im Gebäude gegenüber Kneebusch den Bauzustand unter die Lupe. Langsam schlenderte er mit Bode durch die Eingangshalle und fragte: »Gibt es noch andere Interessenten?«

»Ein paar Einheimische und eine Familie, die Altansprüche anmeldet. Aber ich kenne den Mann bei der Treuhand, der das Objekt betreut ... Sie wissen schon – eine Treuhand wäscht die andere ...« Damit dirigierte er Kneebusch behutsam in den nächsten Raum, der mit dicken Pfosten notdürftig abgestützt war. Kneebusch hakte nach: »Und die Gemeinde?«

»Der Bürgermeister frißt mir aus der Hand«, sagte Bode leichthin.

»Sieht ganz so aus, als käme keiner auf der Insel an Ihnen vorbei. Alles im Griff, was?«

»Naja, sagen wir *fast* alles!« Bode ließ die Worte in der Luft hängen und begann, seine Vorstellungen über einen Umbau auszuführen, da nahm er ein knisterndes Geräusch wahr. Kneebusch sah ihn fragend an. Jetzt begann es, im Gebälk zu knacken. Nicht einmal, sondern zweimal, dreimal. Das Geräusch steigerte sich. Instinktiv begannen die beiden Männer zu laufen. Doch ehe sie den Ausgang erreichten, sackte der Boden unter ihnen weg, krachte nach unten und riß sie mit.

Bode spürte einen dumpfen Schmerz. Dann merkte er, daß er sich nicht mehr bewegen konnte. Ein dicker Balken lag quer über seinem Unterleib, die Beine waren verschüttet. Ein jäher Schreck durchzuckte ihn. Vorsichtig versuchte er seine Zehen zu bewegen. Es ging. Offensichtlich war er mit dem Schrecken davongekommen. Er war erleichtert. Als sich der Staub langsam verzog, sah er auf das Loch über ihnen und entdeckte, daß sich weitere Balken gefährlich neigten. Im selben Augenblick brach ein schwerer Stein aus dem Gemäuer und knallte, noch mehr Mauerwerk mit sich reißend, gegen ein Fensterkreuz, das nun mit Ziegeln, Staub und Mörtel auf die Straße donnerte und direkt vor Dombergers Laden liegenblieb.

Erschrocken sprangen Valentin, Domberger und Wibke auf. Valentin war als erster draußen, während Wibke zum Telefon hastete. Valentin erfaßte die Lage mit einem Blick. Hilferufe aus dem Inneren des alten Stadthotels alarmierten ihn zusätzlich.

Rasch arbeitete er sich zu Bode vor, aber ebenso schnell war ihm auch klar, daß er zuerst versuchen mußte, die Stelle, an der Bode eingeklemmt lag, gegen nachrutschende Balken zu sichern.

Da sah er, wie Domberger in einiger Entfernung

neben Kneebusch kniete. Offenbar war der Mann bewußtlos.

Bode ließ keinen Blick von Valentin, er sah ihm angstvoll zu, wie er sich keuchend gegen Balken stemmte und diese mühsam absicherte.

»Vielleicht sollten wir jetzt noch amal über mein Baugrundstück verhandeln«, fiel Valentin ein, der es sich nicht verkneifen konnte, wenigstens für einen kurzen Augenblick die hilflose Situation des Maklers auszukosten. »Nu machen Sie schon«, gab der zurück, »das ganze Mauerwerk drückt doch nach!«

Valentin schob ein dickes Rundholz unter den Balken, der Bode einklemmte, drückte mit dem Fuß einen quaderförmigen Stein unter das Holz, um eine Auflage zu haben und hebelte den Balken hoch. Der Makler kroch mühsam heraus. Im selben Moment stürzte ein weiterer Balken neben Bode nieder. So schnell es ging half Valentin ihm aus dem Gefahrenbereich heraus. Bode zog das rechte Bein etwas nach. Ansonsten hatte er offensichtlich nur einige leichtere Schürfungen und Schrammen davongetragen. Sein durchgestyltes Outfit allerdings war ziemlich in Mitleidenschaft gezogen. Langsam gingen sie zu Kneebusch hinüber, der immer noch ohne Bewußtsein war. Aber da eilten auch schon Sanitäter mit einer Trage herein. Bode stützte sich auf Valentin und zog ihn Richtung Ausgang.

»Vielleicht haben Sie mir das Leben gerettet«, sagte er leise.

»Vielleicht . . .«

»Und Sie haben sich dabei selber in Gefahr gebracht.« Bodes Stimme klang in diesem Augenblick weich und echt.

Aber Valentin war mißtrauisch. »Sie werden's wieder vergessen, Herr Bode.«

»Machen Sie mich nicht schlechter, als ich eh schon bin!« erwiderte dieser mit einem anrührenden Lächeln.

»Ich bin ein echter Russe – gut gewaschen!« hatte Boris Begulov gesagt, als Kneebusch ihn mißtrauisch musterte.

»Ein waschechter Russe!« stellte Erika, Begulovs Frau, lachend klar.

Bode hatte auf dem Weg zum Stadthotel mit Kneebusch an dem Imbißstand haltgemacht, mit dem der ehemalige Offizier der Roten Armee mit seiner Frau, die er auf Rügen gesucht und gefunden hatte, seit kurzem russische Spezialitäten verkaufte – mit wachsendem Erfolg.

Bode hatte den Russen seinem Gast aus Düsseldorf vorgestellt: »Er hat ein halbes Jahr bei mir als Chauffeur gearbeitet, ist aber von Haus aus Pilot und Ingenieur. Dem können Sie einen Schraubenzieher und eine Zange in die Hand geben, und er macht aus nem Haufen Schrott ein voll funktionsfähiges Auto!«

Bis 1989 war Boris Begulov vergeblich in Berlin auf Wohnungs- und Arbeitssuche gewesen. Dann hatte er sich an eine Einladung von Donatius Domberger erinnert, der ihm ein Jahr zuvor noch als Tourist im Ostteil der Stadt begegnet war und ihn damals sofort in eine politische Diskussion verwickelt hatte. Zum Schluß hatte man sich freundschaftlich verabschiedet und die Adressen ausgetauscht. Nun war er schon fast ein Jahr auf Rügen, hatte über eine Heiratsanzeige seine Erika gefunden. Die Eheschließung hatte ihm ein Bleiberecht in Deutschland eingebracht. Und so spekulativ das auch alles wirken mochte – für Boris Begulov war es eine Liebesheirat gewesen. Er zählte sich seitdem zu den glücklichsten Menschen auf Gottes Erde.

Im Augenblick schob er mit Rothmanns Hilfe Kneebuschs Maschine vor den Hangar und öffnete die Klappe zum Motor. Nachdenklich stützte er den Kopf in die Hand. Intensiv musterte er die Teile, ohne sie zu berühren und zündete sich eine Zigarette an, ehe er sich aufrichtete und drei Schritte zurückging. Schweigend verharrte er in dieser Haltung, bis er schließlich erneut in den Motor hineinblickte, um dann um das Flugzeug herumzugehen und sich dem Motor wieder zu nähern.

Rothmann, der ihm die ganze Zeit über staunend zugeschaut hatte, fragte entgeistert: »Sag mal, was machst du da eigentlich? Das hast du doch gestern auch schon stundenlang gemacht!«

Jetzt faßte Boris in den Motor hinein. Sanft, beinahe zärtlich glitten seine Finger über die metallenen Rundungen und Flächen. »Ich freunde mich mit ihm an«, erwiderte Boris mit einer Selbstverständlichkeit, als sei Rothmann der einzige Mensch, der es noch nicht begriffen hatte. Aber Rothmann fragte nur: »Mit wem?«

»Mit dem Flugzeugmotor«, fuhr Boris fort. »Und

wenn wir uns kennen, stelle ich die Diagnose. Und wenn ich die Diagnose gestellt habe, überlegen wir uns die Therapie – du verstehst?«

Rothmann verstand nicht und brachte dies auch zum Ausdruck: »Kommt mir ein bissel überkandidelt vor.«

»Aber es funktioniert«, stellte Boris trocken fest und ging wieder ein paar Schritte auf Abstand. Im gleichen Augenblick hörte er Valentins Motorrad heranbrausen. Boris drehte sich um.

»Was machst du denn hier auf dem Flugplatz?« fragte Valentin.

»Hab versprochen, ein Flugzeug zu reparieren.«

»Ein Flugzeug, aha«, staunte Valentin. »Drunter tust es nicht, was?«

Boris erklärte Valentin die Angelegenheit, aber der hatte es eilig und fragte bloß: »Sag amal, muß man bei so einem Flugzeug eigentlich auch eine Kontrollfahrt ... – also einen Kontrollflug machen, wenn's gmacht ist?«

Boris bestätigte. Und damit war Valentin auch schon wieder über alle Berge.

Weit drunten in Bayern war es Bernie derweil gelungen, ungesehen ins Lager des »Miesbacher Anzeigers« zu gelangen. Er schlich die langen Gänge zwischen den hohen Metallregalen entlang, die bis zur Decke reichten, vorbei an Papierrollen und Ballen mit zusammengepreßten Schnipseln, die durch den Reißwolf gegangen waren. Schließlich kam der dicke Lokalredakteur in einen Gang mit verschiedenen kleineren Kartons. Spontan versuchte er, zwischen einem vollbepackten Gabelstapler und der Regalwand hindurchzukommen, merkte aber zu spät, daß dies sein Umfang nicht erlaubte. Er blieb zwischen dem Stapler und sauber im Regal aufgeschichteten Umschlagkartons stecken und konnte sich nur mit einem gewaltigen Ruck wieder befreien! Nun versuchte er es von der anderen Seite der Regalwand her. Hier öffnete er schließlich wahllos einen der Kartons, zog aber erschrocken seine Hände zurück, als die Deckel aneinanderstreiften und ein scharrendes Geräusch von sich gaben. Wohl war ihm bei dieser Sache nicht, aber was tat man nicht alles für einen guten Freund! Er öffnete den Karton vollends und stieß auf einen Stapel mit alten Pornoheftchen. Grinsend nahm er das obenliegende Exemplar heraus, blätterte ein paar lange Sekunden lustvoll darin herum, ehe er sich wieder zur Ordnung rief und weitersuchte. Nach einigen Kartons mit Werbedrucksachen und Heftchenromanen fand er endlich die gesuchten Flaschenetiketten der Mohnbachbrauerei. Rasch nahm er einen Posten von ihnen aus dem Karton und ließ ihn in ein mitgebrachtes Kuvert gleiten. Dann ging er schnell auf die Tür zu, die sich im selben Moment, da er sie erreicht hatte, öffnete. Vor ihm stand sein Verleger Konz und starrte ihn überrascht an.

»Ziegler, was machen Sie denn hier?« fragte er verdutzt.

Bernie reagierte blitzschnell und antwortete gelassen mit einer Gegenfrage: »Sagen'S, Herr Konz, die Mohnbachbrauerei – ist das ein wichtiger Kunde von uns?«

»Warum wollen's das denn wissen?« fragte Konz.

Diesmal brauchte Bernie etwas länger mit seiner Antwort und verschaffte sich erstmal durch ein Räuspern ein wenig Luft. Dann sagte er: »Ich überlege mir, ob ich nicht vielleicht eine, also eine Success ... also eine Erfolgsstory ...«

»Ich weiß, was eine Success-Story ist«, unterbrach ihn der Verleger. »Über den Senator Stricker wollen's also eine Erfolgsstory machen?«

»War halt so eine Idee«, gab sich Bernie bescheiden.

»Na ja, er ist ein wichtiger Anzeigenkunde und wir drucken alles für ihn. Mit dem Mann setzen wir im Jahr mindestens – also, eine ganz schöne Summe setzen wir mit dem um.«

»Sehen's, das ist doch eine klare Auskunft, das wollt ich wissen!« Bernie strahlte Konz an und drückte sich an ihm vorbei. Erleichtert registrierte er, daß Konz einen Schritt zurückwich und ihn in den anschließenden Flur entließ. Den wohlwollenden Blick, den sein Chef ihm nachschickte, sah er allerdings nicht mehr ...

»Wir müssen Zucker mitnehmen, jede Menge Zukker!« Wibke drängte Domberger, seinen Laden zu schließen.

Als Frau Streitz wenige Minuten zuvor ihre Urlaubsfotos abholen wollte, fehlten ihr fünf Mark. Offenbar war der Frau das furchtbar peinlich. Wibke hatte beschlossen, sich die Situation zunutze zu machen, und ihr angeboten, das Geld auszulegen, was Frau Streitz erleichtert annahm. Dann hatte Wibke ihre Testfrage gestellt. Für sie war eine Testfrage die abgemilderte Form einer Fangfrage. In der Tat konnte sich Tante Wibke auf ihren kriminalistischen Spürsinn einiges einbilden, denn jedesmal, wenn sich die Gelegenheit dazu bot, Valentin bei der Aufklärung eines Falles behilflich zu sein, scheute sie keine Mühen, um aus der Position der scheinbar Unbeteiligten heraus an Informationen heranzukommen, zu denen ein offizieller Ermittler niemals Zugang bekommen hätte. So entwickelte sie denn mit der Zeit auch für Menschen, die nicht aufrichtig waren, eine ganz gute Nase.

Unter den Augen des verblüfften Donatius fragte sie Frau Streitz, ob ihr Mann denn nicht einmal einen kleinen Blick auf Dombergers Wagen werfen könne, der schon seit einigen Tagen nicht mehr so richtig laufe.

»Mein Mann?« Frau Streitz fiel aus allen Wolken. »Der ist doch technisch völlig unbegabt!« Im selben Moment hielt sie inne. Offenbar dämmerte es ihr, daß sie nahe daran war, sich in Widersprüche zu verwickeln. Dann aber fand sie einen Ausweg aus der Situation, indem sie behauptete, daß ihr Mann sich nun leider gerade bei der Marke, die Domberger fahre, absolut nicht auskenne. Und dann verabschiedete sie sich sehr rasch ...

Kurz darauf fuhr Domberger brav mit Wibke in seinem türkisgrünen Wartburg zu dem Bauernhof nach Göhren und stellte den Wagen in der Nähe des

Wassers hinter einem Gebüsch ab. Die ganze Fahrt über unternahm er immer wieder neue Versuche, aus seiner alten Freundin herauszubekommen, was sie eigentlich vorhatte. Aber offensichtlich bereitete es ihr Vergnügen, ihn auf die Folter zu spannen.

Sie stiegen aus und drückten die Wagentüren geräuschlos zu. Ein sanfter Wind, der vom Meer her wehte, bewegte die Zweige der Büsche. Sie befanden sich auf der Rückseite des Hofes. Zwischen ihrem Standort und der halboffenen Scheune, in der Wibke den roten Wagen vermutete, lagen nur etwa zehn Meter. Die Windrichtung war ungünstig. Geräusche aus dem Haus würden von ihnen weg, Geräusche, die sie selbst verursachten, dem Haus zugetragen werden. Wibke fixierte, die Zuckertüte in den Händen, die beiden Fenster auf der Rückseite des Wohngebäudes. Da hier vermutlich die Schlafzimmer lagen, wäre es jetzt am späten Vormittag unwahrscheinlich, gesehen zu werden. Mit einer energischen Kopfbewegung bedeutete sie Domberger, sich mit ihr in Richtung Scheune zu bewegen. Mit wenigen Schritten hatten sie die Wiese durchquert und drückten sich eng an die Scheunenwand. Das Holz dünstete einen unangenehmen Geruch nach Holzschutzmittel aus. Ein Blick hinüber zum Wohnhaus versicherte Wibke, daß ihre Anwesenheit unbemerkt geblieben war.

Domberger war nicht wohl in seiner Haut. Wibke forderte ihn auf, einige abstehende, lose Bretter beiseite zu schieben, um ins Innere der Scheune zu gelangen. Als sich der erste Spalt auftat, spähte sie mit einem Auge hindurch und blies durch die Zähne: Tatsächlich, da stand also, wie sie vermutet hatte, der Wagen von Streitz!

Jetzt endlich dämmerte es Domberger, was Wibke mit dem Zucker vorhatte! Unter großer Anstrengung gelang es ihm, den Spalt zu vergrößern, bis sie sich hindurchquetschen konnten. Bemüht, keine unnötigen Geräusche zu machen, gingen sie vorsichtig auf den Wagen zu. Von der anderen Seite her fiel das Licht ihnen hart entgegen.

Als Domberger den Tankverschluß abschraubte, preßte er zwischen den Zähnen hervor: »Das ist die abstruseste Idee, die mir jemals von dir untergekommen ist. Ich sollte mich weigern, mitzumachen!«

Unbeeindruckt schüttete Wibke bedächtig den Zucker in den Tank. In diesem Moment hörten sie, daß die Tür zum Wohnhaus geöffnet wurde. Schritte! Sie zuckten zusammen und duckten sich. Wibke verschüttete Zucker, er rieselte auf den Scheunenboden. Dann wagte Domberger einen ängstlichen Blick zum Haus hinüber und beobachtete, wie Frau Streitz einen Eimer Wasser in den Hof kippte und dann wieder, ohne sich umzusehen, zurückging und die Tür hinter sich schloß. Offenbar hatte sie nichts bemerkt.

Wibke schüttete ungerührt den restlichen Zucker in den Tank und setzte den Verschluß wieder drauf. Dann verteilte sie den verschütteten Zucker mit ihren Schuhen am Boden, bis nichts mehr davon zu sehen war. Rasch verzogen sie sich nun wieder in ihr Versteck hinter dem Gebüsch bei ihrem Wagen.

Sie warteten und beobachteten das Gehöft. Aber

nichts rührte sich. Sie warteten weiter. Domberger trat von einem Fuß auf den anderen. Seine Stimmung sank von Minute zu Minute. »Ne Schnapsidee war das. Mein Geschäft ist verwaist und wir sind es hier auch!« Er bemühte sich sichtlich, seinen Ärger unter Kontrolle zu halten.

»Noch zehn Minuten!« bat Wibke.

»Das sind ungefähr die dreizehnten ›Noch zehn Minuten!‹ Sowas kann einfach nicht funktionieren!« beharrte er. Woher nahm Wibke nur die Sicherheit, daß diese Unternehmung irgendeinen Erfolg haben sollte?

In diesem Augenblick kam Streitz aus dem Haus. Er ging zu seinem Wagen, stieg ein und startete. Wibek und Domberger blickten sich an. Streitz fuhr an, ließ den Wagen dann aber im Hof mit laufendem Motor stehen, stieg wieder aus und rief seiner Frau zu: »So beeil dich doch! Seit einer Stunde wolltest du schon losfahren! Also los doch!«

Da setzte der Motor plötzlich aus. Streitz blickte seinen Wagen irritiert an. Der stotterte noch wenige Sekunden gequält vor sich hin, um dann ganz abzusterben. Frau Streitz trat aus dem Haus und blickte ihren Mann fragend an. Der setzte sich ans Steuer und versuchte, zu starten. Aber nur das malmende Geräusch des Anlassers war zu hören.

»Das ist doch nicht möglich!« Sie drehte sich abrupt auf dem Absatz um und rief: »Ich ruf diesen Typen sofort an!« Damit war sie im Haus verschwunden. Er blieb regungslos in seinem Wagen sitzen. Dann begann er von neuem, den Anlasser zu betätigen. Vergeblich.

Wibke und Domberger aber schauten sich in ihrem Versteck zufrieden an. Diesmal mußten sie nicht lange warten. Nach wenigen Minuten schon tuckerte ein alter Pick-up an ihnen vorbei. Der Lieferwagen blieb im Hof stehen, und ein Mann stieg aus. Domberger schätzte sein Alter um die sechzig. Aufgeregt kam Herr Streitz ihm entgegen: »Den Wagen haben Sie vorige Woche repariert. Und jetzt ist er schon wieder hin. Ich sag Ihnen gleich: Ich zahle keine weiteren Reparaturen mehr!«

Während der Mann um den Wagen herumging und dann die Motorhaube öffnete, beschwerte sich Herr Streitz weiter. Erst sei der Motor noch ganz rund gelaufen und dann plötzlich – »töff-töff-töff« – habe er keinen Mucks mehr gemacht.

»Töff-töff-töff! So, so!« äffte der Mann ihn nach, wurde aber gleich wieder sachlich. »Wollen wir mal sehen!« Gezielt griff er nach verschiedenen Teilen, bis er schließlich feststellte, es werde kein Benzin zugeführt.

»Setzen Sie sich rein. Ich schlepp ihn zu uns«, forderte er Streitz auf.

Wenige Minuten später folgten Domberger und Wibke dem roten Wagen in sicherer Entfernung ...

Der neue Oberpolizeirat in der Zentrale in Bergen hieß Schnoor und kam aus Sachsen. Er hatte die Umschulung als Bester seines Jahrgangs abgeschlossen und war, wie Valentin gehört hatte, »einer von der harten Sorte«. Aber nicht er, sondern sein Vorgänger Freese, der nun auf seinen alten Dienstposten nach Köln zurückging, war es gewesen, der Hanna nach Bergen versetzt hatte. Ihre Aufgaben im Polizeirevier Saßnitz sollte in Zukunft Mascha Kressnik übernehmen, ein junges, hübsches und aufgewecktes Mädchen, das soeben die Dresdner Polizeiakademie absolviert hatte und sich nun auf Rügen ihre ersten Sporen verdienen sollte.

Kaum hatte Hanna die letzten persönlichen Gegenstände in einer Schachtel verstaut, die Künath ihr hingehalten hatte, da kam Mascha schon mit ihren Unterlagen angerauscht und warf ihre Sachen auf die Schreibtischplatte. Hanna nahm es ihr nicht übel. Sie spürte, daß die junge Kollegin vor Arbeitseifer nur so glühte. Sie selbst hatte ja auch Lust, neue Aufgaben zu übernehmen. Valentin aber, als er das Revier betrat und sie beim Packen sah, stöhnte: »Ist es also so weit!«

»Du tust gerade so, als ob es ein Abschied fürs Leben wär«, versuchte sie ihn zu trösten.

»Du wirst mir halt fehlen«, sagte Valentin traurig. »Du gehörst für mich in dieses Büro, hinter diesen Schreibtisch. Ich kann mir's gar nicht vorstellen, daß du nicht mehr da bist.«

Hanna spürte, daß ihr Valentins Anhänglichkeit langsam aber sicher unangenehm wurde und überlegte, wie sie diese Situation, die ihr auch gegenüber Künath und der Neuen etwas peinlich wurde, beenden könnte.

Die Tür ging auf, Schnoor kam herein, begrüßte die Anwesenden knapp und erkundigte sich nach dem Stand der Ermittlungen in der Diebstahlserie und der Sprayer-Sache. Als Künath und Valentin zugeben mußten, daß sie noch nicht weitergekommen waren, verzog Schnoor das Gesicht und sagte mit einem zynischen Lächeln: »Hör ich recht? Klingt irgendwie wenig engagiert!« Dabei warf er Hanna ein Lächeln zu, das Valentin nicht entging.

Trotzig sagte Valentin, wenn das so sei, könne ja Hanna in Zukunft von *seinem* Büro aus die hiesigen Fälle mitbearbeiten! Er hatte die Nase gestrichen voll. Erst nahm man ihm hier Hanna weg und dann setzte man ihnen solch einen strammen Altvorderen vor die Nase, der sich bisher nicht *einmal* die Mühe gemacht hatte, sich wirklich nach ihren Leistungen zu erkundigen! Er machte auf dem Absatz kehrt und ging auf die Tür zur Garderobe zu.

»Herr Gruber – Augenblick ... so geht das nicht!« rief ihm Schnoor im Befehlston hinterher.

Aber Valentin antwortete nur, ohne sich noch einmal zu seinem Vorgesetzten umzudrehen: »Ich hab grad eben Feierabend g'macht, Herr Schnoor!« Und schon war er draußen und ließ die Garderobentür ins Schloß fallen.

Rasch kam Hanna ihm nach und sagte weich: »So kannst du doch nicht mit deinem Chef reden!« Dann aber half sie ihm aus der Jacke und küßte ihn, ehe sie wieder zurückging, zärtlich auf den Mund.

Auf dem Flur des Dienstgebäudes kamen Valentin Wibke und Domberger entgegen. Aufgeregt nahmen sie ihn in die Mitte. »Wir haben die Ganoven!« erklärte Donatius stolz. Valentin brauchte nicht lange zuzuhören, um zu begreifen, daß die beiden Hobbykriminalisten wieder einmal saubere Arbeit geleistet hatten. Also schnappte er sich wieder seine Jacke, ging ins Büro zurück und fragte Künath, ohne

Schnoor eines Blickes zu würdigen, wo die Liste der gestohlenen Gegenstände sei. Als Künath stumm auf einen Ablagekorb deutete, fingerte Valentin sich die Liste heraus und sagte zu Mascha: »Kommen Sie mal mit, Kollegin Kressnik, vielleicht können'S was lernen.«

Sie ließen den verblüfften Schnoor zurück und eilten dem Ausgang zu. Wibke und Domberger standen bereits vor dem Polizeiwagen.

Über schmale, staubige Straßen lotsten die beiden Valentin in einem komplizierten Nacheinander von Abbiegungen zu einem Haus mit einem Schuppen an einer entlegenen Bucht. Hinter dem Haus schaukelte ein altes Segelboot im Wasser. In leisem Takt schlug der Wind die Wanten an den Mast. Sie beschlossen, Domberger und Wibke sollten sicherheitshalber im Wagen bleiben. Dann gingen Valentin und Mascha Kressnik auf den Schuppen zu. Das Tor war halb geöffnet, so daß der Kühler des roten Wagens schon von weitem zu sehen war. Unter der Motorhaube machten sich gleichzeitig zwei Männer zu schaffen. Valentin schätzte beide so um die sechzig Jahre alt. Als sie die Schritte der Beamten hörten, sahen sie von ihrer Arbeit auf und sahen sie mit undurchsichtigen Mienen an.

»Ist das ein angemeldetes Gewerbe, das Sie hier betreiben?« fragte Valentin.

»Das ist überhaupt kein Gewerbe, wir basteln hier nur so rum«, antwortete einer der beiden und versuchte ein Lächeln. Er hatte ein breites Gesicht und fettige Haare, die glatt nach hinten gestrichen waren. Forsch ging Valentin jetzt einfach an den beiden vorbei und fragte, ob er sich mal ein bißchen umschauen dürfe. Da drehte sich der andere Mann ihm zu. »Haben Sie einen Durchsuchungsbefehl oder sowas?«

»Das fragen immer nur Leute, die etwas zu verbergen haben«, erwiderte Valentin ungerührt und zog die Liste der gestohlenen Ersatzteile aus der Tasche.

Jetzt erst sah er die zahlreichen Erinnerungsstücke aus alten Zeiten, mit denen die Werkstatt vollgestopft war. Ein großes Honecker-Porträt im Goldrahmen, ein Transparent mit der Aufschrift »Lang lebe die ruhmreiche Partei der Arbeiterklasse!«

»Was suchen Sie eigentlich?« fragte der mit den fettigen Haaren.

»Gestohlene Ersatzteile, Autozubehör, alles . . .«

Mascha Kressnik, die inzwischen verschiedene Schränke geöffnet und darin herumgestöbert hatte, bemerkte die zunehmende Nervosität des Mannes, der nun anfing, ununterbrochen weiterzureden.

»Wie in alten Zeiten. Herumstöbern, das haben sie alle gekonnt. Nichts hat sich geändert. Nichts. Außer, daß ich keine Arbeit mehr habe und in meinem Alter auch keine mehr bekommen werde . . .«

Er ging hinter dem Polizisten her und baute sich dann vor Valentin auf. »Früher war ich wer. Da hat man meine Arbeit noch geschätzt, mein Können. Und jetzt? Jetzt geht gar nichts mehr.«

Plötzlich beugte sich Valentin zum Boden nieder. Er öffnete eine Falltür, von der eine Treppe steil nach unten führte und blickte ins Dunkel.

Da sagte der Mann: »Das Runtersteigen können

Sie sich sparen. Alles, was Sie suchen, finden Sie da unten!«

Im selben Augenblick merkte Valentin, daß der andere verschwunden war. Er drückte Mascha rasch die Liste in die Hand und bat sie, weiterzumachen. Dann verließ er den Schuppen und rannte in Richtung Wasser. Der Mann folgte ihm auf dem Fuß und redete weiter. Seine Stimme klang jetzt verbittert: »Wollen Sie wissen, warum wir das hier aufgezogen haben? Mit der Scheiß-Arbeitslosenunterstützung bleibt einem ja nichts anderes übrig! Ihr mit eurer Marktwirtschaft, ihr könnt mir gestohlen bleiben!«

Da entdeckte Valentin den anderen, der soeben mit dem alten Segelboot vom Steg abgelegt hatte.

»Kommen Sie zurück!« schrie er ihm nach. »Das hat doch keinen Sinn!«

Im gleichen Moment fuhr ein Windstoß in das Segel. Die Rahe schwenkte um, und ehe der Mann ausweichen konnte, krachte sie mit Wucht gegen seinen Kopf. Der Mann stürzte rückwärts ins Wasser und ging unter. Sofort sprang Valentin hinterher und tauchte hinab. Mascha Kressnik stand am Ufer und knetete ihre Fingerknöchel, die weiß unter der Haut hervortraten. Auch der Mechaniker biß sich auf die Unterlippe. Nach einigen Sekunden hatte Valentin den Mann, der offenbar bewußtlos war, wieder an die Wasseroberfläche gebracht. Mascha und der Mechaniker halfen, ihn ans Ufer zu ziehen, und Valentin begann sofort mit Wiederbelebungsversuchen, die er ja erst kürzlich geprobt hatte. Allerdings verzichtete er in diesem Fall auf eine Mund-zu-Mund-Beatmung!

Mascha war inzwischen zum Wagen zurückgegangen, um Verstärkung und einen Krankenwagen anzufordern. Als sie mit Wibke und Domberger zurückkam, schlug der Mann, große Mengen von Wasser spuckend, wieder die Augen auf, und Valentin sagte zu Mascha lächelnd:

»Sehen Sie, wenn'S mit mir mitkommen, können'S immer was lernen!«

Am Abend desselben Tages saß Valentin mit Ralf, dem Wirt der Saßnitzer Brauereigaststätte, in einem Nebenraum und klebte mit ihm die Etiketten der Mohnbachbrauerei, die morgens schon in Wibkes Briefkasten gelegen hatten, auf die vollen Flaschen mit dem selbstgebrauten Mecklenburger Pils vom Ort. Sanft nahmen die beiden Männer Flasche für Flasche in die Hände, setzten die Etiketten akkurat darauf und betrachteten jedes Exemplar mit Stolz. Das würde eine Gaudi geben!

Unbefangen hatte Hanna ihrem neuen Chef von Valentins listigem Vorhaben erzählt. Der aber reagierte ungehalten.

»Das ist doch glatter Betrug!«

Aber selbst, als er sie dann nach dem Namen der bayrischen Brauerei fragte, hätte Hanna im Traum nicht daran gedacht, welche Steine sie mit ihrer Äußerung lostreten würde.

Schnoor ging in sein Büro und ließ sich sofort die Verbindung nach Miesbach geben.

Bernie saß gerade an einem Artikel über »Kulinarische Gebräuche in Miesbachs Partnerstadt auf Rügen«, da bemerkte er, daß jemand in der Tür stand. Instinktiv sagte er, ohne aufzusehen: »Jetzt keine Störung bitte!«

»Sie sind entlassen!« Hörte er die Stimme in der Tür sagen. Sie gehörte seinem Verleger Konz.

»Können'S damit nicht morgen kommen«, erwiderte Bernie noch. Dann aber dämmerte es ihm. »Ich bin entlassen? Aber warum?« Jetzt erst drehte er sich gemächlich der Tür zu und entdeckte neben Konz den Inhaber der Mohnbachbrauerei Stricker. Der legte nun los. Wie er dazu komme, Etiketten aus seinem Bestand nach Rügen zu schicken, damit dort Schindluder damit getrieben werden könne!

»Das können Sie doch gar nicht wissen«, entfuhr es Bernie. Er war völlig konsterniert.

»Nichts ist so fein gesponnen«, erwiderte Konz. »Nähere Auskünfte erteilt Ihnen sicher gerne ein Herr Oberpolizeirat Schnoor. Die Entlassung ist fristlos!« Damit machten die beiden Männer kehrt und entfernten sich.

Bernie sah fassungslos vor sich hin. Der Text, an dem er eben noch gearbeitet hatte, verschwamm vor seinen Augen. Er hatte das Gefühl, als habe ihm jemand ganz plötzlich den Boden unter den Füßen weggezogen. Doch dann packte ihn ein Zorn, wie er ihn schon lange nicht mehr erlebt hatte und der sich steigerte, als Valentin auf Rügen nicht sofort zu erreichen war. Als ihm Wibke die Telefonnummer der Rüganer Brauereigaststätte gab, dachte er nur: »Ich werd' entlassen und der sauft sich einen an!« Und als er dann endlich Valentin an der Strippe hatte, machte ihn dessen Ahnungslosigkeit vollends rasend. Ausgerechnet *ihn*, Bernie Ziegler, fragte Valentin, woher Schnoor das denn nur wissen könne!

»Ja, das weiß ich doch net, wer ihm das gesteckt hat«, brüllte er. »*Ich* bin jedenfalls entlassen!« Und damit knallte er den Hörer auf die Gabel.

Valentin schaute vom Telefon aus auf seine Freunde, mit denen er schon eine gute Stunde dagesessen und gutes Bier getrunken hatte. Der arme Bernie. Entlassen! Und *er* war schuld daran! Dann gab er sich einen Ruck und ging an den Tisch zurück, wo er Pater Tobias auf die Schulter klopfte und sagte: »Gell, so ein gutes Bier gibt es nicht in Bayern.«

»Es *ist* ja aus Bayern«, erwiderte dieser und lachte gemütlich.

»Eben nicht!« sagte Valentin und blickte schelmisch in die Runde. Jetzt blickten auch sein Vater und der Rüganer Pfarrer von ihren Gläsern auf, und Michael sagte ungläubig: »Was heißt das: Eben nicht?«

»Es ist das gute heimische Bier. Nach dem Reinheitsgebot und überkommenen Rüganer Rezepten hergestellt!«

Einen Augenblick lang herrschte eisiges Schweigen. In das hinein sagte Valentin jetzt: »Nur die Etiketten – die Etiketten sind aus Bayern!« Während alle Blicke nun fragend zum Wirt wanderten, ging plötzlich die Tür auf und Oberpolizeirat Schnoor trat an den Tisch. Laut und ohne jede Höflichkeitsfloskel teilte er Valentin mit, daß er vorläufig vom Dienst suspendiert sei!

Valentin sah ihn verständnislos an. Die anderen waren ganz ruhig geworden und blickten vom einen zum anderen.

»Mit welcher Begründung?« fragte Valentin.

»Vortäuschen falscher Tatsachen, Beihilfe zum Diebstahl und Betrug«, sagte Schnoor streng.

Da brach es aus Pater Tobias heraus: »Das kann doch nicht Ihr Ernst sein, das war doch alles nur ein Spaß!«

»Sie halten sich da raus, das ist ein Dienstgespräch«, fuhr er den Pater an. Dann sagte er mit versteinerter Miene: »Und im übrigen haben wir hier eine der schlimmsten Diebstahlserien aufzuklären, und Sie sitzen hier und trinken Bier!«

»Der Fall ist aufgeklärt, die Täter sind geständig und im Arrest. Sonst noch Fragen?« konterte Valentin.

»Auch wenn es so sein sollte, bei der Suspendierung bleibt's«, sagte der Polizeichef kalt.

»Hab ich auch nicht anders erwartet!« sagte Valentin laut und hob sein Glas. »Prost! Bei Ihnen weiß man wenigstens, wo man dran ist!«

Als er Schnoor nun zutrank, machte der auf der Stelle kehrt und verließ den Raum.

»Kannst ja zurückkommen zu uns nach Miesbach«, meinte Tobias jetzt. »Die Gelegenheit ist günstig.«

Ja, er würde nach Bayern gehen, und zwar morgen früh schon. Er mußte die Sache mit Bernie selbst in die Hand nehmen und wieder in Ordnung bringen, das schwor er sich!

Boris wäre nicht Boris gewesen, hätte er sich nicht von Valentin zu einem »Kontrollflug« mit Kneebuschs Maschine nach Bayern überreden lassen. Und so kam es, daß Valentin gleich am nächsten Tag noch mit Konsul Stricker reden konnte.

Er war da auf eine glänzende Idee gekommen. Die Maschinen der Rüganer Brauerei waren alt und das Gebäude baufällig, aber die Rezeptur war erste Sahne. Dreitausend Hektoliter pro Jahr wären schon drin! Wenn Stricker Lust hätte, einen Fuß seiner Brauerei nach Rügen zu setzen, würde auch Rolf zu einem Joint-venture nicht nein sagen, denn Stricker war auch unter sozialen Aspekten nicht unbedingt ein Unternehmertyp der härtesten Sorte. Vielleicht würde er sogar bereit sein, Rolfs Belegschaft zu übernehmen ...

Vor seinem Rückflug aber mußte Valentin noch den zweiten Teil seines Planes in die Tat umsetzen. Nach erfolgreichen Verhandlungen bat er Stricker in Sachen Bernie um Hilfe.

Bernie stand in seinem Büro und packte seine Sachen. Er war verbittert. »Ich hätte ja vielleicht noch mal Gnade vor Recht ergehen lassen«, sagte Konz. »Aber Stricker war so außer sich ...«

Bernie antwortete nicht. Der Mann war für ihn gestorben.

»Verstehen Sie mich doch«, bat Konz weiter. »Ich

werde Ihnen ein gutes, sehr, sehr gutes Zeugnis ausstellen.«

»Wischen Sie sich den Arsch damit ab!« Bernie hatte nichts mehr zu verlieren. »Und danach überlegen Sie mal, wer Ihnen die zwei Seiten jeden Tag schreibt. Wer kennt sich denn so aus in Miesbach, wer hat die Kontakte, wessen Feder lieben die Leser? Wollens das vielleicht alles selber machen? Die Auflage wird in den Keller rauschen. Und dann will auch keiner mehr bei Ihnen inserieren. Nicht mal der Herr Stricker! Ich find jedenfalls leichter einen Job als Sie einen Redakteur, der das hier auch nur annähernd so gut macht wie ich. So! Mehr sag ich nicht!«

Dieses Horrorgemälde verfehlte seine Wirkung nicht und Konz sagte nun etwas betreten: »Ich könnt ja noch amal mit dem Konsul Stricker reden.«

»Das würde nichts ändern. Ich bin ja kein schwankendes Rohr im Wind«, erwiderte Bernie trotzig.

»Na, so sieht's nun wirklich nicht aus!« Es war Valentins Stimme. Er war mit Boris und dem Konsul hinter Konz aufgetaucht, und Bernie drehte sich überrascht zu ihm um: »Sag amal, kannst du fliegen, oder was?«

»Ich nicht, aber er«, sagte Valentin und deutete auf den strahlenden Boris. »So, und jetzt schreiben wir ein neues Kapitel deutsch-deutscher Geschichte«, fügte er hinzu und blickte Stricker erwartungsvoll an.

Stricker, für den die Dinge inzwischen ja etwas anders lagen als am Vortag, sagte mild: »Übrigens, Herr Konz, ich denke, wir sollten Herrn Ziegler nicht gar zu hart anfassen.«

Konz war fassungslos. Gestern hatte Stricker noch völlig anders gesprochen!

»Gestern war gestern und heute ist heut, heißt's im Lied«, sagte Stricker heiter.

Und damit waren die Dinge wieder im Lot. Valentin sagte zu Bernie, ehe sie sich wieder verabschiedeten: »Kannst schreiben, Bernie: Ein neues Kapitel in der Geschichte des Aufschwungs Ost hat begonnen!«

Noch am Nachmittag desselben Tages landete Stricker mit Valentin und Boris auf Rügen . . .

Harmsen schrubbte sein Schiff. Hätte ihn dabei jemand beobachtet, er hätte ihm angesehen, daß die körperliche Arbeit ungewohnt für ihn war. Er lehnte den Schrubber gegen die Wand, legte die Hände an die Hüften und drückte sein Kreuz durch. Dann blickte er wie zufällig hinüber auf das Segelschiff der Gräfin. Sie hatte sich auf ihrem Liegestuhl niedergelassen. Neben ihr stand Eike Blohmsen in einer blütenweißen Uniform mit goldbestreßter Mütze. Formvollendet servierte er ihr den Tee. Im selben Augenblick näherte sich von Süden her ein Propellerflugzeug. Harmsen sah, daß Blohmsen den Kopf hob. Da donnerte die Maschine schon über ihre Köpfe hinweg. In der späten Nachmittagssonne verlor sie sich als glitzernder Punkt am Horizont . . .

3

Musik liegt in der Luft

Mit seiner Durchschnittsgeschwindigkeit von dreißig Stundenkilometern dampfte der »Rasende Roland« dem Bahnhof Binz entgegen. Die Rüganer Kleinbahn auf ihrer Schmalspur sah aus, als sei die Zeit an der Jahrhundertwende stehengeblieben. Immerhin stammte die Lokomotive aus dem Jahr 1913!

Auf der ein Stück parallel zur Strecke liegenden Straße fuhr Hanna in ihrem Dienstwagen und drosselte ihr Tempo. Sie mußte immer wieder aufs Neue schmunzeln, wenn sie dem Rasenden Roland begegnete, diesem putzigen Ungetüm, das sich, riesige Rauchwolken verpuffend, durch die Landschaft schlängelte.

Plötzlich entdeckte sie auf der Plattform des letzten Eisenbahnwaggons einen jungen, schlanken Mann mit dunklen Haaren. Er spielte eine Geige! Hanna mußte unwillkürlich lächeln. So etwas hatte sie noch nie gesehen! Schließlich aber beschleunigte sie ihren Wagen und fuhr dem Rasenden Roland davon.

Wenige Minuten später war sie beim Bahnhof Binz. Neben dem Eingang war eine Tafel für Mitteilungen angebracht. Sie hatte soeben ein Fahndungsplakat angepinnt, da kam der junge Mann mit seinem Geigenkasten pfeifend um die Ecke. Hanna blickte in ein außergewöhnlich schönes Gesicht mit lebhaften, dunklen Augen, die sofort ihr Interesse weckten.

»Aha, der Geiger!« sprach sie ihn vergnügt an.

Der Mann blieb stehen, machte eine elegante Verbeugung und sah sie ernst an. »Ferencz Borsody«, stellte er sich vor. »Ich bin der Paganini der 90er Jahre des 20. Jahrhunderts ... oder werde es noch!«

Dazu noch diese sonore Stimme! Um ihre Verwirrung zu überspielen, gab sie sich amüsiert: »Sie sind ja richtig bescheiden!«

Ferencz blieb ernst und deutete auf den Geigenkasten. »Sie werden sehen«, sagte er, »eine echte Amati!«

»Das ist dann wohl etwas Berühmtes?«

»Wie eine Stradivari – so berühmt. Nehmen Sie mich ein Stückchen mit?«

Noch immer mußte Hanna den jungen Mann unverwandt anschauen. Dann bat sie ihn mit einer Handbewegung hinüber zu ihrem Dienstwagen und fragte: »Wohin soll's denn gehen?«

Ferencz legte die Geige behutsam auf den Rücksitz und sagte: »Wenn Sie zufällig beim Kurgarten vorbeifahren ...«

»Liegt auf der Strecke.«

Kaum waren sie eingestiegen, begann der junge Mann eine hinreißend sentimentale Operettenmelodie zu trällern und dabei mit beiden Armen zu dirigieren.

Hanna mußte lachen, bis ihr die Tränen kamen.

Nach einigen Takten aber brach er ab und erzählte ihr die Geschichte, wie er fast einen Musikwettbewerb zur Aufnahme in das Münchner Philharmonische Orchester gewonnen hätte – fast! »Ich habe nicht gewonnen, obwohl ich der Beste war!« behauptete er abschließend.

Hanna stutzte. »Sind Sie sicher?«

»Oh, ganz absolut«, betonte Ferencz. »Aber man muß die Leute kennen, der Jury schön tun, und man darf nicht aus dem armen Osten kommen«, erklärte er.

»Das glaub ich nicht!« warf Hanna ein.

Ferencz atmete schwer durch. »Und man muß die richtige Musik wählen – Beethoven, Scarlatti, aber bitte keine Moderneren! Und so kommt es, daß ich jetzt nicht mit den Münchner Philharmonikern auf Tournee bin, sondern beim Kurorchester in Binz auf Rügen spiele.«

»Wenn das alles so stimmt«, sagte Hanna nachdenklich, »können Sie einem richtig leid tun.«

»Warum leid tun?« Ferencz legte noch etwas mehr Schmelz in seine Stimme. »So habe ich die schönste Polizistin kennengelernt, die ich je gesehen habe.«

Hanna fand den jungen Ungarn hinreißend. »Aber das muß doch schrecklich sein, wenn man ein großer Virtuose ist und dann ausgerechnet bei so einem Kurorchester spielen muß.«

»Auch große Künstler müssen essen, trinken, lieben. Und alles kostet immer Geld!« sagte Ferencz pathetisch.

»Lieben auch?« lachte Hanna.

Ferencz wurde ernst. »Ich habe gelernt in Deutschland: »Al-les kostet Geld . . .«

Am Kurpark stiegen sie beide aus. Hier waren schon die Klänge des Kurorchesters zu vernehmen, das in der Konzertmuschel direkt über dem Strand probte. Hanna begleitete den Musiker, bis das Orchester in Sichtweite kam. Sie spürte, daß es ihr schwerfiel, sich jetzt von ihm zu trennen. Aber da reichte ihr Ferencz schon die Hand und sagte: »Ich denke, wir sehen uns wieder. Auf so einer kleinen Insel trifft man sich doch unausweichlich . . .«

Hanna wollte den Abschied noch ein wenig hinauszögern und erwiderte schnell: »Rügen ist die größte Insel Deutschlands. 926 Quadratkilometer groß.«

»Oh, dann ist es besser, wenn wir uns gleich verabreden«, sagte Ferencz.

Das wiederum ging Hanna nun doch ein bißchen zu schnell. »Ich finde Sie notfalls – immerhin bin ich bei der Polizei!«

Nochmals verabschiedete sich Ferencz, diesmal mit einem eleganten Handkuß, dann wandte er sich ab und ging nach vorne zum Orchesterchef.

Boris Begulov, der mit dem Fahrrad soeben eine Abkürzung durch den Kurpark genommen hatte, war unfreiwillig Zeuge dieser kleinen Szene geworden. Stirnrunzelnd fuhr er weiter, ohne sich Hanna bemerkbar zu machen.

Der Dirigent war ein älterer Musiker und trug einen verknitterten Anzug. Die rote Krawatte saß schief. Immer wieder fielen ihm seine langen, weißen Haare ins Gesicht, die er mit einer routinierten Kopfbewegung wieder zurückwarf.

Hanna war Ferencz unwillkürlich ein paar Schritte gefolgt und sah nun, wie er dem Dirigenten zur Begrüßung die Hand hinstreckte, die dieser kurz nahm und schüttelte, ohne das Dirigieren mit dem anderen Arm zu unterbrechen. Auf Hanna wirkte sein Verhalten wie eine Mißachtung, aber Ferencz lächelte überlegen und packte seine Geige aus. Dann setzte er sich auf einen freien Stuhl in unmittelbarer Nähe des Dirigenten, stimmte rasch und beiläufig sein Instrument und fiel in die nächste passende Sequenz mit ein. Aber was war das für ein Klang! Hanna trat näher heran. Ferencz' Geige klang, als ob sich eine Lerche jubilierend in die Lüfte erheben würde! Hanna entging nicht, wie die anderen Musiker Ferencz erstaunte und anerkennende Blicke zuwarfen. Ferencz beherrschte offenbar sein Instrument nicht nur in technischer Hinsicht meisterhaft, er verstand es auch, Mozarts Adagio in E-Dur so hingebungsvoll zu interpretieren, daß die Musik nicht nur Hanna unter die Haut ging. Über manches Musikergesicht ging jetzt ein Leuchten. Das Spiel des jungen Kollegen riß sie mehr und mehr mit, so daß sie ihre Körperhaltung veränderten und schließlich alle mit größtem Ernst bei der Sache waren.

Hanna fiel es schwer, sich loszureißen. Dann aber gab sie sich doch einen Ruck und ging langsam zum Ausgang des Parks.

Wieder auf dem Revier in Saßnitz, sah Hanna eine entnervte Mascha am Tresen, die offenbar Probleme damit hatte, einem Touristenehepaar aus Schwaben Auskunft zu geben. Immer wieder mußte Mascha, weil sie den Dialekt der Leute, die der deutschen Hochsprache offenbar unkundig waren, kaum verstehen konnte, nachfragen, bis sich endlich Künath geduldig der Sache annahm.

Kaum waren die Schwaben endlich draußen, platzte Schnoor herein. Er hatte es offensichtlich eilig und stand unter Streß. Nach knappem Gruß in die Runde baute er sich vor Hannas Schreibtisch auf, die eben dabei war, sich in eine Akte einzulesen. Wie es seine Art war, kam er sofort zur Sache. »Frau Gernrich, ich habe Sie nicht als Revierleiterin Saßnitz eingesetzt!«

Hanna blickte ihm offen ins Gesicht. »Ich leite das Revier nicht, ich mache nur Dienst hier.«

»Auch das habe ich nicht verfügt!«

»Sie haben nicht widersprochen, als ich Sie darum gebeten habe«, erwiderte Hanna sachlich.

Schnoor kämpfte mit seiner Beherrschung. »Sie haben mir ja gar keine Zeit dazu gelassen!«

Da kam Künath auf die beiden zu. »Wenn ich mal was dazu sagen kann . . .«

»Sie halten sich da raus, ja?!« fuhr Schnoor ihn an. Doch Künath sprach ungerührt weiter: »Die Karre ist verfahren. Die Suspendierung von Valentin Gruber war vielleicht ein bißchen vorschnell, Herr Polizeirat.«

Schnoor war jetzt außer sich und schrie: »Ja, glauben Sie denn, ich erlaube ausgerechnet Ihnen, meine Entscheidungen zu kritisieren?«

Künath blieb völlig ruhig. Zumindest nach außen hin. Innerlich aber zitterte er vor Anstrengung und Wut. Schon lange hatte er auf eine Gelegenheit gewartet, diesem arroganten Typen, den er aus früheren Zeiten her nur allzugut kannte, einmal die Meinung zu sagen. Und nun würde er sich davon nicht mehr abbringen lassen!

»Ich tu's ja auch ohne Ihre Erlaubnis. Valentin, ich meine der Herr Hauptkommissar Gruber, hat die Sperrstunde in der Brauereigaststube verlängert, er hat sich einen Scherz mit seinen Landsleuten erlaubt, in dem er ihre Etiketten auf unsere Bierflaschen geklebt hat, aber inzwischen kooperiert der bayrische Brauer mit seinem Rüganer Kollegen und« – Künath legte eine bedeutungsvolle Pause ein – »der Kollege Gruber hat eine der raffiniertesten Einbruch- und Diebstahlserien der letzten Jahre aufgeklärt.«

»Leute wie Sie haben immer alles entschuldigt«, sagte Schnoor, wieder in ruhigerem Tonfall, ohne zu merken, daß er sich auf Glatteis begab. »Das kennt man ja aus der jüngeren Vergangenheit.«

»Haben Sie denn 'ne so viel bessere jüngere Vergangenheit als ich?« gab Künath überlegen zurück. Als er nun wieder zu seinem Schreibtisch ging, dachte Hanna, so stark hatte sie ihren Kollegen Künath noch nie erlebt und hätte, wenn sie ehrlich war, eine solche Reaktion auch nicht von ihm erwartet. Er war in ihrer Achtung einige Stufen höher gestiegen.

Schnoor aber wußte nicht mehr weiter und fing wieder an zu brüllen: »Und jetzt? Was ist jetzt?«

»Jetzt lassen wir uns nicht mehr alles gefallen. Sie können mich ja auch suspendieren«, erwiderte Künath.

»Genau – mich auch!« schloß sich Hanna sofort an.

»Das ist ja ... wissen Sie, was das ist?« Schnoors Stimme hatte jetzt einen leisen, gefährlichen Ton angenommen.

»Insubordination – in der Schiffahrt auch Meuterei genannt«, stellte Künath gelassen fest.

Da hörten sie plötzlich Mascha, die während der ganzen Zeit die Auseinandersetzung aus der Distanz verfolgt hatte, zu Schnoor sagen: »Ich hab nur mal 'ne Frage. Dürfen Sie det überhaupt?«

Sichtlich verwirrt fragte Schnoor zurück: »Was, bitte?«

Mascha wandte sich nun an Künath und Hanna: »Ich würde mich ja gerne anschließen, aber der darf das doch gar nicht – Mitarbeiter suspendieren. Ist doch Sache der Personalleitung. So hab ich's auf der Polizeischule gelernt.« Und, zu Schnoor: »Sie können das beantragen, aber nicht verfügen – denk ich mal.«

Schnoor war am Ende. »Ich habe Gruber nicht suspendiert, ich habe ihn vorerst beurlaubt.« Dann wandte er sich zum Gehen.

»Vor Tische hört' man's anders ...« rief Künath ihm noch hinterher ...

Von der Hafenmauer aus sah Valentin hinüber auf die alten Saßnitzer Villen am Hang, deren morbider Charme gerade recht zu seiner Stimmung paßte. Er fühlte sich nutzlos. Dann wandte er sich dem Meer zu und begann wieder, Steine ins Wasser zu werfen. Der Hafen lag in der warmen Herbstsonne. Aber auch der laue Wind, der den Kai entlang wehte und die Wellen kräuselte, vermochte nichts an Valentins bedrückter Stimmung zu ändern. Er schaute zum Himmel hinauf, wo einige wenige Wolken in schnellem Flug vorbeijagten. Möwen umkreisten ihn und stießen ihre schrillen Schreie in die klare Luft.

Da sah er, wie die Medo am Rande des Hafens auftauchte und auf ihn zuhielt. Harmsen stand am Bug und machte sich mit hektischen Bewegungen an den Seilen zu schaffen. Als er herangekommen war, rief er Valentin schon von weitem zu, er solle fangen und hielt das geschwungene Tauende in die Luft.

Valentin fing das Seil auf und machte das Schiff an dem alten Holzpfahl fest, der rissig und vom Salzwind zerfressen war.

»Biste immer noch arbeitslos?« fragte Harmsen.

»Am besten geh ich nach Bayern zurück«, erwiderte Valentin depremiert.

»Jetzt, wo Blohmsen in 'nen Sack gehauen hat, könnteste ja bei mir arbeiten, wenn du nicht immer gleich seekrank würdest«, sagte Harmsen. Aber Valentin war mit den Gedanken schon wieder woanders und zeigte auf ein paar Kisten.

»Machst wieder auf Fischfang?« fragte er leichthin.

Harmsen wich seinem Blick aus und sagte schnell: »Nur solang die dicken Heringsschwärme ziehen.«

Zweihundert Meter entfernt preschte Künaths Dienstwagen heran. Zusammen mit Mascha und zwei jüngeren Beamten sprang er heraus.

Valentin sah zu ihnen hinüber. Ihre Bewegungen verrieten ihm die große Anspannung, unter der sie standen. Ernst und konzentriert gingen die Beamten am Kai entlang. Künath sprang auf den ersten verrosteten Kahn und riß nacheinander die Luken auf, während Mascha schon beim nächsten Kahn angelangt war. Als sie die erste Luke aufriß, blickte sie in die übermüdeten dunklen Gesichter einiger Männer. Sie stieß einen kurzen Schrei aus. Aber da war Künath schon heran. Offenbar handelte es sich um illegale Einwanderer – Polen, Bulgaren, Rumänen vielleicht. Künath machte eine auffordernde Handbewegung und sagte zu den Männern freundlich: »Nu kommt mal schön nacheinander raus, Kameraden.«

Valentin war nun hinzugekommen und fragte Künath, woher er eigentlich von dem Versteck gewußt habe?

»Der Iwersen hat so seltsame Geräusche gehört«, erklärte ihm sein Kollege.

Damit wandte sich Valentin wieder ab und trödelte die Kaimauer entlang. Die Rumänen kamen nacheinander aus dem Boot. Iwersens Fischerboot lag in unmittelbarer Nachbarschaft. Valentin traf ihn an, wie er gerade im Begriff war, Kisten mit Fisch an Land zu bringen, grüßte ihn und fragte: »Was fängt man denn zur Zeit so?«

»Naja, Schollen hauptsächlich«, meinte der Fischer.

»Und Heringe . . .?«

»Naja, die nu grade nich.« Iwersen hatte für einen Moment seine Arbeit unterbrochen, blickte auf die See hinaus und umschrieb mit dem Arm einen Halbkreis: »Weiß der Himmel, die machen irgendwie mal wieder einen großen Bogen um unser Fanggebiet.«

Stirnrunzelnd sah Valentin zu Harmsen hinüber. Dann setzte er sich auf sein Motorrad und fuhr zum Revier.

Künath war bereits mit einigen der Illegalen eingetroffen und versuchte vergeblich, sich mit ihnen zu verständigen. Die Männer trugen zwar alte, abgewetzte, aber ordentlich gepflegte Anzüge und beantworteten jede Frage mit der Antwort: »Wir gute Arbeiter!« Offensichtlich waren dies die einzigen deutschen Worte, die sie beherrschten.

Künath taten die Menschen leid. Als könnte er es ihnen verständlich machen, sagte er erklärend: »Mensch Leute, wir haben hier selber über dreißig Prozent Arbeitslosigkeit.«

Er wußte, daß er sie der Ausländerbehörde würde übergeben müssen.

Da hielt Hanna ihm ein Fax unter die Nase und sagte: »Illegale Einwanderung über See. Irgendwelche Schiffe nehmen Leute draußen auf und bringen sie an Land.«

»Die werden 'ne Menge Kohle dafür abgedrückt haben, daß sie so 'n Schlepper reinschmuggelt«, meinte Mascha.

Als Künath sich jetzt ans Telefon setzte und wählte, ging Valentin durch den Kopf, daß man von Schlepperaktionen bisher nur an der Küste wußte, nicht aber auf Rügen. Er wurde nachdenklich. Dann aber wandte er sich Hanna zu und fragte sie, ob sie denn jetzt wieder ganz hier sei, in Saßnitz? Die erklärte solidarisch, sie habe nicht mehr direkt mit Schnoor zusammenarbeiten wollen, nachdem dieser einen gewissen Kollegen suspendiert habe! Valentin beugte sich zu ihr herunter und fragte: »Wann hast Schluß?«

»Sechzehn Uhr. Dann geh ich aber noch Schwimmen – bei dem Wetter!« sagte sie.

»Ja super«, freute sich Valentin. »Treffen wir uns am Strand. Bist um halb fünf beim Leuchtturm!« Und damit war er auch schon verschwunden. Hanna allerdings machte keinen Hehl aus ihrem Ärger, daß Valentin mal wieder für sie mitentschieden hatte, und Mascha sagte sarkastisch: »Ist doch schön, wenn einer sagt, wo's langgeht!«

Nackt, wie Gott ihn geschaffen hatte, die Kleider lässig über die Schulter geworfen, ging Ferencz Borsody den Strand entlang. Seinen Geigenkasten trug er bei sich. Sein Blick ging über die Sonnenanbeter, spielende Kinder und Familien, die sich im Wasser tummelten. Hin und wieder glitten seine Augen über die Menschen, als suchten sie etwas, ehe sie wieder verträumt zu entfernten Hügeln schweiften.

Als Hanna ihn entdeckte, richtete sie sich auf und winkte ihm zu. Jetzt hatte er auch sie gesehen, lächelte zu ihr herüber und kam auf sie zu, wobei er seine Blöße mit dem Geigenkasten verdeckte.

»So sehen Sie ja noch viel schöner aus als in ihrer Uniform«, strahlte er sie an und ließ sich neben ihr nieder.

»Tragen Sie denn Ihre Geige immer mit sich herum?« fragte Hanna.

»Aber ja«, versicherte er. »Kein Musiker läßt sein Instrument aus den Augen.«

»Dann können Sie ja gar nicht ins Wasser.«

»Es sei denn, die Polizei paßt auf mein Instrument auf.«

Mit einem Sprung war Hanna auf den Beinen und nahm ihm den Geigenkasten ab. »Na, dann mal los!«

Da legte Ferencz seine Kleider neben die ihren und rannte ins Wasser. Ehe er weit hinausschwamm, winkte er ihr noch einmal zu.

Weder Ferencz noch Hanna hatten Valentin bemerkt, der von der Strandpromenade her durch den tiefen Sand zu Hannas Liegeplatz herunterkam. Er hatte Schuhe und Strümpfe ausgezogen und die Hosenbeine bis unter die Knie hinaufgewickelt. Valentin deutete auf den Geigenkasten und die Kleider und fragte: »Bist schon vergeben?«

Etwas verlegen antwortete sie, sie passe nur auf die Geige auf. Immerhin sei das eine echte Amati.

»Was denn, eine echte Amati? Dann hast du da mindestens eine halbe Million in deinen Händen.«

Hanna hätte das Instrument um ein Haar fallen lassen. Valentin öffnete den Kasten, begutachtete das Instrument fachmännisch und sagte: »Sieht tatsächlich nach Amati aus. Mein lieber Herr Gesangverein! Wie kommt so ein Stehgeiger vom Kurorchester zu so einem Instrument. Das ist ja, als ob der Harmsen mit der ›Gorch Fock‹ unterwegs wäre!«

Hanna wollte Valentin gerade erklären, was sie wußte, da rief Ferencz schon von weitem aufgebracht, er solle die Finger von dem Instrument lassen! Wutentbrannt rannte er hinzu. »Wie kommen Sie dazu, sich an meinem Eigentum zu vergreifen?«

»Wir haben mal einen Fall gehabt, da wurde eine echte Stradivari gestohlen. Zwei Millionen ist die wert g'wesen. Wo ham Sie denn Ihre Geige her?«

»Natürlich auch gestohlen«, Ferencz sah Valentin böse an. Aber dann stand, als wäre nichts gewesen, plötzlich ein fröhliches Lächeln auf Ferencz' Gesicht. Die Geige sei seit vier Generationen in seiner Familie, sagte er, wandte sich ab, zog sich rasch an und verabschiedete sich.

Hanna aber hatte Mühe, ihren Ärger zu beherrschen. Wütend zischte sie Valentin an: »Wie kommst du dazu, ihm zu unterstellen, daß er die Geige gestohlen hat?!« Ohne seine Antwort abzuwarten, sprang sie auf und rannte ins Wasser.

Valentin sah ihr konsterniert nach.

Valentin hatte den Rest des Tages vergeblich auf Hannas Rückkehr und ein versöhnendes Gespräch gewartet. Sie war aus dem Wasser gekommen, hatte wortlos ihre Kleider genommen und war gegangen. Eine Zeitlang war er noch am Strand hin und hergelaufen in der Hoffnung, sie habe sich irgendwo anders niedergelassen – ohne Erfolg.

Inzwischen war es Abend geworden. Traurig ging Valentin zurück zum Hafen. Am Kiosk unterhielten sich lautstark ein paar Trinker. Als er an der Medo vorbeikam, sah er, daß das Fenster der Kajüte erleuchtet war und schaute durch die Luke. Er war überrascht. Harmsen hatte Besuch. Von einem Mann in einem hellen Trenchcoat, den er hier bisher noch nie gesehen hatte. Eben reichte er Harmsen die Hand über den Tisch. Valentin entging nicht, daß Harmsen kurz zögerte. Dann aber schlug er ein.

Die beiden Männer standen auf. Valentin duckte sich hinter einen Wagen. Harmsen und der Fremde waren vor dem Boot stehen geblieben und unterhielten sich. Der Wind trug ihm einige Fetzen ihres Gesprächs zu. Der Mann versicherte sich, ob Harmsen die Zeit genau einhalten würde.

»Ich bin pünktlich wie ein Maurer zur Mittagspause«, sagte der. Dann ging der Fremde schnell davon. Harmsen schwang sich auf sein Moped.

Valentin gab jetzt seinen Beobachtungsposten auf und wandte sich nachdenklich einer der gegenüberliegenden Hafenkneipen zu. Obwohl es jetzt fast dunkel war, lag die Wärme des Tages noch auf den Häusern und in den Straßen. Es war windstill. Der Wirt hatte die Tür offenstehen gelassen. Valentin schlug ein schwerer Dunst nach Bier und Qualm entgegen. Der Schweiß, den er auf seinen Lippen spürte, schmeckte bitter. Er ging an den Tresen und bestellte ein Bier. Das kühle Getränk tat jetzt gut.

Nach wenigen Minuten kam Harmsen mit Boris zur Medo zurück. Er hatte den Russen für diese Nacht zur Aushilfe anheuern können. In drei, vier Wochen würde die Saison zu Ende sein und sie würden ihre »Soljanka-Bude« für ein gutes halbes Jahr dichtmachen müssen. Was dann kam, stand für Boris noch in den Sternen. Also war er für jeden zusätzlichen Job, der ein bißchen Geld brachte, froh.

Harmsen bockte das Moped auf und ging schnell auf das Schiff zu. Boris registrierte Valentins Motorrad, blickte sich suchend um und entdeckte den

Freund in der Stehbierkneipe. Harmsen trieb ihn zur Eile an. Die beiden verschwanden auf dem Schiff und legten ab.

Als Valentin sich umdrehte, sah er überrascht, daß die Medo schon ein ganzes Stück draußen schwamm . . .

Sie waren schon einige Zeit auf See, da drosselte Harmsen plötzlich die Fahrt und ließ das Schiff im Leerlauf dümpeln. Dann erst deutete er an, wofür er Boris angeheuert hatte.

»Du hast gesagt, wir fahren zum Fischen!« sagte Boris vorwurfsvoll.

»Menschenskind, du bist doch selber so'n Asylant, da mußte doch für die Leute Verständnis haben!« versuchte Harmsen, ihn zu beruhigen.

»Hab ich auch«, entgegnete Boris wütend. »Aber was du machen willst, ist illegal, und dafür hab ich kein Verständnis!«

Harmsen änderte die Taktik. »Du kriegst dreißig Prozent von der Kohle ab.«

Boris schüttelte entschieden den Kopf.

»Fünfunddreißig!«

»Du kapierst es nicht. Ich werde kein Verbrechen begehen!«

Harmsen ließ die Luft geräuschvoll zwischen den Zähnen entweichen, schüttelte den Kopf und verdrehte die Augen.

»Verbrechen!« sagte er höhnisch.

Boris ließ nicht locker. »Und nachher werde ich ausgewiesen. Hast du nicht Valentin gesehen am Hafen? Der ist bestimmt nicht zu seinem Vergnügen dagewesen!« Mit entschiedenen Schritten ging er zum Steuer, schaltete auf »Volle Kraft voraus« und fuhr einen weiten Kreis.

Harmsen war plötzlich nachdenklich geworden und sagte kleinlaut: »Und wenn nun der Valentin tatsächlich auf uns wartet?«

»Ja, da laß dir mal was einfallen!« antwortete Boris, ohne Harmsen anzusehen und lenkte das Schiff in Richtung Saßnitz zurück.

Als sie an der Hafeneinfahrt auftauchten, dämmerte es bereits. Valentin, der die ganze Nacht draußen verbracht hatte in der Hoffnung, endlich herauszubekommen, welches Spiel Harmsen spielte, ging hinüber zur Anlegestelle der Medo. Der Morgen war kühl. Zarte Nebelschleier stiegen über dem Wasser auf, und die Luft roch würzig nach Tang, Fisch und Salz.

Harmsen warf Valentin das Tau zu. Stolz zeigte Harmsen auf die gestapelten Kisten mit Heringen und sagte:

»War 'ne gute Nacht, echt, du!«

Da tauchte Boris aus dem Niedergang auf und begrüßte Valentin, der erstaunt fragte, ob er denn nun bei Harmsen angeheuert habe? »Jede Arbeit ist bessere Arbeit als keine Arbeit«, gab Boris zur Antwort und packte die erste Kiste, um sie von Bord zu bringen.

Valentin sah sich beiläufig auf dem Schiff um. Von illegalen Einwanderern keine Spur. Hatte er sich also doch getäuscht. Er ging an den Kisten vorbei und registrierte plötzlich die Aufschriften in dänischer Sprache. Ohne daß Harmsen oder Boris es bemerkten, notierte er sich rasch den Namen der dänischen Fischerei und ging dann, ohne ein Wort darüber zu verlieren, wieder von Bord.

»Was ist denn nun mit deinem Job?« rief Harmsen ihm nach. »Ich kann warten«, rief Valentin zurück. »Jetzt ist erst amal der Herr Polizeirat am Zug!«

Tante Wibkes reetgedeckte, kleine Kate lag etwas abseits vom Ort auf einer Wiese in unmittelbarer Nähe von Hannas Häuschen. Wenn man abends das warme Licht hinter den Fenstern sah und das Meer rauschen hörte, strahlte das kleine Haus heimelige Gemütlichkeit und Geborgenheit aus.

Hanna kniete auf dem Boden vor dem Schallplattenschrank und kramte in den Scheiben. »Was suchst du denn?« fragte Wibke, als sie das Tablett mit dem Teegeschirr hereinbrachte.

»Hast du Platten mit Musik von Paganini oder anderen berühmten Geigenvirtuosen?«

Wibke stutzte. Bisher hatte sich Hanna noch nie für klassische Musik interessiert. »Naja, das Violinkonzert von Beethoven mit Gideon Kremer und eins von Mozart mit Yehudi Menuhin«, zählte sie auf. Sie überlegte kurz und fügte hinzu: »Und natürlich das von Max Bruch, das darf ja in keinem ordentlichen Haushalt fehlen.« Dann konnte sie es sich aber doch nicht verkneifen zu fragen: »Seit wann interessierst du dich denn für Geigenmusik?«

»Genaugenommen seit heute morgen«, gab Hanna etwas verlegen zu. Sie legte das Konzert von Max Bruch auf und hörte gedankenverloren zu. Wibke ging leise aus dem Zimmer.

Als das Konzert zu Ende war, ging Hanna zu ihrem Gartenhäuschen hinüber. Sie hatte sich schon lange nicht mehr so leicht gefühlt. Wie sie war, legte sie sich auf's Bett. Verträumt schloß sie die Augen und horchte den feinen Klängen des Violinkonzertes nach. Es war seltsam! Je länger sie sich die Melodie in Gedanken zurückholte, desto intensiver nahm sie diese Klänge wahr, ja, es schien ihr sogar, als höre sie das Vibrieren des Geigenbogens auf den Saiten, das nun immer näherkam, immer wirklicher wurde. Und doch wollte die Melodie immer weniger zu der Melodie in ihrem Kopf passen, die Töne überkreuzten sich und gingen ihre eigenen, wunderbar weichen, einschmeichelnden Wege, bis Hanna endlich die Augen aufschlug: Da spielte doch tatsächlich einer Geige!

Mit einem Sprung war sie auf den Beinen und trat vor die Tür. Nahe am Wasser stand Ferencz und spielte! Hanna spürte, wie ihr Herz schneller schlug. Drüben stand Tante Wibke am offenen Fenster. Hanna ging die paar Schritte zu ihr hinüber und blieb sich an den Fensterrahmen lehnend stehen.

Jetzt begann der schöne Ungar ein neues Stück. Immer wieder hob er den Blick von seinem Instrument und ließ ihn zu Hanna hinübergleiten. In welch wohlige Spannung sie dieser Blick versetzte!

Ferencz kam jetzt auf sie zu. Als er dicht vor ihnen stand, ließ er das kleine Stück mit einem eleganten Triller enden. Hanna und Wibke applaudierten und der Geiger verbeugte sich.

»Mögen Sie noch auf ein Glas Sherry hereinkommen?« fragte Wibke.

Aber Ferencz sagte mit einem Ausdruck tiefen Bedauerns auf dem Gesicht, dessen Schönheit durch den warmen Lichtschein, der aus dem Fenster fiel, etwas Geheimnisvolles bekam: »Tut mir leid, ich stehe wie auf Kohlen. Meine kleine Amati ist ganz allein zu Hause.«

»Ach, das ist gar nicht Ihre Amati«, sagte Hanna erstaunt und zeigte auf die Geige.

»Nein, das ist ein Instrument, das mir vom Orchester zur Verfügung gestellt wurde. Für die Amati wäre es hier draußen zu kalt und zu feucht um diese Tageszeit. Ich hoffe, es hat Ihnen ein klitzekleines bißchen gefallen!« Damit verbeugte er sich noch einmal und zog sich in die Dunkelheit der Nacht zurück.

Hanna seufzte tief. Dann zog sie ihre Strickjacke enger um die Schultern, wünschte ihrer Tante rasch eine gute Nacht und verschwand in ihrem Häuschen.

Domberger wirkte entschlossen. Es widersprach seinem Gerechtigkeitssinn zutiefst, wie hier gegen Valentin Intrigen geschmiedet wurden! Auch konnte er es nicht mehr mit ansehen, wie einer der fähigsten Polizisten aufs Abstellgleis geschoben wurde, während die alten Seilschaften die Anzüge wechselten und ihre Macht ausspielten wie ehedem, nur unter dem Vorzeichen, alles für den wirtschaftlichen Aufschwung der Insel zu tun!

Bürgermeister Knoop bat ihn herein und gab sich jovial.

»Das ist nun allerdings 'ne besondere Ehre, Donatius, daß du mal zu mir aufs Rathaus kommst!«

strahlte er ihn an und wies auf den Stuhl vor seinem großen Schreibtisch.

Donatius Domberger blieb stehen und sagte dozierend: »Gehe nie zu deinem Fürst, wenn du nicht gerufen wirst!«

Knoop war sich nicht ganz sicher, ob Domberger ihn auf den Arm nehmen wollte, aber da konnte man bei Donatius ja nie sicher sein.

»Es geht um Valentin Gruber«, sagte Domberger mit fester Stimme, stellte den ihm angebotenen Stuhl schräg zum Schreibtisch und fixierte Knoop, dessen Miene sich schlagartig verfinsterte.

Der Bürgermeister hatte bereits dunkel geahnt, daß Domberger sich für den Bayern einsetzen wollte und sich vorgenommen, in diesem Fall endlich einmal Klartext zu reden.

»Ich weiß«, begann er, »du hast – aus welchen Gründen auch immer – diesen Bayern ins Herz geschlossen. Aber ich hätte dir sofort sagen können, daß es über kurz oder lang so kommen würde.« Knoop richtete sich auf: »Ich sage dir, der Mann paßt nicht hierher!«

Domberger hatte sich auf dieses Gespräch gut vorbereitet. Er kannte Knoop nur zu gut und wußte, daß er manchmal ganz zugänglich sein konnte. Wenn er sich einer Sache gegenüber aber absolut verschloß, war auch mit guten Argumenten nicht daran zu rütteln, es sei denn, man hatte noch einen Trumpf in der Hinterhand, mit dem er nicht rechnete. Donatius entgegnete in harmlosem Ton: »Ich erinnere mich, daß man über dich mal so ähnlich gesprochen hat – damals, als du dein Amt übernommen hast.«

Knoop lachte. »Und vor dir haben mich 'ne Menge Leute gewarnt: Domberger, sagten sie, weiß alles, erinnert sich an alles, hat alles aufgeschrieben.«

»Da hat aber einer gewaltig übertrieben«, schmunzelte Donatius.

»Nun, wie auch immer, für diesen Bayern kann ich nichts tun«, sagte Knoop knapp. Offenbar war er tatsächlich nicht gesprächsbereit, weswegen Donatius nun einen schärferen Gang einlegte.

»Du kannst nicht? Oder du willst nicht!«

Knoop blieb steinhart auf seiner Linie. »Der Mann ist auf die Dauer nicht tragbar.«

»Er hat auch seine Meriten – unbestritten«, wandte Domberger noch ein.

»Zugegeben«, sagte Knoop kalt, »aber er hat auch seine Fehler.«

Jetzt war der Punkt gekommen, an dem für Domberger die erste Attacke fällig war. »Also ich halte es zum Beispiel für einen gravierenden Fehler, daß ihr – du und der Bode – dem Valentin ein Grundstück verkauft habt, bei dem die Besitzverhältnisse noch nicht geklärt sind.«

Knoop verzog keine Miene und fragte zurück: »Woher willst du denn das schon wieder wissen.«

»Genügt doch, daß ich's weiß, oder?«

»Gerüchte ...«, warf Knoop scheinbar gelangweilt ein. Aber Domberger ließ nicht locker.

»Ich kenne euch. Wenn der Valentin Gruber erst mal so richtig Geld ausgegeben hat für Planungen, Architektenentwürfe und so weiter, dann laßt ihr die Katze aus dem Sack.«

»Das sind doch alles hundsgemeine Unterstellungen, Donatius.« Immer noch blieb Knoop ruhig. Zumindest nach außen hin. Jetzt mußte Donatius in die vollen gehen!

»Ich geh jetzt los und rede mit ein paar Gemeinderäten, mit der Presse, mit dem Landrat«, sagte er ungerührt und sah Knoop scharf an. Der wurde plötzlich weich und: »Das kannste doch nicht machen, Donatius – mit unbewiesenen Verdächtigungen ...!«

»Das werde ich auch nicht machen, wenn du die Besitzverhältnisse schnell klärst und dafür sorgst, daß der Valentin seinen Job wiederbekommt!«

Es entstand eine kurze Pause. Knoop starrte vor sich hin. Er hatte diesen Domberger unterschätzt.

»Also der Mann, der mich damals vor dir gewarnt hat«, sagte er und richtete den Blick in die Ferne ...

»Wer war das überhaupt?«

Knoop winkte ab: »Der ist heute Minister in Schwerin.«

»Ja, mit dem muß ich auch mal wieder ein Wörtchen reden«, gab Domberger fröhlich zurück. Er stand auf und verabschiedete sich freundlich. Knoop erwiderte seinen Gruß müde und blieb gedankenverloren an seinem Schreibtisch sitzen.

Als Hanna Ferencz am Nachmittag im Kurgarten zu einer kleinen Bootspartie einlud, fühlte er sich geschmeichelt und erwiderte: »Wunderbar, ich bin der größte Segler vom Balaton!«

Wenig später hatten sie das kleine Segelschiff, das unweit von Boris' Soljanka-Bude in einem Wasserarm lag, klargemacht und sich bei schwachem

Wind ein kleines Stück Richtung Bodden treiben lassen. Boris hatte jede Bewegung der beiden verfolgt.

Schon nach ein paar hundert Metern holte Ferencz das Segel ein. Leise dümpelnd blieb das kleine Schiff liegen. Hanna holte aus der kleinen Kajüte eine Kühltasche, breitete eine schneeweiße Serviette auf dem Deck aus, stellte zwei Gläser hin und drückte Ferencz eine eisgekühlte Sektflasche in die Hand. Der ließ routiniert den Korken knallen und füllte die Gläser.

»Ich hab mit dem Maestro gesprochen«, sagte er.

»Maestro?« Hanna kicherte.

»Er liebt es, wenn man so zu ihm sagt. Morgen abend spielen wir das ›Lied für Dich‹.«

Hanna blickte ihn fragend an.

»Ich habe es so genannt: ›Lied für Dich‹«, erklärte Ferencz und sah ihr dabei verträumt in die Augen, »weil ... als ich es komponiert habe, da habe ich in meinen Gedanken ›Du‹ gesagt zu Ihnen.«

»Aha! Na dann, Prost Ferencz? Und nicht mehr Prost Herr Borsody!«

»Eigentlich ›von‹ Borsody, aber man gewöhnt sich bei uns erst jetzt langsam wieder daran, daß Leute auch adlig sein können«, sagte er, ohne großspurig zu wirken.

Hanna hob ihr Glas. »Mir bist du bürgerlich genauso lieb!«

Sie stießen an und tranken. Hanna hatte ein Gefühl, als gehe ihr der kalte Sekt direkt ins Blut. Ferencz sagte schmeichelnd: »Muß man sich nicht küssen, wenn man ›du‹ sagt?«

»Man muß nicht, aber man kann«, erwiderte Hanna und streifte mit der Zungenspitze über ihre Lippen.

»Ja, da könnten wir doch können müssen, oder?« sagte Ferencz und beugte sich zu Hanna hinüber.

Erika und Boris hatten schon die ganze Zeit über die beiden mit gemischten Gefühlen beobachtet und wurden nun Zeuge eines langen und innigen Kusses.

»Untreue ist eine große Sünde!« sagte Boris finster zu seiner Frau. »Aber wenn jemand wegen eines Musikers untreu wird, ist das noch verwerflicher, denn der Mann wirkt nicht durch sich, sondern nur weil er spielen oder singen kann.«

Erika schaute Boris amüsiert an. Aber der sagte nur: »Du mußt mit Hanna reden!«

»Ich? Aber warum?«

»Weil das nicht geht. Basta!«

Das konnte Erika nicht so stehenlassen. »Warum denn nicht?« frotzelte sie. »Also wenn mir so ein schöner junger Musiker den Hof machen würde ...« Sie ließ den Satz in der Luft hängen.

Allein der Gedanke daran war Boris unerträglich. Kurzerhand schnappte er sich sein Moped und donnerte über die schmale Holzbrücke davon.

Als Erika wieder zu dem Segelboot hinübersah, bemerkte sie, daß es wieder Fahrt aufgenommen hatte, nun aber mit einem Schlenker tief ins hohe Schilf stieß, bis es aus ihrem Blickfeld verschwunden war. Gut, daß Boris dies nicht mehr gesehen hatte ...

Einige Minuten lang hatte Knoop über das Gespräch mit Domberger nachgedacht. Dann war er kurzerhand aufgestanden, hatte sich seinen Dienstwagen kommen lassen und war zu Polizeioberrat Schnoor nach Bergen hinübergefahren. Wenn er die Sache aus der Welt schaffen wollte, dann war es am besten, keine Zeit zu verlieren.

Schnoor hatte den »Fall Gruber« noch nicht ins Rollen gebracht. Es war also noch nichts angebrannt, stellte Knoop erleichtert fest. Dann forderte er Schnoor unumwunden auf, die Suspendierung zurückzunehmen. »Stellen Sie ihn ordentlich in den Senkel, machen Sie ihn so richtig zur Schnecke, aber lassen Sie ihn wieder ran an seine Arbeit!«

Im Grunde genommen rannte Knoop bei Schnoor damit offene Türen ein, denn dem war inzwischen klar geworden, daß ein Disziplinarverfahren gegen Valentin Gruber auch seine Tücken hatte, zumal der Gewerkschaftsmitglied war. Dennoch interessierte ihn brennend, was bei Knoop für den plötzlichen Sinneswandel gesorgt hatte.

Der aber gab sich bedeckt. »Die politische Großwetterlage«, behauptete er windig und schickte seiner dürftigen Begründung noch einen Abgesang nach, der ebenso aufschlußreich war. »Wenn ich ehrlich sein soll, ich kann diesen präpotenten Bayern nach wir vor nicht verknusen! Aber da gibt's nun mal übergeordnete Interessen, nicht wahr«, sagte er. »Wann ist unsereiner schon mal alleine Herr seiner Entscheidungen . . .« Womit er Schnoor aus dem Herzen sprach.

Boris hatte es einfach nicht mehr ausgehalten. Er fand Valentin in der Hafenkneipe und informierte ihn sofort über Hannas neue Liaison. Das war er seinem Freund schuldig! Damit Valentin es ihm auch wirklich glaubte, wollte er ihn unbedingt mit zum Schauplatz des Geschehens schleppen. Widerwillig trottete Valentin mit. Eigentlich hatte er keine Lust, sich auch noch anzusehen, wie Hanna sich mit einem anderen vergnügte! Ihm reichte völlig, was Boris erzählt hatte ...

Als sie im Hafen angelangt waren, bog soeben Hannas Segelboot um die Hafenmauer.

Ferencz betätigte sich als Skipper, Hanna assistierte ihm.

Boris zog Valentin hinter einen Lieferwagen. Gespannt beobachtete er das Anlegemanöver der beiden, als er plötzlich merkte, daß Valentin in eine völlig andere Richtung schaute.

»Was ist denn los?« fragte Boris nervös.

»Kennst du den Mann, mit dem Harmsen da herumdiskutiert?«

Boris schaute zur Anlegestelle der Medo hinüber. Der Fremde hatte den Mantelkragen hochgeschlagen und stand mit dem Rücken zum Hafenbecken. Die kantigen Züge seines Gesichts waren gut zu erkennen.

»Nie gesehen«, sagte Boris.

»Sag amal – und Ihr habt letzte Nacht wirklich bloß Fisch g'fangen?« fragte Valentin mit gespielter Unbefangenheit.

Boris wich seinem Blick aus und kniff verlegen den Mund zusammen. Dann antwortete er ausweichend: »Frag Harmsen, ich hab mich um die Maschine gekümmert.«

Mit einem Mal löst sich Valentin aus dem Versteck und sagte erklärend, er *müsse* wissen, was da los sei.

»Und Hanna?« fragte Boris verwirrt.

»Das hat Zeit . . .«

Boris verfolgte Valentin mit den Augen. Der pirschte sich geschickt an Harmsen und seinen Gesprächspartner heran. Schließlich hatte er eine günstige Position hinter einem Bagger gefunden.

»Scheißpolizist!« stieß Boris hervor. »Dabei ist er doch zur Zeit gar keiner . . .« Er verstand Valentin einfach nicht. Wie konnte er den Dienst wichtiger nehmen als diese himmelschreiende Sache mit Hanna. Wäre *er* Valentin, sein Herz würde bluten. Und er würde diesem ungarischen Schmetterling ganz schön die Flügel stutzen, oder wie man dazu sagte! Wütend ging er zu seinem Wagen zurück. Hanna, die vom Boot soeben an Land gesprungen war, winkte ihm fröhlich zu. Boris ignorierte sie. Was bildete die sich eigentlich ein! Als er bei seinem Moped war, drehte er sich um und sah, wie Hanna mit Ferencz in ihr Auto stieg und losfuhr.

Er warf den Motor an und nahm die Verfolgung auf. Bei der ersten Kreuzung sprang die Ampel auf Gelb. Kurz entschlossen drehte Boris das Gas voll auf und schnellte über die Kreuzung hinweg. In diesem Moment fiel ihm die Abkürzung ein. Er zog die Lenkung nach links und preschte durch eine Gruppe schimpfender Touristen. Ein Dicker mit offenem Hemd und einem Camcorder über dem Bauch konnte sich nur mit einem mühsamen Sprung in Sicherheit bringen.

Boris bog in ein schmales Sträßchen ein, wo ihm

im nächsten Augenblick ein Traktor den Weg versperrte. Er hupte wütend und begann laut zu schimpfen, da der Traktor die ganze Breite der Einbahnstraße für sich beanspruchte. Entweder der Fahrer war taub, oder er verstand kein Russisch, fuhr es Boris durch den Kopf. Da sah er, daß der Bürgersteig auf der rechten Seite frei war. Nun raste er auf dem Trottoir entlang und drehte sich, als er es nach gelungenem Überholmanöver wieder verließ, nach dem Traktorfahrer um, der aussah, als habe er von dem ganzen Vorgang gar nichts mitbekommen! Als Boris den Blick wieder nach vorne wandte, konnte er mit knapper Not einer Baustellenabschrankung ausweichen, hinter der ein tiefes Loch in der Straße klaffte!

Die Einbahnstraße öffnete sich zu einer schmalen Brücke hin. Boris überfuhr ein Stoppschild und nahm eine weitere Einbahnstraße, diesmal allerdings in entgegengesetzter Richtung. Er betrachtete es als Glück, daß um diese Zeit nicht viel Verkehr herrschte und die meisten Kinder noch in der Schule waren. Nur ein paar Rentner und Hausfrauen sahen ihm fassungslos nach ...

Dann war er endlich auf freiem Feld. Boris donnerte einen mit Schlaglöchern übersäten, ungeteerten Weg entlang. Mit etwas Glück würde er nach einigen Kilometern wieder auf die Hauptstraße nach Binz stoßen.

Tatsächlich gelang es ihm, die beiden abzupassen, als Ferencz vor dem Kurgarten ausstieg und den Geigenkasten vom Rücksitz nahm. Während Hanna den Wagen wendete, winkte ihr der Geiger nochmals zu und ging dann mit gemächlichen Schritten in den Park hinein. Boris sah ihm nach. Da rauschte Hanna an ihm vorbei. Sie wunderte sich. Eben hatte sie ihn doch noch in Saßnitz gesehen ... Wollte er etwas von Ferencz?

Boris verfolgte den Geiger mit seinen Blicken, bis er schließlich hinter einer Reihe von Buchenhecken verschwunden war ...

Das Gespräch zwischen Harmsen und dem Unbekannten hatte Valentin aufschlußreiche Informationen geliefert. Der Mann warf Harmsen vor, er habe sich nicht an ihre Abmachung gehalten und machte ihn dafür verantwortlich, daß die Leute hätten umkehren müssen. Wie hatte sich Harmsen überhaupt auf ein Geschäft mit Asylantenschleppern einlassen können!

Der Mann wurde unangenehm. Er verlangte von Harmsen die Erstattung seiner Unkosten. Dieser setzte ihm unbeholfen auseinander, der Bulle – und damit meinte er Valentin – habe im Hafen schon auf ihn gewartet. Außerdem habe er selbst schon genug Unkosten gehabt für die siebzehn Kisten Heringe, die er dem Dänen habe abkaufen müssen! Aber der Fremde ließ nicht locker. »Nur ein Idiot würde mit einer solchen Fracht einen Hafen ansteuern«, fuhr er Harmsen an, schließlich gebe es auf der Insel versteckte Landeplätze genug.

Harmsen steckte zurück. »Also gut, was soll nun werden?«

»Da muß ich auch erst Rücksprache nehmen«, sagte der Fremde.

»Okay, treffen wir uns morgen beim Kurkonzert, da fallen wir am wenigsten auf«, gab Harmsen zurück.

Der Fremde nickte. Die Idee fand er gar nicht schlecht.

»Ich wollte mit Ihnen eigentlich noch mal in Ruhe über die Mißverständnisse der letzten Tage reden«, sagte Schnoor zu Hanna. Er hatte sich dazu entschlossen, die Wogen wieder zu glätten und war ohne Ankündigung ins Saßnitzer Revier hereingeschneit. Als Hanna, die im Moment alleine war, nichts erwiderte, suchte er nach Worten für einen zweiten Anlauf. Schließlich sollte es ja nicht so aussehen, als wolle er sich entschuldigen!

Da flog plötzlich die Tür auf. Ferencz stürmte herein, warf die Hände in die Luft und schrie, sich von einem Wort zum anderen in Dramatik und Lautstärke steigernd: »Mein Instrument! Meine Geige! Meine Amati!«

»Um Gottes willen«, sagte Hanna, mehr zu sich selbst. Schnoor war ihre Reaktion nicht entgangen. Offenbar wußte sie bereits etwas, und so fragte er: »Irgendwas von Bedeutung?«

»›Irgendwas von Bedeutung?‹« äffte Ferencz den Polizeichef nach und blickte Hanna herausfordernd an. »Meine Geige ist gestohlen worden!«

»Jetzt mal ganz in Ruhe und der Reihe nach«, versuchte Hanna ihn zu beruhigen, da ertönte von der Tür her plötzlich Harmsens Stimme: »Ich muß mein Gewissen erleichtern!« sagte er mit schuldbewußter Miene und blickte zu Boden.

»Hat dein Gewissen irgendwas mit der Geige von Herrn von Borsody zu tun?« fragte Hanna.

Harmsen schaute sie verständnislos an. »Was soll ich mit 'ner Geige?!«

»Gut, dann hat das mit deinem Gewissen auch noch Zeit«, entschied sie, und Harmsen nahm sichtlich erleichtert auf der Wartebank Platz.

»Nachdem wir uns getrennt hatten ...«, begann Ferencz Hanna zu erklären.

Aber Schnoor fragte, plötzlich neugierig geworden, dazwischen: »Sie und Frau Gernrich?«

Der Musiker erwiderte ruhig und bestimmt, er solle ihn nicht unterbrechen und begann seinen Text noch mal von vorne: »Also, nachdem wir uns getrennt hatten ...« Nun unterbrach er sich selbst, warf einen wehmütigen Blick durchs Fenster und schaute dann Hanna wieder an. »Es war übrigens ein himmlischer Nachmittag ...«

Hanna sah etwas betreten zur Tür, wo plötzlich Valentin aufgetaucht war.

»Also, da bin ich erst mal unter die Dusche«, fuhr Ferencz fort. »Und da ich die Geige wegen der Feuchtigkeit da natürlich nicht mit reinnehmen kann ...«

»Mit Frauen ist das natürlich etwas anderes«, fiel Valentin ihm mit gehässigem Ton ins Wort. Hannas Gesicht lief vor Zorn rot an.

Schnoor forderte Ferencz mit einem Nicken auf, weiterzureden.

»Deshalb habe ich meine Geige in meinen Schrank eingeschlossen«, sagte Ferencz.

Ganz selbstverständlich übernahm nun Valentin die weitere Ermittlungsarbeit. Wenn es etwas in seinem Leben gab, wo er sich auf sich selbst verlassen konnte, dann war das sein Beruf, sein sicheres Gespür für die Schwächen seiner Mitmenschen und deren Motive und seine Fähigkeit, zur rechten Zeit das Richtige zu tun.

»Sind Sie sicher, daß Sie das Instrument eingeschlossen haben?« fragte er den Musiker nun sachlich.

Der versuchte, so zu tun, als habe er Valentin nicht verstanden.

Aber Valentin ließ sich nicht irritieren. »Antworten Sie auf meine Frage!« beharrte er.

»Um ehrlich zu sein ...«

»Also nicht«, behauptete Valentin. »Im Grunde ist das egal. Das Schloß in dem Schrank ist für einen erfahrenen Einbrecher ganz bestimmt kein ernsthaftes Hindernis ...«

Schnoor nutzte die Gelegenheit, auch Valentin zu signalisieren, daß er zum Einlenken bereit sei, und sagte zu ihm: »Ich gebe Ihnen recht, so ein Schloß knackt ein Fachmann in drei Sekunden!«

Ferencz wurde nervös. Er hatte den Eindruck, daß man sich seiner Sache hier nicht mit dem nötigen Ernst annahm und jammerte nun: »Ja und? Ja und? Die Geige ist weg! Das ist für mich ... Ah, Sie können das alles nicht verstehen!« Dabei unterstrich er seine Worte mit heftigen Gebärden.

Valentin ging die Theatralik des Musikers auf die Nerven, und er sagte unbeeindruckt: »Der Mann, dem ich damals seine Stradivari wiederbeschafft hab – wie hieß er denn noch mal ... Berutti ...«

Schnoor schaute ihn interessiert an: »Wie haben

Sie denn damals in Bayern dem Herrn ... äh ... Berutti seine Geige wiederverschafft?«

»Ja, da hab ich den Berni noch g'habt. Der hat in der Zeitung g'schrieben: Die gestohlene Geige sei nur eine billige Imitation gewesen. Die richtige Geige trage der Künstler natürlich nicht mit sich herum ...«

»Ich versteh nicht ...«, warf Schnoor ein.

»Der Bernie hat g'schrieben, daß er die Geige nur bei sich hat, wenn er zum Konzert geht. Und ...« Er legte eine kleine Pause ein. »... net wahr, Verbrecher sind ja meistens ziemlich dumm! Also, die ham net g'schnallt, daß dös eine Falle war und haben versucht, ihm die Millionengeige auf dem Weg zum Konzert auch noch zu rauben. Da haben wir sie dann festgenommen, ganz normal. Und die richtige Geige ist bei denen z'haus g'legen.«

»Eine glänzende Idee, Herr Gruber!« sagte Schnoor anerkennend.

»Eine gute Kritik von Ihnen?« Valentin blickte ihn fragend an.

»Kreativität und Leistung kann ich immer anerkennen!« meinte Schnoor.

Valentin war dieser plötzliche Sinneswandel etwas unheimlich.

Da stand Harmsen von seinem Platz auf und fragte, ob er denn noch lange warten müsse.

»Er will sein Gewissen erleichtern«, erklärte Hanna. »Weiß der Himmel, warum?«

»Der Himmel vielleicht nicht«, sagte Valentin belustigt, »ich, glaub ich, schon ...« Damit wandte er sich Harmsen zu und sagte zu ihm leise: »Wenn du morgen abend den Typ beim Kurkonzert triffst, bin ich dabei!«

Harmsen fiel aus allen Wolken. »Sag mal – du weißt Bescheid?«

»Sagen wir amal, ich hab so ungefähr eine Ahnung. Am besten, du gehst jetzt erst amal wieder nach Haus.« Und bevor er den verblüfften Harmsen jetzt zur Tür hinausschob, setzte er augenzwinkernd hinzu: »Ich bin froh, daß ihr lieber die Heringe mitgebracht habt – auch wenn's teuer war'n!«

Während sich Valentin um Harmsen kümmerte, bat Schnoor Hanna darum, sich mit der Zeitung in Verbindung zu setzen. Vielleicht könnte man den Trick, mit dem Valentin in Bayern einmal Erfolg gehabt hatte, ja auch in diesem Fall anwenden. Und da in dieser Angelegenheit im Augenblick nichts weiter zu tun war, gab er Ferencz zu verstehen, daß er nun gehen könne.

Unter einem Vorwand folgte Hanna Ferencz nach draußen.

»Kommst du zum Konzert?« fragte er zärtlich.

»Ja spielst du denn«, fragte Hanna überrascht.

»Ich hab ja noch das Instrument, das mir das Orchester zur Verfügung gestellt hat«, erwiderte er.

Dann verabschiedete sich Hanna von ihm mit einem schnellen Kuß.

Schnoor, der sich plötzlich mit Valentin allein im Raum sah, blätterte in Papieren auf Künaths Schreibtisch herum und suchte nach einem Anfang ... »Diese illegalen Einwanderer«, begann er schließlich.

»Wenn ich noch im Dienst wär', könnt ich die

Drahtzieher vielleicht dingfest machen«, sagte Valentin herausfordernd.

»Und wie?«

»Sag ich nicht!«

»Wenn Sie Beweismaterial unterdrücken ...«

»... wüßt ich, wie ich's machen müßt, damit Sie's nicht merken, Herr Polizeioberrat.«

Schnoor wollte sich von diesem Bayern nicht schon wieder provozieren lassen und sagte kurz entschlossen: »Gut, Schwamm drüber. Sie übernehmen Ihre Aufgaben wieder!«

»Ja, jetzt, wie kommt denn so was?«

»Offensichtlich haben Sie einflußreiche Freunde.«

»Das wär mir aber ganz was Neues!«

Schnoor ging nicht weiter darauf ein. Er wandte sich zum Gehen und drückte dem verwunderten Valentin die Hand. Daraufhin verabschiedete er sich auch von Hanna, die gerade wieder hereinkam.

Nun waren Valentin und Hanna plötzlich alleine. Für einige Sekunden herrschte betretenes Schweigen zwischen ihnen. Hanna fragte: »Na, was ist, bist du ins Match zurückgekommen?« Aber Valentin kam gleich zur Sache: »Und was ist mit uns?«

»Meinst du, ich kann dir das jetzt, hier und gleich beantworten?« sagte sie ausweichend.

»Ich könnt's«, behauptete er verständnislos. Es entstand eine kurze Pause, in die hinein stellte Valentin leise fest: »In den letzten zwei Tagen hat sich was verändert.«

»Aber das war dann schon immer da!« entgegnete sie.

»Bei mir nicht!«

»Na gut, bei mir halt!« reagierte Hanna jetzt leicht ungehalten.

»Erklärst du's mir?«

»Ich denk mal, wenn mich ein neuer Mensch ...«

»Mann ...«, verbesserte er vorsichtig.

Da traf er bei ihr aber einen Punkt, der sie fuchsteufelswild machen konnte. Konnte er sie nicht *einmal* ausreden lassen? »Ja, von mir aus auch ›Mann‹!« fuhr sie ihn an. »Also, wenn der mich auf einmal so viel mehr interessiert ...«

»Ich glaub, ich hab schon verstanden ...«

»Was meinst Du?«

»Das liegt doch auf der Hand«, erklärte er jetzt. »Deine Liebe hat für mich nicht ausgereicht. Für ihn vielleicht auch nicht, aber als Beweis gegen unsre Liebe langt's, was dir mit ihm passiert ist.«

Valentins Einsicht rührte Hanna an.

»Merkwürdig«, sagte sie, »in dem Moment, wo du das so genau auf den Punkt bringst, könnt ich mich schon wieder ganz neu in dich verlieben ...«

»Bis dann wieder so ein Stehgeiger daherkäm ... und dann würd's ja am End nicht anders ausgehen ...«, stellte er traurig fest.

Alles war gesagt. Hanna wandte sich der Garderobentür zu. »Ja, dann ...«, verabschiedete sie sich, nahm ihre Jacke und ging, ohne daß Valentin sich noch mal zu ihr umgedreht hätte.

Er war jetzt allein und blickte zum Fenster in die Nacht hinaus. Die Hafenlaternen warfen ihr trübes Licht auf das Wasser. Wie schnell sich das Leben verändern konnte ...

Zu Hause warf sich Hanna aufs Bett. Sie mußte Klarheit in ihre Gedanken bringen ...

Sie hatte als einzige Ferencz' Verlegenheit wahrgenommen, als Valentin die Sache von dem vorgetäuschten Geigendiebstahl in Bayern erzählte. Der Gedanke, Ferencz könne es tatsächlich auf einen Versicherungsbetrug abgesehen haben, ließ ihr keine Ruhe. Gleichzeitig hoffte sie, sie habe sich getäuscht! Außerdem war da ja noch Boris Begulov. Ein Motiv, Ferencz schaden zu wollen, hätte er ja durchaus. Wenn sie nur daran dachte, was Erika ihr erzählt hatte! Boris' Empörung über ihre Beziehung zu Ferencz ging über das Übliche ja wohl hinaus! Auch, wie er so getan hatte, als kenne er sie nicht, als sie ihm im Hafen begegnet war. Und wie er dann in Binz Ferencz nachgeschaut hatte. Offensichtlich war er ihnen ja nachgefahren! Irgend etwas mußte er doch im Schilde geführt haben ...

Andererseits traute sie Boris solch eine Tat auch nicht zu. Gut, er konnte heftig reagieren und außer sich sein, wenn er sich in seinem Gerechtigkeitssinn oder in seinem Stolz verletzt fühlte, aber daß er aus dieser Verletzung heraus eine Straftat beging, die ohne einiges Kalkül und eine gehörige Portion an Gerissenheit gar nicht durchführbar war, erschien ihr doch unwahrscheinlich ...

Sie mußte sich Gewißheit verschaffen!

Am anderen Morgen klopfte sie in aller Frühe an Borsodys Hotelzimmer. Es dauerte einige Zeit, bis er schlaftrunken öffnete. Er trug einen rubinroten Morgenmantel.

»Na, sowas ...« sagte er überrascht.

»Darf ich reinkommen?« bat sie.

»Ich freu mich«, erwiderte er etwas unsicher. Er trat zur Seite und ließ sie vorbei. Dann nahm er ihr Handgelenk und legte sich ihren Arm um seine Schulter. Hanna ließ sich in die Arme schließen. Als er sie küssen wollte, entwand sie sich jedoch und sagte:«

»Putzt du dir vielleicht erst einmal die Zähne?«

»Ja, ich beeil mich auch«, sagte er und ließ den Morgenmantel auf sein Bett gleiten. Dann öffnete er die Badezimmertür. Für einen Augenblick betrachtete Hanna fasziniert seinen schönen Körper. Dann holte sie Luft und sagte: »Laß dir Zeit, ich habe erst morgen wieder Dienst.«

»Aber ich hab um ein Uhr Probe!«

Kaum war er im Bad verschwunden, begann Hanna, mit geübten Handgriffen sein Zimmer zu durchsuchen. Eine Geige war nicht da. Dann aber stieß sie in seiner Jackentasche auf einen Schlüssel für ein Bahnhofsschließfach. Sie merkte sich die Nummer und schlich aus dem Zimmer.

Ferençz kam aus dem Badezimmer und trocknete sich die Haare mit einem großen Badetuch, das seinen Kopf verdeckte. »Ich hab das Adagio noch mal geändert. Es geht jetzt so ...«, sagte er und begann zu singen. Als keine Reaktion kam, sah er unter dem Badetuch hervor und merkte, daß Hanna verschwunden war. Schnell ging er zur Zimmertür und schaute hinaus. Der Flur war leer.

»Angst vor der eigenen Courage ...«, murmelte er. Dann aber durchfuhr ihn ein Schreck. Rasch rannte er zum Schrank und durchwühlte seine Jackentaschen, bis er, sichtlich erleichtert, den Schlüssel zum Schließfach in der Hand hielt...

»Valentin, ich brauche dich!« sagte Hanna. Als sie sah, wie er plötzlich strahlte, setzte sie schnell hinzu: »Dienstlich!«

Auf dem Weg zum Bahnhof erzählte sie von ihrem Verdacht. Valentin hörte stumm zu.

Dann gingen sie mit zwei Bahnpolizisten durch die Halle und blieben vor den Schließfächern stehen.

»Das da, Nummer zwölf!« sagte Hanna und wies mit dem Zeigefinger auf das Fach.

Der Bahnbeamte suchte nach dem passenden Schlüssel an seinem umfangreichen Schlüsselbund. Dann öffnete er die Tür. Als sie den Geigenkasten erblickten, sagte Valentin:

»Also doch...«

Hanna schossen die Tränen in die Augen. Voller Mitleid legte Valentin ihr den Arm um die Schulter.

»Tut weh, hmm?«

Hanna nickte. Dann aber schüttelte sie seinen Arm ab. Es machte sie wahnsinnig wütend, daß sie ausgerechnet vor *ihm* jetzt in Tränen ausbrechen mußte!

»Hör doch auf mit deinem blöden Mitleidsgetue!« schrie sie und rannte davon.

Irritiert schauten die beiden Bahnpolizisten Valentin an.

»Was hat sie denn, die Kollegin?« fragte der Kleinere der beiden.

Valentin blickte betreten vom einem zum andern.

Dann erst merkte er, wie sehr ihn ihre Reaktion eben verletzt hatte, und er antwortete boshaft: »Naja, Frauen in unserem Beruf! Woaßt ja, wie des ist, Kollege!«

Es war ein lauer Herbstabend. Noch spendete die Sonne ein warmes Licht, und den Park erfüllte ein voller, milder Glanz. Valentin stand in der Nähe der Konzertmuschel und mußte daran denken, wie er noch vor wenigen Wochen mit Hanna zusammen in diesem Kurgarten spazierengegangen war, wie sich ihre schlanke Hand in der seinen anfühlte und wie sie sich geküßt hatten hinter Buchenhecken und darauf bedacht waren, daß niemand sie sah ... Richtig altmodisch waren sie sich dabei vorgekommen.

Dann aber riß er sich aus seinen traurigen Gedanken. Aufmerksam ging sein Blick durch die Reihen der Konzertbesucher.

Als er den Mann am Rande des Parks auftauchen sah, gab er Erika und Boris das vereinbarte Zeichen. Sie hatten alles bis ins Detail geplant. Der Asylantenschlepper würde ihnen nicht entkommen! Erika und Boris sahen jetzt ebenfalls zu dem Verdächtigen hinüber. Aber wo blieb Harmsen?

Der Mann reckte seinen Hals und suchte die Reihen der Konzertbesucher ab. Da erschien endlich Harmsen in seinem Sonntagsanzug und setzte sich in die Mitte einer noch spärlich besetzten Reihe. Kurz darauf war der Mann neben ihm.

Jetzt wurde es ernst. Wie von ungefähr näherte sich Valentin von hinten und setzte sich in die nächste Reihe.

»Die Organisation verlangt 20000...« sagte der Mann.

»Da knöpft ihr den armen Schweinen aber ganz schön Kohle ab«, erwiderte Harmsen ungerührt.

Der Schlepper legte eine schärfere Gangart ein. »Entweder ihr schiebt das Geld rüber, bar, versteht sich, oder ihr müßt damit rechnen, daß euer Kahn sinkt...«

Vorne stimmten die Musiker ihre Instrumente.

»Morgen abend komme ich das Geld holen...«

In diesem Augenblick legte Valentin dem Mann schwer seine Hand auf die Schulter und sagte: »Das wird wohl nix werden. Ich nehme Sie vorläufig fest!«

Aber da war der Mann schon auf den Beinen und rammte Valentin seinen Kopf gegen die Brust. Er hetzte über die leeren Bankreihen davon.

Boris tat so, als würde ihn die Sache gar nichts angehen. Als der Mann auf seiner Höhe war und an ihm vorbei wollte, wandte er seinen Oberkörper zur Seite, um ihn vorbeizulassen. Er ließ ihm noch einen Schritt. Dann trat er dem Mann, der ihm bereits den Rücken zugewandt hatte, kräftig gegen die Beine. Der Fremde brach in die Knie. Im selben Augenblick war Valentin zur Stelle. Ehe der Mann sich aufrichten konnte, klickten die Handschellen. Zwei Beamte führten ihn sofort ab.

Valentin atmete schwer. »Ich sollte dich zum Hilfssheriff ernennen«, sagte er zu Boris.

Im gleichen Moment begann das Orchester mit einer feurigen Ouvertüre. Jetzt erschien Hanna. Sie ging mit dem Geigenkasten durch die dichtbesetzten Reihen nach vorne. Ferencz hatte sie nicht bemerkt.

Er gab sich völlig seinem Spiel hin. Vor dem Podium angelangt, öffnete sie den Geigenkasten und nahm das Instrument samt Bogen vorsichtig heraus. Erst, als sie beides Ferencz nun nach oben reichte, bemerkte er sie. Lange schauten sie sich in die Augen.

Ferencz nahm das Instrument aus ihren Händen und sah Hanna mit schiefgelegtem Kopf, um Verzeihung bittend, an. Hanna nickte. Dann schossen ihr wieder die Tränen in die Augen.

Im selben Augenblick hatte Ferencz auch schon sein Solo. Hanna hatte sich abgewandt. Das »Lied für Dich« erklang. Wie beim ersten Mal, als Ferencz im Orchester erschienen war, verzauberte sein Spiel – seine Kollegen und das Publikum gleichermaßen.

Hanna fühlte plötzlich eine unendliche Leere in sich, von höchsten Höhen in die tiefsten Tiefen gerissen! Aber nun war es vorbei. Traurigkeit, Enttäuschung und Wut waren in ihr einem eintönigen Gleichmut gewichen. Sie dachte an nichts mehr. Und selbst die Musik schien von sehr, sehr weit her zu ihr herüberzuklingen ...

4

Manche Rosen blühen spät im Jahr

Michael Gruber warf die letzte Spielkarte auf den Tisch und sagte triumphierend zu Pater Tobias: »Damit hast net g'rechnet, daß ich den Kreuzbuben hab!«

»Das hält der Mexikaner für Strategie und Taktik«, frotzelte Bernie.

Es war bereits weit nach elf Uhr, und die drei Skatbrüder waren die letzten Gäste im Miesbacher »Weißen Roß«. Wastl, der Wirt, brachte eine neue Runde Bier.

»Verloren hast trotzdem, Michel«, sagte der Pater. Er nahm einen tiefen Schluck aus seinem Krug und setzte hinzu: »Mußt jetzt net langsam heim?«

Michael schaute stirnrunzelnd von seinem Bier auf.

»Na ja«, erklärte ihm Bernie, »jetzt, wo deine Agnes das Regiment führt auf eurem Hof...«

Michael brachte dieses Gerede schon lange nicht mehr aus der Ruhe. Seitdem er mit Agnes zusammen auf den Aiblinger Hof gezogen war, hatte alle Welt scheinbar nichts anderes mehr im Sinn, als ihn zur Heirat zu überreden. Dabei war es ja gar nicht so, daß er prinzipiell etwas gegen eine Heirat einzuwenden gehabt hätte. Irgendwann einmal in der Zukunft konnte er sich das schon vorstellen. Aber immer, wenn er konkret daran dachte, bekam er ein flaues Gefühl im Magen. Er hatte es bisher noch nie längere Zeit zusammen mit einer Frau ausgehalten.

Auf der anderen Seite – nach Mexiko zurück wollte er auch nicht mehr unbedingt. Er wußte noch allzu gut, wie es ihm gegangen war, als er nach seiner Rückkehr den alten Miesbacher Kirchplatz überquert hatte ... Und als er dann die Menschen reden hörte in seiner Heimatsprache, diesen vertrauten Klang seiner Kindheit und Jugend ... Da hatte er – Don Michael Gruber – doch tatsächlich Tränen in die Augen bekommen!

Plötzlich betrat Valentin mit einer kleinen Reisetasche das Gasthaus.

»Ja Valentin, leckt's mi am Arsch!« Hocherfreut stand Bernie auf und streckte ihm seine Pranke entgegen.

Sie machten Valentin am Tisch Platz und sahen ihn erwartungsvoll an.

Valentin erklärte knapp, er habe ein paar Tage Urlaub genommen. Aber die fragenden Blicke ruhten weiter auf ihm. Alle spürten, daß er bedrückt war. Schließlich rückte er mit der Sprache heraus: »Aus ist's, gar ist's, schad, daß es wahr ist.«

»Sag bloß, die Hanna hat dich verlassen?« brachte Bernie die Sache gleich auf den Punkt.

»Könnt ja auch *ich* sie verlassen haben!« erwiderte Valentin gekränkt.

»Dann wär sie ja sozusagen wieder zu haben!«

sagte Bernie und erntete dafür von Pater Tobias einen strafenden Blick.

Valentin aber starrte nur vor sich hin und murmelte: »Mir doch egal!«

Während die Männer drinnen schweigend ihr Bier austranken, streiften draußen vor dem Gasthaus »Zur Post« zwei Jugendliche zwischen den parkenden Autos umher. Die »Post« lag in unmittelbarer Nachbarschaft zum »Weißen Roß« und besaß einen großen Parkplatz, auf dem auch nachts Anlieger ihre Wagen abstellten.

Es war kalt. Ein feiner Nieselregen überzog den Lack der Wagen mit einem feuchten Hauch. Bei diesem Wetter blieb jeder, der nicht unbedingt nach draußen mußte, im Haus.

Vor einem der Wagen blieben sie stehen. Auf dem Rücksitz lag eine Stange Zigaretten. Sie schauten sich um.

»Alles in Ordnung, Hajo?« fragte Axel leise.

Hajo nickte.

Blitzschnell zerschlug Axel mit einem umwickelten Stein das Seitenfenster. Dann griff er hastig durch das Loch und zog die Türsicherung hoch. Plötzlich schrie er auf.

»Was ist denn los?« Hajo war sofort neben ihm.

»Ich blute wie ein Schwein!« stöhnte Axel.

Hajo schob seinen Ärmel hoch. Sie blickten auf die langgezogene Rißwunde, die das Glas in seinen Unterarm geschnitten hatte.

»Macht nichts. Weiter geht's.« sagte Axel trotzig und biß sich auf die Lippen.

Hajo zögerte noch einen Moment. Dann öffnete er

geräuschlos den Wagen und das Handschuhfach. Da stießen seine Finger auf einen kühlen, metallenen Gegenstand. Hajo zog ihn hervor. Eine Pistole! Ohne daß Axel etwas davon bemerkte, steckte er sie rasch in die Innentasche seiner schwarzen Lederjacke. Dann holte er sich die Zigaretten vom Rücksitz.

Valentin kam mit seinem Vater aus dem »Weißen Roß«. Plötzlich hörte er das Splittern von Glas. Er war sich nicht ganz sicher, aus welcher Richtung das Geräusch gekommen war, rannte dann aber durch den schmalen Durchgang der weißen Mauer, welche die Grundstücke der beiden Gasthäuser voneinander trennte, die kleine Böschung zum Parkplatz hoch. Als er sich durch das Buschwerk am Rande des Parkplatzes durchgekämpft hatte, sah er gerade noch die beiden Jugendlichen auf ihren Mopeds davonbrausen.

Inzwischen war ihm sein Vater keuchend gefolgt. Valentin besah sich den aufgebrochenen Wagen und sagte: »Da kann man nur mehr die Polizei verständigen!«

»Aber du bist doch die Polizei«, erwiderte Michael.

»Nicht hier. Hier ist der Haberl zuständig.«

Valentin beugte sich zu dem Fenster des aufgebrochenen Wagens und tupfte mit dem Zeigefinger gegen das Glas.

»Da ist Blut dran«, stellte er fest. »Derjenige, der da hineingegriffen hat, muß sich den Arm ganz schön zerschnitten haben.«

»Laß uns gehen«, sagte Michael müde. »Hier kannst eh nix mehr ausrichten.«

Zurück im »Weißen Roß« informierte Valentin

noch telefonisch den diensthabenden Beamten, dann ging er zum Auto. Sein Vater saß bereits am Steuer. Valentin öffnete die Fahrertür und streckte ihm die geöffnete Hand entgegen.

»Was gibt's?« fragte er mit schwerer Zunge.

»Ich fahr!«

Michael ließ die Autoschlüssel widerstandslos in Valentins Hand fallen.

Seitdem er mit Agnes auf dem Aiblinger Hof zusammenlebte, ging Michael abends immer häufiger ins Wirtshaus. Nicht, daß Agnes da prinzipiell etwas dagegen gehabt hätte. Aber daß es fast jeden Abend sein mußte!

Ruhelos wälzte sie sich auf ihrem Kissen hin und her. So konnte es nicht weitergehen! Sie stand auf, zog den Morgenmantel an und ging über den Hof. Der Nieselregen hatte aufgehört. Ein föhniger, lauer Wind war aufgekommen und trieb die Wolken auseinander, die immer wieder den Blick auf den Mond freigaben, ehe sie ihn wieder verdunkelten.

Auf der anderen Seite lag Michaels Gewächshaus. Um sich ein Stück Mexiko in Bayern zu schaffen, hatte er sich dieses Glashaus bauen lassen und es mit Agaven, Kakteen und vielen anderen exotischen Pflanzen gefüllt. Es war zu einer Art Zufluchtsstätte für ihn geworden, in die er sich immer zurückzog, wenn ihn seine Erinnerungen überkamen oder wenn er einfach seine Ruhe brauchte. Mit der Zeit hatte er sich eine Ecke des Glashauses sogar regelrecht wohnlich eingerichtet. Eine Stehlampe sah man da. Großartige Landschaftsaufnahmen der Sierra Madre Oriental, vulkanischer Gebirgszonen und des Rio

Grande del Norte hingen an den Wänden. Dazwischen waren zahlreiche kleinere Bilder von Indianern und Mestizen in ihrer traditionellen Kleidung zu sehen, darunter auffallend viele hübsche junge Frauen, die dem Fotografen verführerisch zulächelten. Über einem einfachen Eisenbett hing die grünweiß-rote Nationalflagge Mexikos, daneben ein Regal mit kunsthandwerklichen Erinnerungsstücken.

Agnes durchquerte das Gewächshaus. Von Michael keine Spur. Auch sein Bett war unberührt. Auf dem Regal lag ein Buch mit dem Titel »Schnapsbrennen – leicht gemacht!«

Sie legte sich auf das Bett. Ohne wirklich darin zu lesen, blätterte sie gedankenverloren in dem Buch und legte es dann wieder neben Broschüren für Mexikoreisen in das Regal zurück. Müde und enttäuscht löschte sie schließlich das Licht und schlief auf der Stelle ein.

Kurz darauf fuhr Valentin mit dem Wagen vor. Als sie ausstiegen, fiel sein Blick auf das Glashaus. Für einen Augenblick glänzten die Glasscheiben sanft im Mondlicht, ehe der Wind wieder Wolkenschatten über sie legte.

»Was ist denn das?« fragte Valentin erstaunt.

»Mein Mexiko«, erklärte Michael. »Mein Territorium. Unbefugten ist der Zutritt verboten. Das gehört nicht zum Aiblinger Hof. Das gehört mir ... Exterritorial!«

»Und was machst da?«

»Da zieh ich Agaven. Hab ich mir aus Mexiko kommen lassen.«

Michael öffnete die Tür zum Glashaus und drehte

das Licht an. Valentin ließ seinen Blick über diese künstliche exotische Welt gleiten und war sprachlos. Langsam gingen sie nebeneinander den Mittelgang entlang. Was war doch sein Vater für ein sonderbarer Kerl! Und was für ein interessanter Mensch! Schade, daß er ihn jetzt erst kennengelernt hatte, schoß es ihm durch den Kopf. Dann mußte er selbst über diesen Gedanken schmunzeln.

Michael, der das Lächeln auf Valentins Gesicht registrierte, deutete es als Zeichen seiner gelungenen Überraschung und zog ihn zu seiner Ecke. Da entdeckte er Agnes in seinem Bett. Die schlug plötzlich die Augen auf und sagte vorwurfsvoll: »Wo hast du dich denn wieder herumgetrieben?«

Nun erst entdeckte sie Valentin. Sie freute sich, ihn wiederzusehen. Valentin erwiderte ihren Gruß freundlich, aber knapp, wünschte den beiden eine gute Nacht und ging.

»Was hat er denn?« fragte Agnes und sah Michael besorgt an.

»Liebeskummer. Und mir hat er geraten, ich soll dich heiraten.«

»Da hätt' ich ja dann vielleicht auch noch ein Wort mitzureden!«

»Mir eilt's ja auch nicht direkt so«, sagte er ehrlich und blickte etwas verlegen zur Seite.

Agnes wechselte das Thema. »Sag amal, wann sind die Agaven eigentlich reif, damit man einen Schnaps daraus machen kann?«

»Frag mich morgen noch amal«, bat Michael sie und gähnte ausführlich. »Heut nacht krieg ich das nicht mehr z'amm!«

»Na, dann komm ins Bett«, forderte Agnes ihn liebevoll auf.

»*Das* krieg ich noch z'amm, wirst sehn!« sagte Michael, zog die Schuhe aus und legte sich neben sie. Im nächsten Augenblick aber war er schon eingeschlafen. Agnes strich ihm zärtlich über den Kopf und flüsterte: »Übernimm dich nicht!« Dann löschte sie das Licht.

Am nächsten Morgen war sie schon früh auf den Beinen. Der Hof lag düster im Morgengrauen, und die Luft stand naßkalt über den Gebäuden.

Die Wärme der Kühe machte den Stall um diese Zeit zum angenehmsten Aufenthaltsort des Hofes. Friedlich standen sie da und warteten auf das Melken. Die Luft roch nach Feuchtigkeit, Mist und den Körpern der Tiere. Agnes nahm die automatische Melkanlage und ging hinüber zu den Kühen.

Plötzlich stand Kathrin in der Tür. Seit sie in das Ausgedinghäusel neben dem Hof umgezogen war, das ihr der Aiblinger Bauer vermacht hatte, fühlte sie sich ausgeschlossen und manchmal regelrecht nutzlos. Ihr Leben lang hatte sie mit dem Aiblinger Bauern den Hof bewirtschaftet, und jetzt sollte sie alles den neuen Pächtern Michael und Agnes überlassen!

»Ich hätt' die Küh schon versorgt!« sagte sie vorwurfsvoll.

Agnes spürte die Spannung, die immer wieder zwischen ihnen aufkam. Sie verstand ja, daß Kathrin mit ihrer neuen Situation erst einmal zurechtkommen mußte. Aber manchmal ging sie ihr doch ganz schön auf die Nerven.

Kathrin deutete auf die Kuh, der Agnes soeben die Sauger anlegte und sagte: »Die Mizzi mußt mit der Hand melken, die verträgt es net, das automatische Melken.«

»Wird sich wohl dran g'wöhnen müssen«, entgegnete Agnes knapp. Als sie aber merkte, daß sich Kathrin wieder zum Gehen wandte, fügte sie hinzu: »Der Valentin ist heute nacht kommen!«

Da ging sofort ein Strahlen über Kathrins Gesicht. Dann aber schaute sie Agnes ungläubig an: »Der Valentin? Wirklich? Aber hat der denn scho wieder Urlaub?«

»Sein Vater sagt, er hätt' Liebeskummer, aber du weißt ja, was der Michael so sagt ...«

Einige Zeit später deckten sie drüben in der Stube gemeinsam den Frühstückstisch. Die Morgensonne hatte sich durch den Nebel gekämpft und warf die ersten Strahlen dieses Tages auf das blau-weiß karierte Tischtuch und funkelte auf dem Porzellan der hübschen Kaffeetassen. Agnes schnitt frisch gebackenes, duftendes Brot auf, Kathrin stellte Schinken und Käse, hübsch auf Holzbrettern angerichtet, auf den Tisch. Kräftiger Kaffeeduft zog aus der Küche herüber.

Endlich kam Michael verschlafen aus dem Gewächshaus, blieb in der Türe stehen und sagte, als er die beiden Frauen bei ihrem gemeinsamen Tun sah: »Welch seltene Eintracht.« Grinsend setzte er sich auf die Eckbank.

Aber die beiden reagierten nicht auf seine Frotzelei, und Kathrin sagte nach einem prüfenden Blick auf den Tisch, der jetzt alles vereinte, was ein Frühstück auf dem Aiblinger Hof zu einem Erlebnis machte: »Ich geh jetzt Valentin wecken.«

»Geh, laß ihn noch schlafen«, brummte Michael.

Da aber deutete Agnes aus dem Fenster und sagte: »Den brauchst nicht mehr wecken, der ist schon auf!«

In der gegenüberliegenden Scheune hantierte Valentin an seinem Jeep herum, den sich sein Großvater gleich nach dem Krieg angeschafft hatte. Valentin hatte die Motorhaube geöffnet und rieb die Zündkerzen mit einem alten Tuch trocken.

Sofort ging Kathrin zu Valentin hinüber und schloß ihn in die Arme: »Ja, Bua!« sagte sie aus vollem Herzen.

»Sag, wie geht's dir?« fragte Valentin.

»Zwischen dei'm Großvater und mir ist zwar nie was g'wesen, aber ich komm mir trotzdem vor, als hätt' er mich viel zu früh zur Witwe g'macht«, erwiderte sie plötzlich traurig.

»Ja«, antwortete Valentin nachdenklich. Er ließ seinen Blick ins Tal hinabgleiten. »Das soll einem mal einer erklären, wie das zwischen den Menschen so geht ...«

»Wie lang bleibst?« fragte sie.

»Ich weiß noch nicht genau. Erst brauch ich amal a bissel Zeit, Ruhe, Urlaub, Erholung. Man hat mir das letzte Mal, als ich hier g'wesen bin, die Nachfolge vom Haberl angeboten ...«

In der Tat hatte der Personalchef bei seinem letzten Besuch in Miesbach Kontakt mit ihm aufgenommen und ihm deutlich zu verstehen gegeben, daß er sehr interessiert daran sei, das Revier in seine Hände zu übergeben, sobald Haberl in Pension gehe.

Valentin aber hatte ausweichend reagiert und die Frage offengelassen, denn er hatte auf Rügen schließlich einiges zu verlieren. Aber inzwischen lagen die Dinge ja wieder etwas anders ...

Sie saßen noch nicht lange beim Frühstück, da fuhr draußen ein Polizeiwagen vor.

»Ja, jetzt laß halten, der Haberl!« sagte Agnes, als sie den Polizeiwagen in den Hof einbiegen sah. »Und wen er da wohl noch mitbringt?« Neugierig blickte sie weiter aus dem Fenster.

»Da kannst ihn ja gleich amal wegen der Nachfolge fragen«, riet Michael seinem Sohn.

Der aber verzog das Gesicht und faßte sich an die Stirn, so als habe er plötzlich Schmerzen. »Das halt ich nicht aus – bevor der Tag überhaupt angefangen hat!« Er hatte absolut keine Lust, ausgerechnet seinen ehemaligen Vorgesetzten hier zu sehen.

»Laß mal«, wollte Michael ihn beruhigen. »Der Haberl in Mexiko, da hätt' der was werden können – Polizeipräsident mindestens. Wenn er den Mut gehabt hätte, damals mit mir rüber zu gehn ...«

»Der hat ja noch nicht amal den Mut für Rosenheim g'habt, da hätt' er nämlich amal Revierleiter werden können«, erklärte Valentin hämisch.

Haberl hatte den Rüganer Feuerwehrkommandanten Petersen zufällig am Bahnhof getroffen und sich dunkel an den Mann erinnert. Aber erst beim Stichwort »Feuerwehr« fiel ihm wieder ein, woher er ihn kannte. Schließlich war er ja damals dabei gewesen, als Miesbach seiner Partnergemeinde Saßnitz einen gebrauchten Feuerlöschzug überbracht hatte!

Haberl machte ihm sofort klar, daß er die Suche

nach einem Quartier erst gar nicht aufzunehmen brauche. Miesbach platzte in diesen Tagen im Oktober nämlich aus allen Nähten, wenn die Gynäkologen hier ihren traditionellen Kongreß abhielten und außerdem noch die Tage des christlichen Chorgesangs stattfanden! Kurzerhand hatte Haberl Petersen angeboten, ihn zum Aiblinger Hof hinaufzufahren, die hätten sicher noch irgendwo ein Bett für ihn übrig.

Auf der Fahrt dann äußerte Petersen plötzlich, ihn würde der Mut verlassen, wenn sich die Dinge so dynamisch entwickelten. Haberl verstand zunächst nur Bahnhof. Bis ihm Petersen gestand, er sei ja eigentlich wegen der Kathrin gekommen ...

Und jetzt stand er plötzlich vor ihr und war ziemlich verlegen. »Wie das Leben so spielt«, begann er und suchte nach Worten. »Tja, Frau Kathrin, wenn ich gewußt hätte, daß der Herr Kommissar Haberl so liebenswürdig sein würde, mich hier heraufzubringen zu Ihnen, hätte ich natürlich Blumen besorgt – aber ich bin mit dem Nachtzug gekommen.«

»Ja, aber warum?« fragte Valentin rundheraus.

Petersen wich seinem Blick aus und sagte: »Ich wollt hier ein bißchen Urlaub machen – in den Bergen so.«

Aber Haberl winkte ab. »Tarnung!« stellte er trokken fest.

»Bitte was?« fragte Michael nach.

Petersen sah Michael irritiert an. »Aber der Herr Haberl sagt mir, alle Hotels sind ausgebucht ...«

»Ja sicher«, erklärte Kathrin, »die christlichen Chöre ...«

»Und die Gynäkologen ...« fügte Haberl hinzu.

»Eine seltsame Allianz«, warf Michael dazwischen.

Agnes registrierte Petersens und Kathrins Verlegenheit amüsiert und sagte: »Woher hätt' der Herr das auch wissen sollen?« Und, zu Petersen gewandt: »Oder san Sie Gynäkologe?« Damit brachte sie ihn aber nur noch mehr in Verlegenheit, und Petersen stammelte: »Ne, das nu nicht gerade!«

»Vielleicht sollte man amal die Gynäkologen ein paar Monate singen lassen und die christlichen Sänger zu den Weibern stecken ...«, versuchte es Michael mit einem seiner Witze, bekam aber von Agnes gleich signalisiert, daß es jetzt reiche!

Valentin schlug vor, Petersen aufzunehmen. Oben bei der Kathrin sei doch noch ein Zimmer frei!

Kathrin nahm all ihren Mut zusammen und wandte sich direkt an Petersen: »Ich freu mich riesig, daß Sie gekommen sind. Und ich werd' Ihnen auch sofort das Zimmer herrichten ...«

Ehe Haberl nun wieder zum Dienst zurückfuhr, fragte Valentin ihn beiläufig, ob es schon irgendwelche Ergebnisse gebe bezüglich der Autoaufbrüche.

Aber Haberl gab sich bedeckt. »Keine Fingerabdrücke, keine Spuren, keine Täter. Wiedersehen miteinander.« Er stieg in seinen Wagen ein.

»Und was ist mit dem Blut?« rief Valentin ihm hinterher.

»Wird untersucht!« rief Haberl zurück, schlug die Wagentür zu und fuhr davon.

Axel Maisinger war bis vor zwei Jahren ein guter Sportler gewesen. Als jeweils Bester seines Jahrgangs in der Jugendabteilung Leichtathletik des SV Miesbach hatte er seinen Sportverein mehrmals erfolgreich bei überregionalen Wettbewerben vertreten. Trophäen und Pokale schmückten sein Zimmer. Zahlreiche Artikel aus Bernies Feder waren im Miesbacher Anzeiger über die Erfolge des jungen Sportlers erschienen. Er erwarb Anerkennung nicht nur bei Trainern und Vereinskameraden, sondern auch bei wichtigen Personen des sogenannten öffentlichen Lebens. Nur an einem Menschen gingen seine Erfolge offenbar unbeachtet vorbei: seinem Vater!

Der Landtagsabgeordnete Dr. Siegfried Maisinger aber war davon überzeugt, alles für seinen Sohn zu tun, was man als Vater tun sollte. Eine Familie, ein Haus, Ansehen, Geld – in seinen Augen konnte es Axel an nichts fehlen. Das einzige, was er von ihm erwartete, war Leistung, und zwar schulische Leistung. Was Axel im Sport brachte, lief für ihn unter der Rubrik »Hobby«. Und Mutter Maisinger versuchte, den Mangel an väterlicher Zuwendung auszugleichen, indem sie dem Jungen alle Schwierigkeiten abnahm und ihn rund um die Uhr bediente ...

Schlagartig hatte Axel es aufgegeben, Energie in den Sport zu stecken und sich eine »Null-Bock«-Haltung zugelegt. Er fand an nichts mehr Freude. Da er fürs Gymnasium zu wenig arbeitete, mußte er auf die Realschule zurück, und als er dort endgültig die Lust am Lernen verlor, kam er in die Hauptschule. Von da an hatte ihn sein Vater endgültig links liegen lassen ...

Hajo bewunderte den schlanken, kräftigen Axel

für seinen Mut. Wenn es darum ging, ein Ding zu drehen, hatte Axel meistens nicht nur die besten Einfälle und Vorschläge, er scheute auch selbst kein Risiko …

An diesem Nachmittag waren sie am Parkplatz beim Miesbacher Bahnhof eben dabei, sich ein passendes Opfer für einen Überfall zu suchen, als Konrad Schmalisch seinen BMW in die letzte noch vorhandene Parklücke steuerte. Der Aufsichtsratsvorsitzende der »Bayrischen Treu- und Lebensversicherungs-AG« hatte nach seinem letzten Termin das Bedürfnis, sich einige Gesprächsnotizen zu machen und sich innerlich auf den nächsten Termin einzustellen. In einer Kneipe bei Kaffee und einer Zigarette die Dinge zu überdenken, wäre ihm zwar lieber gewesen, aber die Zeit reichte ihm heute nicht dazu.

Da sah er die zwei Jugendlichen zwischen den geparkten Wagen umherschlendern. Einer der beiden, er trug eine Sonnenbrille, kam jetzt auf ihn zu.

Axel ging um den Wagen herum. Sie hatten ihr Vorgehen genau abgesprochen. Es war riskant, aber es würde klappen, wenn sie nur schnell genug waren. Schließlich war er ja Sportler … Er bückte sich, zog das Messer und stach mit einem kurzen, entschiedenen Stoß zu. Der Reifen gab ein zischendes Geräusch von sich, der hintere Teil des Wagens sank ab. Axel kam wieder hoch und grinste den Fahrer durch das Fenster an der Beifahrerseite frech an. Er sah, wie der Mann verblüfft das Gesicht verzog und zum Türöffner griff.

Jetzt war alles nur noch eine Frage der Zeit.

Ehe sich Axel von dem Wagen abstieß, versicherte

er sich mit einem kurzen Blick, daß Hajo auf seinem Posten war. Dann sprintete er die Reihen der parkenden Wagen entlang auf das Bahnhofsgebäude zu.

Ein kurzer Blick zurück verriet ihm, daß der Mann rasch näher kam. Aber Axel hatte seine Reserven noch nicht ausgeschöpft. Kurz vor dem Bahnhof schlug er einen Haken und rannte links an dem Gebäude vorbei auf das gegenüberliegende Lagerhaus zu. Der Mann hatte jedoch seine Absicht sofort begriffen und wählte eine Abkürzung, was ihm allerdings nichts mehr nützte, denn im nächsten Augenblick schon hatte Axel das Lagerhaus erreicht, eine Tür geöffnet und war in dem Gebäude verschwunden.

Als Schmalisch nur wenige Sekunden später die Tür aufriß, blickte er in einen langen Gang, von dem aus zahlreiche Türen abgingen. Er machte den Versuch, die nächstbeste Tür zu öffnen, blickte aber wiederum in einen weiteren Gang mit vielen Türen. Es hatte keinen Sinn mehr. Der Typ hatte ihn ausgetrickst!

In der Zwischenzeit war Hajo, der in der Nähe gewartet hatte, zu Schmalischs Wagen geschlendert, hatte sich den Aktenkoffer vom Rücksitz geschnappt und war dann gemessenen Schrittes in den gegenüberliegenden Park gegangen ...

Auf der anderen Seite des Lagerhauses trat Axel aus einer Tür und ging pfeifend die Straße entlang Richtung Park. Er war gespannt, was ihnen diesmal in die Hände gefallen war. Und was Nana und Lena dazu sagen würden!

»Die Jungen waren siebzehn Jahre alt. Höchstens

achtzehn! Mehr kann ich nicht sagen, ging ja alles so schnell«, sagte Schmalisch. »Und den, der meinen Aktenkoffer geraubt haben muß, hab' ich ja gar nicht erst zu Gesicht bekommen.«

»Raffinierter Trick«, sagte Kober. »Würden Sie wenigstens dieses *eine* Früchtchen wiedererkennen?«

»Möglicherweise. Könnt ich aber jetzt nicht mit Sicherheit sagen. Der Junge hatte eine Sonnenbrille auf.«

Nun kam Haberl herein, und Kober erklärte ihm, was passiert war.

»Versteh«, sagte Haberl ruhig. »Schon wieder diese Jugendbande!«

»Schon wieder? Soll das heißen, diese rotzfrechen Bürschchen treiben ihr Unwesen schon lange?«

»Ja, das geht schon eine Weile so«, antwortete Haberl gelassen und zog die Schultern hoch.

Darauf hatte Schmalisch aber nur gewartet. Diese Beamten! Saßen hier herum, anstatt sich hinter die Sache zu klemmen und sich für den Schutz des Bürgers einzusetzen. Wofür bekamen die eigentlich ihr Geld? Wenn alle so unbeteiligt bürokratisch handelten, brauchte man sich über die zunehmenden Straftaten und die immer frecher werdenden Täter ja nicht mehr zu wundern!

»Und Sie kommen denen natürlich nicht bei! Jetzt sag ich Ihnen mal was!« rief er erregt: »Ich werd' mir heute noch einen Termin bei Dr. Maisinger geben lassen!«

»Ist das derselbe Maisinger, der jetzt Staatssekretär geworden ist?« fragte Haberl.

Schmalisch nickte. »Und der wird diesen laschen Haufen hier schon auf Vordermann bringen!«

Kober wußte nicht recht, ob er wirklich sie damit gemeint hatte, aber Haberl hatte richtig verstanden und fragte Schmalisch, ob er seine Äußerung eventuell zurücknehme.

»Ich denke ja nicht daran!« schleuderte dieser ihm entgegen.

Haberl war es egal. Er hatte in seinem langen Polizistendasein schon Schlimmeres erlebt als einen dahergelaufenen Geschädigten, der mit der Obrigkeit drohte, wenn nicht alles so lief, wie er sich das vorstellte! »Na gut, dann eben nicht«, sagte er deshalb und verschwand in seinem Amtszimmer.

Schmalisch faßte sich. Er mußte die Anzeige noch unterschreiben, dann wandte er sich zum Gehen. Kurz vor der Tür fiel ihm noch etwas ein, und er sagte zu Kober: »Der Junge hatte einen starken Verband ums rechte Handgelenk.«

Die Bande hatte sich in einem nahegelegenen Tal in einer einsam gelegenen ehemaligen Holzfällerhütte eingerichtet. Gleich nach ihrem gelungenen Coup hatten sich Axel und Hajo am anderen Ende des Parks getroffen und waren mit ihren Mopeds den schmalen Weg zu ihrem Versteck hochgefahren, ohne daß sie irgend jemand dabei gesehen hätte. Als sie endlich bei der Hütte waren, erlebten sie von ihren Freundinnen einen warmen Empfang. Nana zog Axel sofort auf das Matratzenlager in der Ecke und küßte ihn heftig, während Lena noch am Radio herumfingerte, bis sie endlich »Metallica«

drin hatte, die Band, auf die sie alle gerade standen.

Das »Sichten des Materials«, wie sie es nannten, war Hajos Sache. Irgendwann hatten sie es ihm überlassen, die gestohlenen Aktenkoffer, Reisetaschen, Rucksäcke und Handtaschen zu untersuchen, weil er der Genaueste von ihnen war und seinen geübten Fingern nichts entging. Er verhielt sich absolut cool. Sie selbst hatten nämlich einige Male vor lauter Aufregung, Hektik und Gier manch wertvollen Gegenstand übersehen, den Hajo im nachhinein dann doch noch rettete ...

Plötzlich zog Hajo aus Schmalischs Aktenkoffer eine Scheckkarte hervor. Er schrie vor Begeisterung auf und hielt die Karte in die Luft. Alle sahen zu ihm hin.

»Jetzt aber nix wie ab zur Bank!« rief er aus.

»Ohne die Geheimzahl kannst die Karte vergessen«, sagte Lena und verzog die Mundwinkel. Aber Hajo dachte nicht daran, aufzugeben, und meinte: »Dann laß uns amal schauen, vielleicht hat er sie hier irgendwo notiert ...« Sofort kramte er weiter in der Tasche, schaute genauestens Papiere und Ausweise durch – nichts!

Da meldete sich Axel plötzlich aus seiner Ecke: »Mein Vater hat sie im Telefonbuch notiert. Unter ›Bank‹ ...«

»Besonders intelligent«, fand Hajo. »Weiß er, daß du es weißt?«

»Nein, und ich werd's ihm auch nicht sagen ...«

Nun fingerte Hajo Schmalischs kleines, in Leder gebundenes Telefonbuch heraus und begann, die Goldschnittseiten durchzublättern.

»Das glaubst du doch nicht!« rief er enthusiastisch.

»Steht's auch drin?« fragte Axel.

»Ja. Vier Ziffern unter ›Bank‹. Wenn's stimmen, geht's uns eine Zeitlang gut!« Dann aber dachte er, daß ja nicht *jeder* unbedingt auch so dumm sein mußte wie der Maisinger, der seine Geheimzahl ins Telefonbuch schrieb. Auf der anderen Seite: Hatten sie ihre Erfolge nicht oft genug schon dem Leichtsinn ihrer Mitbürger zu verdanken? Wenn er nur an die zahlreichen unverschlossenen Autos dachte, bei denen sie nicht einmal Gewalt anwenden mußten ...

Kurz darauf schossen die vier auf ihren fahrbaren Untersätzen hinunter nach Miesbach. Sie stellten ihre Mopeds aus Sicherheitsgründen hinter der Kirche ab und gingen dann zu Fuß hinüber zur Sparkasse, an deren Außenfront ein Geldautomat angebracht war. Hajo wollte die Scheckkarte in den Schlitz schieben, aber der Automat nahm sie nicht an. Da fiel sein Blick auf die Anleitung, die den schwarzen Magnetstreifen auf der rechten Seite skizzierte. Er wiederholte den Vorgang. Endlich wurde die Karte hineingezogen. Hajo gab die Geheimnummer ein. Eine schier unerträgliche Anspannung erfaßte ihn – da erschien auf dem Bildschirm schon die Frage »Kontostand oder Auszahlung«. Eintausend Mark war die Höchstsumme. Hajo drückte die entsprechende Taste. Nach wenigen Sekunden spuckte der Automat das Geld aus. Hajo zwinkerte seinen Komplizen aufmunternd zu und steckte die Scheine in die Innenseite seiner Lederjacke. Dann zog das Quartett gutgelaunt weiter.

Von der Lahner Alm aus hatte man einen unvergleichlichen Blick auf die umliegenden Berge und das Tal, in dessen Mitte der Tegernsee lag, auf dem sich an diesem strahlenden Sonnentag Hunderte von weißen Segeln bewegten. Im Rücken den Risserkogel und den Lahnerkopf, lag das gesamte Panorama von Almen, Bergen und Tälern vor ihnen. Kathrin zeigte auf die umliegenden Gipfel und nannte jeden einzelnen mit Namen. Dann sagte sie zu Petersen: »Ich bin ewig nicht hier oben g'wesen!«

Der Aufstieg hatte sie außer Atem gebracht.

»Aber es ist doch wunderschön hier!« sagte Petersen begeistert. Es war das erste Mal in seinem Leben, daß er die Alpen aus dieser Perspektive sah!

»Ich sag' Ihnen was.« Kathrins Stimme nahm einen ungewöhnlichen, geheimnisvollen Klang an. »Das war dem Aiblinger Bauer sein Lieblingsplatz!« Dann erklärte sie ihm aber schnell, daß es zwischen ihr und dem Aiblinger Bauern nie etwas gegeben hatte!

Für einen Moment schien sie in ihren Gedanken ganz weit weg und seufzte: »Ich hätt' alles für ihn getan!«

»Und er?« Petersen wollte es jetzt genau wissen.

»Genau, das ist es!«

»Und jetzt?«

»Was ›und jetzt?‹« fragte Kathrin und schaute Petersen fragend an.

»Ich meine, er kann doch nicht für alle Zeiten über Sie bestimmen!«

»Das hätt' er eigentlich nie dürfen, damals nicht und heute erst recht nicht – weil er hat ja nicht wirklich was für mich empfunden.« Kathrin spürte, wie weh es ihr tat, diese Wahrheit so deutlich in Worte zu fassen – immer noch!

Petersen blickte in die Ferne und sagte dann nach einer Pause: »Ich glaube, Sie sind eine sehr kluge Frau!«

»Danke, Herr Petersen«, erwiderte Kathrin gerührt.

Petersen zögerte noch einen Moment. Dann gab er endlich seinem Herzen einen Stoß. »Ich heiß Armin!«

Sie ging einen halben Schritt auf ihn zu, sah ihn an und sagte lächelnd: »Ich bin ja für Sie – glaub ich – immer nur die Kathrin g'wesen.«

»Tatsächlich, ich weiß bis heut Ihren Nachnamen nicht«, stellte Petersen überrascht fest.

»Mooslechner«, sagte Kathrin.

»Sagen wir Armin und Kathrin?«

»Gern.«

»Ohne Sekt und Wein?«

»Aber hier oben gemeinsam allein . . .«

Nun nahm Petersen all seinen Mut zusammen und sagte: »Aber nicht ohne Kuß . . .«

»Nein, ohne den geht's nicht!« erwiderte Kathrin strahlend. Sie umarmten sich und küßten sich. Dann drückte Kathrin ihn plötzlich wieder auf Abstand, sah ihm in die Augen und sagte sanft: »Wenn mir das einer g'sagt hätt . . .«

»Ja, hab ich auch nicht damit gerechnet«, erwiderte Petersen verlegen, drückte sie wieder an sich und begann nun, sie sehr zärtlich ein zweites Mal zu küssen . . .

In dem kleinen Redaktionsbüro ging Maisinger, die Hände auf dem Rücken, vor Bernies Schreibtisch auf und ab und diktierte dem genervten Redakteur sein neuestes Statement zu Jugendproblemen in die Feder, allerdings ohne zu merken, daß Bernie gar nicht daran dachte, mitzuschreiben. Er konnte das Gefasel dieses Politikers, der die Probleme der Leute nur zur eignen Profilierung benutzte, einfach nicht mehr ernstnehmen!

»Und diese ewige Entschuldigung, daß die Eltern verantwortlich sind für die Entgleisungen ihrer Kinder, daß sie zu wenig Zeit haben ...« diktierte er mit erhöhter Stimme und verbesserte sich: »... Zeit nehmen. Diese Begründung, solche irregeleitete junge Leute handeln, handelten ...« Er rang förmlich nach den passenden Begriffen. »... handelten aus Frustration und Langeweile ... ist ... äh ...«

»›Zu kurz gegriffen‹, vielleicht?« half ihm Bernie auf die Sprünge.

»Ja, das klingt nicht schlecht«, sagte Maisinger.

Bernie aber beabsichtigte alles andere, als Maisinger wirklich zu helfen und nahm deshalb seine Bemerkung gleich wieder zurück: »Aber so richtig gut klingt's auch nicht.«

Maisinger registrierte gar nicht, daß der Redakteur sich über ihn lustig machte, und sagte: »Wir lassen's erst mal so. Sie können ja dann immer noch ein bißchen daran herumfeilen – auf Ihre bewährte Art so.«

Plötzlich stand Schmalisch in der Tür. Maisinger drehte sich zu ihm um und strahlte: »Ja, der Herr Dr. Schmalisch – das ist ja jetzt mal eine Überraschung!«

»Man hat mir gesagt, daß ich Sie möglicherweise hier finde, Herr Staatssekretär. Glückwunsch übrigens zur Berufung ins Innenministerium!«

»Ja«, antwortete Maisinger stramm und richtete sich auf, »in der Regierung weht jetzt ein neuer Wind ...«

Bernie verdrehte die Augen.

»Ich befasse mich soeben mit der Bekämpfung der Jugendkriminalität«, setzte der Staatssekretär hinzu.

»Wunderbar!« rief Schmalisch. »Deswegen habe ich Sie auch gesucht.«

»Ich bin der Meinung, daß da noch viel schärfer durchgegriffen werden muß. Das war alles bisher viel zu lax ...«

Maisinger sprach Schmalisch aus dem Herzen. Und dann schilderte er, was ihm soeben geschehen war.

Da stieß Maisinger plötzlich jemand die Tür ins Kreuz. Er stöhnte auf. Valentin streckte seinen Kopf herein und sagte: »Tut mir leid! Da komm ich später wieder, hier ist es ja schon zu voll!«

Aber Maisinger begrüßte ihn ganz erfreut, bat ihn herein und erklärte Schmalisch, Valentin repräsentiere die bayrische Schutzpolizei auf Rügen. »Vielleicht ist es ganz gut, daß Sie kommen, Herr Gruber. Sie galten und gelten als – naja, ich muß es zugeben, als ein besonders pfiffiger Polizeibeamter. Wenn Sie sich mal der Sache annehmen würden ...«

Ohne Valentins Reaktion abzuwarten, fügte Schmalisch hinzu: »Mir läge sehr viel daran, daß der Fall schnell und ohne großes Aufsehen aufgeklärt wird!«

Von wegen Urlaub! dachte Valentin. Hatte er denn jetzt nichts Besseres zu tun, als ausgerechnet dem Maisinger über den Weg zu laufen! Dann aber sagte er: »Und darf man jetzt auch noch fragen, um was es sich handelt?«

Da sprang Bernie ein: »Woast, bei uns in Miesbach und Umgebung operiert so eine Jugendbande – rotzfrech und ausgesprochen kreativ. Jetzt haben's den Herrn Aufsichtsratsvorsitzenden ausgeraubt.«

»Es fehlen wichtige Akten, alle meine Kreditkarten, Geld, Schecks, und so weiter ...« Schmalisch wurde zunehmend nervös und blickte Maisinger an. »Also wenn Sie da zur schnellen Aufklärung beitragen können, werde ich Ihnen unseren Firmenjet künftig noch lieber zur Verfügung stellen!«

»Wenn ich da auch einmal mitfliegen dürft'«, warf Bernie belustigt ein, »ich mein, auf so einer Dienstreise, da könnt ma doch einen schönen Bericht schreiben drüber ...«

Als Valentin sich verabschiedete, nickte Maisinger ihm wie zur Bestätigung noch einmal zu.

Bernie schloß sich dem Freund an. Sie steuerten den gegenüberliegenden Wurststand an, kauften sich Bratwürste und Bier.

Valentin ließ die Geschichte mit Hanna immer noch keine Ruhe. Unruhig wanderte sein Blick über die entfernten Kämme der umliegenden Höhenzüge, während er hastig kaute und Bissen für Bissen hinunterschlang. Da erinnerte er sich daran, wie entspannt er in Hannas Gegenwart immer beim Essen war, jeden Bissen genossen hatte ... »Ich sag dir was, Bernie, Frauen und Männer – das geht einfach nicht z'amm!« meinte er traurig.

»Und was soll nacha statt dessen gehn?« fragte Bernie zurück.

»Was weiß ich – gar nix wahrscheinlich.«

Bernie schob das letzte Stück seiner Wurst in den Mund und sagte kauend: »Hast auch noch so'n Hunger?« Gemeinsam schmeckte es halt noch einmal so gut!

»Naja, eine Wurst könnt' ich schon noch essen«, rang sich Valentin durch, weil er wußte, daß Bernie von einer einzigen Schweinswurst nicht satt wurde.

Er hatte seinen Satz noch nicht zu Ende gesprochen, da sagte Bernie schon zum Würstelbrater: »Drei Würst, bittschön!«

Valentin schmunzelte.

Wenig später deutete Bernie plötzlich zu dem Reisebüro auf der gegenüberliegenden Straßenseite und sagte: »Da schau her! Dein Vater, der Zugvogel!«

Tatsächlich studierte dort drüben Michael Gruber eifrig das Schaufenster.

»Er wird sich doch noch Auslagen anschauen können«, empörte sich Valentin.

»Aber nicht bei einem Reisebüro!« sagte Bernie trocken.

Michael ging, ohne das Geschäft zu betreten, weiter seines Wegs.

»Na siehst du, nix war ...« sagte Valentin erleichtert.

»Aber es kann immer noch sein!«

Der einzige Mensch, der in Abwesenheit Michael Grubers und ohne seine ausdrückliche Erlaubnis Zugang zu seinem Gewächshaus hatte, war Agnes. Michael liebte es, wenn sie seine Pflanzen pflegte. Einmal hatte er sie sogar heimlich dabei beobachtet, wie sie zärtlich Zwiesprache mit ihnen hielt ...

Auch heute war sie wieder hinübergegangen, um den Agaven Wasser und Pflanzendünger zu geben. Da kam Michael zur Tür herein, und sie sagte begeistert zu ihm: »Die wachsen und gedeihen, daß es eine wahre Pracht ist! Dabei sind sie doch hier total fremd – im Exil sozusagen! Das wird bestimmt ein erstklassiger Tequila!«

Michael senkte plötzlich den Blick und setzte eine schuldbewußte Miene auf. »Ich hab noch nie im Leben selber einen Tequila gemacht. Ich hab ihn immer nur getrunken. Vielleicht macht man den gar nicht aus Agaven ...«

Aber Agnes wußte längst Bescheid. Sie hatte das alles schon im Handbuch über Schnapsbrennen nachgelesen. »Freilich macht man den aus Agaven – das steht doch in dem Buch da!«

»Ich hab's noch nicht g'lesen.«

»Früher hast du nur Karl May gelesen«, sagte sie verständnisvoll. »Das ist deine Welt, das und sonst nichts!«

»Ja schon«, gestand Michael kleinmütig.

»Hast sonst mal was anderes g'lesen? Später vielleicht?«

»Warum?«

»Siehst, das hab ich mir gedacht!«

Michael schaute ihr nun wieder in die Augen und

sagte: »Und was lernen wir daraus?« Sehr sanft und verliebt entgegnete Agnes: »Am besten du magst mich und läßt mich machen!«

Für einen Augenblick war er von ihr völlig überwältigt. »So was wie dich kann man lang suchen«, sagte er und schaute sie intensiv an.

»Ich hab mich nie versteckt«, erwiderte sie kokett und umfaßte zärtlich seinen Nacken.

»Vielleicht sollten wir doch amal drüber reden, ob wir heiraten«, brachte er nun hervor.

»Ich wär schon immer gern amal verheiratet g'wesen.«

»Egal mit wem?«

»Naa, des grad net«, sagte sie und blickte ihn direkt an. »Also wann?«

So konkret hatte er es jetzt auch nicht gemeint und fragte: »Wann wir amal drüber reden?«

»Wann wir heiraten«, sagte Agnes bestimmt.

»Ich habe meinen Terminkalender grad nicht so im Kopf«, sagte er ausweichend.

Agnes bückte sich, holte unter dem Eisenbett eine Art Buch in einem Kunstledereinband hervor, drückte es ihm in die Hand und fragte schelmisch: »Ist er das?«

Michael bestätigte gequält. Widerwillig schlug er den Kalender auf und fing an zu blättern. Alle Seiten waren leer, keine Eintragungen! Da nahm ihm Agnes den Kalender aus der Hand und blätterte mit prüfendem Blick selbst noch einmal die Seiten durch. Dann klappte sie ihn zu.

Gleich hinter Vitt hatte Donatius Domberger eine Stelle ausgemacht, von der aus er das Kap Arkona hervorragend auf die Linse seiner alten Leica bannen konnte. Aufgewühlte, schwarze Wolken jagten einen Regenschauer nach dem anderen gegen die Kreidefelsen. Immer wieder riß die Wolkendecke auseinander und gab ein fahles, schmutziggelbes Licht frei, das sich für wenige Augenblicke auf der aufgerauhten Oberfläche der See spiegelte.

Wochen, ja Monate hatte der Fotograf auf diesen Moment gewartet! Das Unwetter gestaltete für ihn unwiederbringliche Szenen, deren Stimmung er unter allen Umständen einfangen wollte. Auf der kleinen Anhöhe hatte er einen riesigen Schirm in den sandigen Boden gerammt, den Wibke nur unter Aufbietung aller Kräfte halten konnte. Schweratmend stemmte sie sich gegen den Wind. Donatius hatte schon einige Filme verbraucht, fand aber kein Ende. Von einer Sekunde zur anderen veränderten sich die Landschaft und das Licht, lieferte der Sturm ihm neue Bilder!

»Wie lange sollen wir uns denn hier noch die Beine in den Bauch stehen?« schrie Wibke, war sich aber nicht sicher, ob ihre Worte nicht vom Windestosen weggeblasen wurden.

Aber Donatius antwortete gelassen: »Bis das Werk vollbracht ist.«

»Und wann ist das?«

»Wenn die Sonne die Wasseroberfläche berührt und sich der Nebel ...« Weiter kam er nicht. Denn in demselben Augenblick drangen ein paar harte Sonnenstrahlen durch die Wolken.

»Den Belichtungsmesser! Schnell!« schrie Domberger.

»Aber ich kann den Schirm doch nicht loslassen!« rief Wibke zurück.

Dann muß es eben ohne gehen, dachte er und fotografierte weiter. Im nächsten Augenblick waren die Sonnenstrahlen wieder verschwunden, als habe das dunkle Wasser sie verschluckt. Begeistert sagte Domberger: »Genau, wie's im Lied heißt: ›Es löscht das Meer die Sonne aus‹ ...«

»Womöglich haben diese Werbefritzen ganz andere Bilder im Kopf«, fiel Wibke ein. Sie hoffte, Donatius könne endlich mal mit einem größeren Auftrag Erfolg haben. Der aber sagte: »Bilder? Gar nichts haben die im Kopf. Wenn ich mir nur diese Schlagzeile vorstelle: ›Rügen, mein Rügen, wie schön bist du ...!‹ Und dabei gehts um Industrieansiedlung! Okay, okay, sie wollen den Freizeitwert der Insel dokumentieren, aber mit Texten wie ›Der Zauber Rügens rührt dich an‹ ...«?

Donatius machte eine wegwerfende Handbewegung.

»Kitsch!« bestätigte Wibke.

»Da lockste doch heutzutage keinen Hund mehr hinterm Ofen vor. Aussage? Null!«

»Keine Sorge«, machte Wibke ihm Mut, »deine Fotos reißen alles raus!«

Als sie endlich zurück im Fotoladen waren und Domberger Wibke die fertig entwickelten Abzüge präsentierte, war sie sich absolut sicher, daß er damit Erfolg haben würde, sagte aber nur: »Mhm, das hat was.«

»Das hat was, das hat was!« regte Donatius sich auf. »Die sind toll, so gut war ich noch nie! Damit habe ich mich selbst übertroffen!« Stolz warf er sich vor Wibke in die Brust und sah den silbergrauen Rover von Victor Garland vorfahren, mit dem er einen Termin vereinbart hatte.

Garland war Art-director der Werbeagentur »Kersten«, die zur Zeit alle großen Aufträge zur Selbstdarstellung der Insel bei Verkehrsvereinen, der Gastronomie und verschiedenen Firmen an sich zog. Garland, ein ständig strahlender, großgewachsener Skandinavier, trug einen offenen, hellen Sommermantel, eine grün-gelb gestreifte Krawatte und einen grünen Hut. Skeptisch blickte er sich vor Dombergers Laden um und stieg die Stufen hoch. Welch bescheidene Verhältnisse, dachte er, und warf einen Blick auf die vernachlässigten Häuser ringsum.

Als er den Laden betrat, war niemand zu sehen. Garland schaute sich um und machte sich bemerkbar. Dann sah er den Vorhang und schob ihn beiseite. Im selben Augenblick stieß er mit Domberger zusammen.

»Oh, Entschuldigung«, sagte Donatius. »Aber Sie sind genau zur richtigen Zeit gekommen! Alles bereit zum Ansehen!« Er führte Garland nach hinten zu den Fotos und machte ihn mit Wibke bekannt.

Garland nickte Wibke kurz zu, ohne ihr die Hand zu geben und beugte sich dann über die Fotos. Donatius sagte mit Stolz in der Stimme erwartungsvoll: »Na, was sagen Sie . . .?!«

Garland aber schüttelte nach wenigen Sekunden den Kopf. »Ne, ne, ne. Das ist doch schierer Romantizismus!« sagte er von oben herab. »Sie haben mich völlig mißverstanden. Glauben Sie denn, irgendein Manager oder Chefingenieur oder auch nur ein Facharbeiter fühlt sich durch sowas angezogen?«

»Ja grade!«

»Grade nicht!« Garland schaute Domberger an und verzog den Mund zu einem sarkastischen Lächeln. »Das ist doch – also entschuldigen Sie: Totlangweilig ist das! Da hätte ich den Prospekt ja malen lassen können.«

Domberger war zutiefst enttäuscht. Aber er ließ sich nichts anmerken und fragte: »Ja, was wollten Sie denn nun genau haben?«

»Action, Pep, ein paar hübsche nackte Mädchen – da muß Musik drin liegen, verstehen Sie!«

»Ne!« sagte Donatius nachdrücklich.

»Also ich sehe schon, Sie sind der falsche Mann für diesen Auftrag.«

»Aber Sie sind richtig, hmmm?« Wibke konnte es nicht länger mit ansehen, wie er Donatius in einem fort kränkte! Garland aber blieb gelassen.

»Ach wissen Sie, Gnädigste, ich habe schon so viele Produkte in den Markt gepuscht!«

»Ach, Rügen ist ein Produkt?« fragte Wibke säuerlich.

»Aber selbstverständlich«, dozierte Garland nun. »Wir wollen die Insel als interessanten Standort verkaufen. Ver-kau-fen, gnädige Frau!« Er betonte dabei jede Silbe.

»Ich hab mal was über Werbeleute gelesen: ›Es genügt nicht, keine Gedanken zu haben, man muß auch unfähig sein, sie auszudrücken!‹« Aber Garland konnte man offensichtlich nicht einmal beleidigen, denn er sagte, ohne daß sein Gesicht irgendeine Regung verriet: »Guter Gag! Trotzdem: Ich werde nun doch den sicheren, wenn auch teureren Weg gehen und einen Profi dransetzen.«

Damit wandte er sich zum Gehen. Donatius blickte ihm kopfschüttelnd nach. Da drehte sich Garland noch einmal um und sagte lachend: »Irgendwie gefallen Sie mir – alle beide ... ja, ja, das ist so. Aber für die gestellte Aufgabe ...« Und damit segelte er endgültig hinaus.

Wibke und Donatius starrten sich an. Draußen hörten sie den Motor seines Wagens anspringen. Garland brauste davon.

»Profi! Er braucht natürlich einen Profi!« äffte Donatius den Werbemann wütend nach, packte seine Fotos zusammen und warf sie in den Papierkorb. Kurz darauf war er schon wieder in der Dunkelkammer verschwunden.

Wibke holte die Fotos wieder heraus und schob sie vorsichtig in einen großen Umschlag.

Da streckte Domberger wieder seinen Kopf aus der Tür und fragte mit Grabesstimme: »Gehn wir was essen?«

Aber als Wibke ihn einladen wollte, hatte er es sich schon wieder anders überlegt und sagte, er wolle daheimbleiben, da er ja doch keinen Bissen herunterbekomme ...

»Komm«, sagte Wibke nun aufmunternd. »Du wirst dir von diesem Werbeheini nicht so die Suppe verhageln lassen!«

»Die Suppe ›versalzen‹«, verbesserte Domberger

sie. »›Die *Stimmung* verhageln‹, sagt man, glaube ich. Am besten wäre immer noch das schlichte ›Die Stimmung verderben!‹«

»Schulmeister!« sagte Wibke.

»Und du lädst mich ein?«

»Hab ich doch gesagt! Nun komm schon!«

»Na gut«, sagte Donatius mit gespielter Herablassung. »Wenn du mich schon so drängst und bevor ich mich schlagen lasse . . .«

Als sie in einem nahegelegenen Restaurant Platz nahmen, entdeckte Domberger an einem der Nebentische Bode und grüßte ihn knapp, aber höflich. Bode nickte ihm zu. Sein Gast, ein freundlicher, älterer Herr, fragte interessiert, ob das Freunde von ihm seien. Bode mußte lachen.

»Das kann man nicht gerade sagen, aber zwei liebenswerte Rüganer Originale. Man findet ja solche Leute leider viel zu selten.«

»Sie haben recht«, stimmte ihm Kersten zu, »wir begegnen heute immer mehr von diesen austauschbaren Funktionierern!«

Bode fühlte sich plötzlich getroffen. »Na ja, aber Leute wie Domberger und Frau Gernrich bringen ja unsre Welt nu auch nicht voran!«

»Domberger?« fragte Kersten nach. War das nicht der Mann, der die Fotoaufträge bekommen sollte?

Donatius aber saß da und ließ die Flügel hängen. Als die Bedienung kam, bestellte er sich nur die Tagessuppe und ein Mineralwasser. Um ihn auf andere Gedanken zu bringen, sagte Wibke: »Das will mir immer noch nicht in den Kopf, daß Hanna Valentin den Laufpaß gegeben hat.«

»Ich habe sie gestern gesehen – sie sah auch nicht gerade glücklich aus«, erwiderte er. »Aber jung genug, um ihre Entscheidung zu korrigieren, ist sie ja ...«

»Ist das eine Altersfrage?« sagte Wibke belustigt.

»Aber ja, ja doch!« rief Domberger da entschieden. »Die Flexibilität läßt mit dem Alter nach, sonst wäre ich ja vielleicht in der Lage gewesen, Bilder zu fotografieren, die diesem Werbefritzen gefallen hätten!«

Da griff Wibke in ihre Tasche, zog den Umschlag hervor und knallte die Fotos auf den Tisch. Wenn sie eines nicht ausstehen konnte, dann war es Selbstmitleid. »Die Fotos sind ganz ausgezeichnet. – Da kannst du zu stehen und das solltest du dann auch!« sagte sie laut und bestimmt.

Plötzlich fiel ein Schatten auf die Bilder. Wibke und Domberger sahen auf. Kersten stand hinter ihnen und sagte:

»Entschuldigen Sie meine Aufdringlichkeit. Aber ich finde diese Fotos faszinierend.«

»Leider sind nicht alle Menschen dieser Meinung«, erwiderte Domberger, immer noch geknickt.

»Und wem gefallen diese Bilder nicht?« fragte Kersten nach.

»Ach, so nem gelackten Werbefritzen – viel Geschwätz und nischt dahinter«, sagte Wibke empört.

Kersten lachte. »Der wird seine Meinung sicher noch ändern!«

»Ach Unsinn«, meinte Donatius. »Der will schnieke Mädchen, Action und Pep, und so was kann ich nun mal nicht bieten.«

Kersten verbeugte sich. »War mir ein Vergnügen!«

Domberger und Wibke verabschiedeten den Fremden freundlich. Wibke erinnerte ihn daran, daß er eingeladen sei, und nun strahlte Donatius plötzlich die vorbeikommende Bedienung an und sagte zu ihr: »Alles was gut und teuer ist.«

Inzwischen ließ sich Kersten Bodes Mobiltelefon geben und machte seinen Art-director Garland zur Schnecke ...

Im Tal unten läuteten schon die Glocken der Miesbacher St. Martins-Kirche. Auf dem Aiblinger Hof bereitete man sich auf den gemeinsamen Kirchgang vor. Valentin, Kathrin, Petersen und Agnes standen vor ihren abfahrtbereiten Wagen und warteten auf Michael.

Der war noch mal hochgegangen und im Schlafzimmer verschwunden. Als er Agnes seinen Brief aufs Kopfkissen legte, hörte er sie unten von der Stiege her rufen: »Was ist, Michel! Der Pfarrer wartet nicht auf dich!«

Rasch drückte er sich aus dem Zimmer und rief: »Komm ja schon!«

Zehn Minuten später saßen sie alle zusammen auf der Kirchenbank und lauschten den reinen Klängen der alten Orgel. Die Kirche war voll. Man feierte das Fest der Heiligen Kommunion.

Als einige Lieder gesungen waren, erhob Pater Tobias seine mächtige Stimme. Er trug in der Rechten einen blühenden Zweig, in der Linken einen verdorrten. Er verglich den blühenden mit dem menschlichen Leben, das sich zu Jesus Christus bekannte, den verdorrten mit der Zukunft, die allen Ungläubigen bevorstand.

Valentin mußte schmunzeln. Er war dem Pater in letzter Zeit nur am Stammtisch begegnet und kannte ihn als gestandenen Biertrinker, der weltlichen Genüssen nicht abgeneigt war. Als Pfarrer erschien er ihm nun eigenartig fremd ...

Dann hatten die Erstkommunikanten vorzutreten. Jeder einzelne erhielt von Pater Tobias nach einer ausführlichen Zeremonie seinen Segen und eine Hostie auf die ausgestreckte Zunge gelegt: »Nimm hin, dies ist der Leib Christi ...« Die Ministranten ließen silberne Glöckchen erklingen und zündeten Weihrauchstäbchen an, deren süßlich-herber Geruch bald den ganzen Kirchenraum erfüllte.

Nachdem Axel Maisinger seine Hostie empfangen, sich vor dem Altar verbeugt und bekreuzigt hatte, ging er die Kirchenbänke entlang nach hinten und zwängte sich in unmittelbarer Nähe Valentins in die Bank neben seinen Vater, der seinem Sohn wohlgefällig zunickte. Kurz ging es Valentin durch den Kopf, daß dieser Jugendliche wohl auch auf seine Art an seinem Vater zu tragen habe ..., da fiel sein Blick plötzlich auf Axels verbundenes rechtes Handgelenk ...

Nach dem Gottesdienst forderte Michael die anderen Männer noch zu einem Frühschoppen auf. Als Petersen zögerte, nahm Kathrin ihn am Arm und erklärte, dies sei schon in Ordnung, ein Frühschoppen gehöre hier in Bayern zum Sonntag!

Michael aber nahm Agnes' Hände in die seinen und wurde ungewöhnlich ernst.

»Bei mir kann's a bisserl später werden«, sagte er.

Agnes aber erwiderte nur, dann stelle sie ihm sein Essen halt warm. Ehe sie sich trennten, fügte Michael hinzu: »Und noch eins: Ich mag dich wirklich. Ich mag dich sehr!« Dann folgte er den anderen Männern nach.

Agnes schaute ihm hinterher. Warum war er jetzt nur wieder plötzlich so furchtbar ernst geworden, so aus heiterem Himmel? Da sie dafür aber auch keine Erklärung hatte, hakte sie sich schließlich bei Kathrin unter und ging auf den Parkplatz zu.

Valentin hatte sich von seinem Vater und Petersen gelöst und durchquerte den Friedhof. In seinem Kopf arbeitete es. Als er an der Friedhofsmauer am Ausgang unschlüssig stehen blieb, fuhr Bernie mit seinem Wagen vor und hielt an.

»Sag bloß, du warst in der Kirch'«, sagte er erstaunt.

»Ich hab's überlebt. Und du?« fragte Valentin zurück.

»Ich geh jetzt ins Wirtshaus. Da erfährst alles, was d' sonst nicht erfährst.«

»Könntest aber auch mit mir kommen, da könntest vielleicht noch mehr erfahren«, sagte Valentin nun mit einem verschwörerischen Blick. Er hatte am Abend zuvor noch Kober die Laborergebnisse entlockt. »Aber vorher mußt mir noch helfen. Ich brauch die Blutgruppe von Maisingers Sohn.«

»Vom Axel?«

»Wenn er so heißt...«

»Kein Problem«, meinte Bernie. »Brauch ich nur

im Sportverein anrufen. Und warum willst das wissen?«

»Wenn er die Blutgruppe Null hat und den Faktor Positiv, dann gehört er zur Jugendbande, da bin ich mir sicher!«

Nun wies Bernie mit dem Kinn zur Kirche hin. Valentin drehte sich um. Maisinger kam mit Axel direkt auf sie zu, und er hörte den Staatssekretär seinen Sohn fragen: »Was ist, gehst mit ins Wirtshaus?«

»Ich hab doch noch das Referat für den Deutsch-Leistungskurs zu machen«, sagte der Junge bestimmt.

»Sehr gut«, lobte Maisinger ihn. Im selben Augenblick war er auf der Höhe von Valentin und sagte: »Sie glauben gar nicht, wie der Junge sich reinhängt!«

Valentin nutzte die Situation und erklärte rasch: »Doch, doch, glaub ich schon! Ich denk übrigens, daß wir's heut vollends schaffen, die Jugendbande zu schnappen.« Er sah dabei Axel fest ins Gesicht. Der aber zuckte mit keiner Wimper. Maisinger gab seiner Freude Ausdruck, dann verabschiedeten sie sich.

Valentin wartete noch einige Augenblicke hinter der Kirchenmauer, bis sich Axel von seinem Vater trennte und sich auf sein Moped schwang. Dann fuhr er mit Bernie dem Jugendlichen hinterher.

Sie fuhren der »Weißen Valepp« entlang, einem klaren Gebirgsfluß, der hier noch breit durch die saftigen Wiesen floß. Überall blitzten die Herbstzeitlosen und helle Knäuel von Wollgras aus dem Grün.

Bernie befürchtete, er könne auf dem kurvenreichen Sträßchen, das sich dem Fluß entlang bergauf wand, den Jungen aus den Augen verlieren und fuhr hart hinter ihm her. »Nicht so dicht ran, Herrschaftszeiten!« moserte Valentin.

»Du mußt mir die Observation einer verdächtigen Person nicht beibringen, Valentin!« gab Bernie zurück.

Das Tal verengte sich. Auf beiden Seiten der Straße kam jetzt der Wald heran. Der Fluß verjüngte sich zu einem tobenden Gebirgsbach. Die Luft roch würzig nach dem harzigen Duft der Tannen und modrigem Laub. Bald darauf kam schon die Hütte in Sicht.

Bernie ließ den Wagen ohne Motor ausrollen; er kam hinter einem Gebüsch zu stehen, gut getarnt.

»Sauber g'macht, muß ich dir lassen«, sagte Valentin anerkennend. »Und jetzt rufst du den Maisinger an.«

»Hast du dir das auch gut überlegt?« fragte Bernie skeptisch. Valentin setzte ihm auseinander, ihre Nachfrage beim Sportverein habe ja bestätigt, daß das Blut des Täters und das den jungen Maisinger identisch war!

Die kleine Hütte beherbergte zwei Räume. Im vorderen Raum stand ein Bett. Die Jugendlichen hatten sich mit Flaschen, Gläsern, Decken, ein paar Büchern und einem Radio eingerichtet...

Hajo hatte es sich mit der schlanken Nana im Bett gemütlich gemacht. Da rief Axel aus dem Nebenzimmer, sie sollten doch zu ihm und Lena herüberkommen... Hajo schwang sich aus dem Bett, fuhr in seine Jeans und ging hinüber. Nana hatte ihre kurzgeschnittenen Haare weiß gefärbt. Nur mit einem Schlüpfer bekleidet, zog sie sich ein T-Shirt über und folgte ihm.

»Na, was hat er gelabert, der Pope?« fragte Hajo.

»Der hat doch echt über uns gequatscht! Verirrte Jugend, die das Eigentum anderer nicht mehr achtet.«

Hajo grinste hämisch und sagte mit einem achtungsheischenden Blick zu Nana: »Das nächste Mal klaun wir ihm die Opferbüchse aus der Kirche.«

»Machen wir ...«, antwortete Axel. Doch weiter kam er nicht, denn Lena hatte ihm inzwischen das Hemd ausgezogen und zog ihm jetzt auch noch das T-Shirt über den Kopf. Sie schmiegte sich eng an Axels Brust und ließ sich küssen. Dann drängte sie ihn zur Tür des Wohnraums und sagte zu Hajo: »Wir sind für 'ne Weile unsichtbar, alles klar?«

Doch im selben Moment, da sie die Tür schließen wollte, horchte Hajo wieder auf und sagte nervös: »Ruhig! Ruhig mal ... da war doch was!«

»Ich hab nichts gehört«, sagte Lena.

Nun gebot auch Axel mit einer Handbewegung Ruhe und bestätigte: »Doch, doch, da war was!«

Dann hatte Hajo mit einem Mal die Pistole in der Hand.

Nana erschrak. »Nicht, Hajo, das ist doch scheißgefährlich!«

»Find ich auch«, sagte Axel.

Aber Hajo hatte ein Gefühl, als verleihe ihm die Kühle des Metalls eine nie zuvor gekannte Macht! Genau so hatte er sich das immer vorgestellt! Nun sah er einen nach dem andern herausfordernd an.

»Leg's weg, ich hab Angst«, stammelte Nana.

Da stieß Valentin die Tür auf. Instinktiv drehte sich Hajo zu ihm um und richtete die Waffe gegen ihn. »Bleiben Sie stehn!« schrie er. »Und keine Bewegung!«

Valentin blieb stehn, blickte Hajo in die Augen und sagte ruhig: »Leg das Ding weg!«

Der Jugendliche entsicherte die Waffe und wich einige Schritte zurück, bis er aus Valentins Reichweite war. Aber Valentin folgte ihm und sagte ruhig: »Mensch, Junge – Automaten knacken, alten Frauen die Handtasche wegnehmen, Autofahrer verarschen, das geht ja alles noch, aber jemand umlegen? Mord? Da sieht's dann schon a bissel anders aus.«

»Er hat recht!« sagte Nana leise und blickte Hajo an.

Aber der blieb hart. »Selber schuld, wenn er uns nachspioniert!«

»Komm, gib mir das Ding«, sagte Valentin nachdrücklich und ging noch einen weiteren Schritt auf Hajo zu.

»Ich denk ja nicht dran ...«

»Ich bin hier nicht allein!« Valentin machte eine Kopfbewegung in Richtung Axel. »Wir haben ihn von der Kirche aus verfolgt. Und jetzt hat mein Freund über sein Autotelefon die Polizei benachrichtigt.«

»Und nicht nur die«, sagte Bernie, der plötzlich in der Tür stand. Dann fuhr er, zu Axel gerichtet, fort: »Wir haben auch deinen Vater verständigt.«

Entsetzt schaute Axel Bernie an.

Valentin näherte sich Hajo vorsichtig, sah aber dabei Axel an und stellte ruhig fest: »Meine Kollegen und dein Vater sind in ein paar Minuten da.« Dann wandte er sich Hajo zu und versuchte, nach der Waffe zu greifen.

Aber der Junge wich zurück und schrie jetzt mit seltsam entstellter, schriller Stimme: »Komm mir nicht näher! Ich leg dich um!«

Schlagartig wurde Valentin klar, daß Hajo offenbar tatsächlich im Begriff war, durchzudrehen! Sofort bedeutete er ihm, daß er sich nicht weiter nähern würde. Er mußte sich Zeit verschaffen!

Nana, entsetzt über Hajos Reaktion, bewegte sich unmerklich von ihm weg und sagte, so gelassen sie eben konnte: »Und was passiert mit uns?«

»Wenn ihr Glück habt und nen guten Anwalt, gibt's ne Bewährungsstrafe«, teilte ihr Valentin sachlich mit. Dann zeigte er auf Hajo, der jetzt allein in der Ecke stand und die entsicherte Waffe immer noch auf ihn gerichtet hielt. »Da darf aber niemals eine Waffe in eurem Besitz gewesen sein.«

Axel, Lena und Nana starrten Hajo an.

»Was glotzt ihr denn so?« schrie Hajo. Seine Hände zitterten.

Die Martinshörner tönten. Sie näherten sich rasch.

»Jetzt mußt dich langsam entscheiden«, sagte Valentin ruhig. »Also, wenn du mir jetzt die Waffe gibst, hab ich nie eine gesehen. Meine Kollegen sind da sicherlich ein bisserl genauer . . .«

In Hajo arbeitete es. Er biß sich auf die Lippen, bis sie bluteten. Schweiß perlte in kleinen Tropfen auf seiner Stirn. Er schien durch Valentin hindurchzusehen und bewegte sich nicht. Endlich senkte er langsam, sehr langsam den Lauf der Pistole. Rasch griff Valentin zu und nahm sie ihm aus der Hand, sicherte sie und steckte sie ein.

Sie hörten die Wagen vor der Hütte halten.

Eine Kopfbewegung zur Tür hin genügte nun, und Axel und Hajo trotteten vor Valentin her nach draußen, wo sie sofort von Kober in Empfang genommen wurden. Die Handschellen klickten. Valtentin ging nochmals in die Hütte zurück, um die Mädchen zu holen.

Da preschte Maisingers Wagen heran und kam abrupt zum Stehen. Axels Vater sprang heraus und ging wortlos auf seinen Sohn zu. Sein Blick war glasig und starr. Axel sah an ihm vorbci.

Maisinger holte jäh zu einem Schlag aus. Er traf den Wehrlosen an der Nasenwurzel. Maisinger war außer sich. Verzweiflung und Wut entluden sich in immer rascheren und heftigeren Schlägen.

Bernie sah Kober für einen Augenblick fassungslos an. Dann aber stürzte schon Valentin, der gerade mit den Mädchen aus der Hütte trat, auf Maisinger zu. Für einen Moment sahen sich die beiden in die Augen. Dann ließ Maisinger, völlig außer Atem, den Arm sinken, machte abrupt kehrt und verschwand. Betroffen blickten alle dem Wagen nach ...

Kober waltete seines Amtes, verfrachtete die Jugendlichen in den Wagen und fuhr los.

Valentin stellte sich neben Bernie und sagte: »Dich beneid ich auch nicht!«

»Warum nicht?« fragte Bernie.

»Schreibst das in deiner Zeitung, daß dem Maisinger sein Sohn zu der Jugendbande g'hört?« wollte Valentin wissen.

»Ich wart erst mal ab«, gab Bernie offen zur Antwort. »Wir haben so viele andere interessante Nachrichten.« Dann lächelte er seinen Freund mit leichter Ironie an und fügte hinzu: »Sonntag dominiert eh der Sport.«

In Tränen aufgelöst saß Agnes auf der Bank vor der Tür. Kathrin berührte sie leicht mit der Hand an der Schulter. Pater Tobias stellte demonstrativ ein Schnapsglas vor sie hin und schenkte den besten Obstler ein, den es im Hause gab, einen aus dem Schwarzwald. Aber Agnes schüttelte heftig den Kopf. Als Petersen ebenfalls verneinte, trank der Pater den Schnaps kurzerhand selbst aus. Schließlich sollte man auch in schweren Lebenslagen nichts verkommen lassen!

Als Valentin mit Bernie von ihrem Einsatz im Valepp zurückkam und er die niedergeschlagenen Menschen wahrnahm, war er schnell bei ihnen und fragte, was denn passiert sei.

»Weg isser, fort isser – abg'haun isser!« brach es aus Agnes hervor. Doch dann fing sie sich plötzlich wieder und sagte leise, ins Leere starrend: »Aber wer weiß, wofür es gut ist ...«

»Jetzt Moment amal ... Redest du etwa von meinem Vater?« fragte Valentin fassungslos.

»Dieser Fallott!« empörte sich Kathrin.

»Ein Mann ohne Moral – aber so ist er schon immer g'wesen!« setzte Pater Tobias noch eins darauf.

Petersen aber schüttelte nur den Kopf und murmelte: »Ich versteh' das nicht!«

»Und woher weißt es?« fragte Valentin ungeduldig.

Agnes streckte ihm den Brief hin, den sie auf ihrem Kopfkissen gefunden hatte.

Valentin las: »Geliebte Agnes! Die Freiheit hat mich gerufen. Wenn Du diese Zeilen liest, bin ich schon weit über dem Ozean. Ich werde wiederkommen. Und ich liebe Dich, auch wenn Du mir das jetzt vielleicht nicht mehr glaubst ... Aber ich bin nicht für ein Leben in einem trauten Heim geschaffen. Vergib mir – Für immer Dein Dich liebender Michael!«

Das durfte nicht wahr sein! Valentin kannte diese Töne nur allzu gut! Wurde dieser Mann denn nie erwachsen?!

Er preßte das Papier in seiner Hand zu einer kleinen Kugel. Eigentlich konnte es ja nicht wahr sein, daß ein Sohn seinem Vater zu zeigen hatte, was Sache ist! Aber da der Fall bei ihnen offensichtlich nun mal so lag, sagte Valentin kurz entschlossen: »Komm, Bernie!« Er machte kehrt und strebte hinüber zu seinem Jeep.

»Was hast denn vor, Valentin?« rief der Pater ihm nach.

Da drehte er sich noch einmal um und erklärte trotzig: »Den hol ich z'rück! Und wenn ich ihm nach muß bis nach Mexiko!«

Er setzte den Wagen hart zurück. Der Motor heulte auf. Dann legte er den ersten Gang ein und wollte losbrausen. Doch da stand Bernie vor ihm und fragte: »Wo willst ihn denn finden?«

»Na wo schon? Am Flughafen!« gab Valentin ungeduldig zu verstehen.

»In München?«

»Ja . . .« Er war völlig entnervt! Aber Bernie sagte ruhig: »Ich glaub nicht, daß er dort ist.«

»Und warum nicht?«

»Weil er weiß, daß du ihn dort suchst.«

Valentin überlegte kurz, dann mußte er seinem Freund recht geben. »Und wo ist er dann?«

»Am Flughafen!«

»Sag' ich doch!« Valentin war kurz vor dem Platzen.

»Aber auf einem anderen!« Bernie kletterte kurzerhand auf den Beifahrersitz und befahl jetzt: »Fahr los!«

Da hörten sie die Stimme von Pater Tobias neben sich. »Ich komme mit!« rief er und zog sich, so schnell er es eben bei seiner nicht gerade sportsmännischen Figur nun mal konnte, auf den Rücksitz.

Valentin fuhr ein mörderisches Tempo. Ein zweites Mal würde er es nicht zulassen, daß sein Vater verschwand! Nicht nur wegen Agnes – das war er auch sich selbst schuldig. Mochte sein Vater sein, wie er wollte, aber nun, da er endlich wieder zu ihm gehörte, würde er ihn nie wieder gehen lassen!

Bernie wollte ihm den Weg weisen, aber bald erinnerte sich Valentin wieder an den kleinen Flugplatz in den Bergen. Er kannte den Weg . . . Man fuhr normalerweise eine gute dreiviertel Stunde.

Womöglich war er schon auf und davon! Wann war Michael Gruber denn zum letzten Mal gesehen worden? Er selbst hatte ihn nach der Kirche verabschiedet, als er mit den anderen noch ins Wirtshaus wollte ... Wirtshaus!

»Ist er denn noch mit zum Stammtisch?« fragte er Bernie.

Der bestätigte. Er sei erst kurz nach dem Eintreffen von Pater Tobias gegangen ...

Valentin überschlug die Zeit und bekam ein flaues Gefühl im Magen. Die Chancen, ihn noch zu stoppen, standen nicht besonders gut ...

Sie preschten den schmalen Weg vom Aiblinger Hof hinunter und setzten darauf, daß sich um diese Zeit niemand in Gegenrichtung bewegen würde. Dann nahmen sie eine Abkürzung, die über verschiedene Feldwege an Miesbach vorbeiführte, bis sie endlich die Straße erreichten, an deren Ende der kleine Privatflugplatz lag.

Endlich hatten sie die Anhöhe erreicht. Nun kam der Flugplatz in Sicht. Der Jeep brauste auf der parallel zur Rollbahn führenden Straße heran, die durch ein Fußballfeld von dem zweimotorigen Propellerflugzeug getrennt war, das dort in Startposition stand.

Valentin riß das Steuer herum und fuhr laut hupend in das sonntägliche Fußballspiel hinein, dessen Spieler nach kurzem Zögern nun verwirrt auseinanderstoben und ihm den Weg freigaben.

Inzwischen war die Maschine schon auf Touren und rollte an. Valentin setzte den Jeep auf die Rollbahn und drückte das Gaspedal bis zum Anschlag durch. Dann merkte er, daß er Abstand aufholte. Er hatte keine Erfahrung mit Propellerflugzeugen, schätzte aber, daß seine Geschwindigkeit in den nächsten fünfzehn bis zwanzig Sekunden für ein Abheben noch nicht ausreichte.

Jetzt gelang es ihm, das Flugzeug zu überholen. Noch ein paar Sekunden, dann stellte er in einem waghalsigen Manöver den Jeep quer auf die Rollbahn.

Das Flugzeug kam im letzten Augenblick mit einer Notbremsung zum Stehen. Valentin, Bernie und Pater Tobias rannten, so schnell sie konnten, auf die Maschine zu. Dann riß Valentin die Tür auf.

»Aussteigen, Papa!« befahl Valentin. Diesmal war es ihm gelungen, seinen Vater festzuhalten!

»Bin ich verhaftet?« fragte Michael.

»Ja!« sagte Valentin fest. Für einen Augenblick genoß er das Gefühl, daß er diesmal am längeren Hebel saß.

Jetzt erst entdeckte Michael seinen alten Kumpel Pater Tobias und sagte resigniert: »Auch du, mein Freund...«

Der aber sagte mit einem Sarkasmus in der Stimme, den man sonst bei ihm nicht kannte: »Ja. Wir sind unterwegs im Auftrag des Herrn.«

»Gehn wir einen Tequila trinken?« fragte Valentin in die Grabesstimmung hinein, weil ihm nichts Besseres einfiel.

Michael kletterte aus der Maschine und signalisierte Bereitschaft, sich in sein Schicksal zu fügen: »Na gut, in Gottes Namen. Aber Agnes nimmt mich doch gar nicht mehr zurück.«

Pater Tobias ließ jetzt aber keine Ausflüchte mehr gelten und erwiderte: »Wenn du ihr versprichst, daß das ein einmaliger Ausrutscher g'wesen ist ...«

»Mir isses ja schon auf dem Weg hierher ganz angst und bang g'worden!«

Der Mann war doch mit allen Wassern gewaschen! dachte Valentin und sagte: »Ich glaub dir kein Wort!«

Michael beschwor ihn: »Wenn ich's dir sag! Heimweh hab ich gekriegt, da bin ich noch nicht amal im Taxi gesessen ...«

Valentin blickte in die Ferne und schüttelte den Kopf. Er würde diesen Menschen wohl nie ganz begreifen können ...

Endlich zurück auf dem Aiblinger Hof, schauten sie in die erstaunten Gesichter von Agnes, Kathrin und Petersen, die immer noch draußen auf der Bank saßen. Allerdings zierten den Tisch inzwischen drei Schnapsgläser, und die Flasche mit dem Obstler war bis zur Hälfte geleert.

Wie ein reuiger Sünder ging Michael auf Agnes zu, zog es aber vor, erst einmal zu schweigen.

»Du hast doch hoffentlich nicht im Ernst geglaubt, daß der Papa abhaut und dich sitzen läßt«, sagte Valentin grinsend zu Agnes.

»Mit keinem Gedanken!« erwiderte sie ironisch, nahm Michaels Hand und ging mit ihm ins Haus hinein ...

»Schon auf der Hochschule für Gestaltung hab ich gelernt, daß die erste Idee nicht immer die beste ist und daß man über alles zweimal nachdenken sollte«, sagte Garland mit einem gewinnenden Lächeln. »Ich will's kurz machen – wir möchten nun doch mit Ihren Bildern arbeiten.«

»Das ist aber mal ein Sinneswandel!« Donatius Domberger schaute Garland mißtrauisch in die Augen.

»Aber das geht doch jetzt gar nicht mehr«, schaltete sich Wibke ein.

Dombergers große Augen schienen sich hinter der dicken Brille noch mehr zu vergrößern. »Warum soll das nicht mehr . . .«, stammelte er.

»Na hör mal, du kannst doch die Fotos nicht zweimal verkaufen!« sagte Wibke und zwinkerte ihm zu. Aber Domberger verstand nur Bahnhof.

Da erklärte sie Garland kurzerhand: »Also, wir haben da einen sehr netten Verleger getroffen, und der hat die Bilder zufällig gesehen, und jetzt will er einen Kalender machen – schön großflächig. Da eignen sich die Bilder ja auch wunderbar dafür.«

Garland witterte, daß Wibke auf Umwegen die Frage des Honorars ansteuerte und fragte säuerlich, was der denn dafür zahle.

»Zweihundert Mark pro Stück!« stellte Wibke in den Raum.

Garland war erleichtert. Das waren bei zwölf Monaten zweitausendvierhundert, und er sagte mit einem Lächeln: »Da gehen wir leicht noch drüber!«

»Das wird ein Wochenkalender und das Jahr hat bekanntlich zweiundfünfzig Wochen, Herr Garland!« sagte Wibke und strahlte ihn an.

Dombergers Kopf ruckte während ihres Wortwechsels hin und her wie bei einem Zuschauer auf dem Tennisplatz. Garland sah ihn fragend an. Domberger fühlte sich nicht wohl in seiner Haut. Es lag ihm nicht, Verhandlungen zu führen, er war einfach nicht der geborene Kaufmann. Hilflos hob er die Achseln.

Garland deutete seine Reaktion so, als wolle er sagen, daß da nun leider nichts zu machen sei. Deshalb sagte er: »Das ist zwar nicht billig, aber machbar.« Dann zückte er seinen Taschenrechner. Kersten hatte ihm unmißverständlich zu verstehen gegeben, daß er diesen Auftrag an Land zu ziehen habe! Zu welchem Preis hatte er nicht gesagt...

Mit einem Mal witterte Domberger aber doch eine Chance. Schneller als Garlands Taschenrechner spuckte er das Ergebnis aus. »Zehntausendvierhundert!«

»Ohne Mehrwertsteuer«, setzte Wibke dazu. »Und Sie müssen natürlich drüber gehen!«

»Gut, machen wir gleich einen Vertrag!« sagte Garland und lächelte gequält.

5

Gefährliches Spiel

In den verlassenen Kreidesteinbruch war in dieser Nacht das erste Mal der Frost eingezogen. Nun glitzerten die verrosteten Bagger und Maschinenteile mit einer Rauhreifhaut in der strahlenden 10-Uhr-Sonne. Die halbverfallenen Baracken des längst stillgelegten Betriebs wirkten wie vergessene, bizarre Monumente. Die Pfützen, gefüllt von herbstlichen Schauern, waren zu kantigen Eisplatten erstarrt und knirschten und krachten unter den Schuhen der Jugendlichen, die den Steinbruch zu ihrem Treffpunkt erkoren hatten. Über einer langgestreckten Grube, die man hier früher schon für die Wartung und Reparatur von Baufahrzeugen benutzt hatte, stand ein heruntergekommener, türkisfarbener Wartburg. Unter dem Auto, in der Grube, hantierte der sechzehnjährige Kevin am Getriebe.

Seit einem halben Jahr war er arbeitslos, das heißt, er hatte erst gar keinen Ausbildungsplatz gefunden.

Dabei wäre er so gerne Kfz-Mechaniker geworden. Besonders jetzt, da es immer mehr flotte Westautos gab . . .

Seine Eltern interessierte dieses Thema offenbar

überhaupt nicht. Seine Mutter sang zwar den ganzen Tag dasselbe Klagelied, weil er kein Geld nach Hause brachte, merkte jedoch nicht, daß er ihrem Lied gar nicht mehr zuhörte und fortging, sobald sie es anstimmte. Und seinen Vater hatte er nach der Scheidung seiner Eltern sowieso nicht mehr gesehen. Das war jetzt zehn Jahre her ...

So hatte Kevin eines Tages damit begonnen, einen alten Wagen, dessen Besitzer ihn hier im Kreidesteinbruch auf seine Art »entsorgt« hatte, auseinanderzunehmen und sammelte dabei wertvolle Erfahrungen. Manchmal träumte er davon, wie er in einem der größeren Kfz-Betriebe der Umgebung, der Werkstätte »Autogrill«, als erfahrener Spezialist die kniffligsten Aufgaben löste. Und wenn er dann weiterträumte, stellte er sich vor, als Rennfahrer auf den schwierigsten Rundkursen und Pisten zu Hause zu sein, eine Art »Boris Becker der Rennstrecken« ...

»He, Sunny! Starte mal!« rief er jetzt seinem Kumpel zu, der oben am Wagen stand und auf sein Kommando wartete. Sunny, ein Jahr jünger als Kevin, war immer zur Stelle, wenn man ihn brauchte. Er schwänzte in letzter Zeit immer häufiger die Schule. Wozu sich da reinhängen, dachte er, die Chancen für einen vernünftigen Ausbildungsplatz waren auch für ihn gleich null!

Sunny setzte sich in den Wagen und drehte am Zündschlüssel. Nichts! »Der ist hinüber. Wir sollten uns 'ne andere Kiste besorgen«, bemerkte er gequält.

»Warum überlaß ich das Denken nicht einfach dir?« sagte Kevin überlegen. Dann forderte er von ihm den 16er-Schlüssel an.

Da kam Marc, der Dritte im Bunde, auf seinem Rad. Er lag im Alter genau zwischen ihnen.

Kevin fand, bevor die Arbeit in Streß ausartete, wäre eine Pause das Richtige. Er legte den Schlüssel ab und stieg aus der Grube. Sein Atem kam als sichtbarer Nebelhauch aus seinem Mund. Er bat Marc um eine Zigarette. Marc schüttelte den Kopf und sagte: »Ich rauch' nicht mehr.«

Kevin wandte sich an Sunny. Der kramte aus seiner Jeansjacke eine völlig zerdrückte Packung hervor und zog eine Zigarette heraus, die wie durch ein Wunder heil geblieben war.

»Die letzte. Kannst sie haben«, sagte Sunny, hielt die Spitze der Zigarette in der Packung fest und reichte sie ihm.

Kevin nahm sie und brach sie in der Mitte sorgfältig auseinander. »Wir teilen.«

Er zündete die beiden Hälften mit seinem Feuerzeug an und nahm drei tiefe Lungenzüge. Dann schnippte er den Rest der Zigarette von sich und holte aus seiner Tasche den Knauf für den Schalthebel. Während er zu dem Wagen hinüberging, warf er den Knauf wie einen Tennisball in die Luft und fing ihn mit der Geste eines Jongleurs wieder auf.

Sunny und Marc mochten Kevins heitere Eskapaden und bewunderten ihn für seinen Ideenreichtum und seine Entschlußfähigkeit. Andererseits hatte seine wilde Entschlossenheit sie auch schon mehr als einmal in Schrecken versetzt. Außerdem war er ziemlich unnachgiebig. Er mußte, was er sich einmal in den Kopf gesetzt hatte, auch durchführen, selbst dann, wenn die Sache in ihren Augen schon zum

Scheitern verurteilt war! Aber vielleicht hatte er ja auch recht mit seiner Dickköpfigkeit. Vielleicht kam man in diesem Leben nur ans Ziel, wenn man sich nach dem »Alles-oder-nichts-Prinzip« verhielt...

Kevin stieg in den Wartburg, warf sich hinter das Steuer und steckte den Knauf auf den Schaltknüppel. Kurz glitten seine Finger über die amerikanische Flagge, die den Knauf zierte. Dann aber griff er nach dem Zündschlüssel und drehte ihn herum. Jetzt sprang der Motor an. Kevin ließ ihn aufheulen. Sunny und Marc jubelten.

»Du solltest Rennfahrer werden.« Sunny nickte ihm zu.

»Das einzige, was man hier werden kann, ist arbeitslos. Und das bin ich schon«, antwortete Kevin und legte den Gang ein. Dann wurde sein Gesicht für einen Moment sehr ernst. Er sah Sunny in die Augen und sagte: »Wenn ich verletzt werde, spendest du mir Blut...« Er streckte den Arm aus dem geöffneten Wagenfenster, dann klatschten Kevins und Sunnys Handflächen aneinander.

Kevin legte den ersten Gang ein, ließ die Kupplung kommen und gab langsam zunehmend Gas. Dann nahm er plötzlich den linken Fuß vom Pedal, der Wagen machte einen Satz nach vorne. Steinsplitter flogen hinter den Antriebsrädern auf. Die Reifen quietschten, Kevin schaltete in den zweiten Gang und drückte das Gaspedal durch. Der Wagen beschleunigte schnell. Kevin raste auf die Baracken zu. Im letzten Augenblick riß er das Steuer herum, legte sich in mörderischem Tempo in die Kurve und schoß wieder auf seine Freunde zu. Sein rechter Fuß schwebte über dem Bremspedal, die Kupplung hatte er durchgetreten. Jetzt trat er zu, »stieg in die Eisen«, wie sie das nannten, und kam schlitternd zum Stehen. Durch das schmutzige Fenster grinste er ihnen zu und wollte aussteigen. Aber die Tür klemmte.

»Scheißkarre!« rief er und warf sich mit der Schulter gegen die Tür, die jetzt mit einem hohlen Geräusch nachgab.

»Für heute reichts!« sagte er und stieg aus.

Marc zog ein langes Gesicht. »Ich dachte, wir fangen erst an?!«

»Später«, bestimmte Kevin. »Jetzt brauch ich erst mal ein Bier. Wer fährt mit?« Er stieg wieder ins Auto.

Jetzt hatte es Sunny gepackt. »Laß mich fahren!« bat er Kevin aufgeregt.

Kevin rutschte auf den Beifahrersitz. Sofort klemmte sich Sunny hinter das Steuer, startete und trat das Gaspedal durch. Der Wagen bewegte sich um keinen müden Zentimeter vorwärts.

»Du mußt den Gang reintun«, grinste Kevin, dann holte er vom Rücksitz eine Dose Bier. Mit einem geübten Griff zog er die Lasche ab, nahm einen Schluck und drückte Sunny die Dose in die Hand. Sunny setzte die Dose an und ließ das Bier in großen Schlucken die Kehle hinunterlaufen. Kevin beobachtete die rhythmischen Bewegungen seines Kehlkopfes und meinte ironisch: »Wo soll das noch hinführen mit dir? Du trinkst, fährst gestohlene Autos, und deine Mutter weiß nichts davon!«

Einen Augenblick später hatte Sunny schon den Gang eingelegt und gab Gas. Er wollte zu der Baracke hinüberfahren. Doch mit einem Mal zog der Wagen in die andere Richtung und hielt geradewegs auf den Bagger zu. Da griff Kevin ihm ins Lenkrad. Das Auto kam ins Schlingern und driftete mit den Hinterrädern millimeterdicht an dem steilen Abbruch zur Kreidegrube vorbei! Dann erst brachte ihn Sunny endlich vor der Baracke zum Stehen.

Von der Grube aus sah Marc die beiden nun aussteigen. Ihm war schon beim Zusehen heiß und kalt geworden. Nun fuhr er mit seinem Fahrrad zu den Freunden hinüber und hörte Sunny lachend zu Kevin sagen: »Da ist ein Fahrkurs fällig. Wir wollen doch nicht, daß du abstürzt!«

Sie verschwanden in ihrem Barackenquartier, das sie mit alten Möbeln vollgestellt hatten und das sich hinsichtlich seiner Ausstattung an Unterhaltungselektronik mit jedem gutbürgerlichen Wohnzimmer messen konnte. Schließlich gehörten zu ihrer Gruppe auch noch Ronny und Wichi, die nicht nur im Organisieren von Bierkästen top waren, sondern auch ein gutes Händchen bei hochwertigeren Einrichtungsgegenständen hatten.

Die Wände ringsum waren mit Kinoplakaten amerikanischer Spielfilme tapeziert. Von der Innenseite der Tür blickte ihnen Burt Lancaster entgegen in Begleitung von Clint Eastwood und Kevin Costner. Und wenn sie sich, wie es öfters geschah, nach ein paar Dosen Bier auf dem Sofa ausstreckten, die Füße auf herangezogene Stühle fallen ließen und den Blick gegen die Decke richteten, schwebten über ihnen Raquel Welch, Sharon Stone und mindestens fünf weitere der schönsten Frauen Hollywoods, die

Kevin ausgewählt hatte unter dem Motto: »Für jeden Geschmack etwas!«

Kevin legte eine Kassette in den Videorecorder und schaltete das Fernsehgerät ein. Sie machten es sich gemütlich.

Doch in Kevins Kopf lief ein anderer Film. Er sah sich und seine Freunde in verschiedenen Wagentypen und Mopeds auf den Rand des Steinbruchs zurasen. Solche Mutproben hatte er auch schon einmal im Fernsehen gesehen. James Dean hatte es gemacht in einem alten amerikanischen Schwarzweiß-Schinken. Technisch total überholt, dieser Film, ging es ihm durch den Kopf, aber die Typen waren affengeil!

»Ja, das ist es! Das macht Sinn! Das machen wir auch!« Kevin sprang plötzlich auf und umriß seinen Plan.

»Bist du verrückt geworden?« warf Sunny dazwischen.

»Wer zu feig ist, braucht ja nicht mitzumachen«, gab Kevin zurück.

»Wenn wir's machen, sollten wir aber noch jemanden einladen«, meinte Marc.

Kevin überlegte einen Augenblick. Dann nickte er und sagte: »Müßten allerdings handverlesene Typen sein. Sonst kommt's raus, bevor wir angefangen haben ...«

Schnoor hatte Hanna in sein Büro nach Bergen gerufen und sie gebeten, ihn ein paar Tage zu vertreten, da er zu einer Polizeitagung über »Sicherheitskonzepte unter Berücksichtigung von Vernetzung zwischen allen Polizeiteilen und der Einbeziehung der beobachtenden Fahndung« nach Stralsund mußte. Hanna wandte ein, sie kenne doch seinen Aufgabenbereich viel zu wenig ...

»Dann werden Sie ihn eben jetzt kennenlernen«, lächelte der Polizeichef ihr zu. »Sie springen einfach ins Wasser und Sie werden sehen – Sie können schwimmen!«

»Und wenn nicht?« Hanna zögerte. »Wenn ich untergehe und ertrinke?«

Schnoor legte seine Hand um ihre Schulter, nahm sie aber gleich wieder zurück. »Dann rette ich Sie ...« sagte er, ohne sie anzusehen.

Hanna spürte seine Befangenheit. Es war ihr nicht unangenehm, daß er sie mochte. Dann aber mußte sie an eine Sache denken, die sie in letzter Zeit ziemlich beunruhigte, und sagte: »Und was machen wir mit diesen verrückten Jugendlichen?«

»Ach, was soll's«, winkte Schnoor ab. »Lassen wir doch diese Typen an ihren Gummibändern von den Brücken springen, oder auf Dächern von fahrenden Zügen balancieren ...« Dann setzte er hinzu: »Solange sie andere nicht gefährden.«

»Da bin ich aber ganz anderer Meinung!« protestierte Hanna. »Die schätzen das Risiko doch total falsch ein!«

»Ja, da könnten Sie recht haben. Sobald Herr Gruber zurück ist, soll er sich drum kümmern. Der hat ein Feeling für solche Typen.«

Am nächsten Nachmittag fand sich die Gruppe im Kreidesteinbruch ein. Auf Fahrrädern und Mopeds testeten sie das rechtzeitige Abbremsen vor dem Abgrund. Einer nach dem anderen vollzog eine abschließende Probe. Je näher einer an den Rand herankam, desto mehr Beifall erhielt er.

Dann rief Kevin: »So Leute, alle mal herhören, auch die, die schwer hören! Morgen kommt die ultimative Show! Ich erklär's euch ...«

Mit einer rostigen Brechstange ritzte er etwa zwanzig Meter vor dem Abgrund einen kreideweißen Strich in den Untergrund.

»Vor diesem Strich darf keiner raus aus der Karre!« sagte er entschieden.

Er näherte sich einige Schritte dem Abgrund und zog eine zweite Linie.

»*Nach* diesem Strich«, fügte er bedeutungsvoll hinzu, »*muß* jeder raus, sonst ...«

Erregt spendeten ihm die anderen Applaus und stießen sich an.

»Ohne mich!« platzte Sunny dazwischen. »Das hat nicht einmal im Film funktioniert!«

Sie sahen ihn an, und Kevin sagte abfällig: »Aber hier sind wir nicht im Kino!«

»Eben!« hielt Sunny dagegen.

Da schaltete sich Marc ein und rief übellaunig: »Naja, wir kennen dich ja, Sunny. Immer fröhlich, aber Schiß wie'n Kaninchen!«

Kevin konnte es nicht ausstehen, wenn einer von ihnen lächerlich gemacht wurde, auch dann nicht, wenn er selbst Meinungsverschiedenheiten mit ihm hatte. Deshalb warf er Marc einen drohenden Blick zu und befahl ihm, seine Klappe zu halten ...

In der darauffolgenden Nacht machte Sunny kein

Auge zu. Kevin war ja im großen und ganzen wirklich ein toller Kerl, aber diesmal ging er über den üblichen Risikolevel hinaus. Und die anderen Blödmänner tappten ihm bereitwillig hinterher. Kapierten die denn rein gar nichts? Irgendeine unvorhersehbare Störung in ihrem Plan, und sei sie noch so klein, konnte einen von ihnen das Leben kosten!

Andererseits: Wenn man rechtzeitig den Absprung schaffte, konnte ja wirklich nichts schiefgehen. Wenn ... Aber was sollte dazwischenkommen? Was denn? Vielleicht war er ja tatsächlich nur feige und schätzte das Risiko *deshalb* falsch ein. Vielleicht hatten die anderen doch recht mit ihrer Einschätzung.

Mit diesen Überlegungen verbrachte Sunny Stunde um Stunde und zählte jeden Schlag der Turmuhr schräg gegenüber, die ihn morgen früh wie gewohnt um sechs Uhr aus den Federn läuten würde. – Aber es schien ihm unmöglich, Klarheit in diese widersprüchlichen Gedanken zu bringen ...

Er wälzte sich hin und her und dachte für einen kurzen Augenblick daran, mit seinem Vater über die Sache zu sprechen, kam aber gleich wieder von diesem Gedanken ab. Schließlich kannte er seinen Vater. Der dachte immer nur strikt geradeaus. Für den gab es immer nur ein Entweder-Oder. Ungeklärte Gedanken, Zögern, Widersprüche und Ungereimtheiten machten ihn bloß nervös. Und Mutter kam schon gar nicht in Frage, da sie sich sowieso immer Vaters Meinung anschloß ...

So faßte Sunny in dieser Nacht, oder besser: gegen Morgen, einen einsamen Entschluß. Da gab es doch diese nette Polizistin, die früher in Saßnitz Dienst gemacht hatte und nun in Bergen war. Sie hatte ihn mal nach Hause gebracht, nachdem ihn ein Tourist auf seinem Moped angefahren hatte, obwohl er ja dabei mit dem Schrecken davongekommen war. Eigentlich hätte sie das gar nicht zu tun brauchen ...

Endlich schlief er ein. Eine gute Stunde später schon riß ihn das Morgenläuten vom Kirchturm wieder aus dem Schlaf. Und nach wenigen Minuten war er bereits startklar für eine längere Fahrt nach Bergen ...

Zehn Minuten vor acht kam er vor dem Revier an, stellte sein Moped ab, setzte sich auf die Treppe vor dem Eingang und wartete. Fünf Minuten später kam Hanna in ihrem Kleinwagen vorgefahren. Sunny stand auf. Hanna wandte sich ihm verwundert zu und erwiderte freundlich seinen Gruß.

Plötzlich hatte er das unbestimmte Gefühl, schon viel zu weit gegangen zu sein. Für den Bruchteil einer Sekunde schoß ihm der Gedanke durch den Kopf, einfach auf dem Absatz kehrt zu machen und die Flucht zu ergreifen.

»Können Sie morgen so gegen elf beim Kreidesteinbruch sein?« stieß er zwischen den Zähnen hervor.

Verräter! dachte er und spürte wieder diese bleierne Schwere im Magen. Dann aber sah er ihr freundliches Lächeln.

»Warum?« fragte Hanna.

Er wußte nicht mehr weiter, zuckte mit den Schultern und sah zu Boden. Dann sagte er gequält: »Einfach nur so vorbeischaun ...«

»Wenn du mir nicht sagst, warum ...«, hakte die Polizistin nach.

Sunny fröstelte. Er hatte wirklich schon viel zu viel gesagt! Dann verzog er das Gesicht zu einem verlegenen Grinsen und lief zu seinem Moped zurück ...

Valentin erfuhr die infame Geschichte, die Nana und Lena nach ihrem Verhör zielsicher in die Welt gesetzt hatten, mehr oder weniger zufällig von Bernie, als er ihn im Nesselwanger Aquadrom traf, einem nahe Miesbach gelegenen Erlebnisbad. Bernie wiederum hatte die beiden Lolitas von dem Moment an, als er von dieser Geschichte erfuhr, nicht mehr aus den Augen gelassen. So folgte er denn den beiden, die in einer Badekleidung, die dem männlichen Auge fast nichts mehr vorenthielt, aufreizend an dem Warmwasserbecken entlangschlenderten. Bald registrierte er mißmutig, daß er wohl nicht der einzige Mann war, der den Mädchen hinterherlief ...

Plötzlich stand Valentin neben ihm und sprach ihn schelmisch grinsend von der Seite an: »Was treibst denn da? Stellst jetzt gar schon den kleinen Mädels nach?«

»Du meinst, kleine Mädchen sind das?« Bernie wandte kaum den Kopf und zog einen Mundwinkel herunter. »Früchtchen sind das! Und ich beobachte sie unauffällig!«

Valentin verstand kein Wort und forderte Bernie auf, Klartext zu reden.

»Die zwoa Luder haben ausgesagt, der Haberl und

der Pater Tobias hätten sie sexuell belästigt«, erklärte Bernie.

»Verarschen kannst fei wen du willst und zu jeder Jahreszeit, aber nicht mich!« entgegnete Valentin, der nicht verstand, warum Bernie ihm plötzlich so blöd kam ...

In diesem Moment rollte ihm ein Wasserball vor die Füße. Er hob ihn auf und blickte um sich, um herauszufinden, wem er wohl gehören könnte. Da entdeckte er die Frau mit den langen, blonden Haaren. Sie hatte eine tolle Figur, ein hübsches Gesicht und winkte ihm zu.

»Plumpe Annäherungsversuche sind das«, sagte Bernie neidisch. »Wenn sie jetzt auch noch will, daß du ihr den Ball zurückwirfst, dann ...« Er setzte seine Kennermiene auf.

»Wenn Sie schon mal den Ball haben, könnten Sie ihn mir auch gleich zuwerfen«, rief die Frau.

Valentin fühlte sich geschmeichelt und lächelte ihr zu. Dann holte er mit dem Ball zum Werfen aus, sah aber im selben Moment Bernies Pranken, die den Ball an sich rissen und sofort die Luft aus ihm herausließen.

»Passen Sie auf ihn auf, damit er nicht von fremden Frauen angesprochen wird?« sagte die Schöne belustigt zu Bernie und musterte Valentin mit unverfrorenem Blick.

»Genau so ist es«, konstatierte Bernie trocken und warf ihr die Hülle des Balles zu.

Im gleichen Augenblick kamen Nana und Lena aus dem Wasser und gingen, ohne Valentin und Bernie eines Blickes zu würdigen, zwischen den beiden hindurch. Valentin schaute ihnen nachdenklich hinterher und sagte: »Jetzt erzähl mir die Geschicht einmal so, daß ich's auch versteh!«

»Also paß auf«, begann Bernie, während sie nun kehrt machten und den beiden Mädchen wieder hinterherschlenderten, »der Haberl hat die alle vier verhört, auch die zwei Burschen, die dazu g'hören, der Pater Tobias ist dazugekommen – aus eigenen Stükken, weil ... naja, er kennt die Kids seit ihrer Taufe und er ist halt zutiefst erschrocken g'wesen, zumal ja auch noch der Sohn des Herrn Staatssekretärs Maisinger in die Sache verwickelt ist, nicht wahr. Also hat er gedacht, die armen jungen verirrten Seelen würden einen geistlichen Beistand brauchen können ...«

Valentin nervte Bernies endlose Einleitung und er drängte ihn, endlich zum Wesentlichen zu kommen. Der aber antwortete spitz: »Ich erzähl die Story nach meiner eigenen dramaturgischen Konzeption, verstehst du?« Dann aber fuhr er bereitwillig fort: »Also die Burschen haben alles geleugnet. Dann hat der Haberl die zwei eingesperrt und die Mädchen gesondert verhört. Plötzlich fangen die an zu schreien und zu kreischen. Und wie der Kober hereinkommt in den Verhörraum, net wahr, da haben die zwei Luder kaum mehr was an. Die eine ist am Pater festgeklammert und die andere hat sich am Haberl festgekrallt!«

Valentin blieb stehen und sah Bernie ungläubig an.

»Aber sag amal, wer nimmt denn so was ernst?« fragte er fassunglos.

Bernie ratterte die Reihe der Gutgläubigen in einem Atemzug herunter: »Der Maisinger, euer Personalchef in München, mein Verleger, der Landfrauenverein und die Mitglieder des Kirchenchors und natürlich die ganzen Opus-Dei-Honoratioren. Also ganz Miesbach und Umgebung.«

»Ach, so weit ist es schon rum?«

»Die zwei ham erzählt, der Haberl sei schon lange hinter ihnen her, und das sei auch der einzige Grund, warum er sie alle vier festgenommen und eing'sperrt hätt', obwohl sie doch gar nichts getan hätten.«

»Hör mal, die hab *ich* festg'nommen und *du* bist dabeig'wesen!«

»Weiß ich ja eh.« Bernie warf einen kurzen Blick zum Himmel und erklärte dann abschließend: »Trotzdem: Dem Pater Tobias hat der Bischof g'raten, mal ein bissel auszuspannen und in den Urlaub zu gehen, bis der Fall aufgeklärt sei!«

Haberl saß dem Personalchef im Polizeipräsidium gegenüber. Er begriff überhaupt nicht, warum man den Aussagen von zwei unverschämt lügenden jungen Mädchen mehr Glauben schenkte als ihm und gab das dem Personalchef auch deutlich zu verstehen. Der versuchte verzweifelt, seinem Untergebenen klarzumachen, daß es ihm fern lag, ihn anzugreifen. Seine Aufgabe bestand einzig und allein darin, den Schaden für das Ansehen der bayrischen Polizei so gut es ging zu begrenzen. Immerhin ermittelte der Staatsanwalt bereits. Er versicherte Haberl, daß er seiner Darstellung glaube und versuchte das Gespräch aufzulockern.

»Sollen ja aber auch zwei besonders hübsche Maderln gewesen sein!«

Haberl beugte sich vor und wurde mit einem Mal sehr vertraulich. Mit zurückgenommener Stimme sagte er: »Das können 'S aber laut sagen! Wie die ang'fangen haben, sich auszuziehen. Plötzlich und unerwartet, sozusagen ... Duddeln, kann ich Ihnen sagen ...« Haberl formte die Hände zu einem Gegenstück von weiblichen Brüsten enormer Größe und hielt sie sich auf Brusthöhe vor die Uniform.

Dem Personalchef war diese Sorte Vertraulichkeit peinlich. Genau diese Art Schilderung mußte unter allen Umständen vermieden werden!

»Also, wir müssen diese jungen Mädchen dazu bringen, ihre Anschuldigungen zu widerrufen«, sagte er unumwunden, erkannte aber an Haberls Gesichtsausdruck, daß der offenbar noch immer nicht begriffen hatte, worum es eigentlich ging. Er mußte wohl etwas weiter ausholen.

»Der Staatssekretär Maisinger behauptet, die Polizei habe bei der Verhaftung seines Sohnes und von dessen Freunden überreagiert – hat sie ja vielleicht auch ...«

Da zog Haberl die Mundwinkel noch weiter nach unten und erwiderte beleidigt: »Fragen's den Herrn Gruber, der hat die Viererbande gestellt!«

Der Personalchef aber sprach unbeeindruckt weiter: »Maisinger jedenfalls meint, es seien ein paar Dumme-Jungen-Streiche gewesen, und man hätte polizeilicherseits bestimmt keinen solchen Aufwand betrieben, wenn's die Söhne von Herrn X und Frau Ypsilon gewesen wären.«

Diese Schönfärberei ging Haberl aber nun doch gewaltig gegen den Strich. »Diese Fallotten ham einer alten Frau die Handtasche weggerissen, sie ham Automaten aufgebrochen und dem Vorstandsvorsitzenden ...«

»Aufsichtsratsvorsitzenden ...«, verbesserte der Chef leise, aber bestimmt. Haberl fuhr unbeirrt fort: »... der Treu-und-Lebens-Versicherung das Auto verkratzt, die Aktentasche und seine Handtasche gestohlen, sie haben mit seiner Scheckkarte Geld aus dem Bankautomaten geholt, Schecks eingelöst und wichtige persönliche Papiere dieses Herrn ... äh, Aufsichtsratsvorsitzenden Dr. Schmalisch einfach in den nächsten Straßengraben gschmissen!« Er hatte sich nun richtig in Rage geredet und fühlte sich wie eine Art Vorkämpfer für Recht und Ordnung gegen den Rest der Welt ...

»Ist ja gut«, versuchte der Chef ihn zu beschwichtigen. Aber damit erreichte er bei Haberl das genaue Gegenteil. Er fand das alles überhaupt nicht gut und ihm war plötzlich völlig klar, daß hier die Oberen wieder einmal die Dinge zu ihren Gunsten zurechtbiegen wollten und die Gerechtigkeit dabei auf der Strecke blieb!

»Das sind kriminelle Akte«, rief er empört aus. »Und bloß, weil der eine der Sohn des Herrn Dr. Maisinger ist ...«

Der Personalchef unterbrach ihn schroff. »Erstens: Herr Schmalisch verzichtet auf eine Anzeige gegen Maisinger junior und Konsorten ...«

Da fiel Haberl wiederum seinem Chef ins Wort: »Der kann lang verzichten – wir unterliegen, genauso wie der Staatsanwalt, dem Verfolgungszwang, wenn wir von einem Verbrechen oder Vergehen Kenntnis bekommen ...«

»Ja sowieso!« Der Personalchef hatte den Moment, da Haberl Luft holen mußte, taktisch genutzt. »Und das geht doch auch leicht, nachdem sich der Herr Dr. Schmalisch und der Herr Dr. Maisinger so elegant verständigt haben.« Dann beugte er sich über seinen Schreibtisch und sah dem Miesbacher Revierleiter tief in die Augen, in der Hoffnung, sein Blick könne diesem Dickkopf mehr vermitteln als alle Worte. Eindringlich sagte er: »Haberl, wir müssen die Sache doch bloß ein klein wenig herunterspielen.«

Aber Haberl war nicht bereit, die Machenschaften dieser Gauner nur einen Millimeter breit zu decken und sich dafür sexuelle Belästigung von Minderjährigen vorwerfen zu lassen. Alles hatte irgendwo mal seine Grenzen! Trotzig sagte er: »Ohne mich!«

Nun war der Personalchef endgültig am Ende seiner Kenntnisse in psychologischer Menschenführung angelangt und schrie: »Warum sind 'S denn so stur?«

»Weil das ein ganz hinterfotziger Trick ist von diesen halbgaren Rotznasen, mir und dem Pater zu unterstellen, wir hätten den Maderln untern Rock oder sonstwohin gefaßt. Nichts davon ist wahr!« Haberl war außer sich.

»Das unterstellt Ihnen doch auch gar niemand ernsthaft!« rief der Chef erregt und stand von seinem Schreibtischstuhl auf. Er wandte sich von Haberl ab und sah aus dem Fenster, um seine Erregung wieder in den Griff zu bekommen. Er atmete tief durch. Dann wandte er sich ihm wieder zu und sagte mahnend: »Nun gut, überlegen Sie sich's gut. Manchmal ist es besser, man läßt Gras über eine Sache wachsen, als man päppelt seinen falschen Stolz.«

Aber Haberl überhörte seine Worte und sagte beleidigt: »Sie ham gut reden. *Ihnen* werden ja keine unsittlichen Akte unterstellt.«

Der Personalchef wußte, daß nun der Punkt für ihn erreicht war, an dem er das Gespräch beenden mußte. Er entließ den Revierleiter kühl.

Die Mädchen und Jungen, die am Rande des Kreidesteinbruchs gespannt auf den Startschuß von Kevins groß angekündigter Show warteten, waren sich darüber im klaren, daß sie zu einem privilegierten Kreis von Eingeweihten gehörten, die speziell zu diesem Ereignis eingeladen worden waren. Sunny, der bei ihnen stand, rieb die feuchten Handflächen an seinen Jeans ab. Unruhig wanderte sein Blick zwischen der Einfahrt zum Steinbruch und dem Wartburg hin und her, der bereits startklar vor den Baracken stand. Kevin saß hinter dem Steuer, neben ihm Marc, auf dem Rücksitz hatten Ronny und Wichi Platz genommen. Endlich gab Kevin Gas. Es ging los! Der Wagen setzte sich in Bewegung und gewann auf der leicht abschüssigen Strecke dem Abgrund zu rasch an Geschwindigkeit. Gebannt beobachteten die Jugendlichen, wie der Wagen auf die markierte Linie zuschoß.

Marc perlte der Schweiß auf der Stirn. Jetzt kam alles auf äußerste Konzentration an! Er preßte den

Oberkörper gegen die Tür, stieß sich ab und wirbelte für den Bruchteil einer Sekunde durch die Luft. Dann schaffte er es, mit den Füßen auf dem Boden aufzukommen, federte sich ab, hielt das Kinn gegen die Brust und rollte sich über die rechte Schulter ab. In kurzem Abstand folgten ihm Ronny und Wichi, die es mit derselben Technik schafften, unverletzt zu bleiben. Sofort waren sie wieder auf den Beinen. Kevin bremste den Wagen ab. Die Zuschauer liefen ihnen klatschend und Beifall rufend entgegen, Sunny folgte ihnen zögernd.

Kevin stieg aus. Er strahlte. Dann rief er: »Okay, jetzt kann's losgehen. Mit Vollgas und gnadenlos . . .«

Kevin setzte sich soeben wieder in den Wagen, als Sunny den Polizeiwagen auftauchen sah. Hatte die Polizistin seine Worte doch ernstgenommen! Dann schrie er: »Die Bullen kommen!« und rannte auf ihre Baracke zu.

Die Gruppe zerstob in alle Himmelsrichtungen und verschwand auf Mopeds und Fahrrädern, während Kevin seinen Wartburg mit quietschenden Reifen hinter die Baracke jagte. Von einer Minute auf die andere schien der Steinbruch einsam und verlassen.

Da war der Polizeiwagen auch schon herangekommen. Hanna stieg aus und sah sich um. Entweder war sie zu früh oder zu spät, dachte sie. Da entdeckte sie die Reifenspuren und folgte ihnen, bis sie auf eine Linie im kreidigen Untergrund stieß. Sie bückte sich. Nachdenklich fuhr sie mit dem Zeigefinger ein Stück der Linie entlang. Sie blickte hinüber zum Abgrund und dann zu den Baracken. Nichts Auffälliges.

Schließlich ging sie wieder zu ihrem Wagen und fuhr nach Bergen zurück.

Inzwischen waren die Jugendlichen durch die Fenster ins Innere der Baracke geklettert, holten sich Bier und machten es sich bequem. Kevin hatte gewartet, bis das Polizeiauto verschwunden war. Dann hatte er den Wagen wieder gestartet und fuhr vor der Baracke vor. Für einen Moment fühlte er sich wie ein englischer Lord, der vor seinem Landsitz abstieg – fehlte eigentlich nur noch der Chauffeur. Dann aber verfinsterte sich seine Miene. Er lehnte sich durch das offene Fenster und sagte: »Uns muß jemand verpfiffen haben!«

Er schaute seine Freunde an und kniff die Augen zusammen.

»Wieso denn«, antwortete Marc, »war vielleicht nur 'ne Routinestreife!«

»Seit Monaten hab ich hier keine Polizei mehr gesehen«, wandte Ronny ein.

Sunny hatte sich auf diese Situation vorbereitet und hoffte, daß sie seine Theorie akzeptieren würden.

»Vielleicht ein Tourist?« fragte er in den Raum hinein.

Da aber brach Kevin die Diskussion auch schon wieder ab und sagte: »Egal. Aufgeschoben ist nicht aufgehoben.« Er blickte auffordernd in die Runde und rief: »Morgen: Selbe Stelle, selbe Zeit!«

Als Agnes am frühen Morgen den Kuhstall betrat, traf sie zu ihrer Überraschung dort schon auf Petersen, der mit hochgekrempelten Ärmeln den Stall ausmistete. Wenige Minuten später verließ Kathrin ihre Wohnung. Als sie die Stimmen im Stall hörte, trat sie ans Stallfenster, kippte es leise und lauschte hinein.

Agnes warf einen anerkennenden Blick auf Petersens angefangene Arbeit. Dem stattlichen Mann ging das Misten so gut von der Hand, als habe er nie etwas anderes gemacht. Sie musterte ihn heimlich von oben bis unten. So einer würde ihr auch nicht schlecht stehen! Dann fragte sie ihn, ob er denn auf Rügen auch eine Landwirtschaft habe?

»Ich bin auf einem Bauernhof groß geworden«, erwiderte Petersen und stützte sich auf die Mistgabel auf. »Aber als dann alles LPG – also landwirtschaftliche Produktionsgenossenschaft – geworden ist, hat mein Vater lieber eine Arbeit in der Werft angenommen. Ich hab erst bei der LPG gearbeitet, bin dann aber in 'ne Elektrolehre gegangen. Und ...«, unterbrach er sich für einen Moment, »naja, Sie wissen das ja, meine ganze Liebe hat immer der Feuerwehr gehört ...«

Kokett sagte Agnes: »Na, die muß die Feuerwehr ja jetzt teilen, die Liebe ...«

Petersen wurde leicht verlegen, blickte auf den Mist zu seinen Füßen und begann wieder zu arbeiten, aber Agnes schaute ihn ungeniert an und fuhr fort: »Ein richtiges Glück hat's da g'habt, die Kathrin. Wenn man bedenkt, daß sie ja eigentlich schon immer ein spätes Mädchen war – schon als ganz junges Ding.«

Als Petersen nun aber seine Arbeit unterbrach

und zu ihr aufschaute, hatte sie mit einem Mal das Gefühl, zuviel gesagt zu haben und ging rasch hinaus.

Kathrin wich vom Fenster zurück. Sie hatte jedes einzelne Wort mitbekommen und konnte einfach nicht begreifen, was diese Frau veranlaßte, ihr dermaßen mitzuspielen. Aber wenn sie glaubte, sie ließe sich das einfach gefallen, dann sollte sie sich gründlich getäuscht haben! Sie beförderte das dicke Brett, das zwischen dem Kuhstall und dem Hauseingang einen trockenen Steg über den aufgeweichten, kuhfladenbedeckten Boden bildete, aus seiner Verankerung. Da kam schon Agnes aus dem Stall und blickte sie, als sie sich ihr nun in den Weg stellte, verwundert an. Kathrin sagte mit leiser, bebender Stimme: »Du, eins sag ich dir ...«

Aber Agnes ging darüber hinweg. Sie wünschte ihr einen »Guten Morgen« und sagte aufgeräumt, eben habe sie dem Petersen erzählt ...

»Ich hab genau gehört, was du zu ihm g'sagt hast!« fiel ihr Kathrin ins Wort.

»Ja, gratuliert hab ich ihm!«

»›Ein spätes Mädchen – schon als junges Ding!‹« stieß Kathrin hervor. Sie hätte ihr mit den Fingernägeln eigenhändig die Augen auskratzen können!

Agnes aber war um keine Antwort verlegen: »Da mußt was Falsches g'hört haben!« sagte sie frech und, um noch eins draufzusetzen: »Aber man sagt ja auch: Der Lauscher an der Wand hört seine eigene Schand ...«

Damit warf sie den Kopf in den Nacken und stolzierte an Kathrin vorbei. Im nächsten Augenblick rutschte das Brett unter ihren Füßen weg. Agnes trat in den Morast, verlor das Gleichgewicht und fiel der ganzen Länge nach hin.

Ohne sich zu ihr umzudrehen, aber hocherhobenen Hauptes, strebte Kathrin nun der Tür des Kuhstalls zu.

»Sieh mal einer an! Und ich hab gedacht, du schläfst noch!« rief Petersen ihr entgegen, erfreut, sie zu sehen. Kathrin aber reagierte kühl und sagte nur: »Solang ich zurückdenken kann, bin ich morgens um sechs aufgestanden!«

»Jetzt auch noch, wo du doch eigentlich gar nichts mehr zu verwalten hast?« Petersen hatte keine Ahnung, daß er da prompt ins größte Fettnäpfchen trat.

Kathrin starrte ihn an, ohne etwas zu sagen. Petersen spürte instinktiv, daß irgend etwas im Busch war. »Ist was?« fragte er zögernd und versuchte, ihr in die Augen zu schauen. Kathrin aber wich seinem Blick aus und erwiderte schroff: »Nein, nein, alles in bester Ordnung!«

Achselzuckend griff er nun nach der vollen Schubkarre. Aber Kathrin war schneller.

»Laß das!« sagte sie barsch. »Ich mach das schon!« Und damit packte sie die Schubkarre und schob sie aus dem Stall.

Fassungslos und mit schwerem Herzen blieb Petersen zurück ...

Drüben im Wohnhaus hatte sich Agnes in der Zwischenzeit umgezogen und traf Michael in der Stube beim Decken des Frühstückstisches an.

»Mußt net vor lauter schlechtem Gewissen, weil du wieder amal nach Mexiko abhauen hast wollen, jeden Morgen das Frühstück machen«, begrüßte sie ihn und gab ihm einen Kuß auf die Wange, die er ihr erwartungsvoll hinhielt. Dann aber wechselte sie das Thema. »Um den Petersen kann man die Kathrin ja irgendwie richtig beneiden«, sagte sie provokativ. Dann fing sie den verunsicherten Blick Michaels auf und strich ihm zärtlich über die Wange. Michael goß Kaffee in seine Tasse und nahm genießerisch einen tiefen Schluck.

»Er ist nicht so weitgereist und nicht so charmant wie du, dafür isser fleißig, zuverlässig, geschickt – halt alles, was einen Mann auf die Dauer ...«

In diesem Moment ging die Tür auf und Valentin kam herein, setzte sich an den gedeckten Frühstückstisch und nahm einen Schluck aus der Tasse seines Vaters. Dann schnappte er sich auch noch dessen Brot und sagte: »Das müßt Ihr euch vorstellen! Jetzt haben die zwei Freundinnen von den beiden Junggangstern behauptet, der Haberl und der Pater Tobias seien ihnen gemeinsam an die Wäsche gegangen!«

Agnes mußte bei dieser Vorstellung unwillkürlich lachen, und Michael rief aus: »Oh Jessas! Da war schon immer der eine schüchtern und der andere hat sich nix traut. Die zwei?« Er schüttelte den Kopf und nahm noch mal einen Schluck aus seiner Tasse. »Ausgeschlossen!«

»Bei dir wär das anders, gell?« grinste Agnes ihn frech an.

»Das will ich meinen!« erwiderte Michael im Brustton der Überzeugung, schloß aber sofort kleinlaut an: »Früher g'wesen, wollt ich damit sagen ...«

Valentin verdrückte noch das restliche Stück Brot, das er in der Hand hielt, und nahm noch einmal einen kräftigen Schluck aus Vaters Tasse. Ihm war heute nicht nach einem ausführlichen Frühstück zumute.

Er war unruhig. Er mußte 'raus und etwas unternehmen!

Deshalb stand er auf, grüßte und stapfte in den Hof hinaus. Zuerst einmal wollte er seinen Wagen waschen …

Wenige Minuten später fuhr eine stattliche, schwarze Limousine in den Hof ein. Valentin sah in das Gesicht des Mannes neben dem Chauffeur und rief erstaunt: »Ja jetzt kann ich gar nimmer. Der Herr Oberkriminalrat aus München!«

Erfreut ging er auf seinen Personalchef zu und reichte ihm die Hand. Valentin bat ihn hinüber zum Zaun bei den Bäumen, von wo aus man den schönsten Blick ins Tal hatte.

Der Personalchef kam gleich zur Sache: »Sie haben mir zwar das letzte Mal einen Korb gegeben, Herr Gruber, aber nun hörte ich, daß Sie gar nicht mehr so viel hält dort auf Rügen …«

»Woher haben'S denn das, Herr Kriminalrat?« fragte Valentin verblüfft.

»Man hat so seine Quellen, aber kein Kriminalist gibt seine Informanten preis, das wissen Sie doch am besten!« Der Chef schmunzelte.

Valentin räumte ein, daß er tatsächlich in der letzten Zeit öfter einmal an eine Rückkehr gedacht habe, und sagte, er wolle es sich überlegen.

»Sie wissen ja, der Herr Haberl ist nicht mehr

ganz unumstritten ...«, fügte der Kriminalrat hinzu. Da warf Valentin ihm einen empörten Blick zu und sagte: »Wenn Sie diese blödsinnigen Anschuldigungen von diesen Schmalspurlolitas meinen?«

»Nein, nein – ich meine seine ganze Amtsführung«, stellte der Personalchef klar. »Das mit den Mädchen ist sozusagen nur der Tropfen, der das Faß vollends zum Überlaufen bringt.« Doch Valentin fuhr ungerührt fort: »Die Mädchen lügen, Herr Kriminalrat. Ich kenne den Haberl und ich kenn den Pater Tobias. Und ich kenn vor allem auch die beiden Maderln!«

Der Personalchef aber wollte das Gespräch nun zum Abschluß bringen und meinte, man werde ganz einfach erst mal das Ergebnis der staatsanwaltschaftlichen Untersuchung abwarten. Dann gab er Valentin zum Abschied die Hand und sah ihm dabei fest in die Augen, um seinem Schlußsatz noch mehr Bedeutung zu verleihen: »Ich würde mich jedenfalls sehr dafür einsetzen, daß Sie im Fall des Falles die Revierleitung bekommen!«

Erst das Ertönen der Elf-Uhr-Glocken erinnerte Pater Tobias daran, daß er eigentlich schon drüben in der Schule sein müßte, um der vierten Klasse ihre wöchentliche Religionsstunde zu erteilen. Noch war ihm die Ausübung seines kirchlichen Amtes nicht verboten worden, und einer einstweiligen Beurlaubung, wie sie der Bischof bereits vorgeschlagen hatte, hätte er auch nie zugestimmt! Rasch sammelte er seine Unterlagen zusammen, schloß die Sakristei und stürmte aus der Kirche. Weder die Verlegenheit der Leute, die ihn grüßten, noch die verstohlenen Blicke, die ihm zugeworfen wurden, bemerkte er. Am Aufgang zum Schulgebäude nahm er mehrere Stufen auf einmal und strebte dem Eingang zu.

Plötzlich stand der Schulleiter vor ihm.

»Sie haben's aber eilig, Herr Pfarrer!«

»Ich hab Unterricht und bin schon spät dran!« erklärte Tobias und wollte an ihm vorbei. Aber der Schulleiter bewegte sich keinen Zentimeter zur Seite. Dann räusperte er sich etwas verlegen und sagte: »Meinen Sie denn nicht, es wäre besser, wenn Sie sich vorerst von einem Kollegen vertreten lassen würden?«

Der Pater sah ihn entgeistert an. »Das könnte ja wie ein Schuldeingeständnis wirken!«

»Und ich habe gedacht, ich tue Ihnen einen Gefallen.«

»Einen Gefallen? Womit denn?« Pater Tobias runzelte die Stirn.

»Ich habe Frau Dr. Strehling gebeten, Ihre Unterrichtsstunden vorerst mitzuübernehmen«, sagte der Schulleiter kühl.

Tobias war fassungslos. Er hob seine Stimme und fragte: »Sagen's amal, versteh ich das richtig? Sie haben ohne mich zu fragen . . .!«

»Aber nicht ohne mich beim Oberschulamt rückzuversichern!« unterbrach ihn der Schulleiter.

Tobias schüttelte den Kopf. »Und die waren auch der Meinung . . .«, sagte er.

»Daß man erst einmal abwarten soll, wie die ganze . . .«, der Schulleiter blickte zum Kirchturm hinüber und suchte nach einem passenden Wort, »... Affäre ausgeht!«

Das war für Tobias wie eine Verurteilung. »Affäre?« brüllte er. »Für Sie ist das jetzt schon eine Affäre?«

Der Schulleiter konnte seine Aufregung nicht nachvollziehen und fragte ironisch: »Wie würden Sie's denn nennen?«

Tobias schnürte die Wut die Kehle zu. Ohne noch ein Wort zu sagen, kehrte er brüsk um und ging gemessenen Schrittes und erhobenen Hauptes zu seiner Kirche zurück. Wenigstens in seiner Haltung sollte seine Würde noch zum Ausdruck kommen! So schnell hatte man also seinen Stempel weg und war abserviert! Wenn er dies nicht am eigenen Leib erfahren würde – er hätte es niemandem geglaubt!

Valentin fuhr mit seinem Jeep ins Tal hinunter. Er hatte seine Bergwanderschuhe angezogen und einen Rucksack mitgenommen. Schon seit Menschengedenken war er nicht mehr richtig in den Bergen gewesen, und da droben war immer noch der beste Ort, um wieder auf andere Gedanken zu kommen ... Außerdem – das Wetter spielte ja auch großartig mit heute, und am Märzenkogel kannte er so manchen Platz, an dem er früher mit dem Großvater viele gemeinsame Stunden verbracht hatte ... Aber zuvor wollte er noch dem Polizeirevier in Miesbach einen Besuch abstatten, um sich mal wieder nach dem Stand der Ermittlungen gegen die Autoknacker zu erkundigen.

Valentin traf Haberl schon im Gang des Dienstgebäudes an. Und der sagte auf seine Frage hin nur knapp: »Die sind wieder auf freiem Fuß!«

Valentin fiel aus allen Wolken: »Im Ernst?«

»Keine Flucht- und keine Verdunklungsgefahr, außerdem haben's einen prominenten Anwalt, und der wichtigste Beraubte besteht jetzt darauf, daß ihm praktisch gar nichts passiert ist.« Haberl wirkte müde und resigniert.

»Erledigt sich durch Liegenlassen, was?« fragte Valentin wütend.

»Na ja, jetzt haben's ja erst amal *uns* am Wickel, den Pater Tobias und mich...« Er machte eine Pause, in der er schwer Luft holte und sagte dann gequält: »Wissen'S was, Gruber? Ich hör auf!«

»Sie? Das glaub ich net!«

»Können mir's ruhig glauben. Mir steht's hier...« Damit hob er die flache Hand dicht unter seine Nase, der Haberls Bierverbrauch inzwischen die typische Rotfärbung gab. »Ich geh in Pension«, fügte er hinzu. »Ist ja möglich ab sechsundfünfzig, und das werd ich demnächst.«

Valentin konnte sich Haberl als Rentner einfach nicht vorstellen und erwiderte: »Ach was, Sie *können* doch gar nicht aufhören, bevor Sie fünfundsechzig sind!«

Da sah Haberl aus dem Fenster und sprach pathetisch: »Das ist nicht mehr meine Welt...« Im nächsten Augenblick jedoch schien er bereits wieder zurück in dieser Welt, musterte Valentin und sagte: »Sie ham doch Ihre Zeit bald um, da oben in Mecklenburg-Vordingsbums...«

»Vorpommern! Ja schon. Warum?«

Da setzte Haberl wieder seinen melancholischen Blick auf, brummte: »So halt...« und verabschiedete sich.

Valentin verließ das Revier und blickte auf seine Armbanduhr. Es war jetzt kurz vor halb eins. Wenn er Glück hatte, könnte er gleich Nana und Lena auf ihrem Schulweg abpassen – sofern sie die Schule nicht wieder geschwänzt hatten! Er sprang in den Jeep und fuhr los.

Einen Augenblick später fiel ihm wieder ein, daß die beiden Mädchen gar nicht in Miesbach, sondern im Nachbarort Schliersee zur Schule gingen. Das könnte knapp werden. Er wendete und preschte auf die alte Landstraße hinaus. Ausgerechnet jetzt mußte da ein Landwirt seinen Traktor mit gleich zwei Anhängern spazieren fahren! Keine Chance zum Überholen – das Sträßchen war zu schmal. Glücklicherweise bog das Gefährt nun in den nächsten Feldweg ein. Valentin ließ den Motor aufheulen.

In Schliersee angekommen, schien es ihm, als ob die beiden Mädchen schon auf ihn gewartet hätten; denn sie schlenderten just in dem Moment, da Valentin um die Ecke bog, quietschvergnügt über den Kirchplatz. Nana schüttete sich aus vor Lachen über etwas, das Lena ihr eben erzählte.

Valentin ließ den Wagen stehen und ging auf sie zu. »Hallo!« grüßte er und lächelte so freundlich er konnte.

»Meine Mama hat gesagt, ich soll mich nicht von fremden Männern ansprechen lassen«, sagte Nana frech, aber Valentin konterte: »Da hat sie ganz recht, deine Mama, aber wir kennen uns ja schon. Ich muß mit euch reden!«

»Aber wir nicht mit Ihnen!« gab Nana schnippisch zurück. Sie ergriff Lenas Arm und zog ihre Freundin rasch davon.

Valentin setzte ihnen nach und startete einen neuen Versuch: »Ich lad euch ein. Drüben ins Eiscafé!«

Aber Nana schrie bloß: »Hau doch ab, Bulle! Wir wollen nicht mit dir reden!«

Valentin sah ein, daß es keinen Sinn hatte.

Er ging zu seinem Jeep zurück, stieg ein und startete den Motor.

Da stand plötzlich diese hübsche Blondine neben ihm, die er mit Bernie kürzlich beim Schwimmen getroffen hatte.

»Nehmen Sie mich mit?« fragte sie und strahlte ihn an.

»Wohin?« fragte Valentin überrascht zurück.

»Egal, ich hab nichts Bestimmtes vor.«

»Aber ich. Ich steig heut noch auf den Märzenkogel!« Er zeigte auf eine der umliegenden Erhebungen.

Die Frau legte den Kopf etwas schief, lächelte verführerisch und fragte: »Einfach so?«

Valentin fand sie auf Anhieb sympathisch und konnte gar nicht anders, als ihr eine ehrliche Antwort zu geben. »Ich muß jetzt einen Frust loswerden und das geht noch allemal am besten droben in de Berg!«

»Kann ich mitkommen?« fragte sie geradeheraus.

Er zögerte einen Moment. Eigentlich wollte er ja

für sich sein und in der Bergeinsamkeit seine traurigen Gedanken loswerden. Aber eine so hübsche und nette Frau zurückzuweisen, das brachte er nicht fertig! Und so fragte er sie, ob sie das denn schaffen würde.

»Sie werden sich wundern!« Sie ging um den Wagen herum. Valentin beugte sich zur Beifahrerseite hinüber und öffnete ihr.

»Gaby!« stellte sie sich vor, als sie neben ihm Platz genommen hatte.

»Angenehm. Valentin!« sagte er förmlich.

Gaby mußte lachen und gab zu verstehen, daß sie ihn doch längst schon vom Hören und Sehen her kannte!

Leise plätscherte Musik vom Band aus den großen Boxen neben der Tanzfläche. Die wenigen Besucher der Discothek »Spinnrad« führten ihre Gespräche in verhaltenem Ton oder schauten stumm in ihr Glas.

Auch Axel saß unbeweglich auf einem Barhocker. Er nippte an der Bierflasche und schaute gelangweilt zu der leeren Tanzfläche hinüber, auf der bunte Lichtpunkte gemächlich ihre Kreisbahnen zogen... Erst am Abend würde hier wieder die Post abgehen. Hajo, der neben ihm saß, bestellte sich ein zweites Bier und malte mit den Fingern in der Feuchtigkeit einiger Wassertropfen auf der Theke herum...

Da betrat Maisinger den Raum. Er blickte sich kurz um, entdeckte seinen Sohn und ging auf ihn zu. Hajo wechselte zur anderen Seite der Theke hinüber.

»Was machst *du* denn da?« rief ihm Axel staunend entgegen.

Maisinger blieb knapp vor ihm stehen. Mißbilligend fiel sein Blick auf das Bier. Dann sagte er streng: »Dasselbe frage ich dich. Wieso bist du nicht in der Schule?«

Axel verzog den Mund und murmelte: »War mir nicht danach.«

»Ich hab mit deinem Schuldirektor telefoniert und erfahren, daß du sehr oft die Schule schwänzt!«

Axel gähnte und fragte gelangweilt, ob er sonst noch etwas ausspioniert habe. Nun legte Maisinger los.

»Mein lieber Herr Sohn! Ich stehe im Licht der Öffentlichkeit, ich trage ein wichtiges und verantwortungsvolles staatspolitisches Amt, da kann ich mir's nicht leisten ...«

»Ja, ja, ja!« unterbrach ihn Axel genervt. Er kannte die Platte schon auswendig. Aber sein Vater fuhr unbeirrt fort: »Ich weiß, es ist zuviel von dir verlangt, dir darüber mal ein paar Gedanken zu machen ...«

»Ich hab schon lang keinen Bock mehr!« fiel ihm Axel wieder ins Wort. »Ich würd' viel lieber was Richtiges machen!«

Maisinger stutzte. Dann fragte er, was denn »was Richtiges« in seinen Augen sei?

»Ich könnt zum Beispiel zur Zeitung gehen – Journalist werden«, erwiderte Axel.

Sein Vater lächelte gequält. »Ohne Abitur und bei deinen jetzigen Noten? Da kannst du froh sein, wenn'st nicht aus der Schule fliegst!« Dann wechselte er das Thema.

»Hast du eigentlich eine Ahnung, was es mich gekostet hat, diese Affäre halbwegs aus der Welt zu schaffen?« rief er erregt.

»Hätt'st dich gar nicht einmischen müssen«, entgegnete Axel trotzig. »Wir wären schon auch so wieder rausgekommen . . .«

»Ja, nach zwei Jahren vielleicht!« sagte Maisinger mit einem zynischen Lächeln.

Axel schüttelte den Kopf. Seine Stimme nahm plötzlich einen verbitterten Klang an: »Jetzt hör doch auf! Haste doch alles nur für dich selber getan. Nur kein Fleckchen auf's weiße Westchen!«

Maisinger fühlte sich kraftlos. Dem Jungen war nicht mehr beizukommen. Mit tonloser Stimme sagte er: »Ich werd dich auf ein Internat schicken müssen.« Aber Axel erwiderte aggressiv: »In vier Monaten bin ich volljährig, dann mußt du gar nichts mehr – außer mich in Ruhe lassen. Verstehst!« Damit nahm er sein Bier, rutschte von seinem Barhokker und ging an seinem verdutzten Vater vorbei hinüber zu Hajo und einigen Kumpeln, die ihre Auseinandersetzung aus einiger Entfernung neugierig verfolgt hatten.

»Axel!« rief Maisinger.

Doch der reagierte nicht. Er zündete sich eine Zigarette an und nahm einen Schluck aus seiner Flasche.

Mit ein paar Schritten war Maisinger neben ihm.

»Axel, komm mit nach Hause, ich bitte dich!« Seine Stimme zitterte.

Hatte dieser Typ, der sein Vater sein wollte, denn immer noch nicht kapiert, daß er endlich die Fliege machen und ihm seine Ruhe lassen sollte? »Nach Hause kannst alleine gehen!« schnauzte Axel. Dann prostete er seinem Vater zu und sagte zynisch: »Man sieht sich ...«

Maisinger gab auf. Er fühlte plötzlich einen felsenschweren Druck auf seinem Herzen. Dann riß er sich los und verließ die Discothek ...

Inzwischen waren Valentin und Gaby schon eine gute Stunde unterwegs, und Gaby hatte ihm ein bißchen von sich erzählt. Die attraktive Arzthelferin aus Schliersee schien jedoch ihrerseits über Valentin und die Familie Gruber bestens informiert zu sein. Valentin fühlte sich geschmeichelt, besonders ungewöhnlich war dies für ihn aber nicht. Schließlich war er in der Umgebung seit seinen ersten Tagen bei der Polizei bekannt wie ein bunter Hund, und seine Versetzung nach Rügen hatte seine Popularität eher noch gesteigert ...

Sie kamen nun an einen steilen Durchlaß, der zwar durch Tritte und Halterungen gesichert, aber für Ungeübte nicht ungefährlich war. Gaby bestand darauf, als erste einzusteigen und kletterte zügig vorneweg. Ihre Geschicklichkeit imponierte Valentin. Auch war sie in ihren eng sitzenden Kniebundhosen und dem luftigen, rot-weiß karierten Hemd eine wahre Augenweide!

»Sauber!« rief er ihr anerkennend zu, als sie die enge Passage genommen hatte.

»Ja: Gelernt ist gelernt!« rief sie.

Sie kletterten zügig weiter, bis sie eine grasbewachsene Terrasse erreichten, die selbst einer kleineren Ausflugsgesellschaft genügend Raum geboten hätte. Valentin ließ den Blick über das saftige Gras gleiten und bestimmte: »Da machen wir jetzt Rast.«

»Wegen mir nicht«, entgegnete Gaby. »Ich kann noch gut!«

»Aber wegen mir!« sagte Valentin und ließ sich an einer windgeschützten Stelle nieder.

Ein paar Minuten saßen sie schweigend nebeneinander und genossen die herrliche Aussicht. Im Tal schmiegte sich der Schliersee zwischen die grünen Hänge. Schräg unter ihnen, bei Au, streifte das Auge noch eine Schlaufe des sogenannten Maximilianwegs, eines Teilstücks des großen europäischen Fernwanderweges. Im Norden sah man die Ortschaften Schliersee und Hausham, ganz hinten war sogar noch ein Zipfel von Miesbach zu erkennen. Und im Süden baute sich das herrliche Alpenpanorama zwischen Brecherspitz, Aiblspitz und Rotwand auf.

Valentin ließ sich ins kurze Gras sinken und richtete, auf dem Rücken liegend, den Blick in den Himmel. Sogleich rückte Gaby an seine Seite und knöpfte ihm behutsam das Hemd auf. Dann beugte sie sich über ihn und begann, ihn zärtlich zu küssen.

Valentin erwiderte ihre Zärtlichkeit nicht.

»Sag mal, was ist denn«, unterbrach Gaby irritiert. »Interessier' ich dich überhaupt nicht?«

Valentin richtete sich auf, sah ihr in die Augen und sagte: »Du bist eine wunderschöne Frau!«

»Ja, aber?« unterbrach sie ihn ungeduldig.

»Naja, ich muß da noch was verdauen, verstehst?« sagte er offen heraus.

»Daß einem Mann auch einmal so was passiert«, meinte sie versonnen.

»Männer sind halt auch nur Menschen!«

Nach einer Pause fragte Gaby vorsichtig: »Wo ist sie denn? Hier in Miesbach?«

»Nein, droben auf Rügen, wo ich zur Zeit Dienst mach.«

Dann aber zog er die anziehende Frau doch zu sich herunter und küßte sie lange und intensiv. Schließlich hauchte sie, nach Luft schnappend: »Na bitte, geht doch ...«

»Man verlernt's ja nicht – das ist wie beim Radfahren.«

»Herr Ziegler, ich brauche einen Rat!«

Bernie hatte soeben mit dem Druckereimeister den Umbruch besprochen, da war plötzlich Maisinger neben ihm aufgetaucht. Er wirkte gehetzt. Sein ansonsten so glattes Gesicht hatte einen Ausdruck, daß Maisinger Bernie fast leid getan hätte, wäre es nicht Maisinger gewesen ...

»Meinen Axel«, fuhr Maisinger ungeduldig fort, »den hält es einfach nicht mehr in der Schule. Er ist halt ein arg unruhiger Geist.«

»Den Eindruck hat man.«

»Nun hat er ja eine unverkennbare Begabung für's Schreiben ...«

»Ja, das glaubt so mancher«, schob Bernie ein. »Er kann ja nach seinem bestandenen Abitur mal vorsprechen!«

Maisinger hörte gar nicht richtig zu, sondern verfolgte seinen Gedanken weiter. »Und da hab ich gedacht, wenn er hier als Volontär ...«

»Ja ich weiß nicht«, unterbrach ihn Bernie. »Haben Sie nicht Angst, daß er bei Ihnen daheim Sachen mitkriegt, die er dann hier ... äh.« Er suchte nach einer Formulierung, die nicht zu abschätzig klingen sollte. »... einbringen könnte, sozusagen?«

»Wir reden ja kaum miteinander«, antwortete Maisinger, versuchte aber sogleich, sich zu korrigieren: »Das heißt, ich wollte damit sagen – über staatspolitische Fragen und so. Da trenne ich ganz genau.«

»Ja reden's halt amal mit dem Herrn Konz«, schlug Bernie vor.

Maisinger druckste herum. Dann sagte er: »Ich hab halt gedacht, wenn *Sie* sich mal mit meinem Sohn beschäftigen würden, ihn testen sozusagen. Eine kleine Aufgabe stellen. Und wenn Sie dann merken, daß er das könnte. Und wenn dann *Sie* mit dem Herrn Konz ...«

»Ihr Sohn wird das schon können – er ist ja *Ihr* Sohn, nicht wahr«, erwiderte Bernie ironisch. Dann aber gab er Maisinger zu verstehen, daß er sich die Sache einmal durch den Kopf gehen lasse ...

Am nächsten Morgen deckte Kathrin für Petersen in ihrer Stube den Frühstückstisch. Sie zeigte sich wieder versöhnlich und begrüßte ihn sogar mit einem Kuß.

»Guten Morgen«, erwiderte er. »Und jeder gute Morgen ist ein Morgen weniger bei dir ...«, fügte er traurig hinzu.

»Mußt bald wieder zurück?« fragte sie.

»Ja, in zwei Tagen.«

»Kannst deinen Urlaub net a bissel verlängern?«

»Ich bin ja froh, daß ich 'ne Arbeit habe – ist ja nicht so ganz selbstverständlich bei uns«, erklärte er. »Und da will ich natürlich nichts machen, was meinen Herrn Arbeitgeber gegen mich aufbringen könnte.«

Er goß ihr Kaffee ein und sagte nach einer kleinen Pause: »Was ich dich immer mal fragen wollte, Kathrin ...«

Sie blickte von ihrem Brötchen, das sie mit Frischkäse und selbstgemachtem Johannisbeergelee bestrichen hatte, erwartungsvoll auf.

»Könntest du dir vorstellen, daß du noch mal woanders lebst?«

»Warum fragst des?« wollte sie wissen.

Er blickte durchs Fenster in die Ferne und sagte: »Ich hab mir das auch überlegt – für mich, meine ich.«

»Ja und?« In ihrer Stimme lag eine unbestimmte Hoffnung.

»Ich glaube, ich könnt nicht weg von Rügen«, sagte er nachdenklich.

Kathrins Blick verdunkelte sich. Traurig sagte sie: »Ich könnt, glaub ich, auch nicht weg von hier.«

Petersen lächelte sie an. »Und in der Mitte können wir uns auch nicht treffen.«

»Du meinst in der Mitte zwischen Miesbach und Rügen? Was wär denn des?«

»Kassel, vielleicht«, tippte er.

»Ausg'schlossen!« seufzte Kathrin aus tiefstem Herzen.

»War ja auch nicht so ernst gemeint. Aber besuchen könntest mich mal.« Er sah sie erwartungsvoll an.

»Aber gern!«

»Schön, dann ist da ja doch so ein bißchen eine Hoffnung«, freute er sich.

»Vielleicht g'fallts mir ja auch bei euch da droben«, sagte sie unbestimmt und dachte an Valentin, dessen Einstellung sich, was diese Insel anging, während des letzten Jahres ja von Grund auf verändert hatte.

»Und schon ist noch ein bißchen mehr Hoffnung! Also, kommst du hinauf auf Rügen?« Petersen hätte es jetzt am liebsten schwarz auf weiß von ihr bekommen.

»Kannst dich drauf verlassen!« antwortete Kathrin fest. Dann standen sie beide von ihren Plätzen auf, trafen sich in der Mitte der kleinen Stube und küßten sich innig ...

Mit einer Brechstange zertrümmerte Sunny die Fensterscheibe des alten Pförtnerhäuschens. Er fischte einen zerknitterten Zettel aus seiner Hosentasche und griff nach dem staubigen Telefonhörer. Wenn das Telefon hier schon abgeschaltet war, schoß es ihm durch den Kopf ... Dann aber hörte er das Amtszeichen und wählte. In seiner Panik wirkte sein Gesicht seltsam maskenhaft und alt.

Als er Hannas Stimme hörte, zögerte er einen Moment. Dann aber stieß er hervor: »Kommen Sie zum Kreidesteinbruch! Schnell!«

Zitternd warf er den Hörer auf die Gabel und

schwang sich wieder auf sein Fahrrad, um zu den anderen zurückzufahren.

Die Jugendlichen standen am Abgrund und sahen gespannt zu Kevin hinüber, der jetzt den Wartburg in Richtung Schlucht steuerte. Kurz vor der Kante bremste er scharf ab. Er bewegte den Türgriff, aber die Tür klemmte. Erst als er sich mit der Schulter gegen sie warf, gab sie nach. Nun stieg er aus, ging auf seine Freunde zu und rief: »Die Karre läuft gut. Also, es kann losgehen!«

Er nahm Ronny die brennende Zigarette aus dem Mund und machte ein paar tiefe Lungenzüge. Dann ging er die paar Schritte zum Abgrund und schaute einen Moment hinunter. Die Sohle des Kreidebruchs lag gut 40 Meter unter ihm. Der Fels fiel senkrecht ab. Kevin drehte sich wieder um und sagte laut: »Also, wer mitmacht, soll einsteigen!« Er holte seinen Schaltknauf aus der Hosentasche und ging wieder zum Wagen zurück. Dort steckte er den Knauf auf den Schalthebel. Einen Augenblick lang sah er auf die amerikanische Flagge hinunter, die den Knauf zierte, und strich mit dem Zeigefinger darüber ...

Nun nahm Marc neben ihm Platz, Ronny und Wichi drückten sich auf den Rücksitz. Kevin ließ den Motor an, schob den Rückwärtsgang krachend ein und fuhr ruckartig zurück zur Startposition.

Voller Spannung schaute die Gruppe vorne am Abgrund zu ihnen herüber. Marc, Ronny und Wichi umklammerten mit feuchten Fingern die Türgriffe. Da sahen sie, wie der Wind die kleine Fahne, die sie zur Markierung des ersten Striches aufgestellt hatten, umwarf. Einer der Jugendlichen löste sich aus der Gruppe und richtete die Fahne wieder auf. Nun waren sie startklar.

Kevin legte den ersten Gang ein. Der Motor des Wartburgs heulte auf.

Da tauchte plötzlich Sunny hinter ihnen auf. Er fuhr mit seinem Rad an dem Auto vorbei und stellte es vor der Kühlerhaube ab. Vor gut zwanzig Minuten erst hatte er sich davongemacht unter dem Vorwand, er wolle noch einen Fotoapparat organisieren ...

Kevin beugte sich aus dem Autofenster und rief: »Sunny! Daß du endlich da bist! Hast den Foto dabei?«

»Nein, hab ich vergessen«, log er. Es kam nicht mehr darauf an ...

»Dann geh weg, mach den Weg frei!« rief Kevin und ließ den Motor noch einmal kräftig aufheulen.

Brennend saß die Angst in Sunnys Kehle. Er fühlte sich wie gelähmt. Langsam schob er das Rad zur Seite. Sollte er sich nicht einfach vor den Wagen legen? Dann könnten sie nichts machen, gar nichts! Aber er schob das Rad weiter ...

Mit einem röhrenden Heulton fuhr der Wagen nun an und beschleunigte. Er hielt auf die erste Fahne zu. Da warf sich Ronny auch schon aus dem Wagen. Wichi folgte ihm, als sie die Fahne passierten. Marc sah Kevin unverwandt an. Er fühlte den Schweiß auf seiner Stirn. Kevin grinste. Marc ließ die zweite Fahne herankommen.

»Raus jetzt!« rief Kevin.

Da stieß Marc endlich die Tür auf und rollte sich ab. Kevin ließ das Lenkrad los. Entsetzt merkte er, daß die Tür wieder klemmte und warf sich gegen sie.

Im selben Augenblick schoß der Wagen über die Kante hinaus. Die Jugendlichen schrien auf. Der Wartburg drehte sich in der Luft und prallte mit dem Dach auf den felsigen Untergrund.

Im gleichen Augenblick erreichte Hanna den Kreidesteinbruch. Sie hatte die Jugendlichen schon oben vor dem Felsabsturz stehen sehen und laut gehupt, aber offensichtlich hatte das niemand gehört. Sie sprang aus ihrem Wagen und lief hinüber zu der Unfallstelle. Dann beugte sie sich zu dem Jungen hinunter. Kevin wimmerte. Sein Gesicht war voll Blut. Aus dem Tank floß Benzin.

Verzweifelt versuchte sie, den eingeklemmten Körper aus dem Wagen zu ziehen. Irgendwie schaffte sie es, seine Beine unter dem zerdrückten Blech hervorzuschieben, dann packte sie ihn an den Achselhöhlen und zog ihn Zentimeter für Zentimeter heraus.

Inzwischen waren die anderen Jugendlichen vom Felsabsturz heruntergeklettert. Mit Hilfe von Ronny und Marc schleppte sie nun den Verletzten vom Wagen weg und legte ihn vorsichtig auf dem Boden ab.

Wie gelähmt starrten die Jugendlichen auf Kevin hinunter. Da sah Hanna in ihre Gesichter und rief: »Holt Hilfe! Macht schnell!«

Kevin bewegte seine Lippen. Hanna beugte sich über ihn und schob ihr Ohr ganz dicht an seinen Mund. Kevin flüsterte etwas. »Was hat er gesagt?« fragte Sunny, dem die Tränen über das Gesicht liefen.

»Ich hab's nicht verstanden«, sagte Hanna traurig. »Irgend etwas von ›Null. Positiv‹!«

»Blutgruppe null, Faktor Positiv!« enträtselte Sunny Kevins Worte und fügte hinzu: »Wir haben die gleiche Blutgruppe!«

Kevin stöhnte auf. Hanna drehte ihn in Seitenlage. Dann ging plötzlich ein Zucken durch seinen Körper. Seine rechte Hand entspannte sich und gab den Blick auf den Schaltknauf mit der amerikanischen Flagge frei. Hanna beugte sich zu ihm hinunter und tastete nach seinem Puls, richtete sich wieder auf, blickte die Umstehenden an und sagte: »Er ist tot.«

Entsetzt blickten sie auf Kevin hinab. Die meisten weinten. Hanna nahm Kevins Körper in ihre Arme und strich ihm durchs Haar.

In dem Moment zerriß der Wagen hinter ihnen im Feuerball einer Explosion.

Auf dem Revier hatte sich Hanna mit den Jugendlichen noch etwas unterhalten, ehe Künath das Protokoll aufnahm. Dann war sie nach Bergen zurückgefahren. Die Stellvertretung Schnoors bedeutete Zusatzarbeit. Die ganze Zeit mußte sie an den Unfall denken und an Sunny, der auf dem Revier mit versteinertem Gesicht dagesessen und sich schließlich bezichtigt hatte, die Verantwortung für alles zu tragen ...

Bedrückt ging Hanna nach Dienstschluß zum Bodden bei Wibkes Kate hinüber. Am Strand lag ein altes, umgestürztes Boot. Das blaugestrichene Holz war von Sonnenwärme vollgesogen. Hanna setzte sich und ließ ihre Gedanken über das Wasser gleiten.

»Kind, was ist denn?« hörte sie plötzlich Wibke neben sich sagen.

Hanna sah zu ihr hoch und erwiderte ernst: »Dieser Sunny meint, er sei schuld am Tod seines Freundes.«

»Warum denn das?«

»Er hat mir Bescheid gesagt, er wollte den Wahnsinn stoppen!«

Wibke setzte sich nun neben sie. »Aber damit hat er doch recht gehabt!«

»Ja, aber jetzt redet er sich ein, er hätte den Wagen kaputtmachen sollen, anstatt die Polizei einzuschalten.«

»Aber das ist doch Unsinn!« rief Wibke.

»Aber er gibt sich die Schuld.« Hanna zuckte mit den Schultern.

»Niemand kann da was dafür«, sagte Wibke und schüttelte den Kopf.

»Er sagt, er habe Kevin direkt ins Gesicht gesehen.« Hanna sah Wibke an. »Du, der Junge ist so aufgewühlt, daß man gar nichts ausschließen kann!«

»Dann solltest du aber hin«, meinte Wibke.

Sie standen auf.

»Weißt du denn, wo er wohnt?«

»Ja, die Adresse hab ich!«

Hanna ging zu ihrem Wagen zurück und fuhr nach Saßnitz. Sunnys Eltern wohnten in einer Reihenhaussiedlung am Ortsrand, die sicher auch schon einmal bessere Zeiten erlebt hatte. Als Hanna die Hausnummer fand, stieg sie aus. Im Vorgarten schnitt eine Frau ein Büschel Petersilie ab.

»Ich suche eine Frau Scholz!« rief Hanna ihr zu.

Die Frau ließ die Petersilie liegen, steckte das Küchenmesser in die Schürzentasche und trat an den Gartenzaun. Sie streifte ihre blonden Haare, die sie zu einem unordentlichen Etwas zusammengesteckt hatte, aus dem Gesicht und sagte: »Dann sind Sie bei mir richtig.«

»Ist Ihr Sohn zu Hause?«

»Geht's um den Unfall? Sind Sie von der Polizei?«

Hanna bejahte.

»Der Eberhard ...«, begann die Frau und wich Hannas Blick aus.

»Ich kenn' ihn nur unter dem Namen Sunny!«

Sunnys Mutter blickte ihr plötzlich wieder in die Augen und sagte: »Er ist weg. Er ist völlig durcheinander.« Nun schossen ihr Tränen in die Augen.

»Ich weiß«, sagte Hanna einfühlsam.

»Er macht sich solche Vorwürfe«, schluchzte die Frau und wischte sich die Tränen mit dem Handrükken fort.

»Dabei kann er doch gar nichts dafür«, sagte Hanna.

»Das machen Sie ihm mal klar!«

»Das hatte ich ja eigentlich vor. Sie wissen nicht, wo ich ihn finde?«

Sunnys Mutter zuckte die Achseln. »Keine Ahnung.«

Aber Hanna kam plötzlich eine Idee. Sie verabschiedete sich und ging zu ihrem Wagen zurück.

Kurze Zeit später näherte sie sich bereits dem Steinbruch. Bestimmt war Sunny an den Ort des Geschehens zurückgekehrt.

Tatsächlich hatte es Sunny nach seiner Entlassung aus dem Revier zurück zu dem Kreidesteinbruch gezogen. Nun saß er am Rande des Abgrunds und starrte hinab. Wo vor einigen Stunden noch das Wrack des Wartburg brannte, war jetzt nur noch ein großer schwarzer Brandfleck in Gestein und Gras zu sehen.

Langsam stand er auf und ging zu seinem Moped hinüber, das er am Rand des Geländes abgestellt hatte. Er warf den Motor an und wollte den Helm aufsetzen, hielt aber plötzlich inne. Dann warf er den Helm mit einer heftigen Bewegung beiseite und fuhr los, dem Abgrund entgegen ... Tränen überströmten sein Gesicht.

Zehn Meter vor der Kante riß er den Lenker herum und fuhr einen großen Kreis. Bevor sich der Kreis nahe am Rand wieder schloß, bog er nach rechts und fuhr einen weiteren Kreis, den er diesmal fünf Meter vor dem Abbruch beendete. Nun bremste er abrupt ab. Dann wendete er und fuhr die Strecke ab, die Kevin genommen hatte. Am Startpunkt angelangt, stellte er das Moped im rechten Winkel zur Kante des Steinbruchs. Da entdeckte er Hannas Wagen.

Sunny ließ die Kupplung kommen und preschte los.

Hanna drückte das Pedal durch. Ihre Finger verkrampften sich um das Lenkrad.

Da endlich hatte sie ihn eingeholt und fuhr an ihm vorbei. Der Raum wurde knapp. Einige Meter vor dem Moped riß sie das Steuer herum und brachte den Wagen zum Stehen. Sie sprang heraus.

Mit aller Kraft drückte Sunny die Handbremsen. Das Moped geriet ins Schlingern. In letzter Sekunde kam er direkt vor Hanna zum Stehen.

Hanna schrie: »Bist du verrückt geworden?!«

Sunny ließ die Schultern hängen. Vorsichtig legte Hanna nun ihre Hand um seinen Hals. Da preßte Sunny sein Gesicht gegen ihre Schulter und fing bitterlich zu heulen an.

In der Sakristei legte Pater Tobias mit Hilfe seiner Ministranten das Meßgewand an. Draußen riefen die Sonntagsglocken zur Elf-Uhr-Messe. Pater Tobias hatte sich für diese Andacht gut gewappnet. Ein Donnerwetter würde er loslassen gegen all diese Scheinheiligen, die auf ihn mit dem Finger zeigten, um in Wirklichkeit ihre eigene Geilheit dahinter zu verbergen. Freilich – Namen würde er keine nennen. Er würde auch die Mädchen selbst nicht anklagen. Aber gegen diese Verurteilung, ehe überhaupt ein Urteil gesprochen war, dagegen mußte man sich doch zur Wehr setzen!

Als die Glocken verstummten, ging der Pater hinaus, trat vor den Altar und sprach wie immer ein kurzes, stilles Gebet. Dann drehte er sich um.

Aber war denn das zu glauben? Daß ihn seine Gläubigen im Stich ließen! Die Kirche war, bis auf zwei, drei Unentwegte, leer bis in die letzte Bank! Wütend schlug er das Meßbuch zu und marschierte, ohne ein Wort an seine Ministranten zu verlieren, den Mittelgang entlang und verließ die Kirche durch das Hauptportal. So, in seiner Soutane, stapfte er durch den Friedhof, am Schulhaus vorbei, geradewegs zum Polizeirevier. Er stieß die Tür auf und holte Haberl ein, der gerade mit einer vollen Maß Bier den Gang entlangging und der Wache zustrebte.

»Ich laß mir das nicht mehr bieten! Wir müssen uns wehren!« rief der Pater aus.

Aber Haberl winkte ab und sagte: »Naja, mir als Polizist tut das weniger als dir. Erst gestern abend sagt der Moosgruber zu mir: ›Bist halt ein richtiges Mannsbild!‹«

»So ein saudummes G'schwätz«, empörte sich Tobias, »wo überhaupt nix passiert ist!«

»Da hast auch wieder recht!« mußte Haberl zugeben.

Gerade hatten sie die Wache erreicht, da kam Valentin aus der Tür.

Tobias nahm ihn sofort in Beschlag: »Valentin, gut, daß du auch da bist!«

Valentin sah erstaunt den Aufzug des Paters an, verkniff sich aber eine Bemerkung. »Was kann man gegen diese Verleumdung unternehmen?« fragte Tobias.

»Ja, ich hab versucht, mit den Maderln zu reden, aber da kannst genausogut an eine Wand hinreden!«

»Man müßt sie zwingen«, warf Haberl ein und sah, wie der Schaum auf seinem Bier sich verflüchtigte.

»Überführen müßt' man sie . . .«, hielt Valentin dagegen.

Tobias schüttelte resigniert den Kopf: »Ach, das geht doch nicht.«

Aber Valentin kam schon etwas in den Sinn und er sagte aufmunternd: »Wer weiß – und ist der Berg auch noch so steil, a bissel was geht alleweil ...«

Zwei Stunden später schon stand er mit Bernie vor der Hütte der Jugendbande. Das alte Schloß ließ sich problemlos mit einem Dietrich öffnen. Den Wagen hatte Bernie an der bewährten Stelle versteckt.

Sie sahen sich in dem Raum um. Dann deutete Bernie auf ein lockeres Brett in einer Ecke. Aus der Tasche seiner Jacke fischte er eine Videokamera. Sie war kaum größer als seine Hand. Mit wenigen geübten Handgriffen war sie unauffällig installiert. Durch einen Spalt an der Decke verlegten sie das Kabel in den Nebenraum. Valentin wollte Bernie soeben zu seiner Findigkeit gratulieren, da hörten sie auch schon Stimmen und verschwanden rasch nebenan.

Hajo kam mit Nana und Lena herein. Sofort warf sich Nana dem Jungen an den Hals, zog ihm den Pullover aus und öffnete sein Hemd.

»Könnt's damit net warten, bis der Axel da ist?« fragte Lena scharf.

»Dein Axel kommt gleich«, sagte Hajo und gab ihr mit der Hand ein Zeichen, sie solle sich nicht aufregen.

»Wenn ihn sein Alter weg läßt«, sagte Lena.

Aber da betrat Axel auch schon den Raum.

»Zoff mit deinem Alten gehabt?« fragte Hajo.

»Das geht mir doch am Arsch vorbei!«

»Mich hat meine Mutter gleich wieder rausgeschmissen«, sagte Hajo und äffte sie nach, indem er seine Stimme etwas höher stellte: »›Diese Schand! Ich glaub, ich überleb' das nicht!‹«

»Meine Mutter will mich zum Psychologen schikken«, warf Nana spöttisch dazwischen. »Sie meint, ich hätt' bestimmt einen schweren seelischen Schaden genommen, als mir der Pater unter den Rock ist.«

»Was meinst, was uns passiert wär', wenn Axels Vater nicht so ein hohes Tier wär'?« fragte Lena.

Axel ließ sich auf einen Stuhl fallen. Lena setzte sich auf seine Knie. Hajo warf Axel eine Bierdose zu. Der öffnete sie und trank gierig. Dann grinste er Lena an und sagte: »Zeig doch mal, wie ihr das mit dem Pfaffen und dem Bullen gemacht habt!«

Die beiden Mädchen begannen, sich verführerisch zu bewegen und langsam dabei auszuziehen.

»Ist ja echt scharf, ey . . .«, rief Hajo begeistert aus.

»Super ist das, absolut mega!« kommentierte Axel.

Nun umkreisten die beiden ihre Freunde und berührten sie.

»›Weg!‹ hat er geschrien. ›Gehst weg! Heb dich von mir, Satan!‹« erzählte Nana. Aber Lena sagte: »Das hat er nicht geschrien, das hast *du* erfunden!«

»Na und?« hielt Nana dagegen. »Klingt doch geil, oder nicht?«

Dann öffnete sie Hajos Gürtelschnalle und sagte: »So hab ich mir den Pfaffen vorgenommen!«

Lena nahm Axels Hände und legte sie auf ihre Brust. »Ich hab dem Bullen seine Hände genommen und hierhergedrückt.«

Axel zog seine Hände zurück und sagte: »So weit hättest es aber nicht treiben müssen!«

»Jedenfalls hat's gewirkt«, verteidigte sich Lena, »ich hab richtig gemerkt, wie ihm die Luft weggeblieben ist.

»Und der Pope hat *solche* Augen gemacht, als ich mir den Rock über den Kopf 'zogen hab!« erläuterte Nana, krümmte die Finger zu einer Röhre und hielt sie sich vor die Augen.

Da stieß Valentin die Tür auf.

»Also doch!« rief er. »Jetzt ist Schluß mit dem Spielchen. Jetzt wird's ernst, Kinder!«

Für einen Moment blickten die Jugendlichen ihn schreckensstarr an. Dann aber lösten sich die beiden Mädchen und näherten sich ihm mit wippenden Hüften.

»Kleiner Voyeur, was? Wie wär's denn mit uns beiden, Herr Kommissar?« lächelte Nana ihn verführerisch an. Aber Valentin sagte ernst: »Danke, da hab' ich bessere Angebote! Es gibt jetzt, wie immer, zwei Möglichkeiten. Entweder ihr entschuldigt euch beim Pater Tobias und beim Herrn Haberl, oder ich häng euch so gnadenlos hin, daß ihr unter zwei Jahren Jugendstrafe ohne Bewährung nicht davonkommt!«

Axel stand auf und sagte arrogant: »Beweise – Ihnen allein glaubt das doch keiner!«

»Stimmt. Einen Zeugen müßt ich natürlich schon haben«, sagte Valentin.

Wie auf ein Stichwort erschien jetzt Bernie aus dem Nebenraum und holte die Videokamera aus ihrem Versteck. Fassungslos starrten die Jugendlichen ihn an.

Da sprang Hajo auf und stürzte sich auf Bernie. Aber schon schob sich Valentin dazwischen. Mit zwei knappen Schlägen war Hajo außer Gefecht gesetzt und krümmte sich am Boden. Diesen Moment machte sich Axel zunutze und entriß Bernie von hinten die Videokamera. Blitzschnell öffnete er die Tür. Aber Valentin war schneller und versetzte der Tür einen kräftigen Tritt, die nun gegen Axels Kopf prallte. Axel taumelte und ging ebenfalls zu Boden.

Die beiden Mädchen standen plötzlich da wie zwei verängstigte Kinder.

»Also, was ist? Widerruft's ihr eure Aussage?« fragte Valentin.

»Wir überlegen es uns«, erwiderte Nana leise.

Nun war Valentin mit seiner Geduld endgültig am Ende. »Da gibt's gar nichts zu überlegen! Ihr widerruft's eure Anschuldigungen, oder ...«

»Oder?« fiel Lena ihm ins Wort.

»Oder dieser Film hier läuft heute abend noch übers Lokalprogramm!« erklärte Bernie ruhig.

Zerknirscht willigten die Mädchen endlich ein.

»Zieht euch was an«, sagte Bernie, »ihr fahrt's jetzt bei mir mit.«

Die Mädchen sammelten ihre Kleidungsstücke ein, Valentin schob sie nach draußen und verfrachtete sie in Bernies Wagen. Dann fuhren sie los.

Die Zurückgebliebenen rappelten sich langsam auf. Haßerfüllt preßte Axel hervor: »Der kommt schon noch einmal in meine Gasse, verlaß dich drauf ...«

»In meine auch«, schloß Hajo sich an und keuchte.

Am Sonntag darauf betrat der Pater einen wohlgefüllten Kirchenraum. Daß sich die Mädchen nicht nur entschuldigt hatten, sondern nun mit ihren Eltern zum Gottesdienst erschienen waren, war ihm eine besondere Genugtuung. Auch Axel Maisinger saß mit seinem Vater in einer der Reihen.

»Ja, wenn wir dich nicht hätten!« sagte Tobias nach dem Gottesdienst zu Valentin und klopfte ihm anerkennend auf die Schulter.

Der aber sagte bloß: »Dann hätten sie's halt – in Gottes Namen – selber machen müssen!« Und damit war er schon in seinem Jeep und lenkte ihn gutgelaunt Richtung Aiblinger Hof ...

6

Valentin schlägt zurück

Als der Bagger auf den Rasen des Kinderheims rollte, rannten Fabian, Chris und Elke sofort zum Eingang und schauten hinaus. Schon fraß sich die mächtige Baggerschaufel durch das Gras und hob ein gewaltiges Stück schwarzer Erde aus. Neugierig stellten sich die Kinder neben den Bagger, und Fabian, mit seinen elf Jahren der älteste von ihnen, rief durch den Maschinenlärm zu dem Baggerführer hinauf: »Was wird denn das?«

Der Mann setzte die Schaufel aufs neue an und schrie: »Geht weg! Laßt uns arbeiten!«

»Suchen Sie was?« fragte nun Elke, ein schmales, zehnjähriges Mädchen mit blasser Gesichtsfarbe. Aber der Baggerführer sagte, noch um einen Ton strenger: »Verschwindet!«

Da nahm Elke den rothaarigen Chris, der nur zwei Monate jünger, aber einen halben Kopf kleiner war als sie, an der Hand und lief mit ihm ins Haus zurück.

Fabian aber ging um das schwarze Erdloch herum und fragte: »Wie groß wird denn die Grube?«

Überraschend kam die Antwort: »Sehr groß, über das ganze Gelände hier!«

Da er den Mann nun schon einmal zu einer Antwort gebracht hatte, könnte er es ja noch einmal versuchen, dachte Fabian ...

Inzwischen liefen Elke und Chris den Hausflur entlang auf die Küche zu, wo sie Frau Hemmer vermuteten.

Angelika Hemmer leitete das Sanatorium für lungenkranke Kinder seit zwanzig Jahren. Es war das letzte Heim dieser Art im Bezirk und lag zwei Kilometer außerhalb von Saßnitz an einem breiten, stillen Bodden inmitten der herrlichsten Natur. Mächtige Stieleichen umgaben den alten Backsteinbau. Auf einer angrenzenden Wiese weideten Schafe.

Nach der Wende hatte Angelika Hemmer dafür gekämpft, daß die Trägerschaft des ehemals staatlichen Heimes von der Gemeinde Saßnitz übernommen wurde. Das war zwar mit einigen finanziellen Einbußen verbunden, aber dafür fiel nun die Gängelei weg, die zu DDR-Zeiten an der Tagesordnung war.

»Die reißen unseren Garten auf!« rief Elke aufgeregt ihr zu.

Frau Hemmer hängte das feuchte Geschirrtuch an seinen Platz und drehte sich verwundert um: »Was ist los?«

Da kam auch Fabian zur Küchentür herein und sagte atemlos: »Sie fangen morgen an!«

»Womit denn?«

»Weiß *ich* doch nicht!« erwiderte Fabian. »Er hat gesagt, wir müssen hier weg. Morgen kommen noch viel mehr Maschinen!«

»Unsinn!« entgegnete sie darauf. »Davon müßt ich

ja auch was wissen.« Aber der Junge ließ nicht lokker.

»Er hat gesagt, hier wird's bald 'ne Menge geben, aber ganz bestimmt kein Kinderheim mehr!«

Kopfschüttelnd verließ Angelika Hemmer die Küche. Das mußte sie sich nun doch mit eigenen Augen ansehen! Die Kinder folgten ihr durch den langen Hausflur.

»Aber der Valentin hat uns doch versprochen...«, ertönte Elkes helles Stimmchen.

»Der ist in Bayern«, hielt ihr Fabian entgegen, »der kann uns jetzt auch nicht helfen!«

Valentin besuchte die Kinder oft. Wegen des Heims hatte er seine erste große Auseinandersetzung mit dem Makler und Bauunternehmer Christian Bode gehabt, der auf diesem Gelände eine Freizeitanlage errichten wollte. Wie oft schon hatten die Kinder mit ihm am Ufer gesessen und zu seiner Gitarre gesungen! Und er hatte ihnen versprochen, dafür zu sorgen, daß sich hier nichts veränderte, solange er Polizist auf Rügen war!

Frau Hemmer legte ein strammes Tempo vor. Elke sprang zu ihr heran, zog an ihrer Hand und rief, während sie neben ihr hertrippelte: »Wir können doch zur Polizei gehen und den Herrn Künath bitten, uns zu helfen!«

Da aber rief der kleine Chris im Brustton der Überzeugung: »Der Valentin muß her, und wenn wir ihm ein Fax schicken!«

Das Fax hätte Valentin gewiß nicht mehr erreicht, denn zur selben Stunde steuerte Bernie seinen Jeep in einen Parkplatz an dem kleinen See, den er ein paar Kilometer vor Lietzow gesichtet hatte. Er stellte den Motor ab und streckte Arme und Beine.

Valentin stieg aus und sah sich um. Ein Birkenwäldchen spiegelte sich mit silbrigem Schimmer im ruhigen Wasser. Hohes, kräftig gewachsenes Schilf bog sich im Wind. Eine Schar von Lachmöven flog aus den angrenzenden Feldern dem See zu, und über ihren Köpfen zog ein Milan seine weiten Kreise.

»Jetzt schau dir das an, ist es net schön hier heroben?« rief Valentin begeistert aus.

»Fast halb so schön wie in Bayern!« seufzte Bernie melancholisch.

Valentin begann mit einigen Kniebeugen. Bernie sah ihm verdutzt zu. Dann aber dachte er an seinen Kreislauf und machte es ihm nach. »960 Kilometer auf einer Arschbacke!« stieß er hervor und schnappte nach Luft.

Aus der Gegenrichtung näherte sich ein Polizeifahrzeug. Es bog in den Parkplatz ein und stellte sich neben den Jeep. Hanna sprang heraus und fiel Bernie um den Hals.

»Das nenn' ich einen Empfang!« sagte der und drückte sie an sich.

Über Bernies Schulter hinweg grüßte sie kühl zu Valentin hinüber. Dann sagte sie zu Bernie: »Ich hab' ja gar nicht gewußt, daß du nach Rügen kommst!«

Inzwischen war auch Schnoor ausgestiegen, blieb aber am Wagen stehen und rief zu Valentin hinüber: »Na, Kollege Gruber, Ihr Kurzurlaub schon zu Ende?«

»Ja, morgen geht's wieder los!«

Hanna machte sich sanft von Bernie los und wurde plötzlich ernst. »Du, Valentin, es sieht so aus, als ob der Bode jetzt doch beim Kinderheim bauen würde!«

»Was macht der?«

»Ja, wir haben einen Anruf erhalten. Sieht so aus, als hätte er sogar mit den Aushubarbeiten schon begonnen.

»Und das hat die Gemeinde erlaubt?« Valentin war sprachlos.

»Sieht so aus, als wollte Bode ganz schnell vollendete Tatsachen schaffen ...«

»Wird schon alles seine Richtigkeit haben«, versuchte Schnoor, sie zu beruhigen. Aber Valentin saß schon in Bernies Jeep und ließ den Motor an.

»Ja halt amal, halt, halt!« brüllte Bernie entgeistert.

Valentin verwies mit einer Kopfbewegung auf den Beifahrersitz und sagte: »Wennst mit willst, steig ein!«

Bernie warf Hanna eine Kußhand zu und kletterte in den Wagen. Da stand plötzlich Schnoor neben Valentin und sagte mit warnendem Unterton: »Da sollten Sie sich nicht einmischen!«

»Das hab' ich schon getan. Schon lange, bevor Sie hier auf Ihrem Posten waren!« entgegnete Valentin. Dann startete er durch.

Hanna aber sah ihren Vorgesetzten ernst an und erklärte: »Der Kollege Gruber hat sein ererbtes Grundstück der Gemeinde nur unter der Bedingung überlassen, daß das Kinderheim nicht verbaut wird.«

Zwanzig Minuten später hielt der Jeep dicht neben dem Bagger. Valentin zog seinen Dienstausweis, da er ja noch in Zivil war, sprang aus dem Wagen und rief dem Baggerführer entgegen: »Polizei! Was machen Sie hier!«

Der aber entgegnete gelassen: »Das sehen Sie doch!«

»Hören Sie sofort auf damit!« forderte Valentin ihn auf.

»Da denk ich doch nicht dran!« Der Mann war offenbar durch nichts aus der Ruhe zu bringen. Valentin aber war außer sich: »Zeigen Sie mir Ihre Genehmigung!«

»Da sind Sie bei mir an der falschen Adresse. Da müssen Sie sich schon an den Herrn Bode wenden!«

Er hätte es sich ja gleich denken können, daß es keinen Zweck hatte, sich mit dem Arbeiter anzulegen! »Den finden Sie bestimmt beim Bürgermeister«, fügte der Mann noch hinzu.

Aufgebracht setzte sich Valentin wieder ins Auto. Bernie sah besorgt in sein wutentbranntes Gesicht und sagte: »Schlaf noch amal drüber, Valentin!«

»Nix da, ich könnt' überhaupt nicht schlafen!« rief er und startete. »Jetzt reicht's mir!«

Es vergingen keine zehn Minuten, da stürmte Valentin an Knoops entsetzter neuer Vorzimmerdame vorbei und riß die Tür zum Büro des Bürgermeisters auf. Bernie folgte ihm. Knoop sprang auf. Bode, der bei ihm war, wandte sich um, blieb aber sitzen.

»Was fällt Ihnen ein? Sind Sie wahnsinnig geworden, Herr Gruber!« brüllte Knoop. Valentin aber ließ ihn links liegen und ging direkt auf Bode zu. Dann sagte er in breitestem Oberbayrisch: »Mein Großvater hat immer g'sagt, wenn oaner höher furzt, als ihm der Arsch g'wachsen ist, fällt er leicht auf denselben!«

Bode verzog den Mund zu einem kühlen Lächeln. »Ach, Herr Gruber. Sind Sie schon zurück?«

Valentin fuhr zu dem Bürgermeister herum. »Sie haben gesagt, so einen Vertrag kann man auf jedem Bierdeckel machen!« warf Valentin ihm vor.

Knoop erwiderte: »Aber einen Vertrag haben wir nicht gemacht. Auch nicht auf dem Bierdeckel!«

»Mein Vetter Karl – der versteht was davon –, der sagt, auch eine mündliche Abmachung hat vertragliche Qualität.«

»Vorausgesetzt, Sie haben glaubhafte Zeugen«, wandte Bode ein.

»Ich habe nur *einen* Zeugen.« Valentins Stimme zitterte. Er deutete mit einer Kopfbewegung auf Knoop. »Und der ist ja vielleicht tatsächlich nicht glaubhaft!«

Die Wut in ihm wuchs. Sie versuchten, ihn auf die übelste Weise hereinzulegen! Dabei ging es ja nicht einmal um ihn selbst. Es ging darum, daß den Kindern, die eh schon einen schweren Start ins Leben hatten, nicht auch noch das Sanatorium weggenommen wurde, nur weil dieser Immobilienhai den Hals nicht vollkriegen konnte! Immerhin wurden sie hier außergewöhnlich gut betreut. Hier fühlten sie sich geborgen und konnten gesund werden!

»Ihr Vetter Karl ist übrigens ein intelligenter, modern denkender Mensch. Er würde Ihnen bestimmt dazu raten, unsere Pläne nicht weiter zu stören!« sagte Bode mit süffisantem Lächeln.

Valentin begriff sofort, worauf er anspielte. »Golfplatz statt Kinderheim!« entfuhr es ihm.

»Genau! Man muß Prioritäten setzen, wenn man etwas bewegen will.«

Valentin sagte angewidert: »Wenn ich bloß in meinem Leben nie so werd' wie Sie!«

Seltsamerweise trafen Bode, der sonst durch nichts aus seiner Ruhe zu bringen war, diese Worte. Er stand auf. Sein Gesicht zuckte. Mit zusammengekniffenen Lippen schob er seinen Körper an Valentin heran. »So nicht, Gruber! So nicht!«

Valentin aber grinste auf ihn herab. »Genau! So nicht, Herr Bode. Solang die Kinder keine andere Chance haben, bauen Sie da draußen weder ein Hotel noch einen Golfplatz!«

Nun schaltete sich Knoop ein. Kleinlaut sagte er zu Valentin: »Sie könnten den Verkauf Ihres Grundstücks am Rosenhaag rückgängig machen ...«

Valentin tippte sich mit dem Zeigefinger an die Stirn. »Ich bin ja nicht blöd! Da haben wir ja einen Vertrag gemacht. Und alles andere hab' ich Ihnen geglaubt! Selber blöd, können'S jetzt sagen ... Nein, nein, den Kaufvertrag werd' ich nicht anfechten!«

Knoop atmete auf. Das hätte ihn erst recht in Schwierigkeiten gebracht!

»Aber Sie werden meine Bedingungen erfüllen, oder ...« Valentin fühlte sich hilflos. Wenn es hart auf hart kam, hatte er gegen diese Gangster tatsächlich nichts in der Hand!

»Oder was?« hakte Bode nach.

»Oder Sie wer'n mich kenna lerna!«

Bode lachte überheblich und sagte provozierend:

»Mein Gott, wie sich das anhört!« Dann äffte er Valentins bayrische Aussprache nach: »Sie werden mich kenna lerna!«

Valentin verlor die Beherrschung. »Das können'S aber gleich ham!« schrie er.

Sein erster Schlag traf Bode am Kinn. Der taumelte nach hinten und suchte vergeblich in der Luft nach einem Halt. Dann stürzte er auf den frisch gewachsten Parkettboden, rappelte sich aber sofort wieder auf und schoß auf Valentin zu. Er rammte seine Stirn gegen Valentins Brustkorb und nutzte dessen Überraschung, um seinerseits einen Haken zu landen. Valentin wich zum Schreibtisch zurück, dennoch streifte ihn Bodes Rechte. Für einen Augenblick verlor er den Halt. Dann landete er aber einen weiteren Schlag in Bodes Magengrube.

Bernie und Knoop stürzten auf die beiden Kampfhähne zu und versuchten, sie zu trennen. Aber da startete Bode schon einen gekonnten Gegenangriff. Valentin taumelte ins Vorzimmer hinaus. Als Bode nachsetzte, wich er geschickt aus und versetzte dem Makler einen trockenen Schlag mitten ins Gesicht. Bode strauchelte und ergriff die nächste Türklinke, die sich ihm bot. Er riß die Tür auf und rannte in den prunkvoll ausgestatteten Sitzungssaal. Sofort war Valentin hinter ihm und schlug ihm die Füße weg. Aber Bode fing sich, wandte sind abrupt um und trat dem überraschten Valentin gegen das Schienbein. Als würde er in die Knie gehn, ließ sich Valentin nach vorne fallen, plazierte nun aber einen gewaltigen Haken, der Bode endgültig niederstreckte. Keuchend blieb Valentin neben ihm stehen.

Voller Haß blickte Bode zu ihm auf. Aus seinem rechten Mundwinkel sickerte Blut. Gefährlich leise sagte er: »Das werden Sie bereuen!«

»Ich bin Zeuge!« sagte Knoop. »Das wird Folgen haben, Herr Gruber!«

Valentin aber sagte nur noch: »Leckt's mich doch am Arsch!«

Dann verließ er das Rathaus.

Bernie warf noch einen längeren Blick auf Knoops bildhübsche Sekretärin, die ihm für einen Moment ebenfalls intensiv in die Augen sah. Dann folgte er Valentin.

Draußen sagte er zu ihm: »Sag amal, dich hat wohl der wilde Affe gebissen! Den Bode zusammenzuschlagen, spinnst du?«

Valentin hatte sich auf das Trittbrett des Jeeps gesetzt und lächelte Bernie an. »Das hat sein müssen. Jetzt geht's mir um Klassen besser!«

»Fragt sich nur, wie lange!«

Bernie wuchtete sich in den Wagen und wechselte das Thema: »Du, die Sekretärin des Bürgermeisters, kennst du die?«

»Die hab' ich überhaupt nicht wahrgenommen«, antwortete Valentin.

»Banause!« brummte Bernie und startete den Motor.

Den ganzen Nachmittag über hatten Fabian und Chris auf dem Hof hinter dem Haus Fußball gespielt. Nun kamen sie verschwitzt und durstig in die Küche. Sie waren es gewohnt, Leitungswasser zu trinken. Limonade, Cola oder Mineralwasser gab es aufgrund der Sparmaßnahmen des Landes, von dem der soziale Bereich nicht verschont blieb, nur in begrenztem Maße.

Fabian holte sich ein Glas, hielt es unter den Wasserhahn und trank in hastigen Zügen. Plötzlich setzte er es ab, hielt das Wasser vor seine Augen und sagte angewidert: »Schmeckt ja furchtbar!«

»Laß mich mal!« sagte Chris. Er füllte das Glas erneut und schmeckte das Wasser. Dann blickte er Fabian skeptisch an und sagte: »Ich weiß nicht ... Ich hol mir eine Cola!«

Sie fanden Frau Hemmer auf der Terrasse beim Wäscheaufhängen.

»Können wir 'ne Cola haben?« fragte Chris.

»Heute habt ihr schon eine gehabt. Wenn ihr Durst habt, trinkt Wasser. Ist genug davon da!« antwortete sie.

»Aber es schmeckt heut so grauslich!« protestierte Fabian sanft.

»So hat's immer g'schmeckt, und Schluß jetzt!«

Die Kinder maulten vor sich hin und gingen zurück in die Küche. Schweigend trank jeder noch zwei weitere Gläser.

Mit einem Mal röhrte der Wasserhahn, dann prustete er und schließlich versiegte die Leitung total.

Die Kinder erschraken und starrten den Wasserhahn an, der immer noch einzelne kehlige Geräusche von sich gab.

Dann schrie Fabian: »Frau Hemmer!«

Die Heimleiterin hatte bereits die ungewohnten Geräusche aus der Küche gehört, rannte zu den Kindern und fragte: »Was gibt's?«

»Kein Wasser mehr!« sagte Fabian.

»Daran sind sicherlich die Bagger schuld!« vermutete Angelika Hemmer und ging mit den Kindern zum Eingang.

Draußen standen der Baggerführer und ein Arbeiter vor der Grube und starrten hinab.

»Was ist?« rief Frau Hemmer.

Der Baggerführer blickte auf und sagte: »Ich hab' 'ne Wasserleitung erwischt!«

Hanna war verärgert. Ausgerechnet ihr hatte Schnoor aufgehalst, Valentin wegen Bodes Anzeige zu vernehmen. Persönliche Gefühle, meinte er, müsse man zurückstellen können, wenn's um die Arbeit geht!

Valentin sah überrascht von seinem Schreibtisch auf, als sie ohne Voranmeldung ins Revier hereinschneite.

Sofort ging ein Strahlen über sein Gesicht.

Aber Hanna sagte: »Valentin, ich komm' dienstlich! Ich muß dich vernehmen!«

»Mich vernehmen?« Er schob seinen Schreibtischstuhl hinter sich und stand auf.

»Wir haben da eine Anzeige gegen dich vorliegen – Beleidigung in Tateinheit mit schwerer Körperverletzung. Und das als Polizeibeamter!«

»Nein, Hanna, tut mir leid, aber das stimmt nicht!« protestierte er. »Wenn's darum geht, daß ich dem Herrn Bode eine reingehauen hab', dann war das eine ganz und gar private Angelegenheit. Da besteh' ich drauf!«

Hanna fühlte sich nicht wohl in ihrer Haut und lächelte ratlos. Da fragte er: »Und warum bist ausgerechnet *du* mit dem Fall beauftragt?«

Sie zog die Schultern hoch. »Unser neuer Chef – du kennst ihn ja . . .«

»Am besten hau ich dem auch noch gleich eine rein«, meinte Valentin trocken.

Hanna aber fand das alles gar nicht lustig. »Bitte, Valentin, für mich ist das eine saublöde Situation. Ich brauch deine Aussage! Das ist alles nicht so einfach!«

»Doch, Hanna, das ist einfach! Wenn mir einer blöd kommt und moant, er kann mich verarschen, dann muß er mit so was rechnen! Das kannst genau so ins Protokoll schreiben!«

Nun streckte ihm Hanna ein Blatt Papier hin. Valentin nahm es an sich, warf einen kurzen Blick drauf und fragte: »Was ist das?«

»Eine Vorladung. Ich erwarte dich morgen früh um neun in Bergen in meinem Büro.«

»Da legst di nieder!« rief er verblüfft, lenkte dann aber gleich ein: »Okay, okay, ich werde pünktlich sein. Aber jetzt muß ich erst einmal hinaus ins Kinderheim. Und vorher muß ich noch den Bernie abholen . . .«

»Ich wollt Ihnen nur sagen, daß ich alles tun werde, um den Abriß hier zu verhindern!« rief Valentin der Heimleiterin zu, die aus dem Hofeingang mit dem hübsch geschwungenen Ziegeldach getreten war. Sie fragte, ob er und Bernie nicht hereinkommen wollten.

»Wenn's einen Kaffee gibt . . .«, lächelte Valentin.

»Und Kuchen?« setzte Bernie hinzu.

»Kuchen gibt's«, sagte die Frau und prüfte den Sitz ihrer blonden Haare, die sie hinten zu einem Knoten zusammengesteckt hatte. »Und ich würd' Ihnen ja auch gerne einen Kaffee anbieten, aber wir haben im Augenblick kein sauberes Wasser.«

»Aber Sie haben doch einen eigenen Brunnen?« sagte Valentin.

»Ja, aber bei den Arbeiten wurden irgendwelche alten Zuleitungen zerstört.«

Bernie hielt ihr die Tür auf und sagte gutgelaunt: »Dann müssen wir eben Bier trinken.«

»Das kann ich Ihnen anbieten«, lachte Frau Hemmer.

Elke war in den Schlafraum der Jungen gegangen, nachdem sie Fabian und Chris auf dem ganzen Gelände umsonst gesucht hatte. Jetzt schaute sie die beiden Buben hilflos an. Fabian lief mit schweren Schritten, die Hände gegen den Bauch gedrückt, hin und her, Chris lag gekrümmt auf seinem Bett.

Die ganze Zeit hatten die beiden sich bemüht, sich nichts anmerken zu lassen. Die Vorhänge waren vor die Fenster gezogen – sie hätten eigentlich ihren Mittagsschlaf machen sollen. Aber die immer wiederkehrenden, kolikartigen Krämpfe ließen sie nicht zur Ruhe kommen. Als jetzt beide laut zu stöhnen begannen, bekam Elke es jetzt doch mit der Angst zu tun.

»Ich geh zu Frau Hemmer!« sagte sie.

»So schlimm isses gar nicht!« entgegnete Chris.

Elke aber sah, wie sich sein bleiches Gesicht in

einer neuen Schmerzwelle verzerrte. Seine Haare waren schweißnaß.

Fabian drückte die Hände tiefer in seinen Bauch und preßte hervor: »Bei mir schon!«

»Was habt ihr denn gegessen?« fragte das Mädchen.

»Das gleiche wie alle anderen«, preßte Chris hervor. Wieder krümmte er sich unter einer neuen Schmerzattacke zusammen und stöhnte: »Ich halt's nicht mehr aus!«

Entschlossen verließ Elke nun den Raum. Schon im Gang rief sie nach Frau Hemmer.

»Ich hab' ja gewußt, die petzt!« heulte Fabian. Dann schrie er auf und ging neben seinem Bett zu Boden.

Das fühlte sich an, als schneide jemand in die Innenseite seiner Bauchhöhle mit einem Rasiermesser eine lange Linie!

Frau Hemmer, Valentin und Bernie erschraken, als sie die Kinder sahen. Sofort hob Valentin Fabian vom Boden auf und legte ihn auf sein Bett. Chris starrte gegen die Decke und fieberte.

»Mein Gott!« rief die Heimleiterin entsetzt und legte ihre Hand auf seine nasse Stirn.

»Am besten, wir rufen gleich einen Krankenwagen!« entschied Valentin und ging zum Telefon.

Währenddessen neigte sich Bernie über Fabian und sagte ruhig: »Denkt einmal nach. Was habt ihr denn gegessen? Und wenn ihr dran denkt: Bei was wird euch schon beim bloßen Nachdenken schlecht?«

Fabian blickte Bernie in die Augen und antwortete mit kraftloser Stimme: »Weiß nicht. Aber das Wasser – das Wasser hat auf einmal so komisch geschmeckt!«

»Das Wasser!« rief Frau Hemmer. Daß sie da nicht selbst darauf gekommen war! 20 Minuten später war der Krankenwagen da. Dr. Hollmann, ein erfahrener Arzt von etwa vierzig Jahren, untersuchte die beiden Patienten und ließ sich berichten, was geschehen war. Dann gab er den Sanitätern den Auftrag, die Jungen sofort mitzunehmen. Sie packten sie sorgsam, aber schnell auf die mitgebrachten Tragen und deckten sie mit Wolldecken zu.

Angst stand in den Augen der beiden. Frau Hemmer drückte ihnen die Hand, sah sie fest an und versprach, sie nicht im Stich zu lassen ...

Draußen vor dem Krankenwagen sagte Dr. Hollmann zu Frau Hemmer: »Es ist gut, daß Sie mich gerufen haben – der Zustand der beiden verschlimmert sich offenbar rapide, zumal sie sowieso keine so starke Konstitution haben.«

Bernie stand betreten herum – er konnte ja nichts tun! Aber dann brach sein journalistischer Eifer durch. Er wappnete sich mit Block und Bleistift, protokollierte alles und vergaß auch nicht, einige Aufnahmen vom Geschehen zu machen.

»Können Sie mir denn sagen, was sie haben«, fragte Frau Hemmer den Arzt. Sie kämpfte mit den Tränen.

»Die Vermutung mit dem verseuchten Brunnenwasser ist wahrscheinlich gar nicht so falsch«, sagte Dr. Hollmann und rückte seine Brille gerade. »Aber natürlich müssen wir wissen, was das Wasser enthält. Wir versuchen, so schnell wie möglich eine chemische Analyse machen zu lassen.«

»Wo wird die Analyse genau gemacht?« schaltete sich Bernie dazwischen.

»Eine erste bei uns. Dann, zur Kontrolle, noch eine beim chemischen Landesuntersuchungsamt Schwerin.«

»Sollte ich nicht besser mitkommen?« wandte sich Frau Hemmer wieder an den Arzt.

»Sie sollten lieber hierbleiben. Ich halte Sie auf dem laufenden. Falls sich bei anderen Kindern ähnliche Erscheinungen zeigen, melden Sie es bitte sofort!«

Die Heimleiterin verstand. Sie mußte sich um die Beobachtung der anderen Kinder kümmern, damit man bei ihnen schneller eingreifen konnte – falls nötig. Und doch beunruhigte sie es sehr, die beiden ihr anvertrauten Kinder ohne ihren Beistand ins Krankenhaus geben zu müssen!

Chris und Fabian waren im Rettungswagen verstaut. Dr. Hollmann stieg ein. Mit Blaulicht und Signalhorn brauste der Wagen davon.

Frau Hemmer ging, Tränen in den Augen, ins Haus zurück.

Da kam plötzlich ein schwarzer Mercedes heran. Bode stieg aus und sah sich um.

Valentin ging auf ihn zu und rief: »Eine Sauerei ist das!«

»Was ist passiert?«

»Ihre Arbeiter haben den Brunnen des Kinderheimes erwischt!«

»Sind sie denn nicht an die kommunale Wasserleitung angeschlossen?«

»Offenbar nicht«, gab Valentin zurück. »Die Arbeiten sind sofort einzustellen!«

Bode schüttelte den Kopf. »So einfach ist es nicht.« Er versuchte ein Lächeln, das ihm aber mißlang.

»Doch, so einfach ist das! Das ist eine polizeiliche Anordnung – da geht gar nix mehr.«

Bode bemerkte in Valentins Augen dasselbe Flakkern, das er in Knoops Büro wahrgenommen hatte, kurz bevor Valentin ihm den ersten Haken verpaßte. Er änderte die Taktik.

»Ja, dann müssen wir sofort dafür sorgen, daß wir 'ne neue Leitung legen«, äußerte er mit betonter Lässigkeit. »Das Ganze ist doch keine Hexerei!« Unternehmungslustig klatschte er in die Hände und fuhr fort: »Das gehen wir gleich an. Wir verlegen oberirdisch eine Leitung und alles ist wieder in Ordnung!«

Er versuchte, die Wirkung seiner Worte auf Valentin herauszufinden, aber der verzog keine Miene, sondern sagte nur: »Ich fahr ins Krankenhaus.« Damit wandte er sich ab.

Bode trat an Bernie heran und fragte: »Was tut der überhaupt hier?«

Da erklärte Bernie ihm, was passiert war. Bode hob nur die Schultern und stieg wieder in seine Nobelkarosse.

»Wir müssen jetzt sehr schnell sein, Schwester Inge!« sagte Dr. Hollmann. Sie hasteten im Laufschritt den Betten mit Chris und Fabian hinterher, die zwei Pfleger durch den Korridor Richtung OP schoben. »Die beiden haben viel zu viel Wasser verloren. Das ist wie bei einer Salmonellenvergiftung – nur schlimmer. Alte Menschen und Kinder sind den Folgen fast schutzlos ausgeliefert!«

»Magen auspumpen?« rief die Schwester.

»Das sowieso. Wichtig ist, daß der Kreislauf nicht noch weiter wegsackt.«

Endlich hatten sie den OP erreicht. Chris lag regungslos da und wurde sofort an das EKG angeschlossen. Da stöhnte Fabian leise auf: »Mir ist kalt!«

»Das ist alles halb so schlimm!« Sofort war Dr. Hollmann neben ihm und versuchte, ihn zu beruhigen. »Morgen kannste deinen Freunden 'ne Menge erzählen.« Er fragte Schwester Inge nach dem Blutdruck.

»75 zu 45, und er geht noch weiter zurück!«

Dr. Hollmann bemühte sich, seine Anspannung nicht zu zeigen und sagte so ruhig wie möglich: »Kreislaufstützende Mittel! Und die beiden müssen dann sofort an den Tropf ...«

Dann wandte er sich wieder Fabian zu: »Jetzt kommt zuerst der unangenehme Teil. Da muß ein Schlauch in euren Bauch – aber das schaffen wir schon ...«

Schwester Inge hatte Fabian behutsam an EKG und EEG angeschlossen, da rief der Pfleger, der bei Chris stand, plötzlich irritiert: »Dr. Hollmann!«

Hollmann sah noch, wie die grüne Linie auf dem Bildschirm absackte. »Dr. Niemaier!« raunte er der Schwester zu, die sofort zum Piepser griff. Die grüne Linie flimmerte und fiel auf den Boden des Monitors.

Da war sein Kollege schon zur Stelle und begann mit der Herzmassage. Die flache Rechte legte er auf das Herz des Jungen, während er mit der linken Hand stoßweise Druck erzeugte. Dr. Hollmann setzte eine Spritze und starrte auf den Bildschirm. Jetzt zählte jede Zehntelsekunde ...

Mit jedem Drücken schoß der helle grüne Punkt, der die Linie führte, nach oben, sackte aber wieder ab. Dann erhob sich die Linie plötzlich wieder und schwang kurvig über den Monitor, ohne wieder auf Null zu sinken.

Endlich! Das Herz des Jungen nahm seine Tätigkeit wieder auf! Die beiden Ärzte und die Schwester wechselten Blicke der Erleichterung. Der Monitor zeigte jetzt leichte Arrhythmien, aber das Bild hatte sich stabilisiert.

Chris schlug die Augen auf. Schwester Inge trat an sein Bett.

Im selben Moment begannen Fabians Geräte Alarm zu schlagen!

Valentin ging im Korridor auf und ab. Immer wieder starrte er die verschlossene Tür zum OP an. Da rissen ihn schnelle Schritte aus den Gedanken. Von weitem schon rief ihm Frau Hemmer zu: »Ich hab's einfach nicht mehr ausgehalten! Ich kann nicht zu Hause sitzen und warten, bis das Telefon klingelt!«

»Ich mußte auch herkommen!« antwortete er und starrte wieder auf die verschlossene Tür.

Frau Hemmer war völlig aufgelöst. Ihr Gesicht glänzte feucht. Schweigend gingen sie nun nebeneinander her und verfielen in ihre Gedanken. Jedes

Geräusch, jede Tür, die geöffnet wurde, ließ ihren Kopf ruckartig in die Höhe schnellen. Aber gleich darauf versanken sie wieder in der Monotonie des Wartens.

Plötzlich löste sich Valentin, murmelte, er komme gleich wieder, und strebte dem Ausgang zu. Sie nahm es gleichmütig hin und setzte ihren Gang durch den Korridor fort. Das spärliche Neonlicht wirkte kalt und abweisend. Die Wände waren mit einem ungesunden, hellen Braunton gestrichen, der überall verwaschene, helle Flecken aufwies.

Der matte, dunkelgraue Estrich gab dem Auge nirgends Halt und führte den Blick zwangsläufig in die Fluchtlinien des langgezogenen Ganges, der immer an der selben Stelle endete: an der verschlossenen Tür des Operationssaals!

Valentin erschien wieder, in der Hand zwei belegte Brötchen und zwei kleine Flaschen Mineralwasser, und versuchte es mit einem Lächeln. Dankbar nahm Frau Hemmer die Verpflegung entgegen. Wenn sie auch keinen Appetit verspürte, so konnte Essen doch vielleicht das Warten etwas verkürzen. Sie setzten sich auf eine der tristen Bänke.

Die Tür zum OP öffente sich. Dr. Hollmann trat heraus. Frau Hemmer und Valentin legten ihre Brötchen beiseite und gingen auf den Arzt zu. »Wie geht's ihnen?« fragte Frau Hemmer und sah ihn erwartungsvoll an.

»Der Rotschopf wird's wahrscheinlich schaffen...«

»Und Fabian?« hakte sie nach.

»Sieht schlimm aus.« Dr. Hollmann kniff die Lippen zusammen. »Man sollte die Eltern verständigen!«

»Hat er keine mehr!« Sie nestelte an ihrem Taschentuch.

»Es hat keinen Sinn, wenn Sie hier noch länger warten«, sagte Hollmann freundlich. »Es kann noch Stunden dauern, bis wir Genaueres wissen. Und so lange können Sie nichts für ihn tun.«

Aber Frau Hemmer bestand darauf, zu bleiben. »Wie Sie wollen«, sagte der Arzt, »aber der Junge ist derzeit ohne Bewußtsein. Ich halte Sie auf dem laufenden.«

Frau Hemmer nickte ihm dankbar zu. Valentin legte seinen Arm um ihre Schulter und sagte: »Na ja, hier kann ich auch nichts tun, und der Dienst wartet.«

Unbeholfen versuchte sich Harmsen vor dem Fotografen in Pose zu stellen. Seitdem sein Partner ihm die Zusammenarbeit aufgekündigt hatte und er mit wechselnden Aushilfskräften seine Rundfahrten durchführen mußte, war die Kundschaft immer mehr abgebröckelt. Der blauen »Medo« fehlte schlichtweg die Hälfte ihres ursprünglichen Reizes! Harmsen wollte der Flaute mit einem Werbeprospekt gegensteuern, weshalb er Domberger für ein paar Aufnahmen auf sein Schiff gebeten hatte. Domberger bemühte sich redlich. Aber entweder zeichnete die Spiegelreflexkamera das wundersam geschwungene Profil von Harmsens Bauch nach, oder der Mann verknotete in dem Moment, wo er endlich den Auslöser betätigen konnte, seine Hände verlegen vor, hinter oder neben seinem ausladenden Hinterteil! Doch Donatius Domberger hatte noch nicht aufgegeben: »Nu grins mal nicht so blöd, Christian!«

»Haste nicht was von Lächeln gesagt?«

»Lächeln ja – grienen ne!«

Valentin erschien auf seinem Motorrad.

»Was ist passiert, da draußen im Kinderheim?« wollte Domberger sofort wissen. *Daß* etwas passiert war, hatte sich natürlich schon längst herumgesprochen ...

Valentin stieg ab und schimpfte: »Eine Riesensauerei! Der Bode läßt alles umgraben, obwohl er das Grundstück noch gar nicht hat, geschweige denn eine Bauerlaubnis.«

»Nun, der Grund ist Gemeindebesitz«, wandte Donatius ein.

»Du meinst, der Bürgermeister hat den Aushub erlaubt?«

»Frag ihn!«

»Nein, mit dem red' ich nicht mehr!«

»Nu komm, du bist im Vorteil!« Domberger wollte ihm Mut machen. »Der Knoop muß doch dir gegenüber ein verdammt schlechtes Gewissen haben. Überhaupt muß der ein schlechtes Gewissen haben – ich möcht wissen, warum der's mit dem Verkauf so eilig hat.«

Valentin horchte auf. »Und warum ... Warum, glaubst du?«

»Knoop ist für manche Dinge eben sehr empfänglich ...«

»Aha! Geld? Frauen? Liebe?«

»Zweiteres und Letzteres gehört ja doch wohl irgendwie zusammen!«

»Manchmal und manchmal auch nicht!«

»Also, jetzt red' nicht in Rätseln. Sag halt, was du denkst!«

»Wenn ich *du* wäre, würde ich mal beim Grundbuchamt nachschauen, wem denn so die Grundstücke im Gewann Moosgrundäcker jetzt gehören. Und danach würde ich mir mal Gedanken darüber machen, wie derjenige das alles finanziert, was da so vorgesehen ist.«

»Nachtigall . . .!« Valentin dämmerte es.

»Ja, die Nachtigall, die hörst du jetzt trapsen. Aber du könntest dir auch einmal die Mühe machen, einer öffentlichen Gemeinderatssitzung beizuwohnen – als interessierter Bürger sozusagen.«

Valentin war Domberger wirklich dankbar für seine Hinweise. Nun würde er nicht eher Ruhe geben, bis er handfeste Erkenntnisse hatte!

»Danke, Herr Starfotograf«, lachte er ihm zu. »Es ist doch immer ein Gewinn, wenn man sich mit dir unterhält.«

Aber Domberger war schon wieder dabei, seine unterbrochene Arbeit fortzusetzen.

Harmsen lag zusammengesunken neben der Kajüte auf dem Deck und stieß gleichmäßige Schnarchlaute aus.

Seitdem Bernie Knoops neue Sekretärin das erste Mal gesehen hatte, ging ihm diese Frau nicht mehr aus dem Kopf! Die zierliche Blonde hatte auch ihm etwas tiefer in die Augen gesehn, so war es ihm jedenfalls vorgekommen. Allerdings hatte ja dann die handfeste Auseinandersetzung zwischen Valentin und Bode ihre Aufmerksamkeit voneinander abgelenkt....

Pünktlich zum Dienstschluß, zwei Minuten nach sechs, stellte Bernie seinen Jeep vor dem Rathaus ab, das mit seiner Backsteingotik majestätisch auf einer kleinen Erhebung über dem Ort thronte. Er hatte sich vorgenommen, sein Glück zu versuchen, und stieg die schön geschwungene, langgezogene Treppe hinauf.

Bernies Rechnung ging auf. Miriam kam mit anmutigen Schritten die Treppe herunter.

»Ja sowas! Kennen wir uns nicht?« Bernie gab sich überrascht.

»Sagen Sie bloß, Sie erinnern sich nicht!« erwiderte sie erstaunt.

Bernie kratzte sich verlegen am Ohr und plauderte drauflos: »Aber natürlich, ganz genau! Das, äh, das ist nur so eine Verlegenheitsreaktion gewesen, in der Verhaltensforschung würde man's eine Art Übersprungshandlung nennen.«

»Was ist denn das?« lachte sie.

»Na ja, wenn eine Katze zum Beispiel eine Fliege fangen will, aber danebentappt und dann gleich so tut, als habe sie sich mit der Pfote nur putzen wollen – das ist eine typische Übersprungsgeste!«

»Toll«, sagte Miriam und nickte anerkennend. »Jetzt hab' ich schon wieder was gelernt.«

»Haben Sie vielleicht Hunger?« versuchte es Bernie weiter.

»Immer!«

»Dann geht's Ihnen so wie mir. Darf ich Sie zum Essen einladen?«

»Gerne, ich würd' mich freuen«, antwortete Miriam und lächelte ihn an.

Langsam gingen sie die Treppe hinunter.

»Und wo gehen wir hin? Ich kenn' mich ja hier nicht aus.«

»Mögen Sie Fisch?«

»Ich könnt' mir nichts Besseres vorstellen ...«

Zehn Minuten später saßen sie auf einem Räucherschiff im Hafen und ließen sich vom Fischer eine Portion frisch geräucherten Aal bringen. Einen kulinarischen Genuß dieser Art gab es in Bayern nicht. Trotzdem hielt sich Bernie zurück.

»Warum essen Sie denn nichts?« fragte Miriam.

»Naja, ich muß halt dringend abnehmen.«

»Unsinn. Ich sag' immer, das ist wie bei den Hunden. Da gibt's auch Windhunde und Bernhardiner. Und Sie sind eben ein Bernhardiner!«

Bernie schaute sie an. »Sie, was Schöneres hat mir noch gar niemand g'sagt.«

Er bat den eben vorbeikommenden Fischer um eine weitere Portion.

»Mir auch ...!« rief Miriam ihm hinterher.

Bernie sah sie bewundernd an: »Wo Sie das alles hinessen.«

»Essen ist schön.«

»Und wissen'S, was noch schöner ist? Daß es mir nicht allein gefallen muß!«

Da servierte ihnen der Fischer eine weitere Platte mit Aal. Beide nahmen sich und begannen wieder, nachdem sie die fettige schwarze Haut gelöst hatten, das zarte, weißgraue Fleisch von den kräftigen Gräten zu zupfen.

Schon immer hatten Festessen Bernie in eine Stimmung versetzt, in der er seine Liebe zur Poesie inne wurde. Nun aber, in Gegenwart dieser schönen Frau, bekam er einen träumerischen Blick und rezitierte:

»Töte nicht die Wildgänse aus dem Süden.
Laß sie nordwärts fliegen.
Und wenn du sie tötest, dann triff ein Paar,
auf daß nichts die beiden trenne . . .«

»Schön . . .«, seufzte Marion.

»Ein chinesisches Gedicht, hab ich neulich gefunden. Aber so ernste Gedanken soll man sich an so einem schönen Abend gar nicht machen.«

»Ich finde den Gedanken schön«, sagte Miriam und sah ihm in die Augen. »Wildgänse leben ja als treue Partner . . .«

»Sehen'S, das hab *ich* jetzt nicht gewußt!«

»Vielleicht können wir ja gegenseitig etwas voneinander lernen.«

»Das wäre natürlich besonders schön . . .«

Unwillkürlich griff Bernie zu ihr hinüber und berührte in der Mitte des Tisches ihre Hand, die der seinen entgegengekommen war. Sie schauten sich in die Augen und lächelten.

Nach ihrem ausführlichen Mahl schleppten sie sich zu seinem Wagen. Bernie brachte Miriam nach Hause. Vor einem düsteren Mietshaus bat sie ihn, anzuhalten. Sie stiegen aus.

»Kennen'S das, wenn man einen unwiderstehlichen Wiederholungszwang verspürt?«

»Ich versteh kein Wort«, sagte Miriam und runzelte die Stirn.

»Naja, ich möcht' Sie halt gern mal wiedersehn.«

»Ach, das ist damit gemeint.« Sie lächelte ihn an und sagte: »Ja gerne, ich Sie auch.«

»Ist das wahr?« staunte er.

»Wann?«

Bernie holte Luft. »Sobald wie möglich!«

»Morgen?«

»Ja, gern!« Er umfaßte mit beiden Händen ihre Hand. Sie stellte sich auf die Zehenspitzen und gab ihm einen raschen Kuß. An der Haustür drehte sie sich nochmals kurz nach ihm um und lächelte. Dann war sie verschwunden.

Bernie tanzte über die Straße zu seinem Wagen zurück – graziös sah das aus, trotz seiner zweieinhalb Zentner.

Die Zuschauerbänke im Rathaussaal waren voll besetzt, denn auf der Tagesordnung des Gemeinderates von Saßnitz standen hochbrisante Themen, die in der Stadt schon seit einiger Zeit für Zündstoff sorgten. Der Saal mit seinen holzgetäfelten Wänden, dem fein gearbeiteten Maßwerk und der prachtvollen Möblierung stammte aus dem Anfang des 19. Jahrhunderts. Die Ausstattung gab dem Raum eine Atmosphäre von Würde, der die Menschen, die hier wichtige Entscheidungen trafen, allerdings nicht immer gerecht wurden ...

Knoop thronte an der Spitze eines langgezogenen,

schweren Eichentisches und hatte den ersten Tagesordnungspunkt aufgerufen, als sich Valentin durch die Tür drückte und sich neben Domberger in eine der Zuschauerreihen drängte. Er entdeckte Künath und Petersen, der inzwischen von seinem Miesbach-Urlaub zurückgekehrt war, auf den altehrwürdigen Stühlen der Stadtverordneten. Zwischen ihnen saß Wibke Gernrich, die soeben ihre Stimme erhob: »Also mich kann niemand davon überzeugen, daß diese Umgehungsstraße jetzt unbedingt gebaut werden muß.«

»Aber das liegt doch auf der Hand, Frau Stadtabgeordnete«, entgegnete Knoop gereizt.

»Ich kann's nicht leiden, wenn Sie mich so nennen – ich habe einen guten bürgerlichen Namen.«

Die Zuhörer schmunzelten.

»Na gut, Frau Gernrich, wir wollen den Tourismusverkehr aus der Stadt raushalten. Aus infrastrukturellen Notwendigkeiten.«

»Solche Wörter hast du früher nicht in den Mund genommen«, hielt ihm Petersen vor.

»Die Zeiten ändern sich und mit den Zeiten ändern sich auch die Ausdrucksweisen.«

»Leider wahr!« rief Domberger aus und erhielt dafür Zuspruch aus dem Publikum.

»Ruhe in den Zuhörerreihen!« rief Knoop nervös.

Petersen, der mit Knoops sogenannten ›Notwendigkeiten‹ nicht viel anfangen konnte, neigte sich zu Wibke und fragte: »Warum diese Umfahrungsstraße dem Bürgermeister bloß so wichtig ist?«

»Überleg' halt mal, wer dran verdient!«

»Die Saßnitzer Geschäftsleute jedenfalls nicht.

Für die fällt doch die ganze Laufkundschaft weg, wenn wir alle Touristen außen um die Stadt herumführen.«

Da aber ging Knoop schon zur Abstimmung über. »Wer für die Umgehungsstraße ist, den bitte ich um ein Handzeichen.«

Wibke blickte sich um. Das waren wohl die meisten.

»Das ist die Mehrheit!« sagte Knoop schnell. »Nun zum Kinderheim. Da liegt uns das Angebot eines potenten Investors . . .«

»Moment mal!« unterbrach Wibke ihn plötzlich schroff.

»Augenblick, Frau Gernrich!« bremste Knoop. Er holte Luft für den nächsten Satz. Aber Wibke rief resolut: »Nein! Den Fortbestand dieses Kinderheims haben Sie höchstpersönlich garantiert!«

»Jawoll, stimmt genau!« bestärkte sie Valentin nun mit einem Zwischenruf.

»Unsinn!« zischte Knoop. Aber Wibke fuhr unbeirrbar fort: »Valentin Gruber hat dem Verkauf seines ererbten Hauses am Rosenhaag zugestimmt, damit der Ferienpark dort entstehen kann. Aber er hat eine Bedingung daran geknüpft . . .«

»Falsch!« fuhr Knoop scharf dazwischen. »Ich habe ihm versprochen, mich darum zu *bemühen*!«

»Das hab ich aber ganz anders gehört«, mischte sich nun auch Künath ein und erntete dafür einen dankbaren Blick von Wibke.

»Jedenfalls haben wir das Angebot, den Grund des Kinderheims an einen finanzstarken Investor zu verkaufen, der dort mit einem Hotel und einer großzügigen Golfplatzanlage endlich auch unsere Gemeinde aus dem Dämmerschlaf touristischer Absenz herausholen könnte.«

»Und wieviel bezahlt Ihr Investor?« wollte Wibke genau wissen.

»1,4 Millionen Mark«, sagte Knoop scharf.

»Jetzt reichts aber!« rief sie.

Unter den Zuschauern war es wieder unruhig geworden. Knoop erntete mißbilligende Blicke, und Domberger sprach aus, was viele dachten: »Ich kann nicht glauben, daß sich unsere Gemeinde ihr Kinderheim für so ein Linsengericht abschwatzen läßt!«

»Also da muß man wirklich mit Herz und Verstand rangehen!« meinte auch Künath.

Nun meldete sich eine Gemeinderätin zu Wort, die bisher gestrickt hatte, und sagte mit klarer Stimme: »Die Fraktion der Grünen ist dagegen!«

»Das sind ja nur Sie alleine, Frau Kiefer!« lächelte Petersen ihr zu und legte seine Stirn in Falten.

»Trotzdem!«

»Also meine Damen und Herren, das ist doch eine Jahrhundertchance, die sich uns da eröffnet«, versuchte es Knoop erneut.

»Vielleicht ist der Herr Bürgermeister ja jemand anderem verspflichtet«, rief Domberger dazwischen.

»Also, das nimmst du zurück, Donatius«, schrie Knoop entrüstet.

»Bevor wir uns in die Haare geraten, sollten wir diesen strittigen Punkt vertagen«, schlug Wibke Gernrich vor.

»Meinetwegen!« sagte Knoop zerknirscht. »Stimmen wir darüber ab.«

Bis auf zwei Enthaltungen stimmten alle Gemeinderäte der Vertagung zu. Valentin warf Wibke einen dankbaren Blick zu, die ihrerseits erleichtert zu Donatius hinübersah. Sie hatten in den Tagen zuvor gemeinsam die Strategie ausgetüftelt.

»Warum sind Sie denn so nervös, Frau Kollegin«, fragte Schnoor und sah zu Hanna hinüber, die an ihrem Schreibtisch saß und auf Valentin wartete.

»Warum zieht der Bode seine Anzeige zurück?« fragte sie.

»Aber das müßte Ihnen doch recht sein«, meinte ihr Vorgesetzter. »Er scheut den öffentlichen Skandal.«

»Es ist mir zwar recht, daß der Herr Bode diese lächerliche Anzeige zurückgenommen hat, aber wenn ich mir vorstelle, wie sich der Kollege Gruber jetzt über meine Vorladung juxt . . .« Sie ärgerte sich immer noch darüber, daß Schnoor ihr diese heikle Geschichte zumuten wollte.

»Okay, ich werde bei dem Gespräch dabei sein, wenn Ihnen das was hilft«, antwortete er.

Da schlenderte Valentin gutgelaunt zur Tür herein und sagte: »Da bin ich. Pünktlich, wie versprochen, zum Verhör.«

»Es ist kein Verhör, sondern eine Einvernahme – das müßtest du doch am besten wissen!« erwiderte Hanna kühl.

»Im übrigen hat Bode die Anzeige zurückgezogen, und da die Staatsanwaltschaft noch nicht damit befaßt war . . .«

»Das ist aber amal schad!«

»Was ist?« schnappte Schnoor.

»Ich hätte meine Gründe gerne vor Gericht und im Beisein der Presse dargelegt ...«

»Gruber!«

»Doch, doch! Das wär' eine günstige Gelegenheit g'wesen, diesem Biedermann und seinem Knoop mal die Maske vom Gesicht zu reißen!«

Schnoor ereiferte sich: »Ich verbitte mir, daß Sie mit einem solchen Gedanken überhaupt nur spielen!«

Aber Valentin hatte gar nicht die Absicht, Schnoor zu provozieren. Ernsthaft fuhr er fort: »Gestern haben wir zwei Kinder ins Krankenhaus bringen müssen, weil sie sich vergiftet haben. Bode hat ohne Bauerlaubnis mit den Aushubarbeiten beim Kinderheim begonnen. Dabei wurde der Brunnen des Heims beschädigt und gifthaltiges Wasser ist eingedrungen. Ich hab' mal im Strafgesetzbuch nachgesehen: Das ist fahrlässige Körperverletzung – falls die Kinder überleben.«

Mit diesen Worten wandte er sich zur Tür. Doch bevor er sie öffnete, drehte er sich noch einmal um und sah Schnoor ins Gesicht. »Und wenn sie's nicht überleben, möcht ich sowieso keinen Tag mehr Polizist auf Rügen sein.«

»Was hat denn das eine mit dem anderen zu tun?« fragte Schnoor.

»Wenn's mir gelungen wäre, Christian Bode das Handwerk zu legen, wär's gar nicht so weit gekommen. Manchmal macht's wirklich keinen Spaß.« Damit ging er hinaus und ließ die Tür hinter sich ins Schloß fallen.

Sekunden später stürzte Hanna aus dem Zimmer und lief Valentin hinterher. Als sie zu ihm aufgeschlossen hatte, fragte sie besorgt: »Ist es wirklich so schlimm mit den Kindern?«

»Ich kann's dir gar nicht sagen ... ich bin total durcheinander«, erwiderte er, den Tränen nahe. »Mein Gott! Zweimal in der Woch' war ich draußen und hab' mit ihnen g'spielt und g'sungen.«

»Weiß ich doch«, sagte Hanna sanft.

»Ach so, ja, einmal ham wir uns da draußen ja sogar versöhnt, du und ich ...«

Sie waren stehengeblieben. Hanna sah Valentin an. Er tat ihr leid, und sie wollte ihn gerne irgendwie trösten, fand aber nicht die richtigen Worte.

»Hoffentlich kommen die Jungen durch«, sagte sie nur.

»Da kannst nur beten!«

Valentin fuhr auf direktem Weg zum Saßnitzer Rathaus. Je mehr er über die Machenschaften und Mauscheleien zwischen Knoop und Bode nachdachte, desto stärker baute sich die Wut in ihm auf. Wenig später betrat er das Vorzimmer zu Knoops Büro.

»Tut mir leid, wir haben heute keinen Publikumsverkehr!« sagte Miriam.

»Das ist mir völlig egal!« Valentin ließ sie links liegen und riß die Tür zu Knoops Zimmer auf.

Der saß gemütlich bei Kaffee und Kuchen. Valentin schloß die Tür hinter sich, blieb stehen und sagte: »Grüß Gott, Herr Bürgermeister. Ich hoff', es schmeckt Ihnen!«

»Bei mir einzudringen, wird bei Ihnen langsam zur Gewohnheit, was, Herr Gruber?«

»Ich würd's nicht tun, wenn's nicht sein müßt.«

Knoop gab sich gelassen. »Da bin ich aber schon sehr gespannt, was Sie diesmal wieder auf Lager haben.«

»Der kleine Fabian Hartung stirbt vielleicht.«

Knoop blieb fast der Bissen im Hals stecken. »Das wäre allerdings eine schreckliche Sache.«

»Wer hat eigentlich die Genehmigung zur Ausschachtung im Birkenhain gegeben?«

»Ich wüßte nicht, was Sie das angeht.«

»Herr Bürgermeister! Ich ermittle! Stirbt der Junge, dann ist es fahrlässige Tötung, kommt er mit dem Leben davon, ist es fahrlässige Körperverletzung.«

Knoop starrte ihn fassungslos an. Dann sank er langsam in seinen Sessel zurück. Aus seinem Gesicht war die Farbe gewichen. »Sie wollen mich ruinieren, Gruber!«

»Ach Schmarrn – Sie, als Person, interessieren mich doch überhaupt nicht.«

Kleinlaut sagte Knoop: »Ich bin vom Beginn der Bauarbeiten auch überrascht worden.«

»Aber Sie sind nicht dagegen eingeschritten!«

»Nein, bin ich nicht.«

Valentin ließ nicht locker. »Und warum nicht?«

»Ja warum? Warum, warum? Sie müssen sich vorstellen, daß wir ja in vielfältiger Weise zusammenarbeiten, der Herr Bode und die Gemeinde ... Ich meine, da entstehen sozusagen naturnotwendigerweise gewisse ... gewisse Verpflichtungen ...«

»Ja, ich verstehe. Es steht nicht mehr in Ihrer Macht, dem Herrn Bode etwas zu verbieten!«

Knoop zögerte. Dann antwortete er leise: »So könnte man es ausdrücken, wenn man mir nicht freundlich gesonnen ist!«

Zurück im Krankenhaus, traf Valentin Frau Hemmer immer noch wartend im Korridor.

»Wie geht's den beiden?« fragte er.

»Christian hat die bessere Konstitution . . .«

»Und Fabian?«

»Keine Änderung seines kritischen Zustands.« Sie knetete ihre Hände, daß die Knöchel weiß unter der Haut hervordrückten.

»Haben Sie Christians Eltern schon erreicht?«

»Nein, die sind immer noch im Urlaub.«

Die Tür zum OP öffnete sich. Dr. Hollmann trat auf sie zu und sagte: »Fabian ist in einer schweren Krise. Das chemische Untersuchungsamt vermutet, daß Mutterkorn und verschiedene Pestizide in das Wasser eingeschwemmt worden sind. Vor allem Fabian reagiert jetzt sehr heftig darauf. Mehrmals mußten wir schon eine starke Atemlähmung überwinden. Ob uns das noch einmal gelingt, kann ich nicht versprechen.«

»Mein Gott!« seufzte Frau Hemmer. »Kann ich zu ihm?«

»Jetzt nicht. Wir müssen noch ein paar Stunden warten. Wenn er diese Krise übersteht, packt er's wahrscheinlich. Er würde Sie jetzt gar nicht erkennen.«

»Und Christian?« fragte sie.

»Der reagiert ganz anders. Hohes Fieber, Schüttelfrost – das sind gute Zeichen. Sein Körper wehrt sich.«

Valentin sah sie von der Seite aus an. Ihr Gesicht war in den wenigen Stunden um Jahre gealtert. »Sie sollten nach Hause gehn, Frau Hemmer«, sagte der Arzt. »Für Sie gilt das auch, Herr Gruber. Es nützt nichts, wenn Sie jede Stunde hier aufkreuzen. Wir benachrichtigen Sie sofort ...«

Plötzlich kam eine Schwester aus dem OP und rief atemlos: »Schnell, Herr Doktor! Schnell!«

Im selben Moment schoben zwei Pfleger Fabians Bett im Laufschritt an ihnen vorbei den Korridor hinunter. Die Infusionsflasche baumelte bedrohlich an ihrem Ständer. Valentin und Frau Hemmer folgten.

Dann verschwand das Bett mit dem Personal in einem Raum mit der Aufschrift »Reanimation«. Vor Valentin und der Heimleiterin schloß sich die Tür.

»Wiederbelebung«, erklärte Valentin und zeigte auf das Schild.

»Weiß ich doch«, erwiderte sie. Nun zitterte sie am ganzen Körper. Er legte seinen Arm um sie und versuchte, etwas Tröstliches zu sagen. »Die kommen durch – alle beide. Ich hab doch Überlebenstraining mit ihnen gemacht.«

Aber Frau Hemmer reagierte nicht. Da bemerkte Valentin, daß auch seine Hände zu zittern begonnen hatten. Er fröstelte. Endlose Minuten harrten sie so aus, schweigend, jeder mit seinen eigenen Gedanken beschäftigt ...

Da ging endlich die Tür auf. Valentin sah sofort

die Erleichterung im erschöpften Gesicht der Schwester.

»Möglicherweise ist der Junge jetzt über den Berg«, sagte sie.

»Hab ich's net g'sagt? Überlebenstraining ist alles!« Valentin merkte, wie die Spannung langsam von ihm abfiel. Er nahm Frau Hemmer am Arm und ging langsam mit ihr den Gang entlang, um sie nach Hause zu bringen.

Am Morgen war er, nachdem er sich von Hanna verabschiedet hatte, noch beim Bauamt der Landkreisverwaltung gewesen. Nach einigem Hin und Her hatte ihm der Beamte dort ein paar Unterlagen herausgesucht und kopiert. Die warf Valentin jetzt in Dombergers Fotoladen wütend auf den Tisch.

»Wenn ich den Grundbuchauszug da richtig lese, gehören dem Richard Knoop, also dem einzigen Bruder unseres Herrn Bürgermeisters, sechzig Prozent aller Grundstücke im Gewann Moosgrundäcker. Genau dort, wo jetzt diese Umfahrungsstraße entstehen soll.«

Wibke trat zu ihm und blickte ihn ungläubig an.

»Und die restlichen vierzig Prozent?«

»Dreimal darfst du raten!«

»Dem Bode!« sagte Domberger. »Was habt Ihr denn gedacht? Und die Buslinie, die nachher alle Touristen zu den Kreidefelsen bringen soll, wird Ole Fürmann betreiben, und Knoop ist dessen stiller Teilhaber!«

»Ja, da schau her«, sagte Valentin überrascht.

»Wissen ist Macht, das haben schon ganz andere vor mir verkündet!«

Valentin wurde plötzlich nachdenklich. Dann sagte er: »Sag mal, Donatius, wann ist hier die nächste Bürgermeisterwahl?«

»Weißt doch, im nächsten Frühjahr.«

»Man sollte einen eigenen Mann aufbauen ...«

»Ne eigene Frau!« rief Wibke spontan. Sie hing ihrem Gedanken prüfend nach und bekannte dann: »Mhmm – ich muß sagen, das hat was!«

»Genau!« Valentin leuchtete das sofort ein. »Tante Wibke, du hast doch kommunalpolitische Erfahrung!«

»Wenn ich fünf Monate jünger wär«, erwiderte sie ironisch.

»Da sei Gott vor!« rief Domberger entsetzt.

»Was, daß ich fünf Monate jünger wär?«

»Ne, daß du kandidierst!«

»Und wie ist es mit dir?« fragte Valentin ihn.

»Ich bin immer ein Mensch im Hintergrund gewesen!« Domberger beschäftigte sich gerade mit ein paar noch nassen Fotografien, die er mit Wäscheklammern an einer Leine festmachte.

»Aber du hast auch nicht verhindern können, daß der Bode begonnen hat, beim Kinderheim zu bauen«, stellte Valentin fest.

»Da bin ich – wie alle – überrascht worden!«

Bode hatte es verstanden, auch eines der Gemeinderatsmitglieder so an sich zu binden, daß der Mann bereit war, seine Interessen im Stadtrat zu vertreten: Lassmann, ein alteingesessener Saßnitzer Geschäftsmann, dessen Schreinerei mehr schlecht als recht lief, weil er mit seinen alten Maschinen der

Konkurrenz schon längst nicht mehr gewachsen war. Bode ließ sich Lassmanns Mitarbeit etwas kosten. Allerdings mußte er den Schreinermeister vor jeder Sitzung genau instruieren – das letzte Mal hatte er zum Beispiel nicht einmal den Mund aufgemacht.

Bode hatte Knoop gedrängt, die Sitzung mit dem verschobenen Tagesordnungspunkt rasch nachzuholen. Jeder Tag, jede Stunde war für ihn bares Geld.

Wieder war der Rathaussaal gedrängt voll. Valentin und Domberger saßen gespannt auf der Zuschauerbank. Diesmal war auch Bode zugegen. Wibke war wieder gut vorbereitet.

Kaum hatte Knoop die außerordentliche Sitzung eröffnet und die Debatte freigegeben, meldete sich Künath zu Wort.

»Wir sind ja nun man an einer Katastrophe grade so vorbeigeschrammt. Und wenn man's genau nimmt, ist es dazu nur gekommen, weil *einer*...« – er warf einen gezielten Blick auf Bode – »vollendete Tatsachen schaffen wollte, bevor wir überhaupt Zeit gefunden haben, darüber zu beraten!«

Nun erhob sich Lassmann und sagte schwerfällig: »Ich finde, man hätte Herrn Bode im nachhinein die Baugenehmigung erteilen müssen, schließlich ist das ein Projekt, das man gar nicht ablehnen kann, wenn man es mit unserer Gemeinde gut meint.«

»Jeder meint es mit unserer Gemeinde eben auf seine Weise gut, nicht wahr«, sagte Wibke. »Ich zum Beispiel finde es besser, wenn kranke Kinder in unserer guten Luft wieder gesund werden können, als daß ein paar Pfeffersäcke aus Hamburg, Berlin oder Rostock da ihre Golfschläger schwingen!«

»Die Luft ist überall gut auf Rügen, und das Heim kann auch woanders hin!« rief Bode dazwischen, aber Knoop bedeutete ihm, er möge sich zurückhalten.

»Golf spielen kann man auch überall auf Rügen!« gab Wibke zurück. »Und Hotels werden eh schon genug gebaut, sag ich mal . . .«

»So kommen wir doch nie auf einen grünen Zweig!« protestierte Lassmann.

Wibke stellte den Antrag, das Gelände des Kinderheims keinem gewerblichen Zweck zuzuführen, sondern das Kindersanatorium zu sanieren und zu erweitern.

»Gut«, sagte Knoop jetzt. »Sie haben es alle gehört. Die Fraktion der Freien Wähler hat einen Antrag gestellt. Wer für diesen Vorschlag ist, den bitte ich um das Handzeichen.«

Die Mehrheit der Gemeinderäte stimmte für Wibkes Antrag.

»Gegenprobe!« knurrte Knoop.

Wibke schaute sich um. Außer Lassmann und einem anderen Gemeinderatsmitglied stimmte niemand dagegen.

»Damit ist der Antrag angenommen«, stellte der Bürgermeister fest. »Und damit haben wir sicherlich eine menschliche Entscheidung getroffen . . .« Auch er wirkte erleichtert.

Als Bode nach der Sitzung aus dem Rathaus ging, konnte Valentin es sich nicht verkneifen, seinen Triumph noch ein wenig auszukosten. Er ging auf ihn zu und sagte: »Ja, Herr Bode, das Spiel ham's verloren!«

»Das trifft mich nicht so hart wie Sie«, erwiderte der Makler.

»Mich?« Valentin verstand nicht.

»Wissen Sie, das läßt sich alles kompensieren.«

»Wie denn?«

»Ich hab da ein anderes Projekt.«

»Hier, in Saßnitz?«

»Ne, drunten in Bayern.«

Valentin fiel aus allen Wolken. »Was Sie nicht sagen. Und wo da?«

»Miesbach, Ortsteil Obersreuth – Mohnbachtal. Direkt vor der Haustür Ihres Hofs. Ihr Vetter Karl erweist sich als äußerst kompetenter und kooperativer Partner. Und Frau Mitterer führt jetzt meine Geschäfte dort.«

Lachend drehte er sich um und ließ Valentin auf der Treppe stehen.

Valentin sah nachdenklich hinter ihm her. Wie bei einer Hydra, dachte er. Schlägt man ihr einen Kopf ab, wachsen sieben andere nach. Kopfschüttelnd stieg er hinab zu Wibke und Domberger, die schon, neugierig geworden, auf ihn warteten.

Bernie holte mit Frau Hemmer Chris und Fabian vom Krankenhaus ab. Zurück im Heim, wurden sie mit großem Hallo von den anderen Kindern begrüßt. Sie bildeten ein Spalier vom Jeep bis zum Eingang und winkten mit bunten Taschentüchern Willkommen. Einige der älteren Kinder stürzten sofort heraus und stützten ihre immer noch sehr schwachen Kameraden. Die anderen versammelten sich um Frau Hemmer und bombardierten sie mit tausend Fragen. Aber die mußte erst mal ihre Nase putzen. Sie weinte vor Erleichterung und Glück ...

In dem Moment, da alle im Haus verschwunden waren, kam Hanna in ihrem Wagen heran und fragte Bernie rundheraus, ob er nicht Lust habe, mal mit hinauszusegeln. Bernie erinnerte sich, daß sie gerade den Segelschein gemacht hatte.

»Gern, aber heut geht's nicht!« Dabei strahlte er wie ein Honigkuchen.

»Schade!«

»Leider bin ich schon verabredet.« Hanna bemühte sich, ihre Enttäuschung nicht zu zeigen, winkte ihm zu und fuhr wieder davon.

Bernie schwebte zum Haus hinüber und sang leise vor sich hin: »Du hast Glück bei den Fraun, Bel Ami!«

Er hörte Valentins Motorrad und ging ihm entgegen. »Sind unsere zwei Patienten schon da?« erkundigte sich Valentin.

»Grad hab ich sie gebracht.«

»Ja, dann komm, man soll die Feste feiern, wie sie fallen!« rief Valentin und klopfte dem Freund auf die Schulter. Sie gingen zum Haus.

»Du bist vielleicht ein Glückspilz, Bernie. Die Miriam fährt total auf dich ab!«

»Und nicht nur die!«

»Sag bloß!«

»Naja, ich bin auch zum Segeln eing'laden worden!«

Valentin kam sofort ein Verdacht. »Von der Hanna

etwa?« Bernie wurde plötzlich verlegen, ließ dann aber die Katze aus dem Sack und sagte: »In allen Ehren natürlich.«

»Natürlich . . .«, wiederholte Valentin und verzog den Mund. Dann wechselte er das Thema: »Wann fährst denn wieder zurück nach Bayern?«

Bernie sah ihn an. »Warum?«

»Der Bode spielt da ein ganz mieses Spiel. Der hat sich mit dem Karl und der Heidi zusammengetan.«

»Ui! Das ist allerdings eine unheilige Allianz!«

Bernie blieb stehen. »Ja weißt, ich hab mir überlegt, ob ich nicht überhaupt hier heroben bleib.«

Valentin riß die Augen auf. »Du? Hier oben? Auf Rügen?«

»Ich könnt' eine Zeitung gründen. Ein eigenes Blatt, verstehst. Mit all meiner Erfahrung, meinem Know-how . . .«

Valentin aber starrte ihn immer noch ungläubig an und brachte kein Wort heraus.

Einige Kinder liefen ihnen entgegen. Offenbar hatte man sie schon gesucht. Kurzerhand nahmen sie die beiden Erwachsenen, die da vor dem Eingang festgenagelt zu sein schienen, an den Armen und zogen sie ins Haus . . .

7

Aiblingers Erbe

Alfons Bachmaier, der frühere Landrat des Landkreises Bad Tölz, hatte sich in den letzten Wochen der Stammtischrunde um Pater Tobias, Michael und Haberl angeschlossen, wenn er auch nicht so regelmäßig erschien wie die anderen. Aber nach dem Tod seiner Frau war ihm mit der Zeit doch die Decke auf den Kopf gefallen, was durch den Umstand, daß diese Decke zu einem der schönsten Häuser Miesbachs gehörte, nicht gemildert wurde. Sein wiedererwachter Unternehmungsgeist drängte nach Aktivität. Und so hatte er die widerstrebenden Stammtischbrüder irgendwann so weit, daß sie in eine gemeinsame Bergwanderung einwilligten. Michael Gruber war der letzte, der sich breitschlagen ließ. Man hatte ihn am Ende fast zum Ausgangspunkt tragen müssen.

Sie hatten einen Tag erwischt, der für eine Bergwanderung wie geschaffen schien. Ein nächtlicher Regen hatte die Luft gereinigt, die dem Blick der Wanderer nun herrliche Ausblicke ermöglichte. Der Einfallswinkel der späten Vormittagssonne verlieh der Landschaft eine seltene Plastizität. Die Luft roch würzig nach Tannennadeln.

Der Rückweg führte sie etwas oberhalb des Mohnbachtals entlang, als Michael plötzlich stehenblieb, durchs Fernglas blickte und sagte: »Was macht denn der Karl mit denen da? Kann mir einer sagen, was das zu bedeuten hat?«

»Gib halt amal her!« meinte Bachmaier und nahm das Fernglas an sich.

»Im Grunde kann man die Planung, die uns auf Rügen kaputtgemacht wurde, nahtlos hierher übertragen«, sagtc Christian Bode gerade unten im Tal. Er hatte sich mit Karl zu einem Vorgespräch dort getroffen. Heidi, seine Assistentin, erläuterte: »Golfplatz mit Hotel und Clubgebäude und dazu sechzehn Bungalows für gehobene Ansprüche . . .«

»Klingt nicht schlecht«, meinte Karl, »und würde sicher eine Menge Geld in unsere arme Stadtkasse bringen!«

Bachmaier beobachtete von hoch oben am Berg die großen Gesten von Karl, der mit weit ausschreitenden Beinen und rudernden Armen bereits das Grundstück abzustecken schien. Der Makler folgte ihm auf dem schmalen moosgrundigen Weg am Bach entlang. »Eine Bilderbuchlandschaft«, sagte er ein ums andere Mal.

Der Ex-Landrat schüttelte den Kopf und sagte: »Also, wie das aussieht, will der da unten mindestens einen Staudamm mit Wasserkraftwerk und einen Flugplatz bauen.« Er fragte Pater Tobias nach dem Fremden, und der erklärte: »Bode, Christian Bode: Makler, Bauplaner, Bauunternehmer, Versicherungsgeneralagent, Immobilienbesitzer, Immobilienhändler . . .«

Bachmaier runzelte die Stirn. Dann sagte er entschlossen: »Das sollten wir uns amal aus der Nähe anschauen!«

Eine knappe Stunde später erreichte das Quartett den Mohnbachtalgrund. Karl setzte Bode kurz über Bachmaiers Person ins Bild. Man begrüßte sich. Dann fragte Karl: »So, habt's ihr eine Wanderung gemacht?«

Voller Stolz erklärte Pater Tobias: »Auf den Hausnerkogel und über die Kochelwand zurück – mit nur einer Pause und das Ganze in ...« Er schaute auf seine Armbanduhr: »... nur sechseinhalb Stunden.«

»Respekt, Hochwürden!« sagte Karl anerkennend und schmunzelte.

Michael hielt es vor Neugier nicht mehr aus. »Was macht's denn ihr hier im Mohnbachtal?« platzte er heraus.

»Naja«, lächelte Karl. »Es ist immerhin mein Grund und Boden, Onkel Michael!«

Karls Antwort befriedigte Michael nicht. Deshalb wandte er sich an Bode. »Wollen'S hier bauen, oder was?«

Bode war Michael für das Stichwort dankbar und sagte: »Kommt auf die Bedingungen an.« Dann blickte er zu Bachmaier herüber. »Sie sind also der frühere Landrat?«

Mit seiner stämmigen Figur, dem wettergegerbten Gesicht und den kurzgeschnittenen, grauen Haaren wirkte der hochgewachsene Ex-Landrat wie ein bayrisches Urgewächs. »Ja«, gab er Bode zu verstehen, »aber jetzt bin ich emeritiert, wie man so sagt.«

»Obwohl – ein Emerit ist er deshalb noch lange nicht!« erkärte Tobias.

»Sehen Sie, das meine ich auch!« Bode hatte blitzschnell geschaltet, daß er sich Bachmaier, der sicher unzählige wichtige Beziehungen besaß, nutzbar machen sollte. Er sah ihn an und sagte: »Wir sollten uns unbedingt einmal unterhalten.«

Bachmaier kannte diese Art Anrede von einer bestimmten Sorte von Geschäftsleuten nur allzugut aus seiner Zeit als Verwaltungsmann und Politiker und fragte sofort mißtrauisch zurück: »Wir zwei – ja warum?«

»Das werde ich Ihnen dann erklären«, sagte Bode ausweichend, lächelte aber freundlich.

Nun schaltete sich Haberl ein und fragte: »Jetzt sag amal, Michael, wenn der im Mohnbachtal bauen will, da muß er doch auf jeden Fall über euer Grundstück, anders kommt er doch gar nicht hier herunter.«

»Stimmt genau!« bestätigte Bachmaier und sah Bode fragend an. Der aber blickte zu Karl und sagte: »Da finden wir schon eine Lösung. Oder was meinen Sie, Herr Bürgermeister?«

»Manchmal denk ich, der Großvater kann nicht mehr so recht bei Verstand gewesen sein, wie er das Testament gemacht hat.« Der alte Groll regte sich in Karl wieder. Dann sah er Michael an. »Ihr könnt ohne mich den Aiblinger Hof nicht ausbauen, und ich kann hier unten gar nix machen, ohne daß ihr mitspielt. Euch hat er genauso beschnitten wie mich hier mit dem Grundstück. Man hätt' das nie auseinanderreißen dürfen!«

»Vielleicht war er ja wirklich nicht mehr so gut beianand«, warf Heidi ein.

Michael hob nur die Schultern und sagte entschuldigend: »Was soll ich dazu sagen: Ich war ja dazumal noch in Mexiko.«

»A bissel wunderlich ist er nach dem Unfall vielleicht g'wesen«, meinte Pater Tobias. »Aber seine fünf Sinne hat er bestimmt noch beisammen g'habt.«

Bode wurde hellhörig. »Er hat einen Unfall gehabt?«

»Beim Angeln«, sagte Bachmaier und zeigte auf Karl. »Da, der Karl Gruber ist dabei gewesen.«

»Und der hat ihm damals das Leben gerettet«, stellte Haberl fest.

»Gedankt hat er's mir nicht!« sagte Karl bitter, aber Pater Tobias monierte sofort: »Versündig dich nicht, Bürgermeister!«

Karl winkte ab und ging zu seinem Wagen. Er habe jetzt eine nichtöffentliche Gemeinderatssitzung, erklärte er.

Bode vereinbarte einen weiteren Termin mit ihm. Dann ließ Karl den Motor aufheulen und fuhr davon. In einem Ton, als habe er seine Baugenehmigung schon in der Tasche, sagte Bode zu den anderen: »Eins ist mal sicher. Wenn wir hier anfangen, etwas aufzubauen, dürfen wir nicht kleckern, da müssen wir klotzen!«

Am frühen Abend trudelte der Makler in Karls Amtszimmer ein, sah an den holzgetäfelten Wänden entlang, warf einen Blick auf die Gemäldegalerie der Vorgänger Karls und die eindrucksvolle Geweihsammlung und sagte anerkennend: »Schön haben Sie's hier.«

»Naja«, meinte Karl, »ein bißchen ehrwürdig für einen modernen Verwaltungsmenschen.« Er bot ihm einen Platz in der Sitzecke an. Bode versank in einem der mächtigen Ledersessel und kam direkt zur Sache.

»Frau Mitterer sagt, der Arzt, der Ihren Großvater damals behandelt hat . . .«

»Dr. Brussmann!«

»Genau, das war der Name. Der bemüht sich wohl um die Chefarztstelle im Städtischen Krankenhaus.«

»Stimmt«, bestätigte Karl. »Der Verwaltungsrat beschließt am Freitag darüber.«

»Und Sie sitzen dem Verwaltungsrat vor?«

Bode war offenbar durch Heidi bestens informiert. »Ja«, antwortete Karl, »das bringt das Amt so mit sich. Warum fragen Sie?«

»Ich denke, Sie könnten das Testament anfechten. Wenn Brussmann als Gutachter in den Zeugenstand geht.«

Für einen Moment trat Schweigen ein zwischen den beiden Männern. Karl sah Bode nachdenklich an. Dessen Strategie klang überzeugend. Aber sie barg auch ihre Risiken!

»Sie kennen die Leute hier nicht! Neun von zehn meiner Wähler würden mir ein solches Vorgehen übelnehmen!«

Aber Bode war auf diesen Einwand vorbereitet. »Frau Mitterer meint, Sie seien nicht Bürgermeister geworden, um es bis zur Pensionsgrenze zu bleiben.«

»So, sagt das die Heidi.«

»Mal angenommen, wir gründen hier dieses Feriencenter mit Golfplatz und allem drum und dran – da könnten Sie doch als Partner mit einsteigen!« lockte der Makler.

Karl blickte ihn fragend an.

»Ja«, erklärte Bode weiter. »Sie bringen den Grund und Boden mit und ich das Kapital.«

»Jetzt versteh ich ...«

»Und Sie wären der ideale Manager für das gesamte Unternehmen!«

Karls Gedanken überschlugen sich förmlich. »Das ginge aber nur ...«

»Wenn Sie das *gesamte* Gelände einbringen – einschließlich Aiblinger Hof.«

Eine ungemein reizvolle Perspektive, dachte Karl. Dieser Bode war doch ein Fuchs. Vielleicht konnte er ja mit dessen Hilfe seine langgehegten Pläne doch noch in die Tat umsetzen!

»Wieviel Geld war denn drauf, sagen Sie?« fragte Künath. Vor ihm stand ein Ehepaar um die fünfzig und beklagte den Verlust seiner Sparbücher. Die Frau sah blaß und abgearbeitet aus und war völlig aufgelöst. Der Mann neben ihr, von kräftiger Statur und mit einer gesunden Bräune im Gesicht, ließ seinen Blick im Raum umherschweifen.

»Über 34 000 Mark«, antwortete die Frau. »Alles, was wir in den letzten zehn Jahren zusammengespart haben.«

»Vom Munde abgespart, sozusagen!« bekräftigte der Mann.

»Und das ist noch am gleichen Tag abgehoben worden.«

»Ratzeputz.«

»Und ich weiß genau, ich hab die Sparbücher in eine von den Umzugskisten gepackt.«

Valentin kam herein und folgte aufmerksam dem weiteren Gesprächsverlauf.

»Das war vielleicht nicht so klug – ausgerechnet die Sparbücher!« meinte Künath.

»Was ich sage!« Der Mann warf einen mißbilligenden Blick auf seine Frau, die sofort in Tränen ausbrach. Unter Schluchzen brachte sie hervor: »Und wir haben schon die Möbel und die neue Einbauküche bestellt, wovon sollen wir die denn jetzt bezahlen?«

»Die reine Katastrophe«, sagte der Mann matt und sah aus dem Fenster.

»Hab ich das richtig verstanden, Sie ham Ihre Sparbücher in irgendeinen Umzugskarton …?« mischte sich nun Valentin ein.

Er kannte die beiden. Frau und Herrn Streitz hatte er vor ein paar Monaten fälschlicherweise verdächtigt, an den Diebstählen von Autozubehör beteiligt gewesen zu sein.

»Nicht in *irgendeinen*!« protestierte die Frau. »In den, wo wir alle Akten und so was reingetan haben!«

»Also müssen wir die Leut von der Möbelfirma mal genau unter die Lupe nehmen«, meinte Valentin und ging hinüber zu seinem Schreibtisch.

Nun kam doch mit einem Mal Bewegung in den Mann.

»Da kommt doch nichts raus dabei«, wandte er ein. »Da hat einer den Karton aufgemacht, dann hat er sich schnell mal abgeseilt, in der Mittagspause oder so. Meine Unterschrift hat er ja auf dem Transportauftrag gehabt, die hat er ein bißchen geübt, dann ist er zur Sparkasse und der Fall war erledigt!«

Das Klingeln des Telefons unterbrach seine Ausführungen. Valentin nahm ab und hörte am anderen Ende seinen aufgeregten Vater, der Bodes neueste Absichten im Mohnbachtal schilderte. Nach jedem Satz schaute Valentin noch ungläubiger drein. Bode und Karl wollten sich also zusammentun. Ganz so, wie Bode es ihm angekündigt hatte! Dieser Immobilienhai ließ ihn auch wirklich keinen Tag zur Ruhe kommen!

Valentin versprach seinem Vater, am Wochenende heimzukommen und vielleicht auch noch, wenn nötig, ein paar Tage Urlaub anzuhängen ... Als er den Hörer auf die Gabel zurücklegte, sagte Künath über die Schulter: »Das wird nicht gehn, du hast nämlich Wochenenddienst, ich muß auf Fortbildungskurs und Frau Kressnik hat frei.«

Valentin sah zu der jungen Kollegin hinüber, setzte ein freundliches Lächeln auf und sagte: »Da macht die Kollegin Kressnik eben mal ausnahmsweise Wochenenddienst.«

»Das macht die Kollegin Kressnik ganz bestimmt nicht«, erwiderte sie kühl. »Denn die hat ein Date mit einem Typen, auf den sie schon ’ne ziemlich lange Zeit ziemlich spitz ist! Und für dieses Wochenende hat ausgerechnet der Typ die Kollegin Kressnik zu einer Wanderung eingeladen.«

Unbeeindruckt von ihrer ausführlichen Begründung sagte Valentin: »Der Dienst geht vor!«

»Eben! Da kann man eben nicht mal schnell nach Bayern rutschen, wenn man zum Wochenenddienst eingeteilt ist.«

Mit gespieltem Ernst entgegnete er: »Jetzt sagen Sie mal, Frau Polizeianwärterin, wie reden Sie denn mit mir? Immerhin bin ich ihr Chef!«

Aber Mascha blieb hart. »Nicht am Wochenende, wenn ich frei hab!«

Valentin fühlte sich wie der Tiger im Käfig und verlegte sich aufs Bitten: »Menschenskind, ich kann doch nicht hier oben sitzen, und dort unten zockt mir einer mein ganzes Hab und Gut unterm Hintern weg!« Hilflos ging er hin und her. Er *mußte* einfach eingreifen! Ihn packte ein heißer Zorn und er schimpfte, ohne Rücksicht auf die Anwesenden zu nehmen: »Dieser Baazi, dieser Haderlump, dieser Saukerl, dieser boinige!« Dann stapfte er auf die Tür zu. »Aber mir fällt schon noch was ein!« rief er. »Dieser Hundling!« Und damit schlug er die Tür hinter sich zu.

Verdutzt blickte das Ehepaar Streitz ihm nach. Künath holte einen Block hervor und sagte: »Ein Protokoll müssen wir noch aufnehmen! Ihr Name?«

»Arnold und Inge Streitz . . .«, sagte die Frau.

Von der kleinen Anhöhe aus hatten Bernie und Miriam einen herrlichen Ausblick auf die Bucht. Die Abendsonne hüllte die mächtigen Ulmen in einen warmen Glanz. Leise bewegte der Wind die Zweige. Drunten auf dem Meer nahm eine Fähre von Saßnitz aus Kurs Richtung Bornholm. Bernie hatte Miriam an der Hand gefaßt. Am Waldrand machten sie kehrt und schlenderten wieder dem kleinen Parkplatz zu.

»Meinst nicht auch, das ginge – hier auf Rügen eine eigene Zeitung aufmachen?« sagte er.

»Der Markt ist doch dicht«, meinte Miriam, »wir haben Zeitungen genug!«

»Aber keine so gute, wie ich sie machen tät. Und so überparteilich!«

»Außerdem: Für so was braucht man doch Geld, Bernie!«

Er überlegte. »Ich müßte einmal mit dem Donatius Domberger reden. Er ist ein guter Fotograf, ich bin ein guter Schreiber. Und er soll ja so viel geerbt haben.«

Miriam war besser informiert. »Siebzehn Hektar Land, die er aber dem Naturschutz lassen will. Damit kannst du noch nicht mal das Evangelische Wochenblatt der Kirchengemeinde Saßnitz finanzieren. Und das kommt nur einmal im Monat raus.«

»Das wär' auch das Letzte, was ich wollte. Schließlich bin ich gut katholisch. Ich müßt mich ja Sünden fürchten!«

Der Klang von Kirchenglocken zog über den Wald aus dem nahen Ort herauf. Bernie blieb stehen. Sie blickten auf das weite Meer, das nun von einem orangenen Glanz überzogen in den abendlichen Sonnenstrahlen flimmerte.

Miriam lehnte sich gegen Bernie. Er legte sanft seine Arme um sie und sprach leise:

»Da sagt der Landmann: es ist gut.
Ihr Abendglocken lang und leise
Gebt noch zum Ende frohen Mut.
Ein Vogelzug grüßt auf der Reise.«

Sie drehte sich zu ihm um, stellte sich auf die Zehenspitzen und küßte ihn auf den Mund. »Schön. Ist das von dir?«

Bernie schüttelte den Kopf. »Georg Trakl. Es paßt halt grad so gut.« Er stutzte und hielt die Hand an sein Ohr. »Das allerdings weniger!« sagte er und deutete mit dem Kinn in Richtung Parkplatz. Er hörte die bekannten Motorengeräusche von Valentins Harley-Davidson.

Wenige Sekunden später war Valentin mit seiner Maschine bei ihnen. Er war erleichtert, daß Hanna spontan zugesagt hatte, am Wochenende für ihn einzuspringen. Sogar Schnoor hatte zähneknirschend eingewilligt. Valentin schaltete den Motor ab und sagte grinsend: »Seht ihr: Die Polizei findet euch immer und überall!«

»Du störst!« bellte Bernie.

»Ich hab mir fast so was gedacht«, antwortete Valentin. Dann wurde er plötzlich ernst. »Bernie, ich muß nach Miesbach!«

»Wer muß, der soll auch.« Bernie verdrehte die Augen.

»Ich hab halt denkt, du kommst vielleicht mit«, sagte Valentin und blickte zu Boden. Er fühlte sich unbehaglich. »Du weißt ja, daß die da unten was vorham!«

»Gegen eine Intrige gibt's immer ein Mittel . . .«

Miriam wußte sofort, was er meinte: »Eine noch größere Intrige!«

»Genau!«

»Aber genau das schaff ich nie und nimmer ohne dich, Bernie!« Valentin sah ihn bittend an. Aber Bernie blieb knochenhart. »Ich bin derzeit auf Urlaub und in diesem absolut unabkömmlich!«

»Was bist du bloß für ein Freund!«

»Der beste, den man sich denken kann«, sagte Miriam und gab Bernie einen zweiten Kuß.

»Du kannst mein Auto haben«, sagte Bernie, als er wieder Luft bekam. »Dann mußt du die 1200 Kilometer nicht auf deiner Hämorrhoidenschaukel abreißen!«

Valentin nickte und warf den Motor wieder an. Da rief Bernie: »Nimm doch den Armin Petersen mit, da würde sich die Kathrin bestimmt freuen!«

»Und der Petersen auch!« fügte Miriam hinzu.

Lässig salutierte Valentin mit dem Zeigefinger an der Stirn und rauschte davon. Im Grunde konnte er den Bernie ja ganz gut verstehen ...

Hanna fuhr noch am selben Nachmittag zur Firma »Appel-Umzüge«, um in der Sache der abhanden gekommenen Sparbücher zu ermitteln. Die Firma besaß ein langgestrecktes Lagerhaus am Ortsrand von Saßnitz und ein großes Wohnhaus, in dem sich im Parterre die Verwaltung befand.

Sie hatte sich schnell zum Chef des kleinen Unternehmens, das über dei LKWs verfügte, durchgefragt und traf auf einen freundlichen Sechziger mit kurzen, grauen Haaren.

»Tag, sind Sie Rudolf Appel?« fragte Hanna und schloß die Tür hinter sich, die ihr die Sekretärin gewiesen hatte.

Appel, der an seinem Schreibtisch saß und Transportscheine ablegte, hob den Kopf und lächelte sie an: »Seit ich denken kann, ja!«

»Wir haben da eine Diebstahlsanzeige.«

Appel bot ihr den Stuhl vor seinem Schreibtisch an und arbeitete weiter.

»Sie haben doch gestern den Umzug der Familie Streitz gemacht.«

»Ham wir, jawoll!« bestätigte er.

»Nun gibt das Ehepaar Streitz an . . .«

Appel legte seine Papiere beiseite und schaute Hanna mißbilligend an: »Ja, das hat mir ja der Herr Künath nu schon gestern am Telefon verklickert, aber für meine Leute lege ich die Hände ins Feuer.« Er legte seine Hände nebeneinander auf die Schreibtischplatte und blickte auf sie hinab.

»Da kann man sich aber leicht dabei verbrennen, Herr Appel!«

»Ich nicht«, erwiderte der Mann selbstbewußt. »Seit dreißig Jahren mache ich Umzüge. Seit dreißig Jahren – vor der Wende, während der Wende, nach der Wende. Immer. Und ich habe noch nie Anstände gehabt.« Seine Hände waren nun in Bewegung gekommen und untermalten seine Worte mit Gesten: »Gut, mal haut einer 'ne Ecke von 'nem Schrank ab oder läßt'n Regalbrett auf die Bettkante knallen, aber . . .«

Hanna unterbrach seine Erklärung: »So genau wollte ich's eigentlich gar nicht wissen. Könnte ich denn mit den Leuten mal sprechen, die den Umzug der Streitz' gemacht haben?«

Sofort war Appel am Fenster, riß es auf und brüllte über den Hof: »Emil, komm mal rüber!«

»Na, 'ne Lautsprecheranlage können *Sie* sich sparen!« sagte Hanna beeindruckt.

»Und bring den Hassan mit!«

»Hassan, ist das ein Türke?«

»Ein Libanese, aber ein erstklassiger Mann. Macht das beste Kebab auf der ganzen Insel – wenn er grade mal nischt bei mir zu tun hat.« Er fixierte sie und kniff die Augen zusammen. »Wenn Sie da Vorurteile mit sich rumschleppen, Frau Polizeimeisterin ...«

Hanna hob beschwichtigend die Hände. »Ich bitte Sie, das war doch nur so 'ne Frage – Hassan ist schließlich kein Rüganer Name, oder?«

»Den beiden können Sie ihren ganzen ererbten Schmuck anvertrauen, da fehlt nachher kein Fitzelchen.«

»Ich hab' leider noch niemals Schmuck geerbt. Haben die zwei den ganzen Umzug gemacht?«

»War'n ja bloß fünfundzwanzig Kisten, zwei Betten, zwei Schränke, ein Tisch und 'ne Sitzgruppe – drei Möbelwagenmeter. Mehr haben die nicht gehabt. Die Leute wollten sich ja in ihrer künftigen Wohnung ganz neu einrichten!«

Als Emil und Hassan nun eintraten und Hanna sich mit ihnen unterhielt, bestätigte sich der Eindruck, den Appel ihr von den Männern vermittelt hatte. Die Männer wirkten auf sie anständig und unbedarft. Aber sie wußte auch, daß der erste Eindruck täuschen konnte! Schließlich entschuldigte sie sich und fuhr ins Revier zurück.

Dort kam sie gerade dazu, wie zwei neunjährige Jungen einen Hund an einem Strick bei Künath abgaben, der etwas hilflos am Tresen stand: »Aber ihr könnt das Vieh doch nicht einfach losbinden und zur Polizei schleppen!«

Das »Vieh« besaß eine plattgedrückte Schnauze. Riesige Schlappohren verdeckten die Augen. Die hohen, schlanken Beine trugen einen langgestreckten Körper, dessen Abschluß ein Stummelschwanz zierte. Irgendeine Mischung aus Boxer, Dogge und Pudel, tippte Hanna.

Einer der Jungen protestierte sofort mit hoher Stimme: »Erstens ist das kein Vieh, sondern ein Hund! Zweitens war er an die Leitplanke gebunden und hätte überfahren werden können. Und drittens ...«

»Haben wir den gar nicht schleppen müssen!« rief der andere Junge. »Der ist von alleine gelaufen!«

Jetzt ging Hanna auf den Hund zu und streichelte sein kurzes, graues Fell. Sofort begann das Tier mit dem Schwanz zu wedeln und sprang an ihr hoch.

»Wie heißt er denn?« fragte sie die Jungen.

»Hat er nicht gesagt«, antwortete der mit dem blonden Lockenschopf. Und der andere erläuterte: »Hund halt.«

»Tja, Kinder«, sagte Künath, »am besten bringt ihr ihn ins Tierheim!«

»Da wird er doch auch bloß eingesperrt!« protestierte der mit der Brille.

»Einen andern Weg gibt's nun mal nicht!« Künath

wurde langsam nervös. »Vielleicht findet er dort ja einen neuen Herrn.«

»Es gibt schon auch noch einen andern Weg«, schaltete sich Hanna ein. »Ich nehm ihn mit zu meiner Tante Wibke.« Sie schaute die beiden Jungs an und fügte hinzu: »Und da könnt ihr ihn dann auch besuchen und spazierenführen, wenn ihr wollt!«

Die Jungen sahen sich an. Dann rief der Lockenschopf: »Das ist ja spitze!«

»Mega ist das!« sagte der andere.

Sie knuddelten den Hund noch einmal und rannten dann zur Tür. Hanna folgte ihnen und nannte ihnen die zukünftige Adresse des Hundes. Als die beiden Jungen endgültig aus dem Haus waren, fragte Künath: »Und, wic war's beim Möbelspediteur?«

»Ein Flop. Entweder die Leute sind erstklassige Schauspieler, oder das Geld ist von einem raffinierten Dieb gestohlen worden, der sie beobachtet hat. Die Mittagspause fiel nämlich genau in die Zeit, wo sie abgeladen haben. Und da haben sie sich auf 'ne Bank hinterm Haus gesetzt. Der Möbelwagen stand solange vorne auf der Straße – die Türen zur Ladefläche sperrangelweit offen!«

»So was konnte man auf Rügen früher machen«, meinte Künath. »Jetzt sind die Zeiten hier auch vorbei . . .«

Der Weg schlängelte sich den zahlreichen Windungen des Mohnbachs entlang über viele kleine Brükken durch das Tal. Christian Bode und Heidi wehte ein leichter Wind entgegen. Begleitet vom Rauschen und Glucksen des hellen Gebirgsbaches schlenderten sie talaufwärts. Sie verließen den Talweg, um über einen Fußpfad zu einer kleinen Anhöhe zu gelangen, auf deren Gipfel eine alte Rotbuche ihre mächtige Krone ausbreitete. Von hier oben aus konnte man das ganze Mohnbachtal mit einem Blick erfassen. Schweigend blieben sie stehen, atmeten tief durch und ließen ihre Blicke über das Gelände schweben. Dann setzten sie sich auf die Bank am Fuße des Stammes.

Bode klappte den großen Zeichenblock, den er mitgenommen hatte, auf und begann zu zeichnen.

»Ihr Tip war genau richtig«, meinte er, ohne vom Blatt aufzusehen. »Der Bürgermeister hat tatsächlich angebissen. Und das seh ich mit einem lachenden und einem weinenden Auge.«

Heidi legte die Stirn in Falten und sagte: »Mit einem weinenden – ja warum denn das?«

»Ich werde dich an ihn verlieren«, erwiderte er zaghaft.

»Ah, sind wir jetzt wieder privat?« stellte sie verschmitzt fest.

»Der ist noch genauso verliebt in dich wie eh und je – kann man ja auch verstehen.«

»Und da leidest du natürlich sehr darunter!« Heidi zog spöttisch die Mundwinkel nach unten.

»Mehr, als du offensichtlich glaubst ...«

Heidi wollte dem Gespräch eine andere Richtung geben und beugte sich über das Blatt. Erstaunt sah sie, wie in der kurzen Zeit das perspektivische Bild der Ferien- und Golfanlage entstanden war. Darum herum hatte Bode in wenigen, aber präzisen Strichen die umliegenden Höhenzüge einschließlich der dahinterliegenden größeren Gipfel gruppiert.

»Sie sind ja richtig begabt, Chef!«

»Ja, nicht wahr?« erwiderte er und sah von seiner Zeichnung auf. »Die Leute denken immer, ich könnte nur mit Zahlen umgehen.«

In Augenblicken wie diesen fühlte sich Heidi sehr zu ihm hingezogen. Aber im nächsten Moment konnte dieses Gefühl schon wieder verflogen sein. Deshalb war es vielleicht besser, überlegte sie, ihm nicht leichtfertig nachzugeben ...

Sofort nachdem Karl ihm eröffnet hatte, er müsse Großvaters Testament anfechten, wollte Michael Valentin verständigen, aber der war bereits unterwegs nach Miesbach. Mit gekünstelter Dramatik hatte Karl ihn daran erinnert, daß Michael sich damals ja sein Erbteil habe auszahlen lassen, um damit nach Mexiko zu verschwinden, während sein Vater habe schuften müssen ... »Und nachher habt ihr euch ins gemachte Nest gesetzt – so sieht's doch aus. Aber dieses Unrecht muß korrigiert werden ...«, hatte Karl verbittert geäußert.

Michael hatte Bachmaier verständigt, und der war sofort bereit, zu einem guten Bier und einer Lagebesprechung vorbeizukommen.

Jetzt stand er breitbeinig, einen Humpen in der Hand, im Gewächshaus und sagte: »Da steckt doch garantiert dieser Immobilienhai aus Rügen dahinter. Der Karl hat sich längst damit abgefunden g'habt, daß er nur das Mohnbachtal erbt!« Er nahm einen langen Zug.

»Aber wie will er das Testament überhaupt anfechten?« fragte Michael.

Der Altlandrat wischte sich mit dem Handrücken den Bierschaum vom Mund und erklärte: »Das geht nur, wenn er den Nachweis führt, daß dein Vater bei der Abfassung seines Letzten Willens nicht im Vollbesitz seiner geistigen Kräfte war.«

»Und wie könnte er so einen Nachweis führen?«

»Er braucht ein ärztliches Gutachten.« Bachmaier hielt inne. »Ah, jetzt ... ja natürlich!« rief er aus. Mit einem Mal waren ihm die Zusammenhänge klar! »Nachtigall ich hör dich ...«

»Was hörst?« fragte Michael.

»Dein Vater ist beim Dr. Brussmann in Behandlung g'wesen. Und derselbe Dr. Brussmann will doch jetzt Chefarzt von der Städtischen Klinik werden.« Bachmaier machte ein nachdenkliches Gesicht. »So wird ein Schuh draus!«

Michael hing verblüfft an seinen Lippen. Aber Bachmaier sagte: »Auf jeden Fall mußt du den Valentin verständigen!«

»Der ist bereits unterwegs!« erwiderte Michael und warf einen Blick auf die Uhr. »Und müßte auch bald da sein.«

Inzwischen waren auch Agnes und Kathrin hinzugekommen und hatten Bachmaier begrüßt.

»Wie du noch Landrat warst«, sagte Agnes vertraulich, »hast zusammen mit dem Altbürgermeister Moosburger da draußen ein NATO-Munitionsdepot anlegen wollen.«

»Und der Valentin und der Aiblinger ham's vereitelt – erinner mich bloß nicht dran!« sagte Bachmaier mit gespieltem Ärger. Aber Michael kannte die Geschichte noch nicht und rief: »Was, die zwei haben's vereitelt?«

Kathrin erkärte kichernd: »Sie ham das Land parzelliert und a paar Ar verschenkt.«

»An den Dalai Lama zum Beispiel«, erkärte Bachmaier und mußte nun selber schmunzeln.

»Waas?« Michael verstand noch immer nichts.

»Und der hat das Geschenk auch prompt angenommen.«

»Aber wie kann dann der Bode da draußen bauen wollen, wenn das dem Dalai gehört?« fragte Agnes.

Gebannt verfolgte Michael das Gespräch und schaute von einem zum andern.

»Der Notar hat das damals geregelt, als der Aiblinger Bauer g'storben ist«, erläuterte Bachmaier. »Der Dalai und der Italiener ...«

Für Michael war die Verwirrung perfekt. Kathrin sah seinen Gesichtsausdruck und sagte in einem Ton, als müsse sie jetzt alles ein für allemal klarstellen: »... Luigi Carvallo und der Boris Begulov von Rügen!«

»Genau«, nahm Bachmaier den Faden wieder auf, »die sind dann mit einem anderen Stückel abgefunden worden. Sozusagen symbolisch. Aber da hat die NATO schon d'Nas von uns voll g'habt.« Er setzte seinen Humpen an und trank aus.

»Wer weiß, für was es gut ist!« warf Agnes ein.

Da hörten sie draußen ein Motorengeräusch. Kathrin eilte zur Tür und rief: »Ob das schon der Valentin ist?«

Valentin brauste mit Bernies Auto heran. Auf

dem Beifahrersitz entdeckte Kathrin Armin Petersen.

»Ja, jetzt kann ich gar nimmer . . .«, rief sie überrascht.

Inzwischen waren die anderen gefolgt. Valentin stieg aus und sagte zu Kathrin: »Gell, jetzt weißt net, wen du zuerst in den Arm nehmen sollst. Woast was, nimmst ihn, und ich nehm solang die Agnes.«

Valentin nahm Agnes in den Arm und wirbelte sie herum, daß sie hell auflachte. Kathrin und Petersen faßten sich an den Händen.

Als sich endlich alle begrüßt hatten, bat Kathrin die ganze Gesellschaft hinüber in die Stube zu einer Brotzeit. Sie nahmen an dem großen Tisch Platz. Kathrin stellte Bier hin und schnitt Brot auf. Bachmaier nahm sich ein Brot und setzte das Gespräch fort: »Es hängt ganz viel von dem Dr. Brussmann ab. Und vom Notar natürlich, weil der hat damals das Testament aufgenommen.«

»Ja, ich erinner mich genau«, sagte Kathrin und sah zu Valentin hinüber. »Er ist zwei mal bei dei'm Großvater in der Klinik g'wesen.«

»Und samstags gehen sie miteinander in die Sauna vom Hotel Berghof«, sagte Agnes.

Michael sah sie verwundert an. »Und woher weißt jetzt du das?«

»Ich bin halt informiert! Kann auch sein, sie gehen ins griechisch-römische Dampfbad.«

»Da geh ich doch einfach auch mal dorthin!« sagte Bachmaier.

»Nehmen's mich mit, Herr Landrat?« fragte Valentin.

»Ex-Landrat – da leg' ich schon Wert drauf!«

Dann griffen sie genüßlich zu dem Rauchfleisch und dem duftenden Brot.

»Weißt, wie wir ausschaun?« fragte Bachmaier.

Valentin blickte auf den langen, flauschigen Bademantel, der wie eine Tunika an Bachmaier herunterhing. Dann sah er an sich selbst hinab und sagte: »Wie römische Senatoren!«

»Genau. Manchmal hat aber von denen auch einer ein Messer im Gwand g'habt!«

»Ehrlich?« Valentin konnte damit nichts anfangen.

»Hast net aufpaßt in der Schul. Der Brutus, der den Cäsar umbracht hat!«

Das sagte Valentin weniger als wenig. Sicher war er in der fraglichen Geschichtsstunde krank gewesen. »Im Dampfbad?« fragte er.

Sie hielten sich, gut getarnt, in der Badeabteilung in der Nähe der Sauna auf und beobachteten den Publikumsverkehr. Plötzlich trat aus den Nebelschwaden der Staatssekretär Dr. Maisinger auf sie zu.

»Ja, sind Sie schon wieder da?« fragte er Valentin.

»Ich wollt' mir die neue Staatskanzlei in München drinnen anschaun«, flachste der, »das hab ich das letzte Mal nicht geschafft.«

»Das müssen Sie unbedingt, Herr Gruber, unbedingt! Die Staatsregierung hat ja keine Mühen gescheut...«

»Und keine Kosten!« fiel ihm Bachmaier ins Wort.

»Naja, ein bissel repräsentativ hätt's ja schon ausfallen sollen, nicht wahr...«

Sie tauschten noch einige Unverbindlichkeiten

aus, dann tauchte Maisinger wieder in den Dampfschwaden unter.

»Der Brussmann, dein Vetter, der Notar und jetzt auch der Maisinger. Fehlt bloß noch der saubere Herr Bode!« brummte Bachmaier.

»Und ich hab kein Messer im Gwand!« erwiderte Valentin. Sie besprachen kurz ihren Plan, dann folgte er den anderen in die Sauna. Unerkannt legte er sich auf die oberste »Darre« und bedeckte das Gesicht mit einem Handtuch.

»Es gibt nun mal keinen besseren Standort als das Mohnbachtal«, hörte er Karls Stimme von unten.

»Wir sollten hier keine Dinge besprechen, die man tunlichst nicht auf den Markt trägt«, flüsterte der Notar konspirativ.

Aber Karl fühlte sich unbefangen und sagte: »Hauptsache, wir sind uns im Grundsatz einig. Für die Stadt wär' das Projekt auf jeden Fall ein Riesengewinn.«

Die Tür öffnete sich.

»Wie immer – der Dr. Maisinger kommt als letzter ...«, sagte Brussmann hämisch.

»Damit ihm die ungeteilte Aufmerksamkeit des Publikums zuteil wird«, rief der Notar so laut, daß jeder es hören mußte. Karl aber sah sich um und meinte mit einem Blick zu Valentin: »Naja, viel Publikum ist ja nicht da ...«

Brussmann wandte sich an Maisinger. »Wir haben gerade über das Mohnbachtal gesprochen.«

»Die Landesregierung begleitet das Projekt mit großer Sympathie!« erwiderte Maisinger gestelzt.

»Eine Kostenbeteiligung wär uns lieber!«

»Also, meine Herrn!« Maisingers linkes Augenlid zuckte nervös. »Ich halte eine öffentliche Sauna nicht direkt für den Ort, wo man solche Dinge bespricht.«

Plötzlich stand Bachmaier vor ihnen und grüßte freundlich. Die anderen grüßten leicht betreten zurück. Brussmann sagte erstaunt: »*Sie* hab ich ja noch nie hier gesehen, Herr Bachmaier!«

»Ich geh lieber in die gemischte Sauna, wissen'S, das ist mehr was fürs Auge.«

»Und warum sind Sie dann heute hier herein?« fragte der Notar mißtrauisch.

»Eben – so schön sind wir ja dann auch wieder nicht«, meinte Maisinger.

»Weil – ich hab *Sie* da alle reingehen sehen. Und eine gute Unterhaltung ist ja manchmal noch besser als der Anblick eines feschen Madels, stimmt's?«

Brussmann versuchte, seine Befangenheit zu überspielen: »Ja, wir haben's grade von den segensreichen Wirkungen des Saunabadens auf den ganzen Organismus gehabt.«

Da richtete sich Valentin auf. Eigentlich hatte er es schon über Gebühr lange ausgehalten. Er schlenderte an ihnen vorbei und sagte, ohne jemanden anzusehen: »Da muß ich mich verhört haben – ich hab gemeint, es gehe um ein gemeinsames Projekt der vier Herrn. Irgendwo draußen im Mohnbachtal.« Und damit war er draußen.

Karl schaute konsterniert zu den anderen. »War das jetzt nicht der Valentin?« Amüsiert antwortete Bachmaier: »Zumindest hat er ihm sehr ähnlich g'sehn.«

Bode hatte an diesem Abend Heidi zum Essen ins Restaurant des Hotels Berghof eingeladen. Als Vorspeise reichte man ihnen ein Häppchen frittiertes Kalbsbries.

»Stimmt es denn, daß du und der Valentin Gruber ...?« Bode trug diese Frage schon lange mit sich herum. Jetzt, da sich die Gelegenheit bot, endlich eine Antwort zu erhalten, zögerte er doch für einen Moment. »Also, daß da mal was war?«

»Fragst des privat, oder wollen'S das dienstlich wissen?« fragte Heidi und lächelte ihn schelmisch an.

»Privat.« Er kniff die Augen zusammen, aber um den Mund spielte ein verhaltenes Lächeln. »Und Vorsicht, ich kann verdammt eifersüchtig werden.«

Es folgten gebratene Langustinen mit Pesto an kleinem Salat, dazu ein junger Entre deux Mers.

»Der Valentin ist überhaupt nur nach Rügen hinauf, weil ich ihm einen Korb gegeben hab'!« erklärte sie.

»Und sein Vetter?«

»Das wär' beinah was worden. Aber wie er unbedingt Bürgermeister hat werden wollen, hat er mich immer nur versteckt.«

»Da müßte ich doch eigentlich dafür sorgen, daß er Bürgermeister bleibt.«

Nach einer Ochsenschwanzessenz kam nun junger Fasan mit Champagnerkraut, Gänseleberrahmsauce und Kartoffelpüree. Für den Hauptgang wählte Bode einen zwölfjährigen Haut-Médoc Crus Bourgeois Supérieurs.

»Als Repräsentant für unsere Firma wär der

Bachmaier sowieso der bessere«, behauptete Heidi. »Ich glaub, in ganz Miesbach ist keiner so angesehen – seitdem der Aiblinger Bauer nicht mehr ist.«

Den Abschluß bildete ein Sorbetteller mit Früchten. Der Kellner räumte das Geschirr ab und brachte soeben Espresso und Grappa, als Bodes Blick auf Bachmaier fiel, der einem anderen Kellner die Badetasche abgab. Seine rosige Haut glänzte. Rasch stand Bode auf und begrüßte ihn freudig.

»Das ist ja ein wunderschöner Zufall!« rief er aus. »Wollen Sie sich nicht zu uns setzen?«

Sie gingen hinüber an den Tisch. Bachmaier begrüßte Heidi und setzte sich. Er rutschte auf seinem Sitz hin und her und blickte nervös im Raum umher. Bode, der seine Unruhe registrierte, fragte: »Haben Sie etwas, stimmt was nicht?«

»Nein, nein, es stimmt alles, es ist alles ganz wunderbar hier – wie immer. Bloß . . .« Bachmaier spielte den Verlegenen. »Also, ich bin nicht gern unhöflich, wenn ich jetzt mit Ihnen was besprechen möcht' – oder Sie mit mir . . .« Endlich sah er Heidi ins Gesicht. »Tut mir leid, Heidi!«

Sie stand lächelnd auf. »Schon verstanden. Staatsgeheimnisse sind nichts für Frauenohren.«

»Es sei denn, die Frau ist in alles eingeweiht«, sagte Bachmaier provokativ.

»Ich glaub fast, das möcht ich gar nicht sein«, erwiderte sie, gab ihm die Hand und nickte Bode zu. »Vielleicht sehen wir uns ja noch.« Dann nahm sie ihre Handtasche und ging rasch hinaus.

»Ein bildhübsches Maderl!« sagte Bachmaier.

»Und sehr tüchtig«, antwortete Bode. Er wollte

schnell zur Sache kommen. »Sie wollten etwas mit mir besprechen?«

»Zuerst muß ich einmal ein großes Bier trinken und eine Kleinigkeit essen«, bremste ihn Bachmaier. »Ich hoff', Sie ham noch ein bissel Zeit.«

Bode trommelte unter dem Tisch nervös mit den Fußspitzen auf den Teppichboden. Er hätte lieber getestet, was der Abend mit Heidi noch bringen würde, aber das Geschäft ging nun einmal vor. Während Bachmaier genüßlich seine Maß trank und seine Schweinshaxe verzehrte, erläuterte Bode ihm seine Bebauungspläne und gab ihm zu verstehen, daß er sich den Ex-Landrat als Repräsentanten des geplanten Freizeitbetriebs gut vorstellen konnte.

Als Bachmaier beim Schnaps angelangt war, sagte er: »Das ist ja wirklich ein ehrenvolles Angebot, Herr Bode!« Er wischte sich mit der Serviette über den Mund. »Natürlich ist ein solches Projekt nur zu verwirklichen, wenn man den Aiblinger Hof *und* das Mohnbachtal hat.«

»Ja, so sehe ich das auch«, erwiderte Bode.

Bachmaier nahm sich vor, dem Makler auf den Zahn zu fühlen. »Schon zu meiner Zeit haben wir da ja Pläne erarbeitet, aber die sind allesamt an der – sagen wir ruhig – Halsstarrigkeit des alten Aiblinger Bauern – Gott hab ihn selig – gescheitert!«

»Aber jetzt ist der Aiblinger Bauer tot, und die Karten werden neu gemischt.«

Bachmaier zog die Augenbrauen in die Höhe. »Kommt drauf an, ob alle mitkarteln!«

Bode verstand nicht.

»Ob alle am Tisch auch mitspielen«, erklärte Bachmaier. »Ich glaub' nicht, daß der Valentin Gruber bereit ist, den Aiblinger Hof herzugeben.«

Bode, der seinerseits dem Altlandrat auf den Zahn fühlen wollte, fragte nun vorsichtig: »Und Sie sehen da keinen Weg?«

»Solange das Testament des alten Aiblinger gilt...«

»›Solange es gilt‹, haben Sie grade gesagt!«

Der Mann war nicht nur gewieft, dachte Bachmaier, er hatte auch ein sicheres Gespür für Zwischentöne. Vielleicht war der Zeitpunkt nun richtig, ihn aus der Reserve zu locken. »Naja, durch Zufall hab' ich gehört, daß der Arzt, der ihn damals behandelt hat, meint, der Aiblinger Bauer könnt' nicht mehr im Vollbesitz seiner geistigen Kräfte gewesen sein...«

»Und, wie ist Ihre Meinung dazu?«

Zum Schein stieg Bachmaier nun weiter auf Bodes Gedanken ein. »Wenn man den Brussmann zu einem Gutachten bringen könnte...«

»Der will ja auch was werden, hab' ich gehört.«

»Das haben *Sie* jetzt g'sagt«, stellte Bachmaier fest und lächelte. »Aber ich geb zu, die Konstellation ist nicht ungünstig, wenn ich mal so sagen darf.«

Bode war sich sicher, den Ex-Landrat schon für sich gewonnen zu haben und sagte ungeniert: »Und über den Notar werden wir alle unsere Verträge laufen lassen – der Mann sieht goldenen Zeiten entgegen!«

»Sehr geschickt. Aber Dreh- und Angelpunkt ist und bleibt halt der Gruber Valentin.«

»Naja, die Probleme liegen hier und der Valentin Gruber ist weit.«

»Nein, das stimmt nicht.«

»Bitte?«

»Grad eben hab ich ihn noch g'sehen. Hier im Haus. Drunten im Dampfbad.«

Bode war wie vom Donner gerührt. Unwillkürlich ergriff er das Schnapsglas von Bachmaier und kippte den Inhalt hinunter. Dann erst bemerkte er seinen Faux-pas. Er wollte sich entschuldigen, aber Bachmaier winkte mit einer großzügigen Geste ab und sagte fröhlich: »Lassen'S nur, wir können ja noch einen bestellen!«

Michael hatte gestern so viel gearbeitet wie noch nie in seinem Leben. Das war jedenfalls sein Eindruck, wenn er an seine müden und leicht schmerzenden Knochen dachte. Und es war immer noch kein Ende abzusehen!

Mit Armin Petersen, Agnes und Kathrin hatte er das Heu eingebracht. Jetzt lagen die großen Ballen gebündelt auf dem Wagen in der Scheune. Die Luft war erfüllt von einem würzigen Duft; in den Strahlen der Morgensonne, die durchs breite Tor einfielen, flimmerte der Staub.

Michael stand mit Agnes auf dem Heuwagen und verankerte den Haken in einem Ballen. Er rüttelte am Seil, um zu prüfen, ob der Haken sicher saß. Dann sah er zu Petersen, der mit Kathrin auf dem Heuboden stand, hinauf und rief: »Zieh an!«

Petersen und Kathrin zogen den Ballen an dem Seil, das über ein knarrendes Holzrad lief, zu sich

hinauf und setzten ihn oben fachgerecht zu den anderen Ballen an der Scheunenwand.
Da rief Michael von unten: »Was ist denn jetzt, Armin Petersen?«

»Was soll sein?«

»Bleibst a bissel da?«

»Naja, so viel hält mich nicht auf Rügen.«

»Außer der Feuerwehr!« rief Agnes lachend. Die Gelegenheit war günstig, einmal zu testen, was sie sich mit Kathrin und Heidi bei einem Damenkränzchen ausgedacht hatte.

»Das ist auch nicht mehr so, wie's mal war«, brummte Armin Petersen und ließ den Haken wieder nach unten. »Kein Zug mehr in der Truppe, seitdem der Hagenow weg ist. Macht echt keinen Spaß mehr.«

Agnes setzte noch eins drauf: »Hier suchen Sie einen erfahrenen Mann – so einen vom alten Schrot und Korn halt.«

»Was redst denn da?« flüsterte Michael. Er war in ihren Plan noch nicht eingeweiht.

»Das wer'n wir nachher schon irgendwie schaukeln«, raunte sie zurück.

»Ist das wahr? Hört der Boschert auf?« Kathrin spielte das Spiel mit und brachte bewußt den Namen des Miesbacher Feuerwehrkommandanten ein.

»Er sagt, auf seine alten Tag will er auch noch amal was vom Leben haben!« flunkerte Agnes.

»Das sind aber mal wirklich interessante Perspektiven!« sagte Petersen endlich.

Michael schlug den Haken in den nächsten Heuballen und meinte auf seine unvergleichlich direkte

Art: »Kannst dableiben, Petersen, und die Kathrin heiraten!«

Petersen und Kathrin zogen das Seil wieder an, und Kathrin flüsterte: »Den Michael darfst nicht ernst nehmen, der hat in Mexiko zu viel Sonne abgekriegt.«

»So uneben finde ich den Gedanken ja auch wieder nicht«, sagte Petersen leise zu Kathrin. »Könnt' ich denn schon mal einen kleinen Vorschuß haben?« Zärtlich wandte er sich ihr zu. Dann ließ er, gefangen von ihrem Blick, das Seil los, um sie zu küssen.

Der Heuballen raste hinunter und schlug neben Michael und Agnes mit solcher Wucht in die Wagenladung, daß die beiden das Gleichgewicht verloren und plötzlich aufeinander im Heu lagen. Petersen hörte das Surren des Rads und wollte nach dem Seil greifen. Kathrin faßte ebenfalls nach. Sie schlugen heftig mit den Schultern aneinander und landeten ebenfalls im Heu. Als sie sich küßten, hörten sie von unten die Stimme Bachmaiers: »Ja, da geht's ja lustig zu!«

Michael rappelte sich auf dem Heuwagen auf und schnappte nach Luft. »Auf dem Heuwagen kommt die Jugend zurück!«

»Ist der Valentin schon da?« fragte der Altlandrat und blickte sich um.

Im gleichen Augenblick erschien Valentin am Scheunentor und fragte: »Hat mich einer g'rufen?«

Bachmaier trat auf ihn zu. »Also, der Bode hat mir quasi bestätigt, daß es genau so laufen soll: Der Karl ficht das Testament an. Der Brussmann bestätigt, daß dein Großvater unmündig g'wesen ist . . .«

Valentin fuhr auf. »Aber das ist doch . . .«

Bachmaier stoppte ihn. »Das wissen wir ja doch alles, Valentin. Trotzdem werden sie's versuchen. Der Notar leitet die Revision in die Wege. Und am End' gilt dann womöglich wieder das alte Testament, wo der Karl alles kriegt und du gar nix.«

Valentin krempelte die Ärmel hoch und sagte entschlossen: »Ich knöpf mit den Karl vor!«

»Erst ganz am Schluß«, entgegnete Bachmaier ruhig.

»Erst, wenn wir zwei mit dem Herrn Doktor und dem Herrn Notar geredet haben.«

»Und wann machen wir das?«

»Sofort, wenn wir richtig gefrühstückt haben«, sagte Bachmaier. Sie gingen zum Haus hinüber. »Kommen denn die zurecht da oben auf Rügen, ohne dich?«

»Ich hab da ein paar tüchtige Kollegen und Kolleginnen. Die schaffen das schon, außerdem ist eh net viel los . . .«

Mascha Kressnik war froh, daß sie sich von Valentin nicht hatte überreden lassen, seinen Dienst zu übernehmen. Denn auf diesen Tag mit Fabian hatte sie sich schon lange gefreut. Sie hatten sich einer Gruppe junger Leute zu einer Wanderung angeschlossen und gingen nun fröhlich plaudernd über den langgezogenen Hangrücken Richtung Moritzburg. Unter ihnen lagen die kleinen, verträumten Buchten des Boddens, der sich draußen im Meer verlor. Mascha schmiegte ihren Kopf an die Schulter des gutaussehenden jungen Mannes, der jetzt fragte: »Gefällt's dir?«

»Mhm«, mehr war sie nicht imstande, hervorzubringen.

Sie erreichten einen Waldsaum und folgten einem lehmigen Weg, der offensichtlich durch zahlreiche Autofahrten tief ausgefurcht war. Aus einiger Entfernung hörten sie Motorengeräusche.

»Was ist denn das?« wollte Mascha wissen.

»Die Oldtimer-Werkstatt von Knobloch«, erklärte einer der Wandergefährten. »Der hat da mit ein paar Freunden 'ne Supersammlung alter Autos und jeden Sonntag basteln sie dran rum.«

»Schönes Hobby«, sagte Fabian, »könnte mir auch gefallen.« Er gab Mascha einen Kuß. Der Begleiter grinste. »Na, du hast doch jetzt ein ganz anderes Hobby!«

Sie erreichten eine schmale, langgezogene Baracke. Zwei Männer schoben gerade einen funkelnden Oldtimer heraus. »Ein alter Horch«, sagte Fabian fachmännisch.

Mascha sah hinüber. »Mensch, den kenn ich!«

»Was denn, den Horch?«

»Quatsch, den Mann dort!« Das war doch der arme Mann, der beim Umzug sein ganzes Erspartes verloren hatte - Arnold Streitz!

Sie sah Fabian fragend an. »Meinst du, dem gehört die Karre?«

»Ja sicher!« erklärte Fabian. »Arnold. Wie er weiter heißt, weiß ich nicht.« Er schüttelte den Kopf und erzählte schmunzelnd: »Das ist vielleicht 'ne Geschichte, du! Seine Alte darf nichts davon wissen, daß er so'n teures Hobby hat. Deshalb erzählt er immer, er fährt zu den Fußballspielen von Hansa Rostock, wenn er hier her geht.«

Mascha ging schlagartig ein Licht auf. »Ich muß mal telefonieren.«

»Das kannst du drüben auf der Moritzburg, wir sind spätestens in zehn Minuten da!«

Maschas Anruf erreichte Hanna in dem Moment, als der Hund das Revier endgültig auf den Kopf gestellt hatte. Sie war ja allein an diesem Wochenende. Sämtliche Papierkörbe lagen umgekippt auf dem Boden, der Inhalt verstreut, und mittendrin dieses verspielte Tier, das sich offensichtlich wohlfühlte. Nun aber sperrte sie ihn in ein Nebenzimmer und fuhr rasch los. Sie hatte Arnold Streitz bald gefunden und bat ihn mitzukommen. Der aber reagierte barsch und fragte: »Was wollen Sie überhaupt von mir?«

»Ich glaube, wir wissen jetzt, wo ihr Geld abgeblieben ist!« erwiderte Hanna und ließ ihren Blick über die schönen alten Autos gleiten.

Streitz verstand sie nun plötzlich.

»Dann bringen wir's mal hinter uns, Herr Streitz, hmmm?« sagte sie und ließ ihn in ihren Dienstwagen einsteigen.

Als Inge Streitz die Haustür öffnete, sah sie erstaunt auf die Polizistin und ihren Mann.

»Ich arbeite an der Aufklärung des Diebstahls«, begann Hanna. Die Frau tat ihr leid. Inge Streitz' Gesicht aber hellte sich auf. »Ach ja, haben Sie was rausgefunden?« Sie bat sie herein und bestand darauf, daß sie im Wohnzimmer Platz nahmen. Dann eilte sie in die Küche und kam mit drei Gläsern und einer Flasche Wein zurück.

»Den Wein haben uns Freunde zum Einzug geschenkt – der soll was ganz Besonderes sein!« sagte Inge fröhlich und stellte das Tablett mit den Gläsern auf den Couchtisch. Sie schenkte ein, schob Hanna und ihrem Mann die Gläser hin und nahm dann ihr eigenes. »Prost!« rief sie den beiden strahlend zu.

Hanna rutschte auf ihrem Sessel hin und her. Arnold Streitz grinste säuerlich. Halbherzig prosteten sie zurück.

»Nu spannen Sie uns aber nicht mehr auf die Folter, Frau Gernrich!« sagte Inge und setzte ihr Glas ab.

»Wollen *Sie's* nicht lieber erzählen?« wandte sich Hanna an den Mann.

»Ach, du weißt schon alles?« staunte Inge. »Ist denn nu das Geld wieder da?«

»Das ist nicht so einfach«, murmelte er. Dann gab er sich einen Ruck. Irgendwann mußte es ja einmal heraus! »Das Geld hab' ich genommen.«

Inge starrte ihn sprachlos an, schaute mit halb geöffnetem Mund zu Hanna und wieder zurück zu ihrem Mann.

»Ich fürchte, Ihr Mann sagt die Wahrheit«, fügte Hanna hinzu.

»Aber warum? Das macht doch keinen Sinn. Man kann sich doch nicht selber bestehlen!« rief Inge, wurde dann aber nachdenklich und fuhr fort: »Die Hauptsache ist, das Geld ist wieder da, egal was du dir da für'n Scherz ausgedacht hast. Also schön war das ja nicht!« Sie zog gekränkt die Mundwinkel nach unten. »Mir so 'ne Angst zu machen! Also, ne!«

»Das Geld steckt in meinen Oldtimern«, preßte Streitz zwischen den Zähnen hervor.

»In deinen was ...?« fragte Inge Streitz fassungslos und betonte jede Silbe. »Nu setzt's aber wirklich aus!«

Hanna ging das Hin und Her auf die Nerven, weshalb sie das Gespräch nun in die Hand nahm. »Frau Streitz: Ihr Mann hat schon seit seiner Jugend von solchen Autos geträumt, nehm ich mal an. Und irgendwann ist der Traum übermächtig geworden. Er hat sich Geld geborgt, hat einen ersten Oldtimer gekauft, hat ihn selber wieder hergerichtet, aber was man dazu braucht, ist ja bekanntlich auch nicht billig.«

Inge Streitz starrte vor sich hin. Dann sagte sie leise: »Seit wann hast du das Auto?«

»Gleich nach der Wende hab ich's gekauft«, gab ihr Mann zu. »Da hat's doch so ausgesehen, als ob's uns jetzt ganz schnell allen viel besser gehen würde. Und da war auch so einer, der mir einen Kredit angeboten hat – fast geschenkt. Auf'n ersten Blick! Und wie du dann arbeitslos geworden bist, da hat das Geld ja hinten und vorne nicht mehr gereicht und für den Kredit schon gleich gar nicht ...!«

»Mein Gott!« stieß Inge hervor.

»Aber unser Erspartes hab ich nie dafür genommen.«

»Bis gestern!« ergänzte Hanna.

Er senkte den Kopf und nickte schwer. Da legte seine Frau behutsam ihre Hand auf seinen Arm und sagte: »Ja, da müssen wir sehen, wie wir da wieder rauskommen.«

Valentin hielt es fast nicht aus, mitanzusehen, in welcher Ruhe Bachmaier frühstückte. Er selbst war viel zu aufgeregt, um Appetit zu haben. Der Ex-Landrat legte ihm seine Strategie dar.

Dann saßen sie endlich in Bernies Auto und fuhren über Parsberg nach Krug hinauf, wo Dr. Brussmann ein großzügiges Anwesen besaß. Zwischen Elm und Fürschlacht kamen sie nur im Schrittempo voran, weil die beliebte Radlstrecke offenbar von allen bayrischen und nichtbayrischen Radfahrern gleichzeitig benutzt wurde.

Brussmann stand in langen Lederhosen am Gartenzaun und schnitt seine Rosen. Die weißen Mauern der mächtigen Villa im alpenländischen Stil reflektierten das Sonnenlicht so stark, daß die beiden Männer, die jetzt aus dem Wagen stiegen und auf den Garten zugingen, geblendet blinzelten.

»Einen schönen Sonntagmorgen, Herr Dr. Brussmann!« rief Bachmaier.

Brussmann sah von seiner Arbeit auf und sagte: »So, sind Sie auch unterwegs bei diesem herrlichen Wetter!«

»Wir wollten eigentlich zu Ihnen«, sagte Valentin.

»Ach, Herr Gruber!« Jetzt erst schien Brussmann ihn richtig wahrzunehmen. »Wollen Sie reinkommen?« Er legte die Gartenschere beiseite. »Auf einen Kaffee vielleicht?«

»Ach nein, das hat sich schnell erledigt!« Bachmaier winkte ab. Dann sagte er kühl: »Ich wollte Ihnen eigentlich nur sagen: Der Bürgermeister sitzt zwar dem Verwaltungsrat der Städtischen Kliniken vor, aber wer Chef wird, das wissen'S ja, bestimmt immer noch der Krankenhausausschuß und die Mehrheitsfraktion, nicht wahr!«

»Ich weiß nicht, warum Sie mir das sagen.« Brussmann spielte den Ahnungslosen.

»Ja, wir wissen's auch nicht«, erwiderte Valentin, »aber vielleicht denken'S a bissel drüber nach, Herr Doktor!«

»Einen schönen Sonntag weiterhin!« sagte Bachmaier und wandte sich zum Gehen. Aber so wollte sie Brussmann nicht gehen lassen. »Sie kennen sich doch aus – wie wird denn die Mehrheitsfraktion wohl entscheiden?«

Bachmaier blieb stehen. »Sagen wir mal so: Nicht unbedingt gegen meinen Rat als – ›Elder statesman von Miesbach‹ sozusagen.«

Das müßte genügen, dachte Valentin.

Bachmaier klopfte Brussmann freundlich auf den Oberarm und stieg ein. Brussmann sah ihnen nach, bis sie außer Sicht waren. Dann ging er nachdenklich zurück zu seinen Rosen.

»Und jetzt?« Valentin sah Bachmaier von der Seite her an.

»Um diese Zeit inspiziert der Notar seine Jagd. Gut, daß du so ein geländegängiges Auto hast!«

Sie fuhren ein Stück des Weges zurück, nahmen dann ein Verbindungssträßchen nach Bärenschütz, durchquerten das Tiefenbachtal und kamen dann auf die Straße, die durch ein ausgedehntes Waldgebiet Richtung Schliersee führte. Auf der Höhe des Rackensees verließen sie die geteerte Straße und bogen nach links in einen Waldweg ab. Je weiter sich der Jeep in den Wald vorarbeitete, desto weicher wurde der Boden.

Endlich kam die Jagdhütte in Sicht. Valentin ließ den Wagen auf einem schmalen Wiesenstück ausrollen, bis er hinter einem dichten Gestrüpp gut getarnt stehenblieb. Sie setzten sich auf die grobe Holzbank vor der Blockhütte und streckten die Beine von sich.

Nicht lange, da bog der Notar um die Ecke. Er trug Knickerbocker, eine grau-weiße Trachtenjacke mit Silberknöpfen und einen grünen Jägerhut mit Gamsbart. Über der Schulter hing ein Gewehr.

Sein Dackel bemerkte die beiden Männer vor der Hütte zuerst und schlug sofort an. Der Notar erschrak.

Bachmaier aber begann freundlich: »Kommen'S ruhig her, nehmen'S Platz, Herr Notar, Sie sind ja hier zu Hause. Also, wir kommen gerade vom Doktor Brussmann . . .«

Eine knappe Stunde später schon steuerte Valentin den Wagen wieder durch das Mohnbachtal. Von der Anhöhe aus konnten sie Bode, Heidi und Karl erkennen. Der Makler erläuterte mit ausholenden Gesten dem Bürgermeister offenbar soeben die Ausgestaltung seines geplanten Feriencenters.

»Schau ihn dir an, Valentin!« sagte Bachmaier.

»Ich hab' ihm schon amal g'sagt: ›Wenn ich bloß nie so werd' wie Sie, Herr Bode!‹«

»Vorsicht!« erwiderte Bachmaier. »Das sind die,

mit denen man die Welt umtreibt, Valentin. Bloß dürfen sie einem nicht in die Quere kommen!«

Nach einer weiteren Kehrtwende erreichten sie die Senke und stellten den Wagen neben den dreien ab.

Bode freute sich über die Begegnung mit Bachmaier und sagte, nachdem sie sich begrüßt hatten: »Haben Sie sich also entschieden, lieber Herr Alt-Landrat?«

»Ja, hab' ich!« meinte Bachmaier kühl.

Bode bemerkte den Unteron in seiner Stimme nicht und deutete auf Valentin. »Und Herrn Gruber haben Sie auch gleich mitgebracht – hervorragend!« Nun wandte er sich direkt an Valentin: »Sie wissen ja, ich bin nicht nachtragend. Es wird bestimmt auch nicht *Ihr* Schaden sein!«

»*Ich* bin schon nachtragend, Herr Bode«, erwiderte Valentin, ohne eine Miene zu verziehen, »und das sollten Sie immer im Hinterkopf behalten!« Er blickte Karl an und grüßte ihn.

»Hallo Valentin!« Karls Stimme klang sehr distanziert.

»Sieht ja so aus, als könnten wir dann einen Termin beim Notar machen«, rief Bode aufgeräumt.

»Das wird's nicht brauchen«, sagte Bachmaier trocken. »Schauen'S: Der Herr Dr. Brussmann wird kein medizinisches Gutachten schreiben, seitdem er weiß, wie die Machtverhältnisse bei der Abstimmung über den Klinikleiter wirklich sind.«

»Und daraufhin sieht der Herr Notar – folgerichtig – überhaupt keinen Grund, dem Großvater sein Testament in Frage zu stellen«, erläuterte Valentin.

Und, zu Karl: »Jetzt kannst zwar hier herunten bauen, aber wie du's erschließen willst ...? Vielleicht mit Hubschraubern ...«

Er wandte sich mit Bachmaier zum Gehen und ließ die drei sprachlos zurück.

Am Sonntagnachmittag, als Mascha sie beim Dienst ablöste, nahm Hanna den Hund und holte die beiden Jungen, die ihn abgeliefert hatten, zu einem Spaziergang ab. Die Kinder waren selig. Sie warfen Stöckchen und rannten mit dem Hund um die Wette.

Plötzlich blieb Hanna stehen. Ein Oldtimer kam ihnen über den befestigten Wiesenweg entgegen. Am Steuer saß Arnold Streitz, neben ihm seine Frau. Hanna winkte. Arnold Streitz hielt neben ihr an.

»Heute mach ich mal den Schmiermaxe!« rief Inge Streitz strahlend.

»Behalten Sie denn das Auto?«

»Ne, so weit geht's ja dann auch wieder nicht. Aber noch isses ja nicht verkauft. Also gehört es noch Arnold!«

Hanna winkte dem Paar nochmal zu, Arnold Streitz legte den ersten Gang ein und tuckerte weiter. Der Hund rieb seinen Kopf an ihrem Bein. Hanna beugte sich zu ihm hinunter, kraulte ihn hinter dem Ohr und seufzte: »Weißte was, Hund? Manche Männer haben richtig Glück mit ihren Frauen!«

8

Der Kommandant

An der unteren Talaue, in der Nähe der alten Mühle, lag die Ruine eines Forsthauses, das schon viele Jahre leer stand und zerfiel. Die größeren Balken hatten bald in anderen, neuen Häusern Verwendung gefunden, weshalb nur wenige Mauerreste übriggeblieben waren. Zwei Kilometer vom Miesbacher Ortsteil Obersreuth entfernt lag das Grundstück verborgen in einem felsigen, bewaldeten Gelände, das nur gelegentlich von Waldarbeitern betreten wurde. Nicht einmal einer der zahlreichen Wanderwege führte hier vorbei. Erst vor einigen Tagen hatte die Gemeinde beschlossen, die Ruine endgültig abzureißen.

Für Wolfgang und Felix, zwei Dreizehnjährige aus dem Ort, übte das Ruinengrundstück einen unvergleichlichen Reiz aus. Wann immer es möglich war, verbrachten sie hier draußen ihre freie Zeit.

Der ehemalige Keller des Gebäudes war mit seinem hinteren Abschnitt in den Hang getrieben worden. Die Mauer, an der sich früher der Eingang befand, war teilweise weggebrochen, der Zugang durch Balken und Steine verschüttet – bis auf einen schmalen Durchlaß.

Den Raum, der so entstanden war, hatten die beiden Jungen als ihre Höhle in Besitz genommen. Alles Mögliche, das nicht niet- und nagelfest war, hatten sie angeschleppt, um ihr Versteck gemütlich einzurichten.

Zwischen zwei alten Autositzen stand ein Tisch aus Obstkisten. Neben der Matratze in der Ecke war ein Karton mit Süßigkeiten, und darüber hing eine voll funktionsfähige Schwarzwälderuhr. Allerdings ohne Kuckuck. Daß er fehlte, war vermutlich der Grund, weshalb das Schmuckstück auf dem Sperrmüll gelandet war.

Wolfgang strich die blonden, strähnigen Haare aus dem Gesicht und zog die Uhr auf. Da ertönte von draußen ein gedehnter Pfiff. Felix! Die dreistufige Tonabfolge war ihr Erkennungszeichen. Wolfgang pfiff auf dieselbe Weise zurück. Kurz darauf erschien sein Freund in dem Durchlaß, durch den trübes Licht ins Innere fiel. Er zog eine Kiste hinter sich her und fragte über die Schulter hinweg: »Hey, alles roger?«

»Alles roger!« bestätigte Wolfgang.

Im gleichen Augenblick hörten sie das Knistern. Sie starrten an die Decke und entdeckten im Licht der Kerze, die auf dem Obstkistentisch brannte, die Verwerfung. Plötzlich senkte sich ein Deckenbalken.

Wolfgang reagierte sofort und zog aus dem Schutthaufen am Eingang einen Stützbalken, den er geschickt zwischen dem Boden und dem maroden Deckenbalken verkeilte. Felix schaut ihm aufmerksam zu. Wolfgang war im Improvisieren ganz groß!

»Da hauen wir ein paar Nägel rein, dann können wir die Klamotten dran hängen!« schlug er vor.

»Gute Idee!« antwortete Wolfgang. Er klopfte sich die Hände an seiner Jeans ab. Dann fiel sein Blick auf die Kiste. »Was hast du denn da?«

»Einen Fernseher mit Batterie! In Obersreuth ist Sperrmüll, da hat's noch einen Haufen Sachen!«

»Ja dann los, Mann!« rief Wolfgang aufgeregt.

Draußen befestigte er einen klapprigen Anhänger an seinem Rad. Dann schwangen sie sich auf ihre Drahtesel, hielten aber am Rand des Grundstücks gleich wieder an.

Dort stand ein Bagger. Gestern erst hatten die Arbeiter vom Bauhof mit den Abbrucharbeiten begonnen, waren aber nach wenigen Stunden wieder abgezogen und hatten heute erst gar nicht wieder angefangen. Offenbar gab es Dringenderes zu tun ...

Wolfgang kletterte in den Führerstand und blickte fasziniert auf die vielen Hebel, Knöpfe und Lämpchen. Dann rief er: »Mensch, der hat ja den Schlüssel stecken lassen!«

Er drehte den Zündschlüssel. Nichts bewegte sich.

»Da mußt du doch vorglühen, Mann, das ist ein Diesel!« rief Felix fachmännisch. Er kletterte auf die Raupe und deutete auf den entsprechenden Knopf.

Als das rote Licht wieder erlosch, warf Wolfgang den Motor an. Er grinste und blickte auf das Gelände, das ihm zu Füßen lag. Der Motor tuckerte in gleichmäßigem Rhythmus. Nun wollte er auch die anderen Hebel und Schalter ausprobieren! Irgendwie mußte man das Ding doch in Gang setzen können! Plötzlich ruckte die Maschine!

Felix erschrak und sprang von der Raupe.

Der Bagger schob sich voran.

Wolfgang sah sich plötzlich als Herr über eine riesige Maschine mit unheimlichen Kräften. Außer sich vor Begeisterung betätigte er wahllos sämtliche Hebel.

Die Schaufel polterte nach oben. Die Maschine machte einen Satz auf Felix zu, der sich nur durch einen Sprung zur Seite in Sicherheit bringen konnte!

Der Bagger kreiselte.

Felix rannte aus dem Gefahrenbereich und schrie: »Runter vom Gas! Zündung ausstellen!«

Da überkam Wolfgang Panik. Der Bagger fuhr mit malmenden Geräuschen auf die Ruine zu. Verzweifelt schlug der Junge mit der flachen Hand gegen die Schalter und Knöpfe und zog abwechselnd an den Hebeln. Dann endlich faßte er den Schlüssel und drehte auf ›Stop‹! Aber da krachte die Schaufel schon gegen die Wand der Ruine.

Der Bagger blieb stehen. Der Motor machte noch ein paar polternde Umdrehungen und stand schließlich still. Rasch kletterte Wolfgang aus dem Führerhaus. Felix rannte auf ihn zu.

Sie sahen sich an. Dann prusteten beide los! Ihr schallendes Gelächter hallte von dem kahlen Gemäuer wider. Jeder Blick, den sie wechselten, löste eine neue Lachsalve aus, in denen sich die Schrekken der letzten Sekunden langsam auflösten . . .

Wenig später schon zogen sie in den Straßen von Obersreuth von Haus zu Haus und durchwühlten die auf den Gehwegen aufgetürmten Sperrmüllhaufen nach Brauchbarem. Sie hinterließen das sorgsam aufgeschichtete Gerümpel auseinandergepflückt und auf dem Boden zerstreut. Bald hatten sie eine Petroleumleuchte, eine blaue Blumenvase aus Steingut, zwei Sofakissen, eine Taschenlampe, einen Klappstuhl und einen Bilderrahmen eingesammelt. Dann machten sie sich auf den Weg zu den umliegenden Gehöften.

Valentin Gruber und Armin Petersen hatten eine beachtlichen Berg Gerümpel zusammengetragen und an der Einfahrt zum Aiblinger Hof aufgeschichtet.

Wolfgang entdeckte den kleinen Küchenschrank, den die Männer aus Kathrins Keller geholt hatten, als erster. Die Farben der Bauernmalerei waren verwaschen, die Scharniere der Türen wackelten – aber ansonsten schien das Schränkchen noch ganz gut in Schuß zu sein! Mit wenigen Handgriffen verfrachteten die Jungen das Möbelstück auf Wolfgangs Anhänger und sicherten es mit einer Gepäckspinne.

Agnes und Kathrin waren fest entschlossen, ihr Ziel in die Tat umzusetzen: Die Wahl Armin Petersens zum Feuerwehrkommandanten von Miesbach! Ihre ausgeklügelte Strategie erforderte einige gezielte Gespräche mit den in dieser Sache entscheidenden Persönlichkeiten.

Bürgermeister Karl Gruber, Zielperson Nummer eins, bot ihnen in seinem Amtszimmer Platz in der Sitzecke an und fragte: »Haben sich die Gemüter auf dem Aiblinger Hof wieder beruhigt?«

»Also *ich* beruhig' mich da nicht so schnell«, erwiderte Kathrin. »Was hast dir denn bei der ganzen Sache gedacht, Karl?«

Er richtete sich in seinem Sessel auf. »Hör mal, Kathrin, es wär' für alle eine ganze Menge rausgesprungen. Habt'S ihr euch die Pläne überhaupt schon amal richtig ang'schaut?«

Er öffnete einen Schrank und zog eine große Rolle hervor, die er auf dem Tisch vor den beiden Frauen ausbreitete – eine Luftaufnahme vom Aiblinger Hof und seiner Umgebung.

Agnes warf einen Blick auf die detailgenau eingezeichnete Golfanlage und die Bungalowsiedlung, die sich auf den Hängen vor dem Hof breit machte. Dann sagte sie knapp: »Das ist ja jetzt eh alles g'storben!«

Karl sah sie an. »Und ich hab gedacht, es wär' auch in deinem Sinne. Hast nicht neulich erst g'sagt, daß dir das mit dem Hof zu viel wird?«

»Ich wär' ja dann auch noch da!« protestierte Kathrin.

»A geh, du heiratest den Petersen und ziehst nach Rügen!« lachte Karl.

Agnes sagte ernst: »Da wär'n wir ja auch gleich beim Thema!«

»Das Standesamt ist drunten im ersten Stock«, schmunzelte Karl. Aber Agnes fuhr fort: »Den Petersen könnt man halten, wenn er – sagen wir amal, wenn er hier eine Funktion hätt'!«

Karl runzelte die Stirn.

»Er ist ein leidenschaftlicher Feuerwehrmann ...«, erklärte Agnes.

Kathrin setzte eine wichtige Mine auf und verbesserte: »Kommandant!«

»Ah, jetzt versteh ich!« rief Karl. Dann schüttelte er den Kopf. »Ein Rüganer in Miesbach als Feuerwehrkommandant! Die Feuerwehr, das ist so eine Sache – die lassen sich nicht gern dreinreden!«

»Ja komm jetzt – ha, du als Bürgermeister!« schmeichelte Agnes. Und Kathrin fügte hinzu: »Jetzt tu doch nicht so, als ob der Armin Petersen ein Japaner oder ein Eskimo wär' . . .!«

Agnes verzog den Mund zu einem breiten Grinsen. »Ein Preuß ist er halt, ein mecklenburg-vorpommerscher! Aber sonst ganz nett!«

»Zuerst wird man amal mit dem Kurt Boschert reden müssen, immerhin ist der noch Feuerwehrkommandant«, sagte Karl nachdenklich. Dann stand er auf und brachte die beiden Frauen zur Tür. »Das mach ich schon«, sagte Agnes selbstbewußt. Aber Karl wandte ein: »Ich glaub halt nicht, daß er das Amt aufgeben will.«

»Mir wer'n ihm schon gut zureden!« erwiderte sie. »Auf die Dauer hilft nur Frauenpower, verstehst?«

Der Destillierapparat, den Michael in den letzten Wochen in seinem Gewächshaus in mühevoller Kleinarbeit aufgebaut hatte, sah in dem trüben Abendlicht gespenstisch aus. Das verschlungene Gewirr von Glas- und Gummischläuchen, Kolben und obskuren Behältern erinnerte an die abenteuerlichen Apparate, mit denen die Alchemisten einst ihre ersten Entdeckungen machten.

Michael griff nach seinem schnurlosen Telefon, das zwischen zwei großen Agavenblättern steckte, und wählte eine vierzehnstellige Nummer. In der

Leitung klickte und rauschte es. Dann hatte er Verbindung. »Hallo, kann ich Don Alfonso haben?« sagte er auf spanisch. Es dauerte zwei Minuten, bis er seinen Freund an der Strippe hatte. Don Alfonso hieß eigentlich Alfons Mägerle und war damals etwa zur gleichen Zeit nach Mexiko ausgewandert.

»Sag amal«, schrie Michael ins Telefon, »ich hab die Destillieranlage so gut wie fertig, aber jetzt hab ich zwei kleine Kolben, sechs Schrauben und zwei Schläuchel übrig.« Er hielt die Teile mit der linken Hand in die Höhe, als könne sie sein Gesprächspartner in Übersee dann besser sehen. »Ja, natürlich ruf ich dich deshalb in Guadalajara an, wen soll ich sonst anrufen? – Ich denk, du verstehst was davon ...« Er warf einen Blick zur Decke des Gewächshauses und hielt den Hörer ein paar Zentimeter von seinem Ohr weg. Dann wurde er noch um ein paar Stufen lauter und rief: »Paß auf, Don Alfonso, für alle Fälle ...«

Offenbar ließ ihn der andere nicht zu Wort kommen. »Jetzt hör doch amal zu!«

Valentin hatte einen erstaunten Blick auf das Kolben-Monstrum geworfen, ging jetzt aber hinüber zur Einfahrt, um den Sperrmüllhaufen, den die Jungen rücksichtslos auseinandergezogen hatten, wieder in Ordnung zu bringen.

Mitten auf der Strecke blieb er stehen und lauschte. War das nicht der vertraute Klang seiner Harley?

Im nächsten Moment schon rauschte Bernie auf ihn zu. Perplex sah Valentin zu ihm hinüber. Auch Petersen trat nun, durch das Fahrgeräusch neugierig geworden, auf den Hof hinaus. Bernie nahm den Helm ab und grinste in die verblüfften Gesichter.

»Sag bloß, du bist von Rügen bis hier her mit meiner Maschin' ...? Bei der Kälten?« sagte Valentin.

»Ja freilich!« antwortete Bernie stolz.

Petersen frotzelte: »Er hat ja einen natürlichen Wärmeschutz.«

»Nein, komm, Blödsinn!« Bernie mußte lachen. Dann aber erklärte er: »Die Maschin' ist genau so mit dem Zug g'fahren wie ich – aber von Miesbach hier herauf ...« Er schwang den Zeigefinger durch die Luft und deutete die Strecke an.

»Du bist vielleicht a Hund!« rief Valentin. Er ging mit dem Freund in das Gewächshaus, wo sie es sich in einer Ecke gemütlich machten. Petersen stapfte zum Haus zurück. Im Hintergrund war Michael soeben im Begriff, sich aufs Ohr zu legen.

»Schön hastes hier, Michael!« rief Bernie nach hinten.

»Naja, es ist halt sauviel Arbeit!« war Michaels Stimme zu hören.

Valentin öffnete zwei Flaschen Bier. »Und, wie schaut's aus, was macht die Liebe?«

Bernies Gesicht verklärte sich. »Du siehst vor dir den glücklichsten Menschen zwischen Garmisch-Partenkirchen und Saßnitz auf Rügen. Ob du's glaubst oder nicht, ich denk ans Heiraten!«

Valentin drehte sich um und rief seinem Vater zu: »Sieht so aus, als ging da ein Virus um, was Papa?«

Der brummte zurück: »Ja, ich denk auch ans Heiraten, aber ich komm dann immer wieder zu dem Schluß: Es geht auch ohne!«

Bernie nahm einen großen Schluck aus der Flasche. »Und wie steht's mit dir so?«

»Naja, dem Bode hab ich die Tour mit unserem Hof erst amal vermasselt.«

»Das mein ich nicht! Ich mein mehr so frauenmäßig?«

»Kann ja nicht ein jeder so viel Glück haben wie du.«

Bernie machte plötzlich ein nachdenkliches Gesicht. »Wenn's hält.«

»Jetzt komm, klar hält das!«

»Manchmal denk ich, ich träum und gleich wach ich auf, und alles ist gar nicht wahr.«

»Kenn' ich«, sagte Valentin und warf einen verträumten Blick nach draußen. »Von früher her, sozusagen ...«

»Wird bei dir auch scho wieder wer'n!« versuchte Bernie ihn zu trösten.

Da aber schlug ihn sein Freund auf die Schulter und sagte aufgeräumt: »Wenigstens bist du wieder da, das is ja auch schon was wert! Was ist jetzt, willst dein Auto wieder ham?«

»Wenn d' nix dagegen hast – ich daat gern noch a bissel mit deiner Maschin' ...«, bat Bernie.

»Biker Bernie!« rief Valentin. »Was doch so eine Frau aus einem Mann alles machen kann!«

Kurt Boschert war ein stämmiger Mann von fünfundvierzig Jahren. Der Schreinermeister hatte sich auf Kunsttischlerei und Restaurierung alter Bauernmöbel spezialisiert.

Aus dem Fenster seiner Werkstatt sah er die beiden Jungen mit ihren Rädern vorfahren. Sie hievten den Küchenschrak von dem Anhänger, stellten ihn ab und begannen eine gestenreiche Diskussion. Boschert trat hinaus und sagte freundlich: »Habt ihr wieder was z'ammg'raubert?«

»Schauen Sie sich das mal an?« bat Felix mit Blick auf das Schränkchen. Der Schreiner nahm es hoch, prüfte es von allen Seiten und sagte schließlich: »Nicht schlecht. Kauf ich euch ab!«

»Können wir auch was tauschen dagegen?« fragte Wolfgang.

»Kommt drauf an.«

»Meine Oma hat nämlich Geburtstag!«

»Und was ist mit dem ganzen anderen Krempel?« Boschert zeigte auf den Anhänger.

»Da richten wir unsere Höhle damit ein«, antwortete Felix.

»Eine Höhle, so, so! Na, dann kommt mal rein!«

In der Werkstatt stellte der Schreiner das Küchenschränkchen ab. Dann deutete er auf einige Blumenbänkchen mit hübsch geschwungenen Rändern und Seitenteilen, die dort zum Verkauf standen. »Meinst, deine Oma könnt so was brauchen?«

»Da ist unser Schränkchen aber mehr wert!« warf Felix ein.

Aber Wolfgang war froh, endlich ein Geburtstagsgeschenk zu haben und sagte: »Ich tausch!« Er schnappte sich ein Blumenbänkchen, bedankte sich und strebte der Tür zu. Felix folgte ihm widerwillig. Sie verluden das Möbelstück sorgfältig auf ihren Anhänger und fuhren los.

Einige Minuten später standen Agnes und Kathrin in Boscherts Werkstatt. Der Feuerwehrkommandant war Ziel Nummer zwei. Offen, aber mit dem nötigen Fingerspitzengefühl schilderten sie ihm ihre Absichten.

Boschert hörte aufmerksam zu. Dann sah er Kathrin an und sagte trocken: »Aber du selber willst nicht Feuerwehrkommandant wer'n?«

Sie verzog das Gesicht. »Auf 'en Arm nehmen kann ich mich selber!«

»Eigentlich hab ich nicht ans Aufhören gedacht...«, sagte Boschert.

Agnes legte die Stirn in Falten. »Der Gruber Karl, also der Bürgermeister, hat aber g'sagt...«

Der Schreiner winkte ab. »Ach, der red' viel, wenn der Tag lang ist...« Dann wandte er sich an Kathrin: »Hast eigentlich die Biedermeierkommode noch?«

»Ja sicher, so ein altes Erbstück tut man ja nicht weg.«

In dem Moment fiel ihr Blick auf das Küchenschränkchen. Sie stand auf, betrachtete es näher und fragte: »Sag amal, wo hast *das* denn her?«

»Vom Sperrmüll...«

»Sieht aus wie meins!«

»Schönes altes Stück. Die Leut schmeißen ja manchmal ihre besten Sachen weg.«

»Ich nicht!« sagte sie bestimmt. Sie öffnete das Schränkchen und schaute hinein. »Da, genau das Papier, mit dem ich die Fächer ausg'legt hab!« rief sie erstaunt.

»Zwei Buben ham's mir bracht, und die ham's garantiert vom Sperrmüll«, erklärte Boschert. »Ich hab's ihnen abgekauft – zu teuer übrigens. Also auch wenn's amal deins g'wesen ist, jetzt g'hörts mir!«

»Wenn man nicht bei allem Fuchs und Has ist...«, ärgerte sie sich.

»Was ist jetzt mit deiner Kommode?« fragte er. Aber Kathrin ließ sich nicht umstimmen.

»Ich geb's nicht her – es sei denn, sie wandert auch amal ohne mein Wissen auf den Sperrmüll!«

Nun zeigte Boschert auf eine sehr schöne Biedermeiereinrichtung in einer Ecke der Werkstatt. »Sie wär' halt die ideale Ergänzung. Fehlt bloß noch die Kommode und der Waschtisch, dann wär' ich komplett.«

Agnes glaubte, ihn zu durchschauen. Seinen Posten als Feuerwehrkommandant gegen eine Biedermeierkommode!

»Und dann wärst bereit...?« forschte sie.

Boschert schüttelte den Kopf. »Aber das nützt euch doch gar nix. Wenn ich zurücktret', wählen die doch den Albert Kotschenreuther, das ist so sicher wie das Amen in der Kirch'!«

Agnes erwiderte gelassen: »Jetzt nehmt's ihr den Armin Petersen erst amal bei eurer Wehr auf, und dann schaun wir wieder...«

»Und was ist nachha mit der Kommode?«

Kathrin fragte: »Billiger machst es nicht?«

»Ist eh schon ein schweres Opfer für mich!« seufzte er.

Kathrin sagte entschieden: »Gut, das wär's mir vielleicht wert...«

Sofort machte er wieder einen Rückzieher. Er blickte zu den Biedermeiermöbeln und sagte: »Und dann daat halt immer auch noch der Waschtisch fehlen.«

Agnes und Kathrin sahen sich an. Langsam wurde der Kerl unverschämt. Aber auf diesen Fall war Agnes vorbereitet.

»Ich werd' auf jeden Fall dem Kotschenreuther und a paar anderen sagen, daß du zurücktrittst, und wenn d' willst, sag ich auch, für welchen Preis!«

Boschert erschrak und wiegelte sofort wieder ab. »Das kannst lassen. Ich mach das schon. Weiß eh, daß gleich alles Mögliche spekuliert wird!«

»Schaust, genau das mein ich ...« sagte Agnes schnippisch.

Bald fünf Jahre war es her, seit Wolfgang seine Eltern bei einem Verkehrsunfall verloren hatte. Sie waren auf der Autobahn bei Nacht mit einem Geisterfahrer zusammengestoßen und noch an der Unfallstelle verstorben. Seither lebte der Junge bei seiner Großmutter, der Mutter seines Vaters.

Zensi Berger besaß ein bescheidenes Häuschen am Ortsende von Obersreuth. Das Haus beherbergte gerade drei Zimmer. Das niedere Dach war schon lange erneuerungsbedürftig. Aber die Witwe lebte von einer bescheidenen Rente und verfügte als Zusatzeinkommen lediglich über die Waisenrente von Wolfgang. Hinter dem Haus hielt sie auf engem Raum einige Hühner.

Die Kirchenglocken hatten gerade siebenmal geläutet, da ging sie nach draußen, um die Hühner zu füttern. Den ganzen Nachmittag hatte sie auf ihren Enkel gewartet in der Hoffnung, er würde wenigstens an ihrem Geburtstag mal ein paar Stunden am Tag daheim sein.

Sie wollte grade ins Haus zurück, da erschien Wolfgang an der Gartentür.

»Ja, wo bist denn auch g'wesen den ganzen Tag?« rief Zensi.

»Beim Felix.«

»Und was ist mit deinen Hausaufgaben?«

»Mir ham nix auf.«

»Das ist bestimmt wieder amal nicht wahr!«

Wolfgang sah sie schelmisch an und sagte: »Ich hab g'sagt, du hast Geburtstag, und da hat der Herr Meier g'sagt, ich bin von den Hausaufgaben befreit.«

»Aber dann erzählst ihm morgen auch, daß ich extra einen Kuchen gebacken hab, und wer nicht heimgekommen ist, war mein Herr Enkel!«

»Dafür hab ich aber auch ein Geschenk!« strahlte Wolfgang sie an und holte die kleine Blumenbank hinter seinem Rücken hervor. Sie nahm ihm das Geschenk ab. Gemeinsam gingen sie ins Haus.

Auf dem alten Küchenschrank stand ein Transistorradio. Der Wasserhahn tropfte. Einige verblichene Reproduktionen von Blumensträußen hingen an den Wänden. Auf dem Küchentisch lag ein weißes Tischtuch. Zensi hatte sich selber Blumen und Kerzen hergerichtet.

Sie begann, die Blumenbank, um die Wolfgang umständlich ein Geschenkpapier gewickelt hatte, auszupacken, hielt aber plötzlich inne und sagte: »Früher ham wir den Wohnzimmertisch zweimal aus'zogen und die Gäst' ham trotzdem kaum Platz g'habt.« Sie seufzte. »Das sind Feste g'wesen! Aber seidem deine Eltern nicht mehr sind ... Heut hab ich grad amal zwei alten Frauen d'Tür aufmachen müssen.«

Wolfgang, der das Klagelied der Großmutter in- und auswendig kannte, verdrehte die Augen. »Jetzt pack's halt vollends aus!«

»Ja, hast recht«, seufzte sie wieder, »was langweil ich dich auch mit meinen Geschichten.«

Sie zog das Bänkchen aus dem restlichen bunten Papier. »Ist das schön!« rief sie aus. Dann aber sah sie ihn an und sagte skeptisch: »Aber sag amal, so was kostet doch einen Haufen Geld!« Wolfgang hielt ihrem Blick stand und sagte: »Mich nicht!«

Zensis Miene verfinsterte sich schlagartig. »Was soll denn das heißen? Hast es am End etwa g'stohlen?«

»Ich hab noch nie was g'stohlen!«

»Wo hast es dann her?«

»Ich hab's selber verdient!«

»Ja, jetzt red' doch nicht«, sagte sie mißtrauisch, »wie willst denn *du* das Geld dafür verdient haben?«

»Nicht das Geld . . .« Wolfgang wurde kleinlaut.

»Jetzt sagst du mir sofort, wo du das her hast!« forderte sie streng.

»Vom Boschert.«

»Ausg'rechnet, wo jeder weiß, daß der die reinste Apotheke ist mit seinen Preisen!«

»Brauchst es ja nicht glauben!« sagte er trotzig.

Zensi schüttelte den Kopf. »Was soll bloß noch mit dir werden, Bub. Hättest mir doch selber was basteln können, was kleins . . .«

Wolfgang war den Tränen nahe. »Ich hab halt denkt, ich mach dir eine Freud.«

Wie sollte sie ihm glauben, wo der Junge doch erst letzten Sonntag wieder die Kinderkirche geschwänzt hatte. Aber auch das gab er ja nicht zu! Sie hob die Blumenbank hoch. »Jetzt sagst mir, wo du das Ding da her hast. Und dann trinken wir schön Kaffee mitanand und ich schneid endlich den Kuchen an . . .«, versuchte sie es noch einmal.

»Ich sag gar nichts mehr«, erwiderte der Junge verstockt.

Da stieg die kalte Wut in ihr hoch. »Du gibst mir jetzt eine Antwort, und zwar eine ehrliche!« schrie sie.

»Du glaubst mir doch nicht! Tränen schossen in Wolfgangs Augen.»D' Mama, die hat mir immer alles geglaubt . . .«

»Ja, auch wenn du g'logen hast!« rief sie böse.

»Ich hab nicht g'logen. Ich hab das Bankerl eingetauscht!« beharrte er.

»Was Besser's fallt dir nicht ein? ›Eingetauscht‹ – ja gegen was denn?«

Wolfgang merkte, daß alles, was er sagte, an ihr abprallte. Wütend rannte er hinaus und schlug die Tür hinter sich zu. Er warf sich auf sein Bett, legte die Fotos seiner Eltern, die auf dem Nachttisch standen, neben sich aufs Kopfkissen und weinte bitterlich . . .

Zensi Berger aber ließ sich erschöpft in den Sessel fallen. In Momenten wie diesen hatte sie das Gefühl, nicht einen Tag länger die Kraft für diesen Jungen aufbringen zu können. Eine tiefe Trauer überkam sie. Weinen konnte sie schon lange nicht mehr . . .

Eine halbe Stunde später schlich sich Wolfgang

aus dem Haus und fuhr hinaus zu seiner Höhle. Es war schon fast Nacht, als er an dem verlassenen Ruinengrundstück ankam. Er zwängte sich durch die Schmale Öffnung und zündete die Kerze an. Dann faltete er die Decke auf der Matratze auseinander und drängte sich an die kalte Wand. Der Schrei eines Vogels zog draußen durch die Luft. Wolfgang erschauderte.

Er schaltete den Fernsehapparat ein, den Felix herangeschleppt hatte, aber der Bildschirm zeigte nur graues Geflimmer. Ein Windstoß fuhr herein.

Im selben Moment knarzte es bedrohlich in der Decke. Er richtete den Strahl der Taschenlampe an die Stelle, wo ein weiterer Balken nachgegeben hatte. Vorsichtshalber verlegte er sein Lager in eine andere Ecke. Eine Zeitlang noch beobachtete er das Spiel des Kerzenscheins an der Decke. Er gähnte und löschte die Kerze, hielt aber die Taschenlampe eng an den Körper gepreßt. Kurz darauf war er eingeschlafen.

Früh am Morgen ging Kathrin zum Stall hinüber und traf Petersen, wie er den Kühen Stroh einstreute. »Das mußt du doch nicht machen.«

»Ich mach mich gern nützlich. Durch das ewige Rumhocken werd' ich noch ganz rammdösig.«

»Sag amal, hast *du* gestern mein Küchenschrankerl auf den Sperrmüll gegeben?« fiel ihr jetzt ein.

»Mit dem Valentin zusammen. Ja, warum? War das nicht richtig?«

»Ich hab's rausg'stellt, weil ich's hab abbeizen wollen«, sagte sie mit leichtem Vorwurf in der Stimme.

»Ach du Schiete – wer denkt auch an sowas?«

Kathrin streichelte ihm zärtlich über die Wange und sagte: »Jeder, der überhaupt was denkt, denkt sowas.«

Petersen verzog verlegen das Gesicht. »Und nu isses futsch – das ersetz ich dir natürlich.«

»Laß gut sein«, lenkte Kathrin ein. Sie hatte einen besseren Gedanken. »Übrigens, wenn du immer was zu tun suchst – wie wär's denn bei der hiesigen Freiwilligen Feuerwehr?«

»Da hab ich auch schon dran gedacht...«

Sie atmete erleichtert auf. Wenn er nur wollte – das andere würde sich schon regeln lassen!

»Aber da müßt ich ja für immer hier sein – so für'n paar Wochen ist das doch nichts«, wandte er ein.

Kathrin sah in enttäuscht an. »Müßt ja vielleicht nicht bloß für ein paar Wochen sein«, sagte sie leise.

»Naja – natürlich, wenn ich so ne richtige Aufgabe hätte!« Nun strahlte Kathrin wieder. Er würde also doch hierbleiben, wenn es ihr mit Agnes gelänge... Und es würde gelingen!

»Hey, Wolfgang! Sag bloß, du hast hier g'schlafen!« sagte Felix und blickt auf den Eimer herab, aus dem Wolfgang mit der Hand ein wenig Wasser in sein Gesicht spritzte.

»Ja, warum denn nicht?«

»Deine Großmutter ist total von der Rolle, sag ich dir!«

»G'schieht ihr recht.«

»Sie geht zur Polizei, hat sie g'sagt.«

Wolfgang zuckte die Achseln. »Soll sie doch!« Dann

fragte er mit drohendem Unterton: »Hast unser Versteck verraten?«

»Spinnst du?« erwiderte Felix.

»Ich geh nachher heim und tu so, als ob nix g'wesen wär. Wenn die von der Polizei z'rückkommt, sitz ich am Küchentisch und trink Kaffee.« Wolfgang grinste hämisch.

»Und d' Schul?«

»Ich geh nicht.« Er drückte seine Hände gegen den Bauch und krümmte den Oberkörper theatralisch nach vorn. »Ich hab solche Bauchschmerzen!« Dann lächelte er Felix verschwörerisch zu. »Das kommt dann wahrscheinlich von dem Kaffee!«

»Scharf, ey! Kommst gleich mit?«

›Nein, ich räum noch auf. Und da hinten muß man was abstützen, das mach ich noch.«

»Ich helf dir!« bot Felix an. Aber Wolfgang entgegnete: »Das schaff ich allein. Geh du in d' Schul, daß wenigstens *einer* was lernt!«

Wolfgang suchte sich einen starken Balken aus dem Schutt neben dem Eingang und schob ihn unter die Stelle, die sich in der Nacht gesenkt hatte. Dann schlug er mit der stumpfen Seite einer Axt dagegen und versuchte, ihn zu verkeilen. Durch die geschickten, kräftigen Schläge kam der Deckenbalken nach und nach wieder fast in die Waagrechte.

Aber Wolfgang bemerkte nicht, daß bei jedem Schlag der vordere Teil der Decke, die in seinem Rücken lag, bedrohlich absackte. Ein letztes Mal ließ er die Axt auf den Balken niedersausen, da brach die Decke hinter ihm zusammen! Balken und Gestein donnerten vor dem Eingang herunter.

Geistesgegenwärtig rannte er auf den Durchlaß zu. Da aber prasselten nachstürzende Teile auf ihn herab. Im letzten Moment wich er ihnen aus und brachte sich im hinteren Teil der Höhle in Sicherheit.

Dichter Staub erfüllte den Raum, so daß er kaum atmen konnte.

»Und der Boschert sagt, daß alles stimmt«, jammerte Zensi Berger.

Als sie den Jungen wie immer um sechs Uhr wekken wollte, war sie auf ein leeres Bett gestoßen. Sie hatte mit Felix gesprochen und mit dem Schreiner telefoniert – dann war sie zur Polizei gegangen. Der Schreck saß ihr tief in den Knochen. Sie machte sich die größten Vorwürfe.

»Der Bub hat was aufem Sperrmüll g'funden und dagegen das Blumenbankerl eingetauscht. Wenn ich's ihm doch geglaubt hätt'!«

»Ham's aber nicht?« fragte Polizeiobermeister Kober.

»Mein Gott, wenn dem Wolferl was passiert ist! Man hört und liest doch jetzt so viele Sachen!«

Zensis schrille Stimme drückte Kober langsam auf den Nerv. »Beruhigen Sie sich«, sagte er, »wir werden das Bürschel schon finden!«

Valentin betrat das Revier und grüßte.

Was der wohl schon wieder hier wollte! dachte Kober und schaute ihn mit hochgezogenen Augenbrauen an.

»Ich hätt' ihn doch nicht ins Heim geben können«, sagte Wolfgangs Großmutter nun mehr zu sich selbst, »damals, wie seine Eltern ums Leben 'kommen sind. Mit seinen acht Jahr – er ist so hilflos g'wesen und so traurig ...«

Kober wollte etwas sagen, aber da fuhr sie schon wieder fort: »Meine Schwester hat ja g'sagt, ich soll mir das nicht zumuten – das Kind allein aufziehen, aber ... Naja, die will ja sowieso nix mehr von mir wissen ...«

»Jetzt erzählen'S uns nicht Ihre ganze Lebensg'schicht, Frau Berger ...«, unterbrach sie Kober. Da meldete sich Valentin zu Wort: »Warum denn nicht? Man weiß am Anfang nie, was man am End braucht.« Dann fragte er: »Ist der Herr Haberl nicht da?«

»Krank«, sagte Kober. »Der singt das Lied vom Ischias.«

»Weiß schon!« sagte Valentin lustig. »I schiaß den Hirsch im wilden Forst ...«, begann er zu singen. Dann fragte er Kober: »Was steht denn auf Schwarzbrennerei hier in Bayern?«

»Die wird bei uns nur in größeren Fällen verfolgt, net wahr«, antwortete Kober, der sofort wußte, warum ihm Valentin diese Frage stellte. »Was dein Vater da vor hat, fällt unter die Kategorie ›Wissenschaftlicher Versuch‹ und ist nicht strafbar.«

»Sauber! So g'fallst mir, Kober! Fast schon wie der Haberl, der weiß auch immer alles im Voraus, auch *warum* man etwas fragt!«

Kober, der die leidige Sache mit Zensi endlich hinter sich bringen wollte, wandte sich wieder der Frau zu. »Also, der Bub hat Ihnen dieses Gartenbankerl vom Boschert g'schenkt«, fing er nochmal an.

»Ja, weil ich doch gestern Geburtstag g'habt hab.«

»Herzlichen Glückwunsch!« sagte Kober förmlich.

»Danke. Ich hab halt Angst gehabt, daß er's gestohlen hat. Und das hab ich ihm auf den Kopf zu gesagt. Und da ist er davon und nicht wiedergekommen.« Tränen standen plötzlich in den Augen der alten Frau.

»Vielleicht ist er zu einem Freund«, überlegte der Polizist.

»Nein, den Felix hat ich schon g'fragt. Der weiß auch nicht, wo er sein könnt!«

»Oder er sagt's nicht«, warf Valentin ein.

»Was meinst?« fragte Kober.

»Als Bub in dem Alter hat man doch so seine Geheimnisse vor den Erwachsenen«, gab er zu bedenken.

Kober wollte endlich zum Schluß kommen. »Ja also, Frau Berger, mir ham das alles aufgenommen und geben jetzt eine Fahndung heraus.«

Zensi schaute von einem zum andern. Sie verstand nicht, warum sich die Polizei nicht sofort auf die Suche machte. »Ja, ist das alles? Mehr können'S nicht tun?«

»Doch schon«, erwiderte der Beamte. »Wir nehmen ein Protokoll auf. Und natürlich werden unsere Streifenfahrzeuge angewiesen, ein Auge auf den Buben zu werfen. Jetzt brauch ich erstmal eine Personenbeschreibung.«

Zensi kramte in ihrer Handtasche, fischte ein paar Fotos hervor und legte sie auf den Tisch.

»Sehr gut!« sagte Valentin und trat näher.

Kober sah ihn strafend an. Valentin begriff sofort,

daß Kober befürchtete, er werde sich wieder einmischen, und machte eine abwehrende Handbewegung. Dann aber sah er sich die Bilder von Wolfgang sehr genau der Reihe nach an ...«

Als Zensi Berger das Revier endlich verließ, ging Valentin ihr nach und bot ihr an, sie heimzufahren. Sie nahm dankend an. Beiläufig erkundigte sich Valentin nach dem Namen von Wolfgangs Schulfreund.

»Felix Eisenberger«, sagte sie müde.

»Ja da red' ich doch erst amal mit dem ...«, meinte er.

Sie schaute ihn erstaunt an. »Aber der Herr Kober hat doch g'sagt ...«

»Ja schon, der Herr Kober ist halt auch sehr beschäftigt, aber ich hab ja Zeit ...«

Als der Staub sich gelegt hatte, entdeckte Wolfgang den matten Lichtschein an der Stelle, wo vorher der schmale Durchlaß war. Ein kleines Luftloch war offengeblieben. Leise begann er zu rufen. Er lauschte dem Hall seiner Stimme nach. Aber da war kein Hall. Seine Stimme hörte sich im Dunkeln ganz nah an, als würden die Wände ihren Klang sofort verschlucken!

»Hilfe!« Er schrie lauter, immer lauter.

Dann brüllte er ununterbrochen – eine halbe Stunde lang! Schließlich aber brach er erschöpft ab. Es war aussichtslos. Von außen war keine Hilfe zu erwarten. Er würde selbst versuchen müssen, sich zu befreien!

Entschlossen stürzte er sich auf die Geröllmassen, ertastete die Schemen der Steine und begann, sie zur Seite zu rollen. Da knackte es plötzlich erneut im Gebälk. Wie gelähmt verharrten seine Hände plötzlich mitten in der Bewegung. Ängstlich lauschte er dem Knistern nach. Dann aber tastete er sich wieder nach vorn, bis er endlich den glatten Stiel der Schaufel berührte, die sie in der Nähe des Eingangs abgestellt hatten. Er zog sie unter den Steinen hervor und schob die Spitze am Boden entlang. Er spürte den Widerstand des Geröllhaufens, setzte die Schaufel wieder einige Zentimeter zurück und stieß mit voller Kraft zu.

Dumpf prallte die Schaufel gegen den Fuß des Stützbalkens, den er zuvor aufgerichtet hatte. Der Balken gab mit einem ächzenden Krachen nach, stürzte zur Seite und riß einen weiteren Balken mit, der von der Decke herabschlug.

Instinktiv warf sich Wolfgang nach hinten und schrie auf. Das nachfolgende Geröll hatte jetzt auch die kleine Öffnung am Eingang verschüttet.

Nun lag er auf dem kalten Boden. Es war zu Ende – er konnte nichts mehr tun. Irgendwann würden sie seine Leiche finden ... Er weinte und rief wimmernd nach seiner Mutter ...

Valentin bahnte sich mühsam einen Weg durch die Schüler, die den Schulhof bevölkerten. Helle Stimmen mischten sich mit kehligen Lauten, das Krächzen der Jungen im Stimmbruch mit dem Kreischen umworbener jugendlicher Mädchen.

Er bekam einen Stoß von hinten. Als er sich umdrehte, rempelte ihn schon wieder einer von der Seite an. Fast wäre er über einen kleinen Jungen gestolpert, der plötzlich vor seinen Füßen stand, dann fing er ein Mädchen auf, das von einem älteren Schüler gestoßen worden war. Sie half ihm, Felix zu finden. Der aber gab sich sehr erstaunt über Valentins Frage, ob er Wolfgang gesehen habe.

»Der muß doch daheim sein!« sagte er.

»Ich komm aber grad von der Frau Berger«, entgegnete Valentin. »Der Wolfgang ist nicht daheim!«

Felix schüttelte den Kopf. »Das gibt's doch nicht!«

»Habt ihr irgendein Versteck oder so?« Valentin konnte sich noch gut an seine eigenen Verstecke von früher erinnern. Felix wich seinem Blick aus. »Der Wolfgang und ich? Nein!« Er wandte sich ab und beschleunigte seine Schritte. Valentin blieb an seiner Seite. »Jetzt hör' amal zu, Felix, deinem Freund könnt' ja auch was passiert sein!«

»Quatsch, der ist sauer g'wesen und jetzt treibt er sich irgendwo rum. Der ist jetzt wahrscheinlich schon wieder bei seiner Oma. Obwohl ...« Er hielt inne.

»Obwohl was?«

Felix schaute ihn an und sagte: »Obwohl seine Großmutter eine ganz blöde alte Kuh ist!«

»Siehgstes, *den* Eindruck hab ich nun grad nicht g'habt!« hielt Valentin dagegen. »Wenn dir noch was einfällt, gehst du zur Polizei. Am besten gehst hin, bevor die zu *dir* kommen!«

Damit ließ er den Jungen stehen.

Felix sah ihm nachdenklich hinterher.

Valentin verließ den Schulhof. Eine Glocke schrillte und zeigte das Ende er Pause an. Die Schülermassen schoben sich drängelnd dem Eingang zu.

Valentin ging zu Bernies Jeep. Da hielt vor ihm ein schwarzer Mercedes 360 SE. Konz, der Verleger des »Miesbacher Anzeiger«, stieg aus und kam, mit den Armen rudernd, auf ihn zu.

»Herr Gruber, Herr Gruber!« rief er aufgelöst.

»Jetzt da schau her, der Herr Konz. Sozusagen der Miesbacher Anzeiger persönlich!« begrüßte ihn Valentin.

Konz, außer Atem, deutete auf den Jeep. »Ist das nicht dem Bernie Ziegler sein Auto?«

»Ja, schon«, antwortete Valentin abwartend.

»Ist er denn wieder im Land, ich hab gehört, er ist jetzt auf Rügen?« fragte der Verleger kurzatmig.

»War er auch, aber seit heut' morgen ist er wieder glücklich in Bayern.«

»Ich müßte dringend mit ihm reden!« Sein Blick hatte etwas Flehendes.

»Ich denk, Sie ham ihn fristlos entlassen?«

»Da sind Sie nicht auf dem Laufenden, Herr Gruber!« wehrte sich Konz. »Mir ham uns längst ausgesöhnt. Aber irgendwie scheint er das nicht so ganz verinnerlicht zu haben, der Bernie!«

»Ja, ich muß dann weiter«, sagte Valentin, der mit dem Gerede des Mannes nichts anfangen konnte.

»Können wir uns nicht amal unterhalten?« Konz drängte sich neben ihn. »Ich komm auch gern rauf zu Ihnen auf den Aiblinger Hof!«

»Ja warum?«

»Naja, Sie haben einen Einfluß auf den Bernie – auf den Herrn Ziegler, mein' ich!«

Valentin zuckte mit den Achseln. »Wird nicht viel

Wert ham. Der Bernie will nämlich wieder rauf nach Rügen.«

Konz blickte ihn entsetzt an. »Das ist nicht wahr!«

»Der hat sich nämlich verliebt dort droben. Und wenn man sich amal auf Rügen verliebt...« Er klopfte sich mit der flachen Hand gegen die Brust und nickte dabei. »Das sitzt tief, kann ich Ihnen sagen!«

Damit stieg er in den Wagen und fuhr los. Ratlos sah ihm der Verleger nach.

Die Frau des stellvertretenden Miesbacher Feuerwehrkommandanten Kotschenreuther zog aus dem Strohballen auf dem gepflegten Kiesweg ihres Gartens einen Büschel und verteilte das Stroh sorgfältig auf dem Rosenbeet am Gartenzaun. Als sie sich wieder erhob und die Hände ins schmerzende Kreuz stemmte, stand Agnes vor ihr. Sie plauderten ein wenig und kamen wie zufällig auf das Thema »Feuerwehr«.

Agnes sagte lauernd: »Also, ich hab ja dem Michel verboten, zur Feuerwehr zu gehen...«

»Naja, so alte Männer nehmen's ja auch gar nicht mehr«, erwiderte Marlies boshaft.

Agnes war getroffen. Ihre Augen wurden schmal vor Wut. Sie begriff nicht, was die Kotschenreuther hatte, aber sie würde es ihr zurückzahlen!

»Wie alt ist denn jetzt der deine?« fragte sie, als ob nichts gewesen wäre.

»Achtundvierzig, warum?«

»Sieht aber jünger aus, vor allem, wenn er mit Jüngeren z'amm ist.«

Die Kotschenreuther riß alarmiert die Augen auf. »Was willst jetzt damit sagen?«

Agnes spielte die Unschuld vom Lande. »Ich? Gar nix. Naja, dann hat er ja auch das richtige Alter für'n Feuerwehrkommandanten.«

»Wie kommst denn jetzt auf sowas?« fragte Marlies entgeistert.

»Ja, erzählt er dir denn gar nix, dein Albert?«

»Woher willst jetzt *du* wissen ...?«

»Aus gewöhnlich gut unterrichteten Kreisen, net wahr! Der Boschert will aufhören, und dann ist ja klar, wer der Nachfolger wird.«

Marlies Kotschenreuther hörte diese Neuigkeit zum erstenmal. Aber selbst, wenn es stimmte, daß der Boschert sein Amt abgeben wollte, hieß das noch lange nicht, daß ihr Mann unbedingt seine Nachfolge antreten mußte. »Klar?« rief sie. »Da ist gar nix klar. Als ob der nicht schon genug am Hals hätt'! Er ist eh schon kaum mehr daheim ...«

»Was ich sag'«, gab Agnes scheinheilig zurück.

»Und jetzt auch noch Feuerwehrkommandant? Nein!« sagte Marlies entschieden.

»Ja, die vielen Übungen«, bestärkte Agnes sie. »Und dann, wenn's brennt. Und wenn die Männer nach der Übung innerlich löschen müssen ... Also, da versteh ich dich hundertprozentig, Marlies! Das daat ich auch nie und nimmer zulassen!«

Plötzlich blickte Marlies ganz hoffnungslos drein. »Aber wenn ihm die andern schöntun ... Du kennst meinen Albert nicht! Der kann doch nicht nein sagen!«

Agnes winkte ab. »Kennst aan Mann, kennst alle

Männer.« Dann setzte sie ihre verschwörerische Miene auf: »Aber ich denk, ich könnt' dir helfen ...«

Auch Zensi Berger wußte nichts von einem Versteck der beiden Jungen. Deshalb war Valentin Punkt halb eins wieder vor der Schule und beobachtete von einem Hauseingang gegenüber das Schulgebäude.

Endlich rannten die ersten Schüler heraus. Wenig später quollen bereits ganze Pulks aus dem Eingang hervor. Valentin musterte dic Gesichter, und da war auch schon Felix! Er zog ein langes Gesicht und ging stur geradeaus, während ein Klassenkamerad wild gestikulierend auf ihn einredete. Schließlich winkte Felix verdrossen ab und ließ den anderen stehen.

Als er sein Fahrrad aufschloß, ging Valentin rasch zu Bernies Jeep und folgte ihm in sicherer Entfernung.

Der Junge ließ sich Zeit. In der unteren Talaue schob sich eine Kuhherde zwischen Valentin und Felix. An Vorbeifahren war nicht zu denken – sie befanden sich auf einem einspurigen, ungeteerten Feldweg.

Als die Kühe endlich auf eine Weide abgebogen waren, beschleunigte Valtentin rasch und brauste auf den Wald zu. Beinahe hätte er übersehen, daß der Junge an einer Feuerstelle angehalten hatte. Er bremste den Wagen scharf ab. Felix schaute sich um. Aber er hatte ihn nicht bemerkt. Valentin wartete. Jetzt fuhr Felix weiter.

Vor dem verlassenen Ruinengrundstück stellte er sein Fahrrad ab und ging zu Fuß weiter. Valentin ließ den Wagen stehen und folgte ihm.

Vor einem großen Geröllhaufen blieb der Junge plötzlich stehen. Entsetzt starrte er auf die Steine. Er formte mit den Lippen den Namen seines Freundes, brachte aber keinen Ton hervor. Dann kam sein erster Schrei. Seine schrille Stimme gellte durch die Mauern, durch den Wald. Aber sein Ruf wurde nicht erwidert.

Valentin begann zu rennen. Felix brüllte in wilder Verzweiflung, seine Stimme überschlug sich. Endlich war Valentin heran und faßte ihn an den Schultern: »Sag bloß, er ist da drin?«

Felix sah in fassungslos an und nickte stumm. Dann hörten sie Wolfgang, wie aus unendlicher Entfernung, um Hilfe rufen. Er lebte also!

»Mir san ja da!« schrie Valentin. »Ich helf dir gleich. Halt durch solang!«

Er ließ Felix stehen und rannte zum Wagen zurück. Dort riß er das Telefon an sich und wählte. Er erreichte Kober sofort und forderte die Feuerwehr an.

Anges' und Kathrins' Tour unter dem Motto »Petersen for commander!« trug Früchte. Sie hatten Boschert und Kotschenreuther dazu gebracht, Petersen zu einem »Schnuppertreffen« einzuladen.

Eine gute halbe Stunde hatten die Männer im Magazin der Miesbacher Feuerwehr die Ausstattung inspiziert. Schließlich sagte Petersen, der den hohen Standard bewunderte: »Tja, von so einer Ausstattung können wir bei uns zu Hause natürlich nur träumen!«

»Was ich sag'«, meinte Boschert und lachte. »Bei

uns brennt's viel zu wenig, so wie wir ausgerüstet sind!«

»Sie könnten ja mal eine Übung mitmachen«, lud Kotschenreuther Petersen ein. »Mit anschließender Nachübung...«, fügte Boschert augenzwinkernd hinzu. Aber Petersen verstand nicht und fragte: »Wie meinen Sie das?«

Kotschenreuther hob ein imaginäres Bierglas an den Mund, legte den Kopf in den Nacken und gab glucksende Trinkgeräusche von sich.

»Ach so, verstehe«, lachte Petersen. »Also, was *das* anbelangt, gibt es dann also zum Glück keinen Unterschied zwischen Mecklenburg-Vorpommern und Bayern!«

Da schrillte plötzlich die Alarmglocke...

Nur wenige Minuten später erreichten zwei Züge der Feuerwehr den verschütteten Eingang. Petersen war mitgekommen und sagte zu Boschert: »Wenn ich mich irgendwie nützlich machen kann...«

Der fuhr ihm aber sofort in die Parade. »Sie halten sich raus! Schauen'S zu, vielleicht können'S ja noch was lernen!« Dann bellte er seine ersten Kommandos.

Valentin stand mit Felix dabei und beobachtete gespannt das Treiben der Feuerwehrmänner. Die Szenerie wirkte gespenstisch, zumal es schon fast dunkel war. Die Feuerwehrleute warfen große Scheinwerfer an, die alles in ein grelles Licht tauchten, das sich rhythmisch mit den Strahen der rotierenden Blaulichter mischte.

Endlich kam Kotschenreuther mit einer hohlen

Eisenstange, an deren Spitze inwendig ein Funkgerät montiert war. Sie trieben sie rasch mit gezielten Schlägen eines schweren Vorschlaghammers durch die Geröllmassen. Ein Trupp von Feuerwehrleuten begann, mit Hacken und Schaufeln den Schutt abzutragen.

Kotschenreuther deutete auf das Eisenrohr und sagte zu Valentin, der neben ihm stand: »Hoffentlich kapiert er's ... Man schreit sich ja sonst die Seel aus dem Leib, und bei dem Lärm ringsum verstehst sowieso nix!«

Boschert zog die Antenne des Funkgeräts aus und stellte auf Empfang. Gespannt richteten sich die Blicke der Umstehenden auf den Lautsprecher des Geräts. Dann erklang aus dem Rauschen heraus plötzlich Wolfgangs Stimme.

»Hallo!« sagte er vorsichtig.

Boschert, Kotschenreuther und Valentin sahen sich lächelnd an. Kotschenreuther nahm das Mikro und sagte: »Jetzt hör' mal zu, Junge, wir holen dich da raus. Aber das dauert noch ein bißchen ... Verstanden?«

»Verstanden!« kam die Antwort. Die Stimme klang schwach.

»Am besten, du suchst dir eine Stelle, die gut abgestützt ist, und dort setzt du dich ganz ruhig hin. Möglichst nah an der Wand!«

»Ja, mach ich!« sagte Wolfgang.

Valentin suchte Petersen vergeblich mit den Augen. Er ging um das Grundstück herum und entdeckte ihn an der Längsseite des Gebäudes. »Ist was?« fragte er.

Petersen starrte auf einen klaffenden Riß in der Wand.

»Die können nicht anfangen, bevor sie nicht abgestützt und 'ne Kreuzverstärkung angebracht haben!« erklärte er.

Valentin winkte ab. »Armin, laß mal, die verstehn ihr G'schäft!«

Sie schauten zu den Feuerwehrleuten hinüber. Ein Minibagger fuhr jetzt vor und begann, sich in die Schutthalde zu fressen. »Sieht aber nicht so aus«, wandte Petersen ein. »Die müssen zu allererst *sichern!*«

Valentin ging hinüber zum Kommandanten. »Herr Boschert, der Petersen meint, man müßte erst sichern ...«

»Ach was, ich hab mir das angeschaut«, erwiderte Boschert ärgerlich.

»Aber der Petersen hat dort oben einen Riß entdeckt, der scheint's durchgeht bis hier!« Valentin zeigte auf den Sturz über dem Eingang.

»Kannst ihm ja sagen: Hier hat man schon vor hundert Jahren solider gebaut, als bei ihm daheim. Das hält, glaub's mir!«

Valentin schaute zu Petersen hinüber, der ihn seinerseits fragend anschaute.

Valentin zuckte die Achseln.

Petersen schüttelte den Kopf. Dann kam er wieder nach vorne und sah dem Bagger zu, der nach und nach eine tiefe Schneise ins Geröll trieb. Die Feuerwehrleute schaufelten das Mauerwerk, das er herausbrach, zur Seite.

»Schaffen die das?« Felix zupfte Valentin am Ärmel. Der legte den Arm um den Jungen und sagte tröstend: »Aber hundertprozentig!« Dann zeigte er auf Petersen. »Der Petersen dort, der ist ein absoluter Experte – rettungsmäßig, verstehst?«

Unruhig stapfte Petersen hin und her. Schließlich ging er wieder an die Stelle zurück. Valentin folgte ihm. Entsetzt bemerkten sie, daß der Riß nun schon fast einen halben Meter auseinanderklaffte.

»Endlich!« stieß Boschert erleichtert aus. Mit einigen entschiedenen Hieben hatten seine Leute jetzt einen schmalen Durchlaß ins Innere freibekommen. Der Kommandant leuchtete mit einer starken Lampe hinein. Der Schein traf auf Wolfgangs bleiches Gesicht, das keine Regung zeigte.

»Bleib ganz ruhig, Wolfgang«, sagte Boschert. »Ich komm' gleich 'rein und hol' dich.«

Petersen schob sich an Boschert heran. »Das drückt gewaltig von oben nach!« preßte er hervor.

Boschert ignorierte ihn.

Im selben Augenblick bahnte sich Kober mit seinem Dienstfahrzeug einen Weg durch die Schaulustigen, die sich inzwischen auf dem Grundstück versammelt hatten. Er hatte die Zensi Berger geholt. Einige Feuerwehrleute und Polizeibeamte drängten die Neugierigen zurück und sperrten das Gelände mit roß-weißen Bändern notdürftig ab.

»Links und rechts abstützen!« kommandierte Boschert.

Seine Leute trugen Stützbalken heran und begannen, den schmalen Durchlaß zu sichern.

Petersen war am Ende seiner Geduld. Schweiß stand auf seiner Stirn. Er rieb sich die Handgelenke und sagte zu Valentin: »Verdammt noch mal, das reicht doch nicht – das ist viel zu gefährlich...« Dann ging er entschlossen auf Boschert zu. »Kamerad Boschert«, sagte er eindringlich. »Schauen Sie sich bitte das Mauerwerk dort oben an. Das kann jeden Moment runterkommen!«

Boschert verzog das Gesicht. Um endlich Ruhe zu haben, knurrte er: »Na gut, schaden kann's ja nicht!«

Kotschenreuther, der den Konflikt mitbekommen hatte, rief ungehalten: »Wir verlieren bloß Zeit. In einer halben Stunde ist es dunkel!«

Boschert ließ sich von ihm nicht abbringen und folgte Petersen.

»Na, dann pack ma's amal!« rief Kotschenreuther. Das war die Gelegenheit für ihn, den Held des Tages zu spielen. Er rutschte auf allen Vieren vor und begann, sich durch den Spalt zu zwängen.

Als Boschert den Riß sah, blickte er Petersen an und sagte erschrocken: »Verdammt, Sie haben recht, Petersen!«

Er wandte sich um und entdeckte Kotschenreuthers Hinterteil im Eingang. »Halt, zurück!« brüllte er. Die beiden Männer rannten hinunter.

Im selben Moment stürzte Mauerwerk nach.

Geistesgegenwärtig riß Petersen zwei Feuerwehrmännern zwei Balken aus der Hand, haute einen quer in die Öffnung und den anderen senkrecht darunter. Valtentin sprang heran und half.

Kotschenreuther quälte sich durch das immer stärker herunterfallende Geröll zurück. Durch Petersens Hilfskonstruktion quetschte er sich ins Freie.

Im selben Moment, als er es geschafft hatte,

knickte der Stützbalken wie ein Streichholz zusammen. Donnernd stürzten die Gesteinsmassen herunter und verschütteten den Eingang erneut.

»Der Bub!« schrie Zensi auf. Dann stürzte sich sich auf das Geröll und versuchte, mit bloßen Händen die Steine aus den Mauerresten zu reißen. Valentin nahm sie sanft an den Schultern und zog sie zurück. Sie preßte ihr Gesicht gegen seine Schulter und schluchzte.

»Ich hab mir das angeschaut«, sagte Petersen ruhig. »Man muß senkrecht aus dem oberen Stockwerk nach unten.« Er nahm das Mikro. »Hörst du mich, mein Junge?«

Im Lautsprecher knarzte es. Sie hörten Wolfgang husten und stöhnen, dann endlich seine Stimme: »Ich seh nix mehr. Jetzt ist es wieder ganz dunkel. Und es staubt so . . .«

»Paß auf, Wolfgang«, sagte Petersen bestimmt. »Wir graben jetzt einen Schacht von oben herunter. Du mußt die Decke genau beobachten. Drück dich so eng wie möglich an die Wand. Nimm das Funkgerät mit und sag' uns immer genau, was passiert, also genau, was du beobachtest. Hast du mich verstanden?«

»Ja!«

Da riß Zensi ihm das Mikrofon aus der Hand und rief mit tränenerstickter Stimme: »Wolferl, Wolferl – hörst du mich?«

»Ja, Oma.«

»Die holen dich ganz bestimmt raus!«

»Ja, Oma.«

»Und dann . . .« Sie schluchzte. »Ach, Wolferl . . .«

Valentin nahm ihr das Mikro aus der Hand und sagte: »Dann feiern wir alle den Geburtstag von deiner Oma nach!« Im selben Moment fiel sein Blick auf Felix. Der Junge kniete ein paar Meter abseits auf einem Balken und hatte die Hände vor dem Gesicht gefaltet. Die Lippen bewegten sich kaum merklich ...

Inzwischen stand Petersen tief in dem Schacht, den die Feuerwehrleute von oben her in das verfallene Gebäude getrieben hatten. Er hatte einen Helm aufgesetzt und ließ sich von Boschert die Querstützen nach unten reichen, die er sorgfältig mit einem kräftigen Fäustel verkeilte.

Kotschenreuther hielt die Funkverbindung mit dem Jungen.

»Von der Decke fallen Steine runter!« rief Wolfgang. Angst klang in seiner Stimme.

»Auch da, wo du stehst?« fragte der Feuerwehrmann.

»Nein, weiter vorne!«

»Sehr gut!« stellte Kotschenreuther fest. »Dann sind wir in ein paar Minuten bei dir.«

Petersen nahm jetzt eine Handschaufel und trug vorsichtig Grund ab. Er forderte eine weitere Stütze an und legte diese flach auf den Boden. Vorsichtig lockerte er den großen Stein neben seinen Schuhen. Dann stieß er mit der Kehrseite der Schaufel einige Male kräftig dagegen.

Endlich gab der Stein nach. Er stürzte in den Raum hinab und gab den Blick auf den Eingeschlossenen frei. Petersen sah auf Wolfgang hinunter, erkannte im Dunkeln sein Gesicht aber nur schemenhaft. Dann ließ er die Arme sinken. Schwer atmend blickte er nun nach oben und sagte: »Das muß jetzt ein anderer machen. Soviel Kraft hab ich jetzt nicht mehr!«

Valentin half ihm aus der Grube heraus. Oben nahm er ihn kurz in den Arm und sagte: »Sauber g'macht, Armin!«

Dann aber ließ er sich hinunter. Auf dem letzten Querbalken kniete er nieder und reichte seine Hände zu dem Jungen hinein.

»Jetzt ganz ruhig, Wolferl! Gleich hast es!«

Dann spürte er dessen kalte Hände. Er faßte sie sicher und zog ihn zu sich hinauf, bis Wolfgang sich mit den Füßen auf dem Balken abstützen und nach oben strecken konnte. Er stieg über die Stützbalken herauf. Da waren auch schon weitere hilfreiche Hände, die ihn vollends aus dem Schacht zogen. Boschert und Kotschenreuther stützten den Jungen, der in die Knie zu gehen drohte, noch einen Augenblick, dann fiel Wolfgang seiner Großmutter in die Arme!

In der guten Stube auf dem Aiblinger Hof stand eine riesige Torte. Agnes, Petersen, Kathrin, Michael, Felix und Wolfgang saßen gedrängt um den Tisch, vor sich Gläser mit Sekt und Saft. Zensi Berger schnitt die Torte an und sagte gerührt: »Das ist mein schönster Geburtstag!«

Valentin stimmte »Happy Birthday to you« an. In dem Moment, als alle in den Gesang einfielen, erschien Boschert und blieb zögernd an der Tür stehen.

»Komm rein!« rief Agnes ihm zu. »Ihr von der Feuerwehr habt's ja auch was zu feiern!«

»Ja, aber wir feiern drunten im ›Weißen Roß‹!« erwiderte er. Er warf einen Blick auf Petersen. »Und die Kollegen fragen, ob'S nicht Lust haben, dazu zu kommen, Herr Petersen.«

Petersen sah Kathrin fragend an.

»Ja, was schaust du mich da so an?« reagierte sie kopfschüttelnd.

»Wenn du fragst, kriegst bloß Antworten, die 'd net magst!« kommentierte Michael.

»Na, du hast es nötig!« rief Agnes und warf ihm einen vorwurfsvollen Blick zu.

»Ja, ich komm dann gern auf ein halbes Stündchen«, sagte Petersen nun und stand auf.

»Weil . . . also . . . äh . . .« Boschert wirkte etwas verlegen. »Die Kameraden meinen, Sie wär'n sozusagen der geborene Kommandant!«

»Wenn das kein Grund zum Trinken ist!« rief Valentin und hob sein Glas.

Da prosteten sich alle fröhlich zu. Petersen nahm seine Jacke und folgte Boschert hinunter ins Tal.

9

Sag die Wahrheit!

»Der Fall liegt ja wohl sonnenklar!« sagte der junge Mann und blickte Hanna herausfordernd an.

Sie warf einen Blick auf die lädierten Fahrzeuge. Das war jetzt der dritte Verkehrsunfall innerhalb von vierzehn Tagen! Dann sah sie sich um. Die Ecke Jasmunder Straße/Kiefernstraße war offenbar eine dieser Stellen, dic für Chrashs wie geschaffen schienen. In die breit angelegte Jasmunder Straße mündeten von rechts verschiedene kleinere, vorfahrtsberechtigte Straßen. Das Besondere an dieser Kreuzung war, daß die Einmündung der Kiefernstraße durch das Eckhaus, das sich ziemlich weit an den Fahrdamm der Jasmunder Straße schob, verdeckt war.

Der junge Mann wandte sich an den Fahrer des metallicgrünen Opel Vectra, der seinen alten Kadett gerammt hatte und sagte überheblich: »Mann, Mann, Mann – Sie haben wohl Ihren Führerschein in der Baumschule gemacht!«

»Ich sag' ja, es tut mir leid«, erwiderte der und sah schuldbewußt zu Hanna hinüber. »Dabei bin ich gar nicht so schnell gefahren.«

Hanna beugte sich in den Kadett und holte ein

Walkie-Talkie hervor. »Und wozu brauchen Sie das?«

»Ich arbeite auf dem Bau, da muß man jederzeit erreichbar sein«, antwortete der junge Mann genervt. Sein linkes Augenlid zuckte. »Und das mit den Funktelefonen ...« Er wandte sich von von ihr ab und ließ den Blick über die gegenüberliegende Baumreihe schweifen. »So'n gutes, altes Walkie-Talkie ist da immer noch das Beste!«

Sie fragte ihn nach seinem Namen und verlangte seine Papiere. »Thomas Ganzenmüller«, gab er an, zog die Mundwinkel nach unten und ließ sich sichtlich Zeit.

Hanna spürte ein Kribbeln in den Fingern, sagte aber nichts. Als sie dann seinen Kfz-Schein sah, fragte sie: »Sie sind nicht der Besitzer des Wagens?«

»Das sehen Sie ja.«

»Und der Besitzer?«

»Na ja, ein Kumpel eben.«

»Erzählen Sie doch mal: Was macht er, warum leiht er Ihnen sein Fahrzeug ...!« forderte sie ihn auf.

Ganzenmüller wackelte nervös mit der Fußspitze. »Ne Kneipenbekanntschaft. Näher kenn' ich den auch nicht. Hab' ihn halt auf gut Glück gefragt, ob ich mal sein Auto haben kann heute, 'ne Freundin besuchen ...«

»Hermann Stiegler«, meldete sich nun der Opelfahrer unaufgefordert und streckte ihr seinen Ausweis hin. Dann sagte er zerknirscht: »Man kann wirklich nicht genug aufpassen. Zum Glück bin ich vollkaskoversichert.«

»Na sehn Se, wenigstens das!« meinte Ganzenmüller frech und blickte auf Stiegler hinab.

»Allerdings mit 750 Mark Selbstbeteiligung, und die tun natürlich weh«, jammerte der. »Und mein Schadenfreiheitsrabatt ist dann auch futsch!«

Der Ticker setzte sich in Gang. Mascha Kressnik, die seit einer halben Stunde Protokolle abheftete, war in solch seltenen Stunden, in denen sich auf dem Saßnitzer Revier gähnende Langeweile breitmachte, für jede Abwechslung dankbar. Neugierig überflog sie das Fernschreiben. Dann nahm sie es in die Hand, ging zu der großen Landkarte von Mecklenburg-Vorpommern an der Wand und setzte sorgsam einige Stecknadeln mit roten Köpfen.

Hanna schaute ihr von ihrem Schreibtisch aus nachdenklich zu. Dann sagte sie: »Immer das Gleiche: Der Fahrer, der von rechts kommt, schießt wie auf Kommando raus. Der Fahrer des anderen Wagens hat gar keine Chance, noch rechtzeitig zu halten. Wir müssen mal die Personalien dieses Herrn Ganzenmüller überprüfen, Mascha.« Sie blätterte in ihrem Unfallprotokoll und fügte hinzu: »Könnte sein, daß wir da einen haben, der Unfälle auf Bestellung macht ...«

»Aber warum?« fragte Mascha, ohne aufzusehen.

»Zum Beispiel im Auftrag von jemandem, der einen schweren Schaden selber verursacht hat oder dessen Wagen schwer verkäuflich ist.«

»Guten Tag, meine Damen!« dröhnte es von der Tür. Ein gutgelaunter Schnoor schlenderte herein.

»Im Polizeirevier gibt's keine Dame!« protestierte Mascha lächelnd.

Schnoor schaute sich suchend um. »Sagen Sie«, wandte er sich an Hanna, »müßte Gruber nicht schon längst wieder da sein?«

»Morgen kommt er zurück.«

»Gut, sehr gut!« Seine Stimme nahm einen dienstmäßigen Ton an. »Wenn Sie nämlich schon Ihren Urlaub nicht in Anspruch nehmen und dafür andere Kollegen vertreten – wir könnten Sie in Bergen gut gebrauchen.«

»Ne, Herr Polizeirat«, erwiderte Hanna kopfschüttelnd. »Die letzten fünf Tage wollte ich noch was unternehmen. Es gibt da einen ganz billigen Flug nach Zypern ... Eigentlich wollte ich fragen, ob ich nicht ein paar Tage Urlaub machen kann.«

»Lassen Sie uns das beim Essen besprechen!« Er schaute sie auffordernd an und ging zur Tür.

»Tut mir leid, ich hab Dienst!« sagte Hanna. Schnoor wandte sich um und lächelte. »Ich als Ihr Vorgesetzter gestatte Ihnen, daß Sie trotzdem mit mir essen gehen.«

»Dieses Rendezvous ist ein dienstlicher Befehl, Polizeiobermeisterin Gernrich!« rief Mascha frech.

Aber Schnoor blieb bei seiner guten Laune und entgegnete unernst: »Frau Kressnik, ich darf Sie doch sehr bitten!«

»Gern, ein Essen zu dritt! Ich mach mit!« freute sich Mascha und legte das Fernschreiben auf den Schreibtisch. »Aber wer paßt dann auf unser Polizeirevier auf?«

Schnoor schüttelte lachend den Kopf. »So war's nicht gemeint! Eine Anwärterin hat immer ihre Stullen dabei.«

»Und sobald man Obermeisterin ist, wird man in ein Vier-Sterne-Restaurant eingeladen. Da lohnt sich das Warten doch!« Mit einem Seufzer wandte sich Mascha wieder ihrer Landkarte zu.

Sie gingen in die Fischbratstube um die Ecke.

Als Schnoor die zwei Pappteller mit gebratenem Fisch zu ihr an den Stehtisch balancierte, mußte Hanna kichern.

»Wie sich Mascha ein Vier-Sterne-Restaurant vorstellt!«

»Wenn's nach mir ginge, säßen wir jetzt auf der Moritzburg«, erwiderte er und schaute ihr in die Augen.

Hanna nahm ein Häppchen zu sich. »Es geht doch nach Ihnen – Sie sind der Chef, Herr Polizeirat!«

Er lächelte sie charmant an und berührte ihre Hand. Zufrieden registrierte er, daß sie sie nicht sofort zurückzog.

»Bitte nicht ›Polizeirat‹«, raunte er. »Ich heiße ...«

»Na gut, Herr Schnoor«, sagte sie schnell. »Aber das werden Sie verstehen, daß ich mir den Rest meines Urlaubs nicht auch noch nehmen lasse.«

Er ließ ihre Hand wieder los und griff zu seiner Gabel.

»Na hoffentlich kommt Ihr Gruber rechtzeitig zurück!«

»Er ist nicht *mein* Gruber!« protestierte sie. »Und wenn er nicht rechtzeitig zurückkommt, kann er was erleben!«

»Zypern!« sagte Schnoor träumerisch und nippte an seinem Bier. »Da wär' ich gerne dabei.«

Hanna wich seinem Blick aus.

Er sah nach draußen. »Dem tristen Wintergrau hier einfach mal entfliehen ...«

Die Frau kam mit drei grauen Papiereinkaufstüten aus dem »Chic-Shop« am Miesbacher Rathausplatz und wäre fast in Bernie hineingelaufen. Einige Meter weiter stand auf der anderen Straßenseite ein älterer, dunkelblauer Volvo – am Steuer eine junge, außergewöhnlich hübsche Blondine im angeregten Gespräch mit dem Mann neben ihr auf dem Beifahrersitz.

»Harry?« rief die Frau und sah zu dem Wagen hin.

»Bernie, net Harry ...«, antwortete Bernie amüsiert.

Wie durch einen Magnet angezogen ging sie nun, ohne auf den Straßenverkehr zu achten, auf das Auto zu. »Harry?« rief sie erneut und kniff die Augen zusammen. Das spiegelnde Glas der Wagenfenster warf ihren Blick zurück.

Die Blondine am Steuer warf ihr einen entsetzten Blick zu, startete den Motor und fuhr mit quietschenden Reifen davon.

Die Frau rannte dem Wagen nach, kam aber plötzlich ins Stolpern und stürzte am Rand der Straße auf den Asphalt. Die Einkaufstüten knallten zu Boden – Wäsche, Schuhe, Lebensmittel und Milchtüten fielen auf die Straße.

Mit wenigen Schritten war Bernie neben ihr und half ihr auf. »Was ist denn passiert?«

Die Frau streifte sich das kastanienbraune Haar aus dem Gesicht und sah Bernie an. »Bitte?« fragte sie verwirrt. »Ach nichts, nichts ...« Sie sah in die Richtung, in die der Wagen weggefahren war. »Ich muß mich wohl getäuscht haben. Es kann ja auch gar nicht sein ...«

Da trat Valentin, der soeben seinem Vetter Karl im Rathaus einen Besuch abgestattet hatte, neben sie.

»Hallo, Frau Hagen! Ist was passiert?«

Irritiert sah ihn die Frau an. »Grüß Gott, Herr Gruber. Ja ...«

Mit einem rüden Ruck nahm sie Bernie die Taschen mit ihren Sachen, die er für sie wieder eingesammelt hatte, aus den Händen, bedankte sich knapp bei ihm und ging rasch davon.

»Wer war denn jetzt das?« Bernie Ziegler sah der Frau verdutzt nach.

»Maike Hagen«, erklärte Valentin. »Die Frau vom Apotheker Harry Hagen – Erster Tenor im Gesangverein Volkschor Liederkranz. Da hab' ich auch einmal g'sungen.«

Sie schlenderten hinüber zum Parkplatz, auf dem Valentin sein Motorrad abgestellt hatte.

»Stimmt«, erinnerte sich Bernie. »Sogar solo! Der reinste Peter-Hoffmann-Verschnitt.«

»Jetzt, wenn du singst, klingt's nachha, wie wenn dem Harmsen sein Nebelhorn heiser ist«, parierte Valentin.

Aber Bernie strahlte ihn an. »Ich hab eben andere Qualitäten – sagt wenigstens die Miriam. Trinkst ein Bier mit mir?«

Valentin hielt seinem Freund den zweiten Motorradhelm hin. »Da, aber du zahlst!«

Die Stellvertreterin des Apothekers Harry Hagen war eine mütterlich wirkende Endvierzigerin und im Zuhören geübt. Interesse zu zeigen für die Sorgen und Wehwehchen der Kunden und Geduld gehörten zum Berufsbild und – zum Geschäft.

»Das kommt vom ewigen Sitzen im Büro!« klagte Polizeiobermeister Ernst Haberl. »Die Bürokratie bringt uns noch alle um!«

Frau Niethammer nickte verständnisvoll. Innerlich aber begann sie langsam zu kochen. Der Mann lamentierte nun schon eine geschlagene Viertelstunde und ein Ende war nicht abzusehen. Sie war heute, da der Chef außer Haus war, noch nicht einmal zum Post öffnen gekommen!

Haberl zeigte auf eine Stelle wenige Zentimeter oberhalb des Steißbeins und sagte: »Also da tut es schon saumäßig weh. Vor allem, wenn ich was Schwers lupfen muß!«

»Da sollten Sie aber zum Arzt gehen, Herr Haberl.« Frau Niethammer machte ein bedenkliches Gesicht. Aber damit kam sie ganz falsch an.

»Und er schickt mich womöglich ins Krankenhaus«, redete sich Haberl in Rage, »na, das kann ich nicht brauchen. A Salbe oder so ein Pflaster – irgendwas werden'S doch haben, was a bissel hilft!«

Sie zog die Augenbrauen hoch und drehte sich zu den Regalen um. Da erst entdeckte sie Maike Hagen und sagte irritiert: »Oh, Tag Frau Hagen! Suchen Sie Ihren Mann?«

»Ist er denn nicht da?«

Mißmutig registrierte Haberl die Unterbrechung. Dann fuhr er unbeirrt fort: »Und manchmal zieht's da runter bis in den Oberschenkel – da so – über den rechten A...« Er verzog kurz den Mund zu einer Entschuldigung. »Also die rechte Backe und dann da lang...« Mit aneinandergelegtem Zeige- und Mittelfinger streifte er an der Rückseite seines Oberschenkels entlang bis zur Kniekehle.

Frau Niethammer nickte ihm kurz zu und sagte zu Maike: »Ne, der hat überraschend weg gemußt – aber das ist schon gut drei Stunden her. Also so was kenn' ich gar nicht bei ihm!«

»Und er hat nicht gesagt, wohin er gegangen ist?« Maike sah ihr in die Augen.

Frau Niethammer glaubte, in ihrem fragenden Blick einen Anflug von Verzweiflung zu erkennen und sah sie ihrerseits besorgt an.

»Sagen Sie ihm bitte, daß er mich anrufen soll, sobald er kommt«, bat Maike.

»Aber ja doch – ja, natürlich«, erwiderte die Stellvertreterin sanft.

Maike Hagen ging zur Tür. Von draußen kam ihre Nachbarin herein. Sie grüßte Maike und hielt ihr die Tür auf. Doch sie war so in ihren Gedanken versunken, daß sie ohne Reaktion an ihr vorbeiging. Kopfschüttelnd sah die Nachbarin ihr nach.

Zu Hause warf Maike lustlos Mantel und Handtasche auf die Couch. Draußen war es dunkel. Sie ließ die Rolläden herunter. Dann sah sie sich um. Die Wohnung wirkte genau so, wie sie sie verlassen hatte. Sie griff nach dem Telefonhörer, hielt aber inne und legte nach kurzem Überlegen wieder auf. Man soll nichts dramatisieren, sagte Harry immer, die Dinge ruhig angehen ... Sie schaltete den Fernseher an. Ohne das Bild wahrzunehmen, starrte sie auf den Monitor. Sie war nicht nur beunruhigt. Eine lähmende Angst war in ihr hochgekrochen. Warum war er nicht bei der Arbeit gewesen? Und warum kam er nicht nach Hause? Sie schaltete den Apparat wieder aus und zündete sich eine Zigarette an. In hektischen Zügen sog sie den Rauch in ihre Lungen, dann aber drückte sie die Zigarette gleich wieder aus. In großen Schritten ging sie im Wohnzimmer hin und her. Plötzlich trat sie entschlossen ans Telefon und wählte die Nummer ihrer Freundin. »Du Hannelore, ich muß mit jemandem sprechen!«

Die Stimme am anderen Ende klang vertraut und tat ihr gut. Sie erzählte, was sie erlebt hatte. Hannelore tippte sofort darauf, daß Harry fremdging und sie es nur nicht wahrhaben wolle. Offenbar ging sie wieder einmal von sich aus ...

»Du kannst sagen, was du willst, ich versteh's nicht!« rief Maike. »Wenn er eine andere hätte, das hätte ich ganz bestimmt gespürt. Ich bin ja auch nicht sicher, ob er das war in dem Auto. Aber warum kommt er nicht nach Hause?« Sie begann zu schluchzen und wischte sich mit dem Handrücken die Tränen weg. »Das ist die erste Nacht, seitdem wir verheiratet sind ...« Sie war hin- und hergerissen in ihren Gefühlen, bis ihr Gesicht plötzlich einen verzweifelten Ausdruck annahm. »Es könnte ihm ja was zugestoßen sein ...«

Harry Hagen war ein schlanker, drahtiger Mann von fünfundvierzig Jahren mit weichen, melancholischen Augen. In dem weiten Regenmantel, den er trug, wirkte seine Figur gestaltlos. Die Straßenlaternen reflektierten den Nieselregen, der in feinen, schnellen Tropfen auf den Asphalt fiel.

Hagen schlich mit raschen Schritten durch die Rathausgasse. Hinter den Fensterläden der umliegenden Häuser waren die Lichter schon längst erloschen. Endlich hatte er die Apotheke erreicht. Er blickte sich sichernd um und nahm den Steckschlüssel für die Alarmanlage aus der Tasche. Als die Anlage ausgeschaltet war, ließ er mit einem anderen Schlüssel das Stahlgitter hoch, was ein malmendes Geräusch verursachte. Ängstlich sah er die Gasse hinauf und hinab. Alles alles blieb ruhig. Er hielt das Gitter auf halber Höhe an, öffnete die Tür und schob sich hindurch. Dann schloß er hinter sich ab und tastete sich zum Panzerschrank vor, in dem vorschriftsmäßig die starken Gifte und Drogen lagerten. Hier erst nahm er das Lämpchen an seinem Autoschlüssel zu Hilfe, um die Kombination einzustellen. Geräuschlos ging die Schranktür auf. Mit einem gezielten Griff holte Hagen ein Päckchen heraus, schlug es in Silberpapier ein und ließ es in die Manteltasche gleiten. Als er den Schrank wieder sicherte, streiften ihn plötzlich die grellen Lichtkeile von Autoscheinwerfern. Blitzschnell ging er hinter dem Tresen in Deckung. Erst nachdem das Geräusch des Autos sich entfernt hatte, kam er wieder hervor.

Hagen atmete tief durch. Dann ging er zurück zur Tür und verschloß sie sorgfältig, ließ das Gitter herunter und stellte die Alarmanlage wieder scharf. Mit hängenden Schultern stapfte er durch den Regen zurück zu seinem Wagen ...

»Entschuldigen Sie bitte die Störung!« sagte Maike mit leiser Stimme und steckte den Kopf durch die Tür des Polizeireviers. Haberl hing in Schräglage mit ausgestreckten Armen an seinem Schreibtisch und rappelte sich schnell wieder hoch. »Ich bin eh im Dienst«, ächzte er. »Frau Hagen, net wahr?«

»Kennen wir uns?« fragte sie erstaunt.

»Die Frau vom Apotheker. Ich hab Sie heut' schon amal g'sehn – wegen meinen Kreuzschmerzen ... ich mein, wegen meinen Kreuzschmerzen bin ich doch in der Apotheke g'wesen.«

»Ach ja, kann sein«, erwiderte Maike abwesend. »Ich bin nicht so oft dort.«

»Also, um was geht's?« fragte er dienstmäßig.

»Ach ja, entschuldigen Sie, ich bin total durcheinander«, fing sie an. »Ich weiß auch gar nicht, ob das jetzt richtig ist, aber ich weiß mir keinen anderen Rat ...« Für einen Augenblick überlegte sie, ob es nicht doch besser sei, abzuwarten. Da aber sagte Haberl freundlich: »Jetzt setzen Sie sich erst einmal hin.«

Maike warf ihm einen dankbaren Blick zu und nahm auf dem Stuhl vor Haberls Schreibtisch Platz.

»Was haben's denn, Frau Hagen?« Er zog einen Block heran und begann, einen Bleistift zu spitzen. Maikes Mundwinkel zuckten. Dann sagte sie: »Mein Mann ist verschwunden!«

»Seit wann?«

Frau Hagen sah Kommisar Haberl fragend an. »Seit . . .?«

»Seit heut' Mittag?«

»Ja«, bestätigte sie und erklärte sofort: »Es ist noch nie passiert, daß er zum Abendessen nicht nach Hause gekommen ist! Er ist noch nie weggeblieben, ohne mir Nachricht zu geben, verstehen Sie!«

Haberl verstand nicht. »Naja, wie sagt man so«, versuchte er seine Gedanken in Worte zu fassen. »Einmal ist immer das erste Mal, net wahr, und wir Männer . . .« Er kam ins Stocken. »Die meisten wenigstens . . .«, relativierte er. »Also ich ja weniger – nicht wahr, da kommt es schon einmal vor . . .«

»Es ist halt so außergewöhnlich, und ich mach' mir solche Sorgen . . .«

»Naja, verstehen kann man das ja schon, aber vielleicht gibt's ja auch für alles eine ganz . . . äh . . . normale Erklärung . . .«

Maike ließ die Schultern hängen.

»Wollen'S nicht noch amal z'haus anrufen?« fragte Haberl.

Sie legte die Stirn in Falten.

»Ich mein ja bloß – sicherheitshalber . . .« Er schob ihr den Apparat hin. Maike wählte. Am anderen Ende der Leitung hörte sie die Stimme ihres Mannes. »Harry?« sagte sie ungläubig.

»Ja, wo bist du denn?« tönte es aus der Muschel.

»Ich komm' gleich nach Hause!« rief sie. Dann hörte sie das Knacken in der Leitung.

Haberl verzog das Gesicht zu einem breiten Grinsen. »Na bitte, wer sagt's denn? Ist doch ein guter Rat von mir g'wesen!«

»Ich versteh das nicht!« flüsterte sie. »Ich versteh das einfach nicht!«

»No, so schwierig wird das ja dann auch wieder nicht sein«, meinte Haberl.

Maike sah ihn an. »Sie halten mich jetzt sicher für hysterisch?«

»Jo mei«, druckste er herum, »nein, natürlich nicht.« Er warf verlegen die Hände in die Luft und sagte: »Kann man doch verstehen, wenn Ihr Mann sonst immer so brav ... Hätt' ja tatsächlich was passieren können.«

»Vielen Dank, Sie sind sehr nett!« sagte sie und ging zur Tür.

»Dös weniger ...«, grinste er.

Immer noch etwas verstört, bedankte sich Maike von der Tür aus noch einmal. Dann war sie draußen in der Nacht verschwunden. Da stieß Haberl die Luft aus, als ob er sie die ganze Zeit angehalten hätte.

Als Maike Hagen das Wohnzimmer betrat, saß ihr Mann in seinem großen Ohrensessel am Fenster und starrte ins Leere. Behutsam schloß sie die Tür. Dann flüsterte sie seinen Namen. Harry reagierte nicht. Trotzdem erfaßte Maike plötzlich ein Glücksgefühl: Sie hatte ihn gesund wieder! Sie ließ Mantel und Handtasche fallen, stürmte auf ihn zu und schloß ihn in die Arme. Aber sofort spürte sie den Widerstand. Harry reagierte nicht, kam ihr mit keiner Faser seines Körpers entgegen! Als treffe ihre Zärtlichkeit auf einen unbeweglichen Gegenstand! Sie ließ von ihrer Umarmung ab. Die Angst in ihr formte sich plötzlich zu einer fürchterlichen Gewißheit. Sie machte ein paar Schritte nach hinten und sagte: »Es ist also doch wahr!«

Da blickte er müde zu ihr auf.

»Eine andere Frau«, stellte sie kraftlos fest. »Und ich? Aber man sagt ja immer, daß es die eigene Frau zu allerletzt erfährt.«

Harry schüttelte kaum merklich den Kopf. Dann brach er endlich sein Schweigen: »Ne du, so ist es ganz bestimmt nicht. Aber laß uns jetzt nicht darüber reden. Morgen ... ja? Ich ..., ich bin einfach so fix und fertig.«

Maike ging wieder auf ihn zu, beugte sich zu ihm hinab und versuchte, ihm in die Augen zu schauen. Er aber wich ihrem Blick aus. »Hast du irgend etwas genommen? Sag' die Wahrheit. Ich kann sie schon ertragen!«

Keine Reaktion.

»Ich hab dich gesehen – heute Nachmittag auf dem Rathausplatz ... diese blonde Frau!« stieß sie jetzt hervor. »Du hast bei ihr im Auto gesessen.« Als er immer noch nicht reagierte, rief sie: »Harry, du kannst doch nicht so dasitzen und kein Wort mehr mit mir reden!«

Es war aussichtslos. Ihre Worte erreichten ihn nicht. Erschöpft setzte sie sich ihm schräg gegenüber auf die Kante der Couch und zündete sich eine Zigarette an. Als sie wieder zu ihm aufsah, kam es ihr vor, als habe er Tränen in den Augen ...

Schnoor hatte bis in die späten Abendstunden Auswärtstermine wahrgenommen und sich anschließend für die Überstunden mit einem passablen Abendessen im Saßnitzer Rügen-Hotel entschädigt. Schließlich stieg er in seinen weißen Golf und fuhr, »Love me tender« vor sich hinpfeifend, dem Ortsausgang entgegen. Er bemerkte den Wagen, der aus der schmalen Seitengasse schoß, zu spät. Geistesgegenwärtig trat er auf die Bremse und versuchte, das Lenkrad nach links zu ziehen, da krachte es schon!

Erschrocken stieg er aus und ging auf den jungen Mann zu, der sich gegen die klemmende Fahrertür seines Wagens warf. Schnoor zog kräftig am Griff. Endlich sprang die Tür auf und der junge Mann stieg aus. »Alles in Ordnung?« fragte Schnoor besorgt.

Ohne zu antworten ging der Mann um ihn herum und besah sich im trüben Licht der Straßenlaternen den Schaden.

Schnoor ließ seinen Blick über die Kreuzung schweifen und begriff sofort. »Tut mir leid«, rief er. Daß ausgerechnet *ihm* das passieren mußte, an einer dieser verflixten, unübersichtlichen Kreuzungen einen Unfall zu produzieren!

»Was stehen Sie denn so 'rum?« rief der junge Mann überheblich. »Holen Sie gefälligst die Polizei. Die Schuldfrage ist ja wohl klar, oder?«

»Mäßigen Sie mal Ihren Ton, junger Mann, ja?« gab Schnoor zurück und stapfte zur nächsten Telefonzelle.

Mascha Kressnik meldete sich am Notruf.

»Hier Schnoor«, sagte er. »Ich habe einen Unfall. Ecke Erich-Weinert-Straße/Schillerstraße. Habe einen gerammt oder der mich, wie auch immer.« Er warf einen Blick zurück zu seinem Wagen und sah den jungen Mann lässig gegen das Auto gelehnt sich eine Zigarette drehen.

Am anderen Ende der Leitung prustete Mascha los.

»Was gibt's denn da zu lachen? Finden Sie das lustig, ja?« brüllte Schnoor. »Kommen Sie sofort her und nehmen Sie den Unfall auf!«

Elke Niethammer hatte das Fehlen der Packung Polamidon eher zufällig entdeckt, als sie einer Kundin die Tropfen gegen Rezept gab. Ohne zu zögern hatte sie ihren Chef zu Hause angerufen. Er mußte jetzt auf dem Weg sein.

»Also, ich hab die Salbe genau nach Vorschrift aufgetragen und meine Schwester hat mir sogar noch eine Wärmflasche draufgepackt – jede Stunde neu und verdammt heiß – aber da rührt sich nix!« Haberl ging ihr langsam aber sicher auf die Nerven. Sie sagte streng: »Ich hab Ihnen gestern schon gesagt: Da müssen Sie zum Arzt!«

Bernie kam herein und nieste, daß die Flaschen in den Regalen wackelten.

»Und *ich* hab Ihnen gestern schon g'sagt, ich geh nicht zum Doktor«, fuhr Haberl sie an. »Weil der mich doch bloß in die Klinik schickt. Und in der Klinik sterben die Leut!«

»Was für ein Unsinn!« erwiderte Frau Niethammer. Dann wandte sie sich Bernie zu. »Stimmt!« schniefte der. »Ich brauch' was gegen meinen Schnupfen.« Sie ging an die Regale und griff in eines der Fächer.

»Servus, Herr Ziegler!« sagte Haberl in leidendem Ton. »Also ich hab vielleicht ein Kreuz mit mei'm Kreuz, sag' ich Ihnen! Also der Schmerz sitzt da ...« er zeigte wieder auf die Stelle oberhalb des Steißbeins. »Aber der strahlt aus bis in die Kniekehlen und bis zum Genick hinauf.«

»Bandscheibe!« diagnostizierte Bernie cool. »Passen's amal auf.« Bernie trat hinter ihn und befahl: »Kreuzen Sie die Arme hinterm Kopf!«

Brav folgte Haberl seiner Anweisung.

»Sie werden doch hier nicht anfangen, den Chiropraktiker zu spielen!« rief Frau Niethammer. Aber Bernie fuhr unbeeindruckt mit seinen Armen durch die Armbeugen Haberls und verschränkte seine Hände hinter dessen Genick. Dann hob er ihn kurz an. Plötzlich überkam ihn ein unwiderstehlicher Niesreiz. Er wollte Haberl absetzen, aber es war schon zu spät. Er nieste, schüttelte sich und ließ Haberl fallen.

»Bist jetzt unter die Suomi-Ringer 'gangen oder was?« fragte Valentin, der soeben eingetreten war. »Morgen allerseits!« holte er seinen Gruß nach. Dann sagte er wieder zu Bernie: »Ich hab dein Auto draußen g'sehn!«

»Grüß dich, Valentin!« erwiderte Bernie, war aber sofort wieder bei Haberl, der nun vorsichtig eine Kniebeuge machte. Als er wieder hochkam, stemmte er die Hände in die Hüften und begann langsam, mit diesen zu kreisen. »Er ist weg!« sagte er verwundert. Dann setzte er einen Fuß vor den anderen und ging Richtung Tür. Von einem Schritt zum nächsten wurde er mutiger. Auf dem Rückweg begann er sogar zu hüpfen!

Währenddessen sah Frau Niethammer unruhig auf die Uhr und blickte zum Fenster hinaus. Warum der Hagen bloß nicht kam?

»Das ist wie ein Wunder!« rief Haberl aus.

»Ja, Wunder gibt es immer wieder«, sagte Valentin belustigt. »Was haben's denn, Herr Haberl, daß sie rumhopsen wie der Rumpelstilz auf Urlaub?«

»Ich hab nix – ich hab nur was gehabt, aber das ist weg. Er hat mich doch tatsächlich geheilt.«, Haberl deutete auf Bernie. Dann schob er die Arzneipakkung, die er am Vortag erhalten hatte, über den Tisch und sagte zu Frau Niethammer: »Das können Sie behalten. Brauch ich nicht mehr.« Und damit tänzelte er zur Tür. Die anderen sahen ihm schmunzelnd nach. Da drehte sich Haberl aber noch einmal um und sagte zu Valentin: »Trotzdem. Das ist mir eine Warnung!«

Valentin sah ihn fragend an.

»Noch heute reiche ich meinen Antrag auf Pensionierung ein. Wenn Sie sich um meinen Posten bewerben wollen, Kollege Gruber ...«

»Ich werd' drüber nachdenken, Herr Haberl.«

»Machen'S das, Valentin, machen'S das«, rief er und ging beschwingt durch die Tür.

»Bedanken hätt' er sich wenigstens können«, maulte Bernie.

»Jetzt sag amal«, wandte sich Valentin an seinen Freund. »Hast du ihm tatsächlich die Bandscheiben wieder eing'renkt?«

»Wenn's schon mit der eigenen Zeitung auf Rügen nicht klappt, könnt' ich mich doch als Wunderheiler niederlassen.« Bernie nieste.

»Dann heil dich erst amal selber, du Bazillenmutterschiff!«

»Da, das müßte Ihnen helfen«, sagte Frau Niethammer und schob Bernie ein Päckchen Nasenspray hin. »18 Mark 75!«

Als er bezahlt hatte und sich zum Gehen wandte, sagte Frau Niethammer leise zu Valentin: »Sie sind doch auch Polizeibeamter, Herr Gruber!«

»Ja, schon, aber nicht mehr hier in Miesbach.«

»Wir haben nämlich einen ganz mysteriösen Einbruch gehabt, heute nacht.«

Valentin hob die Schultern. »Ja, jetzt ist der Kommissar Haberl grad weg.«

»Ich wollte eigentlich auch auf meinen Chef warten, aber wenn er nicht kommt.« Nervös rieb sie sich die Handknöchel. Im selben Augenblick fuhr Harry Hagen draußen vor. »Ach, Gott sei Dank, da kommt er ja ...«, rief sie erleichtert. Bernie, neugierig geworden, machte Hagen die Tür auf und ließ ihn herein.

»Morgen, morgen!« rief Hagen geschäftig. »Ach, Herr Gruber, auch wieder einmal im Land?« Er wandte sich an seine Stellvertreterin: »Sind die Herren schon bedient?«

»Eigentlich bin ich fast wieder unterwegs nach Rügen nauf. Wissen'S das schon, daß hier eingebrochen worden ist?« fragte Valentin übergangslos.

»Eingebrochen ..., ja, ich weiß nicht ...« Frau Niethammer zögerte plötzlich. Valentin fuhr herum: »Was heißt das: Sie wissen's nicht?«

Nun stieß sie aufgeregt hervor: »Aus dem Drogenschrank fehlen sieben Päckchen Polamidon ...«

»Was ist den das?«

»Ein Methadon-Präparat«, erläuterte Hagen und musterte seine Fingernägel.

»Eine Ersatzdroge – so eine Art Placebo...«, mischte sich Bernie ein.

Aber da rief Hagen: »Nein, nein, nein! Das ist es nun gerade nicht! Es hat durchaus die Wirkung einer Droge, aber es macht nicht abhängig. Ersatzdroge ist schon richtig, aber Placebo – nein..., ein Placebo wäre ja so was wie...« Er suchte nach einem passenden Vergleich. »Wie Puderzucker statt Kokain!«

»Und was heißt das, Sie wissen nicht, ob eingebrochen worden ist?« wiederholte Valentin seine Frage an Frau Niethammer.

»Es sind nirgends irgendwelche Spuren...«

»Aber nein, das ist ein Mißverständnis«, sagte Hagen schnell. »Ich hab gestern die sieben Packungen zurückgegeben. Der Hersteller hat sie zurückgerufen, irgendein Verpackungsfehler.« Er versuchte ein verbindliches Lächeln. Als es ihm mißlang, fuhr er seine Stellvertreterin an: »Aber Sie müssen ja immer gleich die Pferde scheu machen! Hätten Sie mir am Telefon gleich richtig gesagt, warum Sie so aufgeregt sind, hätt' ich Ihnen sofort alles erklären können, und wir hätten uns das ganze Theater erspart!«

Valentin und Bernie sahen, wie die Frau in sich zusammensank. Ihre Lippen zitterten.

»Aber dann... dann müssen Sie doch bemerkt haben...«, stieß sie hervor.

Hagen blickte sie verständnislos an. »Bitte?«

»Da müssen Sie doch bemerkt haben, daß eine

Packung Polamidon-Tropfen gefehlt hat!« brach es aus ihr hervor. Er runzelte die Stirn und sagte: »Wie kommen Sie denn auf so was, Frau Niethammer?«

Nun gab sich die Frau einen Ruck. »Mein Sohn . . .«, fing sie an. »Es war doch nur 'ne Dummheit, und ich hab immer gedacht, irgendwie bring ich das wieder ins reine.«

»Sagen Sie mal, wovon reden Sie überhaupt?« Hagens Stimme klang plötzlich scharf.

»Diese jungen Leute – es muß immer der große Kick sein . . .«

»Der Overkick, oder?« warf Valentin dazwischen.

»Angeben wollte er natürlich auch – bei seiner Clique. Er hat die Packung einfach mitgehen lassen. Ich hab's erst gemerkt, als es schon zu spät war.«

»Jetzt amal Klartext!« sagte Valentin energisch. »Ihr Sohn hat sich von dem Zeug was besorgt, um seine Party aufzustylen.«

»Ich wollt's dem Herrn Hagen immer sagen, aber dann hab ich's doch nicht g'schafft!«

»Und die da sind korrekt verpackt?« wandte sich Valentin nun an Hagen und holte die restlichen Pakkungen aus dem Schrank.

»Ja, ich hab alles genau überprüft!« Valentin notierte sich den genauen Namen des Produkts, die Herstellerfirma und die Prüfnummer.

»Es war also ein Fehlalarm, Herr Kommissar«, behauptete Hagen.

»Sieht so aus, ja . . .«, Valentin klang nicht überzeugt.

»Und im Übrigen ist das hier ja auch gar nicht mehr Ihr Revier«, sagte Hagen.

»Wo'S recht haben, haben'S recht, Herr Apotheker.« Valentin grinste breit. Dann verließ er mit Bernie die Apotheke.

Als die Tür ins Schloß gefallen war, füllte für einen Moment eine peinliche Stille den Raum. In die hinein sagte Frau Niethammer bestimmt: »Ich weiß, ich hätte das verhindern müssen, daß mein Sohn sich am Drogenschrank vergreift. Ich bin natürlich bereit, die Konsequenzen zu tragen ...«

Aber Hagen winkte nur ab, als ob diese Geschichte für ihn eine zu vernachlässigende Kleinigkeit wäre. »Lassen Sie mal – wenn ich keine größeren Probleme hätte ...« Er ließ den Satz in der Luft hängen und ging zur Apothekerwaage hinüber. Er mußte noch ein Präparat für einen Kunden mischen. Aus der obersten Reihe im Regal holte er ein braunes Glas, dem er mit einem Löffel ein gelbliches Pulver entnahm. Als er eine kleine Portion auf der Waage aufbringen wollte, ging ein Zittern durch seine Hände. Er verschüttete das Pulver, wollte es auffangen. Da stieß er gegen die Waage, die mit großem Getöse zu Boden fiel.

Schon eilte Frau Niethammer zu Hilfe und griff nach einer der Schalen. Da schrie er sie unvermittelt an: »Lassen Sie das!«

Erschrocken fuhr sie zurück. Aus den Augenwinkeln beobachtete sie, wie er die Waage wieder aufstellte und von Neuem begann. Er wirkte fahrig und nervös.

Endlich hatte er sein Präparat zusammen, steckte es in die Tasche und verließ wortlos den Laden.

Valentin legte den Hörer auf die Gabel und sah Bernie stirnrunzelnd an. »Es kann keine Rede davon sein, daß das Methadonpräparat zurückgerufen wurde«, sagte er. »Weder die Tropfen, noch die Ampullen!«

»Also lügt der Apotheker«, stellte Bernie trocken fest. Haberl hatte sich hinter der Zeitung versteckt und tunkte eine Schneckennudel in den Kaffee. Im Grunde war er ganz froh, daß Valentin der Sache mit dem verschwundenen Methadonpräparat nachging. Nun aber wurde er doch neugierig und fragte: »Welcher Apotheker, etwa der Hagen?«

»Wieviel Apotheker hammer denn?« grinste Valentin.

Haberl ließ seine Zeitung sinken. »Das ist der, den seine Frau heut nacht als vermißt g'meldet hat?«

Valentin sah ihn irritiert an.

»Ja, war aber falscher Alarm, er ist halt ein paar Stund nicht heimgekommen, der Rumtreiber.«

Valentin hob den Daumen der Linken und begann die Fakten zu zählen. »Der Mann ist die ganze Nacht verschwunden ...«

»Die halbe«, präzisierte Haberl.

»Aus seinem Drogenschrank fehlt ein Mittel, das als Drogenersatz verwendet werden kann. Er tut aber so, als ob da nichts weiter dahinterstecken würde als ein Rückruf der pharmazeutischen Firma. Das ist aber ganz klar gelogen.« Er sah Bernie in die Augen. »Was schließen wir daraus?«

»Er deckt jemanden«, kam es, wie aus der Pistole geschossen.

»Und dieser jemand könnt' auch er selber sein.«

»Du meinst: Ein süchtiger Apotheker?«

»Könnt' schon sein – er war ja ganz schön neben der Kapp ...« Valentin stand auf und schlug Bernie auf die Schulter. »Los, Bernie, mir fahr'n noch amal hin!«

Bernie erhob sich zögernd.

»Seh ich das richtig, Sie mischen sich da in eine örtliche Polizeirecherche ein?« fragte Haberl der Form halber.

»Ja, wo Sie doch eh in den Ruhestand woll'n, Herr Haberl!«

Fünf Minuten später schwangen sich die beiden Freunde vor der Apotheke aus Bernies Jeep. Die Zwölfuhrglocken der Pfarrkirche läuteten. Frau Niethammer wollte gerade schließen. Als Valentin und Bernie die Eingangstreppen hochkamen, ließ sie die beiden ein und schloß hinter ihnen ab.

»Ist der Herr Hagen nicht da?« fragte Valentin.

»Nein. Und ich wollte auch gerade Mittagspause machen.«

»Frau Niethammer«, begann Valentin und sah ihr in die Augen, »wir haben uns erkundigt. Die Herstellerfirma hat die Methadonpräparate nicht zurückgerufen.«

»Ich hab keine andere Erklärung, also ich hab ...«, stotterte sie verängstigt.

»Sagen Sie«, unterbrach Bernie, »dieses Polamidon gibt's als Injektionslösung und als Tropfenvariante – so hat's wenigstens der Pressechef dort am Telefon zu mir g'sagt.«

»Stimmt.«

»Ja und, welche Form fehlt denn jetzt?« wollte Valentin wissen.

»Sieben Fläschchen mit Tropfen.«

»Und keine Ampullen?«

»Nein.«

Valentin bemerkte, daß Sie den Tränen nahe war und sagte schnell: »Nehmen wir mal an, ein rauschgiftsüchtiger Einbrecher kommt an den Panzerschrank – wie auch immer. Was würde der mitnehmen?«

»Die Ampullen natürlich. Es sind ja meistens Fixer, die das Zeug mitnehmen, wenn sie nicht mehr an Heroin rankommen, oder auch wenn sie sich entschlossen haben, von dem Teufelszeug wegzukommen.«

»Wer hat denn alles einen Schlüssel zu dem Panzerschrank?«

»Nur der Herr Hagen und ich.«

»Erstaunt sahen sich Valentin und Bernie an.

»Das wär's dann. Vielen Dank, Frau Niethammer«, rief Valentin auf dem Weg zur Tür.

»Und jetzt zu Hagens Haus!« sagte Valentin zu Bernie und schwang sich auf den Beifahrersitz des Jeep.

»Iß doch wenigstens ein bißchen was!« bat Maike ihren Mann.

Der stocherte mit der Gabel auf seinem Teller herum und antwortete: »Keinen Appetit.«

Sie spießte ein Prinzeßböhnchen auf und fragte: »Was machst du am Nachmittag?«

»Bitte, frag' mich nicht aus«, knurrte er und legte die Gabel aus der Hand.

Maike sah von ihrem Teller auf: »Wenn du dich wegen irgendwas selber bemitleidest, gut, aber dann bitte nicht so, daß ich auch noch Schuldgefühle kriege!«

Harry starrte vor sich hin. »Bitte?« sagte er geistesabwesend.

»Du benimmst dich, als ob alle Welt sich gegen dich verschworen hätte, bist aber nicht bereit, darüber zu reden«, sagte sie, plötzlich mit einem scharfen Unterton.

»Im Augenblick nicht, nein!« erwiderte er matt.

Maike war mit ihrer Geduld am Ende und schrie: »Mein Gott, was ist denn so Schreckliches passiert?«

»Ich fürchte, du würdest es nicht verstehen.« Er stand auf und ließ sie ohne eine weitere Erklärung zurück.

Bernie ließ den Jeep vor Hagens Haus im Leerlauf ausrollen.

»Kann ich mal telefonieren?« fragte Valentin.

»Wenn du nicht grad in Tokio anrufen willst.«

Valentin wählte das Saßnitzer Revier und bekam sofort Verbindung. Künath war am Apparat. »Sag amal, ist die Hanna da?« erkundigte er sich. »Ach so, Nachtdienst. Ja, dann sag ihr nachher, sie soll mich noch zwei Tage vertreten, ich hab hier einen Fall ... Was? Ah geh, das macht die scho! Bis Donnerstag, Konstantin, und halt die Ohren steif!«

Als er aufgelegt hatte, sagte Bernie: »Und wenn sie jetzt was Besser's vorhat, die Hanna?«

»Ach was, die hat nix vor!«

Bernie blickte zu Hagens Haus hinüber. »Und was machen wir jetzt?«

»Jetzt geh ich rein und sag ihm auf den Kopf zu, daß er das Zeug selber geklaut hat.«

In diesem Moment verließ Hagen das Haus. Er war blaß und wirkte angespannt. Er stieg in seinen schwarzen BMW und fuhr los.

»Mann, der sieht ja aus wie's Katzel am Bauch, der muß ja total von der Rolle sein«, konstatierte Bernie. »Ja redst jetzt mit ihm oder nicht?«

»Jetzt observieren wir ihn erst amal. Der lauft uns ja nicht davon!«

Sie folgten ihm. Bei der nächsten Kreuzung ignorierte der Apotheker das Stopschild und fuhr, ohne anzuhalten, geradeaus weiter. Für einen Moment verloren sie ihn aus den Augen. Dann entdeckten sie ihn in der Schlange, die sich vor der Ampel gebildet hatte, drei Autos weiter vorn. Die Ampel sprang auf Grün, Hagen blieb stehen. Die Fahrer hinter ihm begannen zu hupen, erst kurz, und, als das nichts half, lange anhaltend und wütend. Endlich gab Hagen Gas. Zwei Straßen weiter bog er prompt vom falschen Ende her in eine Einbahnstraße ein, bemerkte seinen Irrtum jedoch sofort und stieß wieder zurück.

»Eigentlich müßtest du dem doch den Führerschein entziehen«, meinte Bernie.

»Wenn du's so nimmst, müßten wir droben auf Rügen jedem zweiten den Führerschein entziehen.«

»Und hier bei uns in Bayern zwei Drittel, oder?«

»Ja, nach Starkbierfesten bestimmt!«

Die Fahrt des Apothekers endete an einem abgelegenen Häuschen.

Bernie brachte den Jeep in einem Seitenweg hinter einem Stapel frisch geschlagenem Holz zum Stehen. Von Ferne beobachteten sie, wie jetzt eine blonde Frau aus dem Haus auf den Apotheker zutrat. Beide blieben voreinander stehen. Die Blondine gestikulierte wild, offenbar war sie wütend. Hagen schüttelte immer wieder den Kopf. Dann verschwanden beide im Haus.

Valentin pirschte sich an das Häuschen heran. Es befand sich in einem heruntergekommenen Zustand. Auf der Rückseite führte eine ausgetretene Holztreppe zur Küche hinauf. Als er sie leicht anstieß, bemerkte er, daß sie nur angelehnt war. Innen näherten sich jetzt Schritte und Stimmen. Eine Tür ging auf. Valentin drückte sich unter das Fenster neben der Tür. Von hier aus verstand er jedes Wort.

»Ich glaube nicht, daß du deinen Freund damit vom Heroin wegbringst, Eva!« Das war Hagens Stimme. »Er muß in eine Therapie!«

»Er hat es schon einmal geschafft«, widersprach das Mädchen. Der Stimme nach schätzte Valentin sie auf zwanzig, fünfundzwanzig Jahre. »Ein paar Tage Methadon und keine Chance, an Heroin ranzukommen, dann ist er soweit. Spätestens in einer Woche geht er wieder in die Therapie.«

»Ich muß das Zeug zurückhaben. Die Polizei war heute in der Apotheke«, stieß Hagen hervor.

»Die Polizei?« Die Stimme des Mädchens klang schrill.

»Ja, ich will dich da auf keinen Fall mit hineinziehen!«

Eva lachte bitter auf. »Du willst auf keinen Fall bekannt werden lassen, daß du eine Tochter hast, und obendrein eine, die was mit einem Fixer hat! Das ist alles. Und jetzt sag' *ich* dir mal was: Du hast dich zwanzig Jahre lang nicht um mich gekümmert . . .«

»Ich habe immerhin . . .«

»Bezahlt, ja! Wenn du das *kümmern* nennst!« sagte sie bitter.

»Eva, laß uns ein anderes Mal darüber streiten«, entgegnete er müde. Jetzt geht es darum, daß ich das Methadon zurückkriege. Ich verliere meine Zulassung!« rief er verzweifelt.

»Und ich verliere Rainer, was ist wichtiger?«

»Vielleicht hat er sich ja nur an dich rangemacht, weil er wußte, er kommt über dich an das Methadon heran.«

»Und wenn's so wäre, was ist schlimm daran? Er *braucht* das Methadon, um vom Dope wegzukommen!«

»›Dope‹, wie du schon redest. Du steckst ja ganz schön tief in diesem Fixermilieu . . .«

»Was geht's dich an«, unterbrach sie ihn hart. »Bis vor einem halben Jahr hätt's dich einen Dreck gekümmert, mit wem ich befreundet bin. Ich bin doch immer nur ein monatlicher Kostenfaktor für dich gewesen!«

»Aber das hat sich doch geändert, Eva!« sagte er beschwörend.

Abschätzig antwortete sie: »Tja, du hast jetzt so'n richtig schlechtes Gewissen!«

Valentin war lautlos durch die halboffene Tür geschlichen und hatte sich hinter ihrem Rücken aufgebaut. »Ein schlechtes Gewissen war schon manchmal der erste Schritt zur Besserung!« sagte er.

Die beiden fuhren herum und starrten ihn sprachlos an.

»Was schauen'S denn so?« fuhr er fort. »Wesentlicher Teil unserer Polizeiarbeit ist die Prophylaxe. Sprich: Wir sind gehalten, dafür zu sorgen, daß Verbrechen gar nicht erst begangen werden.«

Nun trat auch Bernie hinzu. Valentin bat sie mit einer Kopfbewegung an den wackligen Tisch und sagte zu Hagen: »Ich versteh' das nicht! Daß einer zwanzig Jahr' Alimente zahlt und nie das Bedürfnis hat, sein Kind kennenzulernen!«

»Wie haben Sie's überhaupt rausgekriegt – ich mein, daß er Ihr Vater ist?« fragte Bernie Eva.

»Meine Mutter ist vor einem halben Jahr gestorben, an einem schweren Krebsleiden. Erst kurz vor ihrem Tod hat sie's mir g'sagt.«

Sie sah ihren Vater an. »Du hast dich ja vor *allem* gedrückt. Nicht *ein*mal hast du dich um sie gekümmert!«

»Das wollte sie ja nicht«, verteidigte er sich.

»Du hast nichts begriffen«, fauchte sie. »Im Grund hat sie immer nur darauf gewartet, aber dir war's ja recht, daß sie damals so stolz g'wesen ist...«

Harry wandte sich an Valentin. »Außerdem, es wär nie was geworden. Sie kam aus ganz anderen Verhältnissen...«

»Vor Gott und der Zimmerwirtin sind alle Menschen gleich«, entgegnete Valentin. »Ich hab da meine eigenen Erfahrungen. Meine Mutter hat mich auch allein aufziehen – *müssen*!«

»Aber es war der Wunsch *ihrer* Mutter, daß ich mich fernhalten sollte«, beharrte der Apotheker.

»Ja, g'sagt hat sie's, weil sie halt auch ihren Stolz g'habt hat – aber was sie sich wirklich gewünscht hat, wer weiß das scho? Was sagt überhaupt Ihre Frau dazu?«

»Das ist ja das Problem«, gab Harry zu. »Ich hab es ihr die ganze Zeit verschwiegen. Soll ich jetzt . . .«

»Da wern's wohl kaum drum rumkommen, Herr Hagen!« erwiderte Valentin streng. Da fiel sein Blick auf den schmalen, blassen jungen Mann, der in einem verknitterten Sportanzug in der Tür stand.

»Was sind denn das alles für Leute?« fragte er Eva mit matter Stimme.

Sie sprang auf und war sofort bei ihm.

»Ist er das?« fragte Hagen und blickte ihn entsetzt an.

»Leg dich doch wieder hin, Rainer«, sagte Eva zu ihrem Freund und fuhr ihm durch das schmuddelige Haar. »Du hast doch so wunderbar geschlafen.« Ihre Stimme klang weich und mütterlich. Der junge Mann schauerte zusammen.

»Ist das etwa dein Freund?« hakte ihr Vater nach.

»Aber mir ist kalt«, hauchte Rainer.

»Ich komm mit dir. Komm!« Entschieden schob Eva ihn an den Schultern aus der Küche hinaus.

»Und besorgt's euch schnell ein Rezept, sonst muß ich das Zeug beschlagnahmen!« rief Valentin hinter ihnen her.

Irgendwo im Haus fiel eine Tür ins Schloß. Hagen schlug die Hände vors Gesicht und jammerte: »Mein Gott, was muß ich denn noch alles durchmachen!«

»Jetzt tun Sie sich doch nicht dauernd selber leid, Herr Hagen!« sagte Bernie ärgerlich. »Ich finde das riesig, wie Ihre Tochter das macht!«

»Wie soll ich das alles bloß meiner Frau beibringen?«

»Indem Sie's ihr sagen – ganz einfach!«

»Das kann ich nicht, das schaff' ich nicht«, jammerte er weiter.

»Also ein direkter Löwe ist er nicht«, sagte Bernie zu Valentin und grinste. Valentin stand auf.

»Los jetzt, am besten bringen Sie's gleich hinter sich.«

Er zog den Apotheker am Arm hoch und schob ihn zur Tür.

»Tja«, kommentierte Bernie, »die Polizei, dein Freund ...«

Wenig später saßen sie Maike gegenüber.

»Wenn nun einer von der Kammer kommt und sich von Frau Niethammer die Ausgabenliste für die Gifte und Drogen geben läßt ...«, sagte Hagen mit gepreßter Stimme.

»Wie ist das denn sonst?« Valentin wollte Klarheit. »Ich nehme an, daß ein Arzt das Mittel verschreiben muß, und daß Sie dann die Rezepte vorlegen müssen?«

»Kopien der Rezepte. Ja, genau so ist es.«

»Also brauchen sie nur ein gültiges Rezept ... Das heißt, dieser Rainer braucht es. Sie wer'n doch einen Arzt kennen, der ...« Valentin ließ den Satz in der Luft hängen.

»Aber warum hast du diesem fremden Menschen das Zeug überhaupt gegeben?« fragte Maike endlich.

»Hat er ja nicht«, kam Valentin Hagen zuvor. »nicht direkt wenigstens.«

Maike blickte verständnislos zwischen ihnen hin und her.

»Wollen Sie's Ihrer Frau nicht endlich erklären?« sagte Valentin.

»Vielleicht später.« Hagen wich seinem Blick aus.

»Nein jetzt!«

Harry Hagen sah seine Frau an wie ein waidwundes Tier. Dann endlich berichtete er ihr von seiner außerehelichen Beziehung vor zwanzig Jahren, aus der eine Tochter hervorgegangen war, die er nie gesehen hatte, bis zu jenem denkwürdigen Tag. »Und dann stand sie plötzlich in der Apotheke und hat mich erpreßt. Entweder lieferte ich ihr das Methadon, oder sie wollte direkt zu dir gehen.«

»Das wäre ohnehin das Beste gewesen«, stellte Maike fest.

»Du mußt mir glauben, diese ewigen Lügereien haben mich auch unheimlich belastet. Manchmal hat mich das alles so niedergedrückt, daß ich meinte, nicht weiterleben zu können.«

Valentin sah zu Maike und sagte ironisch: »Sie sehn, am meisten hat er selber drunter gelitten, der Arme.«

»Die Frau war Constanze Hellbrechts, nicht wahr?« sagte Maike mit gespielter Lockerheit.

Harry starrte sie aus großen Augen an. »Du hast es gewußt?«

»Als sie damals schwanger wurde, da hab ich mir gedacht, daß sie das Kind von dir erwartet.«

»Und du hast damals nichts gesagt?«

»*Du* hättest doch etwas sagen müssen ...« Sie begann jetzt zu schluchzen. Der lange unterdrückte Schmerz brach in ihr auf.

»Ich geh' dann mal«, sagte Valentin. »Gute Nacht zusammen. Ich finde den Weg.«

Dann ging er rasch hinaus.

Rainer lag, in Decken eingehüllt, auf einem alten Bett. Er fror. Sein ganzer Körper zitterte. Eva kroch zu ihm unter die Decke und drückte ihn fest an sich.

»Das geht vorbei!« sagte sie weich.

»Du mußt mir das glauben«, stöhnte er. »Ich hab dich nicht benutzt..., ich meine, nicht, weil du an das Zeug rankommst ...«

»Weiß ich doch!«

Ein neuer Schauer jagte durch seinen Körper. Er schrie auf. »Ich schaff's nicht mehr! Hat er das Zeug mitgenommen?«

»Nein, ich hätt's ihm um keinen Preis zurückgegeben!«

»Meinst du, ich kann die Tropfen auch auf die Nadel ziehen?«

»Nein, wir machen's wie immer, ja?« beharrte Eva.

Da fuhr er auf und schrie: »Du willst mir gar nicht richtig helfen! Ich bin doch nur so'n Versuchskarnickel für dich!« Er sackte wieder in sich zusammen

»Schrei mich nicht an!« sagte sie scharf. Dann aber fuhr sie in liebevollem Ton fort und strich ihm wieder übers Haar: »Du weißt genau, ich alles für dich. Hätt' ich sonst meinem Alten das Zeug aus dem Kreuz geleiert? Aber wenn du's nicht auch selber willst, können wir's glatt vergessen.«

»Gleich morgen geh ich in die Klinik«, antwortete er erschöpft.

»Ich bring dich hin«, sagte sie. Dann holte sie aus der Küche einen Löffel und flößte ihm Polamidontropfen ein ...

»Sag mal, was machste denn da?« frage Künath. Mit den Augen verfolgte er erstaunt die Handbewegungen, mit denen Hanna ihre persönlichen Utensilien aus dem Schreibtisch in eine Umhängetasche verfrachtete.

»Ich pack ein. Jetzt fahr' ich nämlich doch noch in Urlaub!«

»Ne du, das geht ja nun man nicht«, wandte Künath ein.

»Natürlich geht das!«

»Der Valentin hat nämlich um zwei Tage verlängert, er hat einen wichtigen Fall da unten ...«

»*Den* Fall kann ich mir vorstellen!« Hannas Augen funkelten böse. »Ne du, ich fahr. Soll er doch sehen, wie er zurechtkommt!«

»Naja«, schaltete sich nun Mascha ein. »Vielleicht opfere ich meine zwei freien Tage, die ich nach den beiden Nachtdiensten hätte ...«

»Na so was!« Hanna sah sie erstaunt an.

»Warum nicht? Vielleicht klär' ich ja diese ominöse Unfallgeschichte auf!«

»Was das Mädel plötzlich für einen Ehrgeiz entwickelt«, sagte Hanna zu Künath. Der entgegnete weise: »Ja, jeder muß sehen, wie er weiterkommt.«

Hanna verabschiedete sich.

Als sie an der Autowerkstätte »Grill« vorbeikam, sah sie Schnoor neben seinem zerbeulten Fahrzeug im Hof stehen. Sie hielt an und ging zu ihm hinüber.

»Ich sag Ihnen, das war ein gezielter Anschlag!« behauptete er.

»Ach!« Jetzt, da es ihn selbst erwischt hatte, war er plötzlich auf ihrer Linie.

»Ja, ja, ich weiß«, sagte er entschuldigend, »zuerst konnte ich Ihnen nicht zustimmen, aber so, wie das abgelaufen ist ...«

»Genau so eben, wie in den anderen Fällen!«

»Also, wenn Sie sich da nochmal intensiv mit beschäftigen würden ...« Er lächelte sie an.

»Gleich, wenn ich aus Zypern zurück bin«, strahlte sie.

»Ach, Sie fahren nun doch?« fragte er erstaunt.

»Aber ja doch.«

»Ist denn der Gruber zurück?«

»Nein, er kommt erst Donnerstag, aber Mascha Kressnik vertritt ihn.«

Die Miene des Oberpolizeirats verfinsterte sich schlagartig. »Ach, so stellt er sich das vor. Jeder sein eigener Personalchef, oder was?«

»Nicht mein Problem!« Hanna zuckte mit den Achseln. Sie ging zu ihrem Auto und winkte Schnoor zum Abschied zu. Schnoor winkte zurück. Dann knurrte er böse vor sich hin: »Vielleicht reicht das ja nun endlich, um ihn wieder dahin abzuschieben, wo er hingehört!«

Mascha Kressnik sah in der Möglichkeit, bis zum Eintreffen Valentins die Unfallserie aufzuklären, ihre große Stunde. Endlich würde sie einmal unter Beweis stellen können, was in ihr steckte, wenn man ihr nur die Gelegenheit dazu gab! Sie hatte sich einen Plan zurechtgelegt und fuhr zu Christian Bode hinaus. Spielte er das Spiel mit, dann war die Sache schon halb gewonnen!

»Ich soll mir mein Auto kaputt fahren lassen?« lachte er, nachdem er sich Maschas Strategie aufmerksam angehört hatte. »Das kann nicht einmal eine so hübsche Polizistin wie Sie von mir verlangen!«

»Es wird ja nicht kaputt gehen dabei, das kann ich Ihnen versprechen!« versuchte sie ihm zu erklären.

Bode kamen plötzlich Zweifel. »Wie kommen Sie eigentlich auf mich?«

Mascha probierte es auf die naive Tour. »Ich hab halt gehört, daß Sie für Recht und Ordnung immer 'ne ganze Menge tun . . .«

»Wenn der Valentin Gruber da wäre«, entgegnete Bode lauernd, »würde ich ja denken, der steckt dahinter, und dann wär's garantiert 'ne Teufelei!«

»Wir haben die Personalien von den beiden. Jeder von ihnen ist einmal gefahren, der andere ist wahrscheinlich jeweils Schmiere gestanden und hat das Ganze dirigiert. Ich nehme an, wenn sie ein paar Crashs inszeniert haben, hauen sie ab und ›arbeiten‹ woanders weiter. Und vorher will ich sie kriegen!«

Bode gefiel die Entschlossenheit der jungen Frau. »Klingt nicht unlogisch«, erwiderte er.

»Na also«, sagte sie erleichtert.

»Und wenn ich das Spiel mitmache, was kriege ich dann dafür?«

»Dann dürfen Sie mich in das beste Restaurant von ganz Rügen einladen«, sagte sie forsch und zwinkerte ihm übermütig zu. »Zu mindestens sieben Gängen und drei Flaschen Champagner.«

»Na, wenn das nicht zieht, zieht gar nischt mehr!« rief der Makler.

Wenig später fuhr er seinen Mercedes in die kleine Werkstatt und stellte ihn neben Schnoors Fahrzeug ab.

»Der braucht 'nen neuen Motor, das Chassis hat's verzogen, als ich neulich so'n blöden Unfall gebaut habe, und die Klimaanlage tut's auch nicht mehr«, erklärte er dem Meister. »Das Beste, was mir passieren könnte, wär', wenn einer reinfährt, und zwar so, daß man der Versicherung gleich alles aufhängen kann.«

»Ja«, nickte der Meister und rieb sich mit einem Lappen Öl von den Händen. Dann aber schüttelte er den Kopf. »Nur, so was gibt's nicht.«

»Ne?« Bode sah ihn an.

»Ne!«

»Und ich hab gedacht, wenn sich da einer auskennt auf Rügen, müssen Sie das sein. Noch besser wär so'n Quasi-Totalschaden – Sie könnten die Kiste dann zum Ausschlachten haben.«

»Selbst *dann* könnt' ich sie nicht bezahlen.«

»Klar doch. Wenn das alles laufen würde, kriegen Sie sie umsonst.«

Der Mann sah ihm jetzt streng ins Gesicht. »Nur daß das klar ist: Ich laß mich auf solche Spielchen nicht ein, Herr Bode. *Ich* nicht!«

»Wer dann?« Bode blieb hartnäckig.

»Hier auf Rügen bestimmt keiner mehr«, antwortete der Mechaniker. Dann sog er die Luft durch die Zähne ein und murmelte: »Es sei denn ...«

»Es sei denn?« hakte Bode nach.

»Es sei denn, Sie fahren den Wagen selber. Mehr sag ich nicht.« Abrupt machte der Mann kehrt und ging mit raschen Schritten zu seiner Werkstatt zurück.

Na also, es funktioniert ja, dachte Bode. Er war gespannt, wie sich die Sache weiterentwickeln würde.

Schon auf dem Nachhauseweg fielen ihm zwei Motorradfahrer auf, die rasch von hinten aufschlossen, ihn rechts und links eine Zeitlang begleiteten und dann vorausfuhren. Als sie außer Sichtweite waren, rief Bode mit seinem Autotelefon Mascha an.

»Das Essen in sieben Gängen rückt in greifbare Nähe«, sagte er. »Am besten machen Sie sich gleich auf den Weg zu mir nach Hause. Und bringen Sie vielleicht Verstärkung mit!«

Die beiden Motorradfahrer erwarteten ihn bereits vor seinem Haus.

»Wollen Sie zu mir?« gab er sich überrascht.

»Wir wollten Ihnen vielleicht ein Geschäft vorschlagen.«

»In welcher Branche arbeiten Sie?«

»Versicherungen – Kraftfahrzeug-Haftpflicht und Rechtsschutz.«

»Verstehe«, sagte Bode und ging auf sein Haus zu. »Kommen Sie rein. Ich muß nur noch einen oder zwei Briefe diktieren. Meine Sekretärin kommt in ...«, er sah auf die Uhr, »... ungefähr einer Viertelstunde. Wenn Sie solang noch 'ne Runde drehen wollen?« Freundlich lächelte er die beiden Männer an. »Sagen wir, in einer halben Stunde stehe ich zu Ihrer Verfügung!«

Die beiden nickten und warfen ihre Maschinen wieder an. Bode eilte ins Haus.

Wenig später saß Mascha als seine Sekretärin an dessen Schreibtisch, einen Notizblock auf den Knien.

Bode führte die Männer herein. »Kommen Sie – nur noch zwei Sätze.« Er wandte den Kopf in Richtung Mascha. »Wo waren wir?«

»Sehen wir uns außerstande, Ihre Bedingungen zu akzeptieren«, fabulierte sie.

Die Männer waren in der Mitte des Raumes stehengeblieben und sahen sich um, während Bode diktierte: »›Halten wir es also so, wie es in solchen Fällen üblich ist: Man geht in aller Freundschaft auseinander und hat eben mal kein Geschäft gemacht. Mit besten Grüßen ... Ihr ...‹ Haben Sie das?«

»Selbstverständlich.« Mascha klappte den Block zu und ging zur Tür, blieb aber im Rücken der Männer stehen.

»Und nun zu Ihnen, meine Herrn, bitte nehmen Sie doch Platz!« Er deutete auf die Ledergarnitur vor seinem Schreibtisch und setzte sich ihnen gegenüber. »Wenn Sie mir kurz schildern würden, wie Sie gewöhnlich verfahren ...«

Thomas Ganzenmüller redete munter darauf los. »Ist doch ganz einfach: Wir kennen die Stellen, wo garantiert einer reinrauscht, wenn man unverhofft rausfährt. Einer steht mit dem Walkie-Talkie da ...«

Jetzt erst bemerkte er, daß die Frau immer noch an der Tür stand. Er stockte. Aber Bode sagte lässig: »Lassen Sie mal, vor Frau Kressnik habe ich so und so keine Geheimnisse.«

»Sie zahlen zwanzig Prozent von der Versicherungssumme, die Sie kassieren, an uns«, erklärte Ganzenmüllers Komplize.

»Und ... Sie haben da gewisse Erfahrungen? Ich meine, haben Sie so was überhaupt schon mal gemacht?« Er setzte einen skeptischen Blick auf.

Ganzenmüller fürchtete um den Auftrag, wenn er den kritischen Makler nicht restlos überzeugen könnte. »Oft genug!« tönte er. »Zu oft, um's genau zu sagen. Jetzt organisieren wir's nur noch. Fahren müßten Sie schon selber ...«

»Und bisher ist das immer gutgegangen?«

»Man muß halt flexibel sein. Flexibel und mobil. Zwei, drei Wochen in einer Gegend – mehr nicht. *Sie* wären unser letzter Kunde hier ...«

»Es wäre auch Ihr letzter Versuch!« klang Maschas Stimme jetzt scharf. Dann ging sie zu Bodes Schreibtisch und legte ihm ihren Polizeiausweis vor.

Mit gespieltem Entsetzen rief Bode aus: »Mascha, was haben *Sie* mit der Polizei zu tun?«

Die beiden Männer sahen sich fassungslos an. Sie hatten noch gar nicht recht begriffen, da erschien schon Künath in der Tür und sagte: »Gelegentlich arbeitet sie für uns.« Er holte Handschellen hervor und wandte sich an die beiden Männer. »Meine Herrn, wenn ich dann bitten darf!«

Bernie hatte Valentin auf den Busbahnhof begleitet.

»Was hörst von deiner Miriam?« fragte Valentin.

Bernie strahlte und zog ein Kuvert aus der Tasche, aus dem er ein schönes Porträtfoto von seiner Rüganer Freundin herausfingerte. Er hielt es Valentin vor die Augen. Dieser las die großen roten Filzschriftlettern in zarter Handschrift: »In tiefer Liebe meinem Bernie!«

»Gell, da schaust!« sagte Bernie und steckte das Foto wieder ein.

»Irgendwie wird's Zeit, daß ich mich auch wieder mehr um die Frauen kümmre!« seufzte Valentin. Dann ging plötzlich ein Lächeln über sein Gesicht. Maike und Eva kamen auf ihn zu. »Wie geht's Ihrem Freund?« rief er Eva entgegen.

»Seit heute morgen ist er in einer Spezialklinik«, erwiderte sie, sichtlich erleichtert.

»Na prima. Und Ihr? Verreist's Ihr etwa gemeinsam?«

»Warum nicht?« sagte Maike. »Wir fahren nur nach München, a bissel einkaufen. Heut abend sind wir wieder zurück.«

»Sauber!« freute sich Valentin. Es gab doch auch immer wieder erfreuliche Dinge im Leben!

Die beiden Frauen gingen weiter. Eva hakte sich bei Maike ein. Valentin sah ihnen nach, bis sie in ihren Bus eingestiegen waren.

10

Gemeinsamkeit macht stark

Die Jungen warfen einen flachen Kieselstein gegen die graue Wand, von der der Putz abblätterte. Die Sonne über dem Saßnitzer Hafen kämpfte noch gegen den morgendlichen Nebel. Vom Meer her wehte eine kalte, steife Brise.

Der Kleinste von ihnen, ein rundlicher Junge von etwa acht Jahren, holte ein Zehnpfennigstück aus der Hosentasche und warf es ebenfalls gegen die Wand. Als es herabfiel, rollte es in einer Kreisbewegung um den Kiesel und blieb schließlich zwei Fußbreit entfernt von ihm liegen. Der Junge verzog das Gesicht. Da kam schon der nächste an die Reihe.

Uli Pahlke, ein hochaufgeschossener Zwölfjähriger mit kurzen, schwarzen Haaren und großen, dunklen Augen war als letzter dran. Mit einem geübten Wurf plazierte er seinen Groschen direkt neben dem Kiesel.

»Ja! Schon wieder gewonnen!« jubelte er und sammelte die Münzen der anderen Spieler ein.

»Revanche!« rief sein Freund Stefan.

Da legte sich plötzlich ein weicher Schatten auf die Wand. Die Jungen rissen die Köpfe herum.

»Wißt ihr, was ihr da macht?« Valentin setzte ein strenges Gesicht auf. Sie blinzelten ihn fragend an.

»Verbotenes Glücksspiel ist das – wird mit Freiheitsstrafen nicht unter drei Jahren geahndet!«

Die Jungs erschraken.

»Es sei denn, ihr teilt nachher den Gewinn redlich.«

»Jeder setzt fünfzig Pfennig ein«, erklärte Uli. »Und wer gewonnen hat, kauft nachher für alle ein Eis oder einen Lolly!«

»Entzückend«, erwiderte Valentin.

Einige Schritte weiter lag die kleine Akzidenzsetzerei und -druckerei »Gert Mahler«. Immer mal wieder, wenn er seine Runde im Hafenviertel drehte, schaute Valentin bei den Arbeitern dort rein, um ein paar Worte zu wechseln.

»Moin allerseits!« rief er, als er die Halle betrat.

Die Leute saßen auf umgekippten Kisten und diskutierten heftig.

»Schon Frühstückspause?« fragte Valentin verwundert.

»Hier ist bald für immer Pause – so wie's aussieht«, sagte Pahlke. Uli's Vater war ein bärtiger, stämmiger Mann. Die Wut stand ihm ins Gesicht geschrieben.

Valentin blickte in die Runde. Neben Pahlke hatte sich der alte Haudegen Maletzke breitgemacht. Er konnte manchmal ein wenig grob sein, war aber ein ehrlicher Kerl. An der Wand lehnte Knoll, der jüngste von ihnen. Der gutaussehende Mann, den Valentin um die dreißig schätzte, wirkte verschlossen und blickte scheinbar desinteressiert auf die anderen herab. Und dann war da natürlich noch Ines Rösch, die hier die Büroarbeiten erledigte. Sie saß auf einem Packtisch und hatte die langen, schlanken Beine übereinandergeschlagen. Die hübsche Blondine lächelte Valentin an und heftete sich gleich an seine Lippen.

»Gestern ham Se noch von nem Silberstreif am Horizont gesprochen, Herr Pahlke«, nahm Valentin den Ball auf. »Übrigens, Ihr Uli ist 'n guter Typ. Der bringt's amal zu was.«

Pahlke lächelte stolz. Da sagte Maletzke zu ihm: »Aber er soll man bloß nicht Drucker oder Setzer werden ...«

»Warum denn nicht?« schaltete Knoll sich jetzt ein. »Muß ja nicht jeder an so'n Ausbeuter wie den Mahler geraten.

Ines streckte Valentin ihre Tüte mit Keksen entgegen. Valentin nahm dankend an und sagte in die Runde: »Noch ist ja nicht alles verloren!«

»Alles Schönredereien – der Laden ist über die Wupper, kannste mir glauben!« entgegnete Knoll und zündete sich ein Zigarillo an. »Genauso wie die kleine Schraubenfabrik von Krollmann und dem Koschwitz seine Möbeltischlerei.«

»Klar, wenn du im Kaufhaus alles billiger kriegst«, knurrte Maletzke.

»Aber so schlimm ist es doch bei Euch nicht mit der Konkurrenz!« warf Valentin ein.

»Ne Beerdigung erster Klasse wird das!« prophezeite Knoll.

Maletzke machte eine Kopfbewegung in seine Richtung und erklärte Valentin: »Bei der Zeitung in Stralsund ist er mal Fachmann für Todesanzeigen gewesen, der Knoll ...« Der fühlte sich angemacht: »Ach, leck mich doch ...« Er sog den Rauch tief ein und schaute ärgerlich in eine andere Richtung.

»Reden'S doch amal mit dem Donatius Domberger«, riet Valentin. »Der hat doch meistens eine Idee!«

»Und immer einen klugen Spruch.« Pahlke machte eine wegwerfende Handbewegung, stand auf und stellte die Kiste, auf der er gesessen hatte, an ihren Platz zurück.

Valentin hatte von der bedrückenden Stimmung genug. Er verabschiedete sich und ging zu der gegenüberliegenden Bäckerei.

»Ich muß los ...«, sagte Knoll.

»Was denn, so plötzlich?« rief Ines verwundert.

»Ich hab dir doch gesagt, daß ich mich bei Kossmann und Co. vorstellen kann – als Disponent!«

»Kossmann & Co. ist doch verkauft!« wunderte sie sich.

»An die Christian Bode GmbH und Co. KG«, präzisierte Maletzke.

»Ja, genau.« Knoll sah ihn an. »Der Bode hat Geld. Und das weißt du ja ...« Er rieb Daumen und Zeigefinger gegeneinander. »Wo du nicht bist, Herr Jesus Christ ...« Dann ging er hinaus und verschwand mit seinem Trabbi.

»Der Herr Pahlke sagt, der Herr Mahler macht seine Druckerei dicht«, sagte die Verkäuferin zu Valentin und reichte ihm eine Tüte mit warmen Brötchen über den Tresen.

»Das wird alles nicht so heiß gegessen«, erwiderte Valentin, leicht genervt. Aber die Verkäuferin fuhr fort: »Er soll alles Geld rausgezogen haben. Und jetzt will er sich ins Ausland absetzen ... Können Sie denn da nichts machen, Herr Gruber, das ist doch kriminell, was der Mahler da vorhat.«

Valentin zuckte mit den Achseln. »Tja, mir san halt mehr auf zu schnelles Fahren und falsches Parken trainiert, verstehn'S? Die Gauner mit den weißen Kragen – da gibt's andere Spezialisten dafür.«

Im gleichen Augenblick betrat Uli den Laden.

»Na, Sportsfreund?« Valentin lächelte dem sympathischen Jungen zu.

»Ich hab die gnadenlos abgezockt!« erklärte er stolz. Er legte eine handvoll Münzen auf den Verkaufstisch und sagte zur Verkäuferin: »Sieben Lollies bitte!«

Auf dem Weg zu seinem Motorrad stieß Valentin auf Ines, die den Briefkasten geleert und dabei Valentin in der Bäckerei entdeckt hatte. Nun bot er ihr seinerseits etwas aus seiner Tüte an.

»Da, noch ofenwarm.«

Ines griff in die Tüte. Für einen Moment streifte ihr Haar fast sein Gesicht, der Duft ihrer Haut und eines dezenten Parfüms wehten ihm entgegen.

»Obwohl ...« Valentin zögerte. Dann sagte er entschlossen: »Vielleicht sollten wir amal was Richtigs miteinander essen!«

»Soll das eine Einladung sein?« fragte sie keß und sah ihn mit ihren großen, braunen Augen an.

»Ja, so was in der Art scho!« antwortete er, plötzlich ein wenig verlegen.

»Ich hab Zeit, ich bin eh solo!«

»Ich auch, und wie ...!« rief er und ging nun rasch

zu seiner Maschine. Sprachlos sah Ines ihm nach. Er verschwand hinter der nächsten Ecke, tauchte aber nach wenigen Sekunden wieder auf und stoppte knapp vor ihr.

»Heut geht's leider bei mir nicht – sagen wir morgen abend um sieben? Ich hol dich ab!«

Ohne ihre Antwort abzuwarten, brauste er davon.

Das Druckereigebäude der Kossmann & Co., das Bode aufgekauft hatte, lag am Ortsausgang von Saßnitz.

Stolz bewegte sich der Makler mit Knoll durch den großzügig ausgelegten Maschinensaal und sagte: »Und Sie trauen sich das zu, den Laden hier zu schmeißen?«

»Ich bin gelernter Setzer *und* Drucker«, erklärte Knoll, »also das, was man einen ›Schweizer Degen‹ nennt. Und ich hab alle Fortbildungskurse in Elektronik gemacht, die seit der Wende angeboten worden sind. Der Herr Mahler war da immer sehr großzügig. Er hatte ja eigentlich vor, mich zum Geschäftsführer zu machen.«

»Das muß hier alles raus«, sagte Bode und zog die Hand durch die Luft, als wolle er die alten Maschinen mit einem Schlag wegwischen. »Wir brauchen einen modernen Maschinenpark. Was ist denn nun mit Mahlers Druckerei?«

»Die können Sie vergessen. Mahler hat alle Investitionszuschüsse kassiert, hat nochmal ganz schöne Umsätze gemacht, die Gewinne auf seine Frau umdirigiert, große Verluste vorgetäuscht und nun muß er leider, leider Konkurs anmelden!«

»Gut, warten wir das ab. Dann kaufen wir den Laden – vorausgesetzt, er wird so billig, wie ich mir das vorstelle!«

Seit einer Woche nahm Hanna Fechtunterricht. Thorsten Martin, ihr junger Lehrer, hatte sich sofort Hals über Kopf in sie verliebt.

Sie trainierten bereits eine gute dreiviertel Stunde auf dem Fechtboden, da brachte Hanna endlich ihren ersten Treffer an. Sie jubelte. Thorsten ging auf sie zu. Sie nahmen ihren Gesichtsschutz ab und sahen einander an. Hanna strahlte. »Hat dir das noch keiner gesagt, daß man seinen Fechtlehrer nicht schlagen darf?« sagte er mit gespielter Strenge.

»Doch, natürlich – untergrabe niemals seine Autorität! Aber weißte, in der Hitze des Gefechts ...«

Er legte ihr den Arm um die Schulter und führte sie vom Fechtboden. »Ich hab noch selten eine Schülerin gehabt, die das so schnell gelernt hat.«

»An den Leistungen der Schüler erkennt man die Qualität des Lehrers, würde Donatius Domberger jetzt sagen.«

Sie traten aus der Halle ins Freie. Hanna steckte ihre Nase in den Wind und sagte aufgekratzt: »Im Sommer segeln und im Winter fechten – so hab ich mir das früher immer schon vorgestellt.«

»Geboren zum Luxusgeschöpf, hmmm?«

Sie trommelte spielerisch mit den Fäusten auf seiner Brust. Thorsten hielt sie lachend fest.

»Du sollst dich nicht immer lustig machen über mich«, sagte sie.

»Komm, gib's doch zu, du hast noch ne Menge anderer Träume!«

»Ich bin mit Leib und Seele Polizistin!« erwiderte sie mit gespieltem Ernst. »Aber gut – wer träumt nicht manchmal von einem anderen Leben . . .«

»Komm ich da auch vor?«

»Wo?«

»In deinen Träumen . . .«

»Hör auf, Mann!«

Er wollte sie noch näher an sich ziehen. Aber Hanna sträubte sich und ging auf Distanz. Er ließ sie los.

»Versteh schon«, sagte er gekränkt, »wenn man so viele Träume hat, kann man nicht auch noch Gefühle für einen einfachen Fechtlehrer entwickeln.«

»Als ob's *darauf* ankäme! Man verliebt sich in den Mann, nicht in den Beruf, du Dödel!«

»Ja, das versteh ich sehr gut«, erwiderte er und sah ihr in die Augen. »Ich hab mich auch in die Hanna verliebt und nicht in die Polizistin.«

Nun erschrak sie doch ein wenig und sah ihn überrascht an. »Bitte, Thorsten!« sagte sie beschwörend und löste sich von seiner Seite.

Er setzte ihr nach.

Sie schaute sich mit gespielter Dramatik um und rief: »Wo ist jetzt mein Schutzengel?«

»Du wirst es schon noch merken«, sagte Thorsten und zog sie an sich. »Dein Schutzengel – das bin ich!« Sein Mund näherte sich vorsichtig dem ihren. Erstaunt stellte er fest, daß sie sich ihm diesmal nicht entzog. Dann küßte er sie zärtlich.

Mascha posierte in einem schulterfreien Abendkleid vor dem Hintergrund der Säulenhalle des Puttbuser Badehauses. Domberger hatte das Atelier gut ausgeleuchtet, und das Abendkleid brachte Maschas weibliche Vorzüge hervorragend und dezent zur Geltung. Domberger experimentierte mit verschiedenen Belichtungszeiten und Blenden.

»Eine Polizistin als Schönheitskönigin, also ich weiß nicht ...«, sagte er.

»Noch bin ich's ja nicht«, erwiderte Mascha gutgelaunt. »Mit diesen Fotos bewirbt man sich erst mal um die Teilnahme am Landeswettbewerb zur Miss Mecklenburg-Vorpommern.«

Wibke, die den Vorgang amüsiert beobachtete, meinte: »Warum soll denn da 'ne Polizistin nicht mitmachen? Gleiches Recht für alle!«

»Eben!« nickte Mascha.

Im Laden vorne ging Pahlke hin und her und traute sich nicht, zu stören.

Domberger untermauerte seine Meinung. »Weil – Polizisten müssen nicht schön sein, sondern mutig, streng, ordnungsliebend, unkorrumpierbar und was noch alles«, zählte er auf. »Da fällt mir 'ne Menge ein – Schönheit gehört jedenfalls nicht dazu!«

»Ist aber kein Nachteil«, fand Mascha.

»Schließlich ist der Revierleiter auch nicht gerade häßlich!« stellte Wibke fest.

Das war das Stichwort für Pahlke, der endlich eine Chance sah, um auf sich aufmerksam zu machen. »Ja, und der hat mich ja nu auch zu Ihnen geschickt, der Valentin Gruber«, rief er.

Domberger unterbrach seine Arbeit für einen Moment und sagte: »Der Mahler hat euch also nun endgültig verladen.«

»Der ist nicht nur Zigaretten holen gegangen, der hat das Firmenauto auch noch mitgenommen! – Letzte Woche hat er noch von einem Großauftrag gesprochen. 48 000 Prospekte für die AMA, das ist so 'ne Immobilienfirma in Rostock, sogar Regierungsdrucksachen aus Schwerin wollte er an Land ziehen und die Postwurfsendungen – also solche Werbeblättchen – von irgend so ner Ladenkette. Damit wär'n wir erstmal rumgekommen.«

»Und nun?« fragte Wibke.

»Druckt genau diese Objekte die Firma Kossmann & Co ...«

»Neuerdings im Besitz des ehrenwerten Herrn Bode«, ergänzte Domberger und dirigierte Mascha gestisch in eine andere Position.

»Und den Auftrag hat ihr ehemaliger Chef dem Herrn Bode noch schnell vermittelt, stimmt's?« tippte Wibke.

»Genau, Sie ham's erfaßt«, sagte Pahlke sichtlich beeindruckt.

Mascha verschwand in einem Nebenraum, um sich umzuziehen.

Valentin trat ein, nickte den anderen zu, lehnte sich gegen eine Fensterbank, sagte aber nichts, um das Gespräch nicht zu unterbrechen.

»Das hat was!« dämmerte es Wibke. »Der sahnt dort noch eine Provision ab, das Geld aus Ihrem Laden hat er längst rausgezogen und ins Ausland gebracht – und nu isser pleite und über alle Berge, versteh ich das richtig?«

»Goldrichtig!« bestätigte Pahlke. »Leider!«

»Hat Euch der Mahler also doch gelinkt?« wandte sich Valentin an Pahlke.

»Aber wie! Der ist ab in die Karibik oder nach Florida, vielleicht auch bloß in die Schweiz, was weiß ich? Ohne Sozialplan. Und wir stehn auf der Straße! Meinen Se, mich in meinem Alter nimmt noch einer?«

»Bei der Arbeitssituation hier ...« Valentin schüttelte zweifelnd den Kopf.

»Das sind acht Leute, die jetzt ohne Arbeit dastehen!« rief Wibke aufgebracht.

»Ja, da muß man was machen«, sagte Valentin nachdenklich. »Ich red nachher gleich mal mit dem Bernie ...«

Mascha erschien nun mit einem superknappen, gelben Badeanzug.

»Ja sauber!« pfiff Valentin durch die Zähne. »Also was einem im Dienst alles so verborgen bleibt ...«

Wibke fuhr unbeeindruckt in ihrem Gedankengang fort: »Und wenn man nun jemanden fände – also natürlich einen ganz anderen als den Bode – der mit Geld einsteigt und die Firma weiterbetreibt?«

Aber selbst Domberger hörte nun nicht mehr zu, sondern sah Mascha verklärt an. »Wissen Sie, wovon ich immer geträumt habe, Mascha?«

»Woher soll *ich* das wissen?«

»Vom Akt! Der Akt ist die wahre Herausforderung für einen Fotokünstler wie mich.«

»Wo is'n da das Problem?« fragte Mascha verwundert.

»Das Problem ist«, erklärte Wibke, »daß Donatius dann der Fotoapparat aus der Hand fallen würde.«

»Die können wir doch machen«, fügte Mascha hinzu.

»Meinen Sie wirklich?« fragte Domberger.

»Von mir aus gleich!« Langsam streifte sie den Träger von der linken Schulter.

»Aber doch nicht vor all diesen Leuten!« rief Domberger entsetzt.

»›Vor all diesen Leuten‹ – meinst etwa uns damit?« fragte Valentin mit gespielter Empörung.

Wibke blieb weiterhin unbeeindruckt, auch dann noch, als Mascha den Träger der rechten Schulter löste. »Man muß einen Geldgeber finden, der als Finanzier in den Laden einsteigt. Die Druckerei ist leistungsfähig, die Mitarbeiter sind erstklassig geschulte Leute.«

»Sie wissen doch, wie das geht, Frau Gernrich«, sagte Pahlke. »Wenn einer einsteigt, dann wegen der Aufträge, der Maschinen, der Lagerbestände vielleicht und wegen der Immobilie – und die Aufträge bewältigt er mit seinem angestammten Personal!«

Domberger starrte Mascha immer noch begeistert an. Plötzlich bekam Wibke einen ironischen Zug um den Mund.

»Weißt du eigentlich, daß ich auch mal Miß Rügen war?«

»Was?« rief Valentin erstaunt.

»Wann?« Domberger riß die Augen auf.

»Hör mal, danach fragt man eine Frau doch nicht!« erwiderte Wibke und warf ihm einen gespielt indignierten Blick zu.

Knoll wischte sich die feuchten Handflächen an seiner Jeans ab und blickte hinüber zum Eingang der Druckerei. Endlich ging die Tür von innen auf. Er trat, um nicht gesehen zu werden, einen Schritt zurück in den Hauseingang. Dann sah er Ines. Sie schloß hinter sich ab, ging zu ihrem Rad und fuhr davon.

Knoll verließ die Deckung und schaute sich um. Er hielt den Schlüssel fest in der Hand. Nun öffnete er die Tür, trat ein und schloß hinter sich wieder ab. Mit wenigen Schritten war er an dem Schreibtisch von Ines. Dumpf fiel abendliches Licht durch die milchigen Glasscheiben des Büros. Er zog ein Taschenmesser heraus und öffnete mit einem geübten Griff das Schloß der Schublade. Ein zufriedenes Grinsen ging über sein Gesicht. Dann zog er die Schublade auf. Lippenstift, Puder, ein Kamm, ein Spiegel, eine Frauenzeitschrift. Das Lächeln auf seinem Gesicht verschwand. Wütend kramte er in der Schublade herum. Warum hatte dieses Miststück die Buchungsunterlagen nicht dort, wo sie hingehörten? Er knallte die Schublade zu. Vielleicht hatte sie sie auch irgendwo liegenlassen! Hektisch ging er die Papiere auf dem Schreibtisch durch. Nichts! Da fiel sein Blick auf den Tresor. Schlagartig wurde ihm klar, daß das, was er suchte, dort drin war. Außer sich vor Wut trat er mit dem Schuh gegen den Tresor. Dann verfiel er plötzlich in eine seltsame Starre, atmete rasch und ließ die Schultern hängen ...

»Ich fühl mich unheimlich zu ihm hingezogen!« hauchte Hanna. Sie saß mit ihrer Tante Wibke bei einem Bierchen in ihrer Stammkneipe »Zum Störtebeker« und erzählte ihr aufgeregt von der Begegnung mit ihrem Fechtlehrer.

Wibke teilte ihre Begeisterung allerdings nicht. »Diese Auswegwörter«, sagte sie und zog kritisch die Augenbrauen empor.

»Bitte, was?« Hanna verstand nicht.

»›Ich fühl mich zu ihm hingezogen‹, ›Der Mann interessiert mich‹, ›Weißt du, irgendwie ist er irrsinnig attraktiv und sooo unterhaltsam‹«, zitierte sie sarkastisch.

»Stimmt doch alles!«

»Nichts stimmt, sonst würdest du schlicht und einfach sagen: ›Ich hab ihn lieb!‹«

Nachdenklich tranken sie ihr Bier. Hanna sah zu Wibke auf und sagte zögernd: »Tante Wibke ...?«

»Hmmm?«

»Glaubst du, daß ich bindungsunfähig bin?«

Wibke runzelte die Stirn. »Was war das?«

»Ob ich bindungsunfähig bin?«

»Was is'n nu das schon wieder für ein Wortungetüm! Wenn du dich verliebst, dann knallt es: Anode-Kathode-Schlag!« Sie klatschte trocken in die Hände. »So geht das. Hat mir übrigens der Valentin genauso demonstriert! Und wenn nicht, dann war's eben nischt. ›Ich fühl mich hingezogen ...‹« Sie verzog das Gesicht und ließ die Luft zwischen den Zähnen entweichen: »Phaaa!«

Michaels großer Tag war gekommen. Alles, was Rang und Namen hatte, versammelte sich in diesem feierlichen Moment um den Destillierapparat: Petersen und Kathrin, Bernie, Pater Tobias, der Ex-Landrat Bachmaier, und natürlich Agnes! Es brodelte und zischte. Kathrin jagte ein Schauer über den Rücken und sie drängte sich näher an Petersen. Der Apparat erweckte den Eindruck, als werde er im nächsten Augenblick explodieren. Immer wieder starrten sie gespannt auf das Ende der verschlungenen Destillationspfade. Endlich! Aus dem letzten Röhrchen rann eine dunkelbraune Flüssigkeit in ein Glas!

Michael strahlte die Umstehenden an, die kräftig applaudierten. Dann warf er sich in die Brust und sagte: »Dies ist ein historischer Moment. Die Geburtsstunde des Tequila Bavariae Miesbachensis da Gruber!«

Er füllte rasch ein paar Gläser ab, stellte sie auf ein Tablett und schob ein breites Auffanggefäß unter das Röhrchen.

»Schade, daß der Valentin das nicht mehr mitgekriegt hat«, sagte Michael.

»Der trinkt jetzt Nordhäuser Korn oder Küstennebel bei den Fischköpf dort droben«, meinte Tobias.

»Ne, wir haben da einen eigenen Schnaps, der besser ist als alles andere«, schaltete Petersen sich ein. »Topinambur aus der gleichnamigen Kartoffelsorte.«

»Eine badische Spezialität, wenn ich nicht irre«, frotzelte Tobias.

Petersen blieb ernst. »Warum soll man nicht was nachmachen, was sich längst bewährt hat? Nicht alles, was aus dem Westen oder Süden kommt, ist schlecht, nicht wahr.«

Die anderen nickten ihm bestätigend zu. Michael reichte nun die Gläser herum und sagte: »Genau – schließlich hab ich den Tequila ja auch nach den Rezepten der weisen alten Indios gebrannt und nicht noch einmal neu erfunden.«

Tobias schnupperte an seinem Glas, nippte mißtrauisch und verzog angewidert das Gesicht. Heimlich kippte er den Saft an eine der Agaven. »Na, so sicher wäre ich dabei aber nicht.«

Michael hielt sein Glas gegen das Licht und sah es träumerisch an. Währenddessen probierten auch die anderen – verzerrte Mienen und unterdrückter Hustenreiz rundherum! Einer nach dem anderen kippte den Inhalt seines Glases an die Agave. Michael merkte von alldem nichts, so versunken war er. Nun aber wandte er sich ihnen wieder zu und sagte: »Das ist die Erfüllung eines langen Traums. Worauf trinken wir?«

Sie sahen ihn betreten an.

Kathrin fing sich als erste. »Auf den neuen Miesbacher Feuerwehrkommandanten Armin Petersen!« rief sie.

»Noch bin ich's nicht«, wehrte dieser ab.

»Wir könnten ja auch auf die nächste bevorstehende Heirat trinken«, schlug Agnes vor.

»Und welche wäre das dann?« fragte Tobias.

Kathrin und Petersen sahen verlegen zur Erde. Da schoß Bernie los: »Also wenn mich die Miriam noch will, nachha, wenn sie von Rügen hier herunter zieht, dann wär's vielleicht die meine!«

»Und wie steht's mit dem Herrn Petersen und der Kathrin?« fragte Bachmaier.

Da erhob Michael seine Stimme und sagte feierlich: »Wir trinken auf alle, die heiraten und auf alle, die sich lieben und nicht unbedingt heiraten . . .«

Endlich kippte er seinen Schnaps. Die anderen warteten gespannt auf die Wirkung. Zuerst begann er zu würgen. Das Blut schoß ihm in den Kopf. Dann prustete er alles, was er noch nicht geschluckt hatte, entsetzt wieder aus.

Nachdem er sich wieder gefangen hatte, entschädigte er seine Gäste in der Stube des Aiblinger Hofs mit gutem bayrischen Bier. Als die Stimmung stieg, machte sich Michael heimlich davon. Es war ihm furchtbar peinlich! Wie hatte dieser Reinfall nur geschehen können! Er würde keine Ruhe mehr geben, bis er den Fehler gefunden hatte – nahm er sich wenigstens vor! Zurück im Gewächshaus, holte er sämtliche Bücher, die er zum Thema »Schnapsbrennen« gesammelt hatte, zusammen, breitete sie um sich herum aus und begann, sich zu vertiefen. Nicht lange, da kam Agnes. Als sie sah, wie wild er ackerte, setzte sie sich leise zu ihm, nahm wahllos eines der Bücher zur Hand und begann beiläufig darin zu schmökern.

»Hast das g'lesen?« sagte sie plötzlich.

»Was, bitte?«

Agnes zitierte: »Der ›Pulque‹, das Ausgangsprodukt des berühmten Tequila, einem mexikanischen Branntwein, sind die Früchte der Kaktuspflanze Agave . . .«

»Was sagst?« Michael hatte gar nicht richtig zugehört. Agnes erklärte eindringlich: »Der Schnaps wird aus einem Wein gemacht, der ›Pulque‹ heißt und aus den *Früchten* der Agave gewonnen wird. Du hast doch den Saft aus dem Kaktus selber g'nommen!«

Verwirrt sah er zu ihr auf und legte die Stirn in Falten. Dann murmelte er erschöpft: »Ja, das wär dann allerdings ein Fehler g'wesen ...«

Pahlke hatte der Belegschaft von Wibke und Domberger erzählt. Um überhaupt erst mal zu erfahren, wie der Betrieb stand, hatten sie Wibke gebeten, sich die Buchhaltung anzusehen. Knoll hatte ihr angeboten, mit ihm zusammen die Bücher durchzugehen, da Ines an dem Abend verhindert war, aber Wibke hatte ihn gleich abgewimmelt.

Nun saß sie, die Stirn in die Hand gestützt, schon über drei Stunden da und machte sich Notizen. Da kam Domberger herein und sagte: »Sag mal, was is'n mit dir los? Es ist Mitternacht, Frau Gernrich!«

»Ich sag dir, das ist 'ne Geschichte!« Sie drehte sich zu ihm um und schüttelte den Kopf. »Gnadenlos! Das ist ein Verbrecher! Statt Rechnungen zu bezahlen hat er in den letzten vier Monaten nur noch ›Privatentnahmen‹ gemacht. Die Mahnungen stapeln sich. Aber er selber hat natürlich sein Geld gnadenlos eingetrieben.«

»Und das liest du alles in den Büchern da?« fragte Domberger erstaunt.

»Der hat einen voll funktionsfähigen Dampfer gnadenlos gegen die Mauer gefahren!«

»Bitte, sag doch nicht immer ›gnadenlos‹. Übrigens kein besonders guter Vergleich – das Bild mit dem Dampfer und der Mauer, meine ich.«

»Aber 'ne verdammt beschissene Geschichte. So kann man doch nicht mit Menschen umgehen ...« Sie lehnte sich zurück und bedeckte das Gesicht mit den Händen.

»Der hat doch die Leute alle gekannt. Die haben hart für ihn gearbeitet. Die haben ihm sein Vermögen erwirtschaftet ... Und jetzt stehen sie da – mit Ratenverträgen, mit Schulden auf ihre Eigenheime, mit ein paar kleinen Wünschen für ihre Zukunft ...«

»Ich versteh' dich ja, Wibke«, erwiderte Domberger, aber in seiner Stimme schwang Ungeduld mit.

»Ja? Wirklich?« fuhr sie auf.

»Laß uns in den ›Störtebeker‹ gehen. Wir trinken was und bereden alles in Ruhe«, schlug er vor. »Nu komm!«

»Weißte, Donatius«, sagte sie und blickte auf die leere Wand gegenüber. »Manchmal frag ich mich echt, wohin das alles noch führen wird ...«

Valentin war mit Ines in den »Störtebeker« gegangen. Weit hinten im Lokal hatten sie einen Tisch genommen, um ungestört miteinander reden zu können. Sie tranken Bier, und Valentin erzählte ihr aus seinem bisherigen Leben.

Vorne am Tresen spielte der Pfarrer mit dem Wirt Kniffel. Der Wirt, der aus Altersgründen seine Kneipe verkaufen wollte, kam mit ihm rasch in ein Gespräch über Wirtschaftsfragen. »Wird schon irgend so'n Wessi kommen, der den Laden übernimmt«, meinte er zuversichtlich.

»Da sei Gott vor!« stieß der Pfarrer aus. »Obwohl, es gibt ja natürlich auch anständige Wessis«, relativierte er gleich wieder. »Aber neulich hab ich einen kennengelernt: Der hat vor der Wende fünfzehn Millionen in die DDR geschaufelt, auf verschiedene Leute verteilt, 1:4 umgetauscht und nach der Wende 2:1 zurückgerubelt.«

Er wurde unterbrochen. Wibke und Domberger kamen herein und nahmen neben ihm am Tresen Platz. Der Wirt stellte beiden ihr Bier hin.

»Dann hat er denen Gründstücke abgeschwatzt für'n Appel und 'n Ei und um das 24fache an irgendwelche Wessis verkloppt«, erzählte der Pfarrer weiter. »Und nu kommts: Aufgeflogen isser, bei seiner kleinen Klitsche – drei oder vier Bars war'n das, ›Frohsinngastronomie GmbH & Co. KG‹, – hat er die Steuern hinterzogen, der Trottel. *Alles* konnte der«, rief der Pfarrer aus, »also alles, was man können muß, wenn man Millionär werden will. *Alles!* Bloß bei der Steuer, da hat er 'ne Intelligenzlücke gehabt . . .« Er nahm einen kräftigen Schluck aus seinem Glas.

»Verstehn Sie denn auch was von Wirtschaft, Herr Pastor?« wandte sich nun Wibke an ihn.

»Bevor ich mich entschieden habe, mich endgültig der Theologie zuzuwenden, habe ich das studiert, was man heute Volks- und Betriebswirtschaft nennt – schließlich muß man 'ne ordentliche Grundlage haben, wenn man den Leuten das Evangelium nahebringen soll.« Er bestellte sich noch ein Glas Wein.

Plötzlich entdeckte Wibke Valentin und zupfte Domberger am Ellbogen. Der sah sich um und winkte ihm erfreut zu. Valentin grüßte zurück.

»Sieht ja ganz schön ernsthaft aus«, raunte Wibke.

»Na und? Deine Familie hat ihre Anrechte auf den

Valentin ja wohl verwirkt«, erwiderte Domberger, wandte sich dann aber gleich wieder dem Pfarrer zu. »Nun mal ernsthaft, Gotthold, du verstehst echt was von Wirtschaft?«

»Ich bin sogar ein bilanzsicherer Buchhalter. Bis heute. Meinste sonst stünde ich mit meiner Kirchengemeindekasse so gut da?«

»Na, dann trink das Glas mal auf meine Kosten und das nächste von mir aus auch.«

Da sagte der Pfarrer zum Wirt: »Am besten stellst du gleich die ganze Flasche her und legst 'ne zweite bereit!«

Domberger berichtete dem Pfarrer ausführlich von den Problemen, denen sich die Belegschaft der Druckerei Mahler gegenübersah. Der versprach, gleich am nächsten Morgen die Bücher zu studieren ...

»Mein Gott, der Mann hat ja nu wirklich Tabularasa gemacht!« rief der Pfarrer aus und warf einen Stapel mit Papieren auf den Schreibtisch, an dem am Abend zuvor noch Wibke die Bücher studiert hatte. Gleich morgens um sieben hatte er sich zur Druckerei Mahler aufgemacht und Pahlke von seinem Treffen mit Domberger berichtet.

Pahlke war dankbar, daß sich der Pfarrer für ihre Schwierigkeiten interessierte und hatte ihm dabei zugesehen, wie er gewissenhaft die Unterlagen durchging.

Nun kamen auch Wibke und Valentin hinzu.

»Da gibt's überhaupt nur eins«, sagte der Pfarrer zu Pahlke. »Sie müssen den Laden kaufen.«

»Aber sonst sind Sie gesund?«

»Danke der Nachfrage, und ich kann auch alles essen.«

Pahlke schüttelte den Kopf. »Selbst wenn alle zusammenlegen ...«

»Der Mahler hat doch alles rausgezogen, oder?« schaltete sich Valentin ein.

»Alles und noch mehr!« brummte der Pfarrer.

Valentin sah Pahlke an und sagte bestimmt: »Da muß euch der Mahler die Klitsche für einen symbolischen Preis von – sagen wir mal ... zwo Mark fuffzig überlassen ...« Er blickte zum Pfarrer hinüber. »Oder?«

»Genau so isses, mein Lieber!«

»Das macht der doch nie«, meinte Pahlke resigniert.

Ines kam hinzu und verfolgte interessiert das Gespräch.

»Dann muß man ihn dazu zwingen!« rief Valentin.

»Genau!« bestätigte der Pfarrer. »Am besten arbeiten Sie weiter, als ob nichts wäre. Wir schmeißen die Firma sozusagen treuhänderisch – rausgenommen wird nichts außer Ihren Löhnen ...«

»Was denn – Sie glauben, wir können uns selber die Löhne bezahlen?« Pahlke sah den Pfarrer ungläubig an. Der aber sah zum Fenster hinaus und dachte nach. Dann sagte er mit einem Mal leise: »Man muß diesen Mahler finden – koste es, was es wolle!«

»Na, wenn das alles ist«, meinte Wibke. »Der stammt aus bester Familie. Früher mal Rüganer, haben aber kurz vor dem Bau der Mauer in den Westen rübergemacht, und vor dreieinhalb Jahren ist der Sohn mit Altansprüchen zurückgekommen. Der Vater ist Professor in Berlin. Anglist, wenn ich's recht weiß.«

Alle blickten Wibke anerkennend an. Dann setzte der Pfarrer hinzu: »Und dann brauchen wir Aufträge für die Druckerei – je größer, desto besser!«

Valentin warf Ines einen Blick zu. »Also gut – weißt ja: Und ist der Berg auch noch so steil ...«

»A bissel was geht alleweil!« ergänzte Ines.

Im Nu richteten sich die Blicke der Umstehenden auf Valentin und Ines. Und alle dachten in diesem Moment wohl dasselbe ...

Zwei Tage später fuhr Domberger mit Wibke und dem Pfarrer in seinem alten Wartburg vor einer Villa in Berlin-Dahlem vor. Auf der Fahrt hatten sie sich einen Plan ausgedacht und eine genaue Rollenverteilung abgesprochen. Der einzige Weg zu Mahler führte über dessen Vater!

Die Jugendstilvilla lag in einem großen Garten mit alten Bäumen, in dem der Natur viel Raum gegeben wurde. Zahlreiche Gräsersorten wuchsen zwischen Bäumen. Hier und da leuchtete eine herbstliche Blüte auf.

Sie gingen zum Gartentor und lasen das Namensschild. »Prof. Dr. Mahler« stand dort in schlichten, in eine einfache Aluminiumplatte gravierten Lettern.

»Wenn det nich zieht, zieht gar nischt mehr«, meinte Wibke.

»Soll ich Ihnen was sagen: Wenn der Alte so ist, wie ich ihn mir vorstelle, hat er sich längst von seinem Sohn losgesagt«, sagte der Pfarrer und klingelte.

Aus der Gegensprechanlage meldete sich die schnarrende Stimme einer alten Frau.

Domberger trat an die Anlage heran und sagte mit englischem Akzent: »Professor Doktor Mountaindom – ich hatte mit dem Good old Fellow von Brüssel aus telefoniert . . .«

Statt einer Antwort ertönte der Summer für das schmiedeeiserne Tor, das sofort aufsprang. Sie gingen den Weg zum Haus entlang. Wibke schüttelte amüsiert den Kopf. *Das* war nun nicht abgesprochen! Sie sah Domberger von der Seite an. »Sag mal, das ist doch . . .«

»Vortäuschung einer falschen Person!« sagte der Pfarrer mit gespieltem Ernst. »Und Hochstapelei!«

»Der Zweck heiligt die Mittel. Ist es nicht so, Herr Pastor?« Domberger grinste ihn schelmisch an.

»Nur bei den Jesuiten! Und niemand wird mich verdächtigen . . .«

Da öffnete bereits die alte Haushälterin des Professors die Tür. »Sie wollten doch schon vorgestern kommen!« empfing sie die drei Rüganer mit vorwurfsvollem Blick.

Die starrten einander perplex an. Domberger fing sich als erster und sagte mit sicherer Stimme: »Naja, das kennen Sie sicher – es geht eben nicht immer alles so, wie man will!«

»Nie!« korrigierte die Haushälterin streng. »Es geht *nie* so, wie man will.« Damit bat sie die drei, einzutreten.

Professor Mahler kam die Treppe herunter und

sagte leicht indigniert: »Sie sind aber nicht Mister Mouthew! Keiner von Ihnen dreien!« Seine wachen, freundlichen Augen zogen die Blicke der anderen sofort auf sich.

»Bei mir scheidet das ja wohl sowieso aus«, meinte Wibke. Domberger fügte hinzu: »Ich habe auch mit keinem Wort behauptet, Mister Mouthew zu sein. Ich habe nur meinen ehrenwerten eigenen Namen halbwegs korrekt übersetzt.« Er setzte seine Unschuldsmiene auf. »Gestatten Sie, Domberger – Mountaindom dürfte halbwegs hinkommen ...«

»Mountaincathedral – wenn schon ...«, verbesserte der Professor. »Kommen Sie rein – zumindest scheinen Sie ja amüsant zu sein!« Dann aber musterte er Wibke etwas genauer und sagte: »Sagen Sie, kennen wir uns nicht?«

»Ich warte schon die ganze Zeit drauf, daß du darauf kommst, Isidor!«

»Die Wibke Gernrich!« Jetzt hatte auch er sie erkannt. »Oder heißt du hinten jetzt anders?«

»Ne, geheiratet hab ich nie.« Dann machte sie eine Kopfbewegung in seine Richtung. »Die wirklich guten Partien sind mir ja leider immer entwischt.«

Domberger lächelte melancholisch. »Oder die Trauben waren ihr zu sauer ... Sie hatte nämlich durchaus noch andere noble Angebote.«

Nun schaltete sich der Pfarrer ein. »Tja, also, lieber Herr Professor, warum wir kommen: Daß Söhne genau das tun, was der Arbeit ihrer Väter diametral entgegengesetzt ist, kennen wir ja. Aber häufig ändert sich das ja doch mit dem Erwachsenwerden.«

Der Professor verstand seine Anspielung gleich.

»Nun, mein Sohn Gert ist so alt, daß sich das verfestigt hat. Warum suchen Sie ihn?«

Wibke meldete sich. »Er hat alles Geld aus seinem Laden ..., ich meine aus seiner Firma gezogen. Seinen Leuten hat er vorgegaukelt, daß es weitergeht. Er hat sie ...«

»Gelinkt!« unterbrach sie der Professor. Er kannte seinen Sohn ja! Sein Blick nahm einen traurigen Ausdruck an. »Er hat immer alle gelinkt. Für ihn ist die Lüge ein amüsantes Spiel ... Man kann alles machen, wenn man sich mal entschlossen hat, die Wahrheit zu ignorieren. Wissen Sie, was dann geschieht?«

»Es entsteht eine neue – eine eigene Wahrheit!« antwortete der Pfarrer. Dann sah er zu ihm auf und fragte: »Wo ist er?«

Der Professor schüttelte den Kopf. »Heute hier, morgen dort, was weiß ich?«

»Er braucht ja nicht zu erfahren, von wem wir's wissen«, versuchte es Wibke.

»Trotzdem!« erwiderte er endgültig. Dann griff er nach der Sherryflasche. »Und nun wollen wir noch einen kleinen heben, bevor meine Frau nach Hause kommt.« Er goß Wibke nochmal ein und hob sein Glas. »Auf unser Wiedersehen, Wibke. Mein Gott, war ich damals in dich verliebt! Aber als du dann Schönheitskönigin geworden bist, warst du für unsereinen ja unerreichbar ...«

»Das war die Zeit, in der ich leider nicht auf Rügen weilte«, sagte Domberger.

»Telefonierst du manchmal mit deinem Sohn?« fragte Wibke den Professor.

»Er ruft regelmäßig an – irgendwie scheint er Heimweh nach Berlin zu haben.«

»Da könntest du ihm doch vielleicht sagen, daß die Druckerei wieder funktioniert.«

Der Professor sah sie verständnislos an. »Ich denke, er hat den Laden dichtgemacht?«

»Seine Mitarbeiter bringen ihn aber grade wieder in Schuß«, erklärte Domberger. »Der Auftragsstand ist gut – der Rubel rollt.« Er hob das Glas und prostete dem Professor zu.

Mahler sah nachdenklich auf seinen Sherry. Vielleicht würde es ja doch etwas nützen, wenn er mit seinem Sohn darüber sprach. Sie tranken noch ein Glas. Dann entließ sie der Professor freundlich.

»›Der Laden läuft, der Rubel rollt!‹ So hättest du dann auch wieder nicht übertreiben müssen«, warf Wibke Domberger vor, als sie wieder auf dem Weg zum Auto waren.

»Ich versuche, diesen Gert Mahler nach Rügen zu locken, weiter nichts!« verteidigte er sich. Dann fiel ihm ein, daß er in Berlin ja Blasius kannte, der bei einer Werbeagentur beschäftigt war. Vielleicht könnte er mit dem gleich mal über Druckaufträge reden ...

»Wenn er das schafft«, meinte Wibke zum Pfarrer, hol ich morgen einen Auftrag von Ihrem katholischen Amtsbruder.«

»Wie wollen Sie das erreichen?«

»Ich werde einfach sagen, daß Sie uns auch einen erteilt haben. Wie ich den Padre einschätze, wird er sich nicht lumpen lassen ...«

»Aber ich bitte Sie, Herr Mahler, das kann doch kein Problem sein«, sagte Bode in den Hörer. »Nein, die Aufträge, die Sie uns vermittelt haben, sind okay, aber es sind zu wenige. Ihr Kundenstamm ist doch viel größer gewesen ... Ich erwarte Ihre komplette Kundenkartei mit exakten Angaben über die Auftraggeber, deren Bonität und durchschnittliches Auftragsvolumen ...« Er legte sich in seinem Bürostuhl zurück und lachte. »Ihre Druckerei kaufen? Ich bitte Sie! Bin ich Rockefeller? Ich hab mir mit Kossmann & Co. schon so einen Klotz ans Bein gebunden.« Er blickte zur Tür seines Büros. Seine Sekretärin ließ Knoll herein. »Ja, und bitte melden Sie sich regelmäßig, wenn Sie mir schon Ihren Aufenthaltsort nicht verraten wollen ... Aber ich versteh das schon. Jeder von uns hat ja schon mal einen solchen Schritt in Erwägung gezogen, nicht wahr?« Er lachte selbstgefällig. »Also tschüs und alles Gute. Und bringen Sie Ihre Millionen nicht zu schnell durch!« Er legte auf und drehte sich Knoll zu. »Das war Ihr einstiger Chef.«

»Ich hab mir schon so was gedacht.«

»Nun, was ist, haben Sie nun endlich die Buchungsunterlagen und die Kundenkartei?«

»Ne, da ist nichts zu machen. Seitdem der Pfarrer, der Domberger und die Gernrich in dem Laden rummachen, komm ich an nichts mehr ran!«

Bode fiel aus allen Wolken. »Jetzt sagen Sie das bitte nochmal!«

»Die haben quasi die Geschäftsführung der Druckerei Mahler übernommen ...«

Bode stand auf und warf die Arme in die Luft. »Aber das ist doch ... das ist doch unmöglich!«

»Die wollen eine Mitarbeitergesellschaft gründen«, berichtete Knoll weiter.

Nun begann Bode laut zu lachen. »Wenn das kein Witz ist?« Er tat so, als tippe er Knoll auf die Brust und sagte: »Das ist überhaupt der beste Witz! Diese drei Dilettanten machen den Laden vollends zu schanden!«

»Da wär' ich mal nicht so sicher. Die haben auch 'ne Menge Unterstützung von außen ...«

Warburg war der größte Getränkehändler auf Rügen und dafür bekannt, daß er mit Vorliebe mit seinem Jaguar über die Straßen düste, als habe er sie zu seinen persönlichen Rennpisten erklärt. Dabei pflegte der Sechzigjährige sich nebenbei dem Genuß von Rockmusik aus den Fünfziger Jahren hinzugeben... In geschlossenen Ortschaften allerdings drosselte er das Tempo ein wenig, fuhr dafür aber mit Vorliebe auf weniger stark befahrenen Kreuzungen bei Rot über die Ampel. Bei seinem vorläufig letzten Versuch dieser Art hatte er das Pech, daß Valentin ihn in flagranti erwischte. Er ließ sich jedoch von seiner Trillerpfeife nicht aufhalten, sondern beschleunigte. Wenig später stellte er fest, daß der Polizist ihm auf seinem Motorrad gefolgt war. Als der ihn überholte und die Kelle herauszog, entschloß Warburg sich endlich zum Anhalten.

»Ach, der Herr Warburg«, sagte Valentin und versuchte, den Lärm aus dem Autoradio zu übertönen, »hammer's eilig heut wieder amal.«

»Herr Gruber, unter uns, ich bin schon eine halbe Stunde zu spät.«

»Ja, da überfährt man natürlich leicht einmal eine Ampel.«

Warburg zückte die Brieftasche. »Was kostet mich das?«

»Naja, ich werd da wohl eine Anzeige erstatten müssen, so leid mir das tut. »Überfahren einer roten Ampel, das bedeutet: Sofortiger Entzug der Fahrerlaubnis für vier Wochen, sechs Punkte in Flensburg und . . .«

»Was?« schrie Warburg. Aber Valentin fuhr fort: »Ja, tut mir leid – und die Fahrerflucht, nachdem ich Signalton gegeben habe, kommt ja auch noch dazu!«

»Aber ich hab schon fünfzehn Punkte!« Warburgs Blick bekam etwas Flehendes.

»Au weh!«

»Ich könnte Ihnen, sagen wir mal: Schampus für ein ganzes Jahr – frei Haus, jede Woche angeliefert, frisch, beste Qualität, vom Feinsten . . .«

»Meine Bestechlichkeit fängt da noch lang nicht an«, entgegnete Valentin. Dann kam ihm eine Idee. »Das heißt . . .«

»Ja?« Begierig blickte Warburg ihn an.

»Wo lassen Sie denn Ihre Plakate und Ihre Preislisten und all das Zeug drucken – die Werbezettel und die Prospekte und so?«

»Naja, wo ich das alles drucken lasse . . .«

»Ich kenne da einen Betrieb, bei dem Sie das alles sehr günstig . . .«, deutete Valentin an, aber Warburg hatte schon verstanden und nickte. »Sagen'S – ham'S das Radio vorher auch schon so laut g'habt?«

»Ja sicher.«

»Ach so ... Ja, dann ham'S ja meine Trillerpfeife gar nicht hören können ...«

»Ich bring nicht nur Blumen, sondern auch den ersten Auftrag!« sagte Valentin und legte einen Strauß mit blauen und weißen Iris vor Ines auf den Schreibtisch.

»Ehrlich?« strahlte sie ihn an. »Die Firma dankt!«

»Und die Chefsekretärin?«

»War ein schöner Abend gestern«, sagte sie verträumt. »Du kannst so wunderbar erzählen ...«

»Mach mich nicht verlegen. Vielleicht können wir das ja heut abend fortsetzen.«

»Vielleicht?« Ihr Lächeln verschwand.

»Naja, ich weiß noch nicht, wie's mit dem Dienst ist. Drückst mir halt a bissel die Daumen.«

Als er wieder ging, sah ihm Ines verliebt nach ...

Knoll war nicht entgangen, daß der Betrieb nach und nach wieder in Schwung kam. Wenn das so weiterging, würde er zu einer gefährlichen Konkurrenz werden! Schon sah er seine Felle bei der Kossmann & Co. davonschwimmen ...

Nervös ging er vor Bodes Haus auf und ab. Immer wieder blickte er sich unruhig um. Endlich kam Bode angefahren.

»Das glauben Sie nicht«, begann er aufgeregt, noch bevor der Makler ausgestiegen war, »jetzt haben die schon Aufträge bis weit in den Winter hinein!«

»Sieht so aus, als hätten wir einen Fehler gemacht«, sagte Bode souverän. »Wir hätten mit denen kooperieren sollen!«

»Ist nicht Ihr Ernst!«

»Wenn du einen Gegner nicht besiegen kannst, umarme ihn!«

Knoll beschlich eine leise Angst. »Sie meinen, Sie werden mit denen nicht fertig?«

»Natürlich werden wir mit denen fertig. Aufträge können die haben, so viele sie wollen – nur erfüllen dürfen sie diese Aufträge nicht. Wenn 'ne Druckerei nicht pünktlich liefert, *ist sie* geliefert!«

»Sie meinen ...«

»*Ihr* Auftrag, Herr Knoll!« Damit ließ Bode ihn stehen und ging ins Haus.

Ines machte in der letzten Zeit immer häufiger freiwillig Überstunden. Schließlich hing die ganze Verwaltungsarbeit an ihr. Nun aber, gegen halb acht, wollte sie doch Schluß machen. Immerhin hatte sie ja noch etwas vor.

Knoll war außer ihr der einzige im Betrieb, der um diese Zeit noch da war. Er stand in ihrer Nähe an einem Tisch und stieß Papierstapel, die bereits schon akkurat geordnet waren, an den Kanten auf. Irgendwie mußte er heute an diese Frau herankommen, besser gesagt, an die Unterlagen, sonst stand er morgen auf der Straße!

Ines wunderte sich über sein Verhalten und sagte: »Das geht ja eigentlich nicht, Arthur, daß du immer noch hier bist, wo du doch fristlos gekündigt hast!«

»Hast ja recht«, erwiderte er.

»Am besten gibste mir auch gleich deine Schlüssel.«

Er faßte in seine Hosentasche und warf ihr die Schlüssel auf den Tisch. »Konnt' man ja nicht wissen, daß der Laden hier nochmal auf die Beine kommt«, sagte er entschuldigend.

»Man weiß ja auch nicht, wie lange das hält.«

Knoll druckste herum. Dann sagte er: »Sag mal, wollen wir nicht mal zusammen was Trinken gehen?«

»Du, da hab ich bessere Angebote«, erwiderte Ines. »Und außerdem hätteste da ja auch schon früher mal drauf kommen können.«

Sie packte die Unterlagen zusammen, legte sie in den Tresor und schloß ab. Dann ließ sie den Schlüssel in ihre Handtasche fallen.

»Sag mal, seit wann schließt du denn die ganz normalen Buchungsunterlagen in den Tresor ein?« fragte er.

»Die Zeiten sind hart, Kollege Knoll. Da muß man Fuchs und Hase auf einmal sein!«

Sie verließ die Druckerei und ging in Richtung Polizeirevier. Knoll folgte ihr unbemerkt. Valentin trat aus dem Dienstgebäude. Er trug eine chice Freizeitjacke und schwarze Jeans. Ines bewunderte seine gute Figur und verlangsamte ihre Schritte, so daß sie in der Mitte der Strecke aufeinandertrafen.

»Grad wollt ich zu dir rüber«, begrüßte er sie.

»Da hast du aber Glück, fast wär ich schon nicht mehr dagewesen.« Sie hakten sich ein und gingen weiter.

»Wo gehn wir hin?« fragte er gutgelaunt.

»Kannst du tanzen?«

»Wie der Lump am Stecken . . .« Sofort begann er,

auf der Straße einige Rock'n'Roll-Schritte hinzulegen.

Die Discothek »Atlantis« lag nur ein paar Ecken weiter.

Sie waren noch nicht lange auf der Tanzfläche und gingen gerade zu einer Schmusenummer über, da entdeckte Valentin über Ines Schultern hinweg Knoll.

Der Mann holte sich einen Drink an der Bar. Dann schlenderte er wie von ungefähr an ihrem Tisch vorbei und griff blitzschnell in Ines' Handtasche.

»Komm, wir gehen«, sagte Valentin abrupt.

»Oooch, jetzt schon?«

»Getanzt hammer doch genug!« Er nahm sie an der Hand und zog sie von der Tanzfläche. Knoll war verschwunden.

»Okay, und was kommt jetzt?« fragte sie.

»Lauter Überraschungen!«

Er ging mit ihr wieder zum Hafen zurück. Ines drängte sich eng an ihn.

»Einen romantischen Hafenspaziergang hab ich mir immer anders vorgestellt, das ist ja arschkalt«, schimpfte sie.

»Naja, im Sommer kann's jeder!«

Valentin sah den Lichtkeil einer Taschenlampe in den Büroräumen der Druckerei aufscheinen. Er umarmte Ines und drehte ihren Körper so, daß er selbst mit dem Rücken zur Druckerei stand. Er berührte ihre Lippen zärtlich mit seinem Mund, da sagte sie: »Du Valentin, ich glaub da ist was!«

»Ach komm!« Er drückte sie fester an sich.

»Doch, guck mal!«

Jetzt drehte er sich um, blickte zu dem Lichtkegel empor und tat überrascht: »Herrschaftszeiten, keine Rücksichtnahme! Hätt' der nicht wenigstens warten können, bis wir im Bett sind!« Dann nahm er sie an der Hand und ging mit ihr schnell auf das Gebäude zu.

Valentin stürmte ihr nun voran in Richtung Büro, als er aus dem Maschinenraum ein Geräusch hörte. Er versetzte der Tür einen so gewaltigen Stoß mit dem Fuß, daß sie aufsprang und schaltete das Licht ein. Knoll verharrte, gelähmt vor Schreck, in seiner Bewegung, in der Hand eine isolierte Schere. Offenbar war er gerade im Begriff, ein Maschinenkabel durchzuschneiden!

»Herr Knoll, ich nehme Sie vorläufig fest wegen des Verdachts auf Einbruchdiebstahl und Sachbeschädigung.«

»Ich arbeite hier!« protestierte Knoll mit unsicherer Stimme.

Da trat Ines ein und sagte: »Das war einmal, du Scheißkerl!«

Am nächsten Morgen schälte sich Ines aus ihrer Bettlandschaft. Gähnend streckte sie sich, ging in die Küche und schaltete die Kaffeemaschine ein. Langsam kehrte sie zum Bett zurück, nahm die Bettdecke an zwei Enden und zog sie weg. Valentins Gesicht erschien. Er schlug die Augen auf und lächelte sie an.

»Hände hoch, Waffe weg!« lachte sie. Sie beugte sich zu ihm hinab und gab ihm einen langen Kuß. Dann sagte sie gutgelaunt: »Denk dran, Valentin, alles, was du heute nacht gesagt hast, kann gegen dich verwendet werden ...«

Die Druckmaschinen liefen auf Hochtouren. Der Pfarrer hatte gerade die Druckbogen für sein Gemeindeblatt Korrektur gelesen und besprach nun mit Maletzke, der an einer alten Heidelberger Setzmaschine arbeitete, den Satz. Valentin kam mit Wibke und Domberger herein, und Wibke brüllte durch den Lärm: »Na, wie läuft's?«

»Es läuft«, schrie der Pfarrer, »für die nächsten Tage reicht's.«

»Ja, ein bißchen was ham wir ja nu schon: Das Kirchenblättchen ist 'ne schöne regelmäßige Einnahme«, sagte Maletzke.

»Und das katholische kommt ab heute auch noch dazu!« gab Wibke bekannt.

»Den Auftrag von der Werbeagentur kriegen wir auch«, fügte Domberger hinzu.

Und Valentin sagte: »Da wär dann noch ein Auftrag. Der Konsul Warburg will künftig alle Drucksachen bei Euch machen lassen. Ich hab's gestern der Ines schon g'sagt.«

Wibke warf einen Blick auf den Blumenstrauß auf Ines' Schreibtisch und sah ihr in die Augen. Dann schaute sie Valentin an und fragte: »Wie haste denn *das* erreicht?«

Valentin wich ihrem Blick aus und schwieg.

»Vielleicht sollten wir nicht so genau danach fragen«, riet Domberger.

Maletzke sah durchs Fenster einen schwarzen Mercedes heranrauschen und rief: »Ja, da schau her, der Chef persönlich!«

Domberger stellte sich neben ihn: »Und der feine Herr Bode!«

»Da ist es ja gut, daß wir alle da sind«, stellte Valentin fest. Wibke ging zur Tür, um die Herren in Empfang zu nehmen und wäre fast mit Mahler zusammengestoßen. Die kalte Wut stand ihm im Gesicht.

»Wer sind Sie?« brüllte er sie an. Wibke blieb gelassen.

»Eigentlich müßten Sie mich noch kennen. Als sie so waren« – sie streckte ihre Hand auf Kniehöhe aus – »haben Sie mir immer mein Lakritz weggegessen!«

Bode tauchte auf, spielte aber den Unbeteiligten.

Ohne sie eines Blickes zu würdigen, stürmte Mahler nun herein und schrie: »Was geht hier eigentlich vor?«

»Grüß Gott, Herr Mahler!« rief Valentin freundlich.

»Und was suchen *Sie* hier?«

Valentin warf einen Blick auf Bode. »Ich bin hier bei einer Beweisaufnahme. Gestern abend ist hier eingebrochen worden. Ein gewisser Arthur Knoll hat versucht, die Buchhaltungsunterlagen zu entwenden und die Maschinen funktionsuntüchtig zu machen.«

»Arthur Knoll ist hier angestellt«, erwiderte Mahler unbeeindruckt.

»Irrtum«, entgegnete Valentin. »Er hat fristlos gekündigt und ist zu Herrn Bode gegangen.«

Bode nestelte nervös an seiner Armbanduhr. »Und wo ist er jetzt?«

»Im Polizeigefängnis, wo sonst. Er wird heute noch dem Haftrichter vorgeführt.«

»Er hat mir die Schlüssel gestohlen, damit er hier einbrechen kann«, berichtete Ines.

Domberger konfrontierte den Unternehmer jetzt übergangslos mit der neuen Situation. »Das hier ist jetzt übrigens ein Unternehmen in Mitarbeiterselbstverwaltung ...«

»Was?« rief der entgeistert.

»Ja, find ich Spitze, wie Ihre Leute das machen«, kommentierte Valentin.

»Ohne meine Erlaubnis!« rief Mahler.

»Aber Herr Mahler, Sie war'n doch von heut auf morgen verschwunden!«

»Wer sagt das?«

»Ich sage das zum Beispiel«, meinte Domberger. Und ich habe mich sehr wohl sachkundig gemacht, Herr Mahler.«

»Ich auch«, schloß sich Valentin an. »Schließlich ermittle ich schon seit einiger Zeit im Auftrag des Landeskriminalamtes, Abteilung Wirtschaftsverbrechen.«

Die Mitarbeiter hatten die Maschinen abgeschaltet. Verunsichert folgten sie dem Gespräch. Da erschien der Pfarrer aus dem Büro.

»Was ist denn hier los?« rief er. »Der Prospekt für Müller und Söhnlein muß heute noch raus und die Handzettel für den Einkaufsmarkt auch – wenn wir *einmal* nicht pünktlich liefern ...« Jetzt erst nahm er die beiden Herren wahr. Mahler schnappte nach Luft. »Herr Pastor?«

»Wir haben ihn als kaufmännischen Berater engagiert«, sagte Pahlke feixend.

Mahler fuhr herum. »Wir?«

»Naja, die Gruppe, die versucht, Ihren maroden Karren aus dem Dreck zu ziehen«, sagte Valentin.

»Ich höre wohl nicht recht...«

»Macht nichts, demnächst können Sie's in der Zeitung lesen.«

»Was kann ich lesen?«

»Alles über Ihre Absetzbewegungen ins Ausland, Ihre Buchhaltungsmanipulationen, die Art, wie Sie Ihre Mitarbeiter auf dem Trockenen sitzen ließen –, wie die dann selber in die Hände gespuckt und sich reingehängt haben...«

»War auch gar nicht so einfach«, ergänzte Domberger, »nachdem Sie die letzten lukrativen Aufträge an Ihren Kollegen Kossmann, das heißt genauer: an Herrn Bode weiterverscherbelt haben.«

»Also ich hab mit dem allem absolut nichts zu tun«, sagte Bode überlegen. Valentin sah ihn aus schmalen Augen an.

»Deckt sich aber nicht ganz mit den Aussagen von Herrn Knoll.«

»Also hören Sie mal«, empörte sich Mahler wieder, »das ist *mein* Haus, *mein* Grundstück, *mein* Unternehmen...«

»Stimmt ja nicht«, widerlegte der Pfarrer, »gehört alles der Bank. Und die sagt, wenn unser Konzept durchschlägt, läßt sie nochmal mit sich reden!«

»Ob freilich das Landeskriminalamt mit sich reden läßt...«, gab Valentin zu bedenken. »Die Kollegen wollen übrigens schon morgen hier erscheinen.«

Mahler sah ihn entgeistert an.

»Jetzt rennen'S doch nicht weg«, rief Valentin.

Gehässig sagte Bode zu ihm: »Das ist doch alles nur 'ne Retourkutsche, weil ich versucht habe, in Miesbach dieses Feriencenter zu bauen.«

»Sie meinen, weil Sie versucht haben, mich im Nachhinein um mein Erbe zu bringen?«

»Also die Kuh muß ja nun mal vom Eis, Herr Mahler!« schaltete sich der Pfarrer ein. »Mit den Banken sind wir uns einig. Sie brauchen nur noch Ja und Amen zu sagen!«

»Unter welchen Bedingungen genau?« erkundigte sich Mahler.

»Das werden Frau Gernrich, Herr Domberger und ich Ihnen gerne erklären, nicht wahr.«

»Schön wär's natürlich, wenn Sie Ihren ehemaligen Mitarbeitern schon jetzt die Zusage machen könnten, daß Sie Ihnen den Betrieb überlassen«, meinte Domberger.

»Einfach so?«

»Dafür werden sie Ihre Mitarbeiter nicht in allzu schlechter Erinnerung behalten«, lächelte Wibke ihm zu.

»Ich denke ja nicht dran!«

Doch da schaltete sich überraschend Bode ein: »Ich würde dem zustimmen, an Ihrer Stelle!«

»Sie haben ja auch nichts zu verlieren!«

»Sie doch auch nicht«, sagte Valentin. »Sie haben doch schon vorher alles in Sicherheit gebracht!«

Der Pfarrer rieb sich die Hände. »Aber Ihnen, Herr Bode, werden wir ganz schön Konkurrenz machen.«

»Ach wissen Sie, Konkurrenz belebt das Geschäft. Ich bin da ganz gelassen.« Damit ging Bode hinaus, setzte sich in seinen Wagen und fuhr davon.

»So, Herr Mahler, dann werden wir mal über die Konditionen sprechen«, sagte der Pfarrer. »Ich hab schon mal vorsorglich einen Termin beim Notar vereinbart.« Er hakte sich bei Mahler ein und zog ihn einfach mit sich hinaus.

Offenbar hatte dem Michael den Reinfall bei der ersten Tequila-Verkostung niemand wirklich übelgenommen, denn alle waren seiner zweiten Einladung ins Gewächshaus gefolgt. Der Destillationsapparat war ausgeschaltet, um ihn herum standen einige bereits abgefüllte, etikettlose Flaschen.

»Also, das ist aber der letzte Versuch«, lachte Pater Tobias.

Bachmaier sagte mißtrauisch: »Ich trinke überhaupt nur davon, wenn einer vorgekostet hat.«

Alle schauten sich um, und am Ende blieben alle Blicke an Bernie hängen.

»Das könnt Ihr von mir nicht verlangen!« rief er.

Da hob Michael sein Glas und sagte: »Heut trinken wir auf die Wiedereinsetzung unseres Freundes Bernie Ziegler als Redakteur des Miesbacher Anzeigers. Prost!«

Er hielt sein Glas hoch. Dann kippte er es und verdrehte genüßlich die Augen. »Eigentlich nimmt man ihn mit Salz und ein bißchen Zitrone.«

Agnes streute ihm ein wenig Salz auf den Handrücken und ließ ihn in einen Zitronenschnitz beißen. Dann trank er den nächsten. Endlich nippten nun auch die anderen an ihren Gläsern. »Der schmeckt ja gar nicht schlecht, Michael«, rief Tobias.

»Ganz hervorragend sogar«, meinte auch Bachmaier und sah begeistert in die Runde.

»S' letzte Mal hat das Zeug g'schmeckt wie eine Mischung aus Spülwasser und eingeschlafene Füß«, sagte Tobias. »Wie hast jetzt das gemacht?«

»Ich hab halt weder geruht noch gerastet«, erzählte Michael nun, ohne jemanden dabei anzuschauen. »Immer wieder neu ang'setzt, immer wieder experimentiert, immer wieder einen Selbstversuch g'macht ... Das könnt ihr mir glauben, das ist hart!«

Anerkennendes Nicken in der Runde.

Mannhaft kippte Haberl seinen zweiten Schnaps und sagte: »Da nehm ich doch gleich noch einen – was hast g'sagt? Mit Salz und Zitrone?«

»Ich hol Nachschub!« sagte Agnes erfreut und ging in den hinteren Teil des Gewächshauses. Neben dem Bett stolperte sie plötzlich über eine Kiste. Sie bückte sich und schob neugierig den Deckel zur Seite. Zwischen Holzwolle lagen eine Reihe leerer Tequilaflaschen mit original mexikanischem Etikett. Sie schüttelte den Kopf und mußte unwillkürlich lächeln.

»Du Schlitzohr!« sagte sie leise in Michaels Richtung.

Im selben Moment sah er zu ihr herüber und hob entschuldigend die Schultern. Agnes schob den Deckel wieder über die Kiste und die Kiste wieder unter das Bett. Dann ging sie weiter, um die gutgelaunten Gäste mit Salz und Zitrone zu versorgen.

11

Mannsbilder und Weibsleut

Valentin hatte von Jugend an gerne gesungen. In Miesbach war er sogar einige Jahre aktives Mitglied im Gesangsverein »Liederkranz« gewesen. Aus *den* Jahren war er allerdings längst heraus! Er hatte keine Vorliebe für eine bestimmte Musikrichtung, sondern nur für bestimmte Stücke und Lieder. Zwischen Heavy Metal und Neuer Deutscher Welle gab es einiges, was ihm gefiel. Vor allem aber stand er auf Oldies.

Schon lange wollte er sein altes Hobby wieder auffrischen, aber da man zum Musizieren nun mal mehrere Leute braucht, dauerte es eine Weile, bis er Partner gefunden hatte ...

Die Gruppe nannte sich »Blaulicht« und fand im Keller eines Saßnitzer Privathauses einen Proberaum. An der Orgel war Rudi, an der Rhythmusgitarre Manuel, Eberhard, den alle »Ebbe« nannten, an der Lead-Guitar, den Baß und die zweite Stimme hatte Bernd übernommen, Valentin war Sänger ... Und dann war da noch Freddy, der Schlagzeuger.

Eines Abends hatte Hanna von draußen die Musik gehört und war neugierig hereingekommen, ohne daß Valentin sie bemerkt hatte. »Resi, ich hol dich mit dem Taxi ab ...«, sang er gerade, winkte aber nach den ersten Takten ab. »Sag amal Freddy, dein Schlagzeug rennt entweder voraus oder hinkt hinterher!« Valentin war ja ein geduldiger Mensch, aber Freddys Unvermögen nervte ihn! Denn das Schlagzeug ist das rhythmische Herz einer Band, an dem sich alle orientieren, und wenn das falsch schlägt, fällt die Gruppe musikalisch auseinander!

»Jetzt üb ich grade mal vier Wochen.« Freddy verzog beleidigt das Gesicht.

»Ja, das ist zuwenig, wie man hört. Vielleicht kommt ja mein Vetter tatsächlich dieser Tage vorbei, dann kann er dir die wichtigsten Tricks verraten. Los, probieren wir's noch amal.«

Valentin gab drei Takte vor, dann intonierte er »The Wonder Of You« von Ray Peterson, einen zu Herzen gehenden Soft-Rock, der im Jahre 1959 in den USA einige Wochen die Charts angeführt hatte ... Hanna gefiel, wie sicher Valentin auftrat, wie er sang und dabei die Hüften bewegte. Sie lächelte und sah ihm versonnen zu. Ihr ging nicht nur das Lied unter die Haut, sondern auch Valentins Stimme. *So* hatte sie ihn noch nie erlebt!

Da winkte Valentin wieder ab: »Der Sound ist gut, der Rhythmus haut net hin«, stellte er fest und warf einen Blick auf die Uhr. »Noch einmal probieren wir's, dann machen wir Schluß. Ich hab Nachtdienst und müßt eigentlich schon auf dem Revier sein!«

Nun ging Hanna leise wieder hinaus, lauschte aber dem Klang des Liedes noch nach, bis sie ihren Wagen erreicht hatte ...

Das Ferienhaus des Kieler Zahnarztes Willy Casstorf lag in einem einsamen Kiefernwaldstück mit Meeresblick zwei Kilometer außerhalb von Saßnitz. Für den Luxus seiner Ausstattung war es im Umkreis bekannt. Vor allem aber galt Casstorf als profunder Kenner und Sammler der Malerei des 19. Jahrhunderts, insbesondere der englischen. Aber auch von bedeutenden Realisten wie Wilhelm Leibl oder Ferdinand Waldmüller, deren Gemälde schon lange vom Kunstmarkt verschwunden und nur in den großen Museen zu bewundern waren, besaß er kostbare Studien und Originalzeichnungen. Sogar ein kleines Ölbild von Hans Thoma nannte er sein eigen. Außerdem besaß er noch wertvolle Gemälde zeitgnössischer Maler.

Da das Haus die meiste Zeit des Jahres unbewohnt war, hatte es der Zahnarzt selbstverständlich professionell sichern lassen. Die Alarmanlage war über Direktschaltung mit dem Polizeirevier verbunden.

Zwei Gestalten schlichen geduckt auf das Haus zu. Ihre schwarzen Latexanzüge und ihre Masken verschluckte das Dunkel der Nacht. Der Rolladen war mit einem Steckschloß gesichert, mit der großen Rohrzange aber dennoch leicht zu knacken. Eine der beiden Gestalten schob den Laden hoch. Die andere schmetterte einen mit Rupfen umwickelten Backstein durch die Scheibe. Die Alarmanlage heulte los, am Eingang begann ein gelbes Signallicht aufzuflakkern. Unbeeindruckt öffneten die beiden das Fenster und stiegen ein. Gezielt gingen sie auf die Stirnwand des Wohnzimmers zu, hängten Wilhelm Trübners Ölbild »Der Zimmermannsplatz« von 1876 ab und schoben es in eine genau auf das Bildmaß gefertigte, luftgepolsterte Plastikmappe.

Zurück bei ihrem Wagen, verstauten sie das Bild in einem Stapel hochkant gestellter, ähnlicher Mappen verschiedener Größe auf der schmalen Ladefläche. Als sie nach fünfzig Metern Richtung Königsstuhl abbogen, sahen sie in der entgegengesetzten Richtung das sich nähernde Blaulicht eines Streifenwagens, der zu Casstorfs Ferienhaus einbog ...

Valentin nutzte die kleine Ruhepause während seines Nachtdienstes, schaltete das Radio ein und suchte nach einem Sender, dessen Programm ihm gefiel. Als »Donna« von Martin Wilde erklang, lehnte er sich in seinem Schreibtischstuhl zurück, legte die Füße hoch, zog seine Mundharmonika heraus und spielte ein wenig mit. Die Tür ging auf. Blitzartig nahm er seine Füße vom Schreibtisch. Zu seiner Überraschung stand Hanna vor ihm.

»Machst du alleine Nachtdienst?« fragte sie.

»Nein, Künath fährt grade die Runde. Schließlich ham wir eine Einbruchserie auf Rügen!«

»Schnoor hat eine Verdoppelung des Nachtdienstes angeordnet. Ich bin euch zugeteilt. Dabei hätte ich eigentlich frei. Ist der andere Kollege schon da?«

»Der hat vor einer halben Stund ang'rufen. Leider ist er kurzfristig erkrankt.«

Sie setzte sich auf ihren alten Platz, Valentin gegenüber. »Schnoor meint, daß die Außenstellen sich nicht richtig reinhängen ...«

Valentin lächelte. »Wen er wohl damit meint?«

»Er sagt, das sei immer so, wenn die Reichen bestohlen würden ...«

»Ja, ich weiß schon, dann halten wir alle die Diebe und Einbrecher für Nachfahren von Robin Hood!«

»Störtebeker! Du vergißt, wo du hier bist!« Sie sah ihm in die Augen und lächelte. Eine Sekunde lang schien es, als sei die alte Vertrautheit zwischen den beiden zurückgekehrt. Im selben Augenblick schlug der Melder Alarm. Valentin sprang auf. Hanna folgte ihm zur Anzeigetafel. Sie suchten den Ort des Lichtsignals zu identifizieren. Dabei berührten sie sich unbeabsichtigt an den Oberarmen. Für einen Moment sahen sie sich an. Dann sagte Valentin: »Oriongasse 17 ...«

»Das Wochenendhaus von Zahnarzt Casstorf!«

»Sammelt der Kunst?«

»Das sieht man ja heutzutage keinem mehr an.«

Sie griffen zu ihren Koppeln, zogen sich ihre Jakken über und rannten nach draußen.

Wenig später waren sie am Einsatzort. Sie blickten auf die kahle Stelle an der Wohnzimmerwand und schüttelten resigniert den Kopf. »Knapp zu spät ist auch zu spät«, stellte Hanna fest.

»Weiß du, wie man dazu bei uns in Bayern sagt?«

»Klar!« Hanna stemmte die Hände in die Hüften und sah ihn belustigt an. »Auf dem Hafen in'd Hosen g'schissen!«

»Daß du dich nicht schämst«, meinte er und spürte, wieviel Zärtlichkeit er für sie noch immer empfand.

»Ja, dann ruf ich mal die Spurensicherung!« sagte Hanna nüchtern.

Früh am nächsten Morgen hatte Kriminaloberrat Schnoor seine Leute zu einer Lagebesprechung versammelt, und zwar auf Grund Valentins Idee, herauszufinden, wo es auf der Insel sonst noch Kunstschätze gab, für die sich die Diebe interessieren könnten. Schnoor trug ihm auf, sich bei dem Galeristen Hoffstett, einer in Kunstfragen allgemein anerkannten Persönlichkeit, sachkundig zu machen – mit Hannas Unterstützung.

Hanna fuhr nach der Besprechung in Bergen nach Hause. Valentin ging nochmal im Revier vorbei. An Maschas Schreibtisch, der von Fotos übersät war, blieb er hängen. Künath las aus der Zeitung einen Artikel über die Einbruchserie vor, bei der die Polizei nicht gut wegkam.

»Nachdem heute nacht auch noch das Wochenendhaus von Casstorf zum Objekt ihrer Begierde geworden ist...«, zitierte er.

Valentins Blick fiel auf ein Aktfoto. »Also unter ›Objekt der Begierde‹ versteh ich was anderes!« antwortete er.

»Ha! Ha!« machte Mascha und schob die Bilder in eine Schublade. »Oller Sexist!«

»›Sexist‹ laß ich mir gefallen, ›oller‹ nicht!« meinte Valentin. »Im übrigen: Wenn *ich* Schönheitskönig werden wollte, würd ich mich nicht wundern, wenn die Frauen mich *nicht* als Objekt der Begierde anschaun würden...«

»Tun sie doch eh, oder?« warf Künath dazwischen. »Ich denke da an eine gewisse Frau in der Druckerei drüben.«

»Die Antwort kenn ich schon!« kam ihm Marscha

zuvor. »›Flirt von vorübergehender Bedeutung!‹«

»Was verstehn jetzt auch *Sie* davon?« sagte Valentin gereizt.

Mascha sah ihm frech ins Gesicht. »Sie sind das typische Exemplar eines bayrischen Kurzzeitverführers!«

»Was war das?« fuhr er auf.

»Und du würdest es womöglich auch noch werden«, meinte Künath.

»Was?« Valentin war verwirrt.

»Na, Schönheitskönig von Mecklenburg-Vorpommern!« erklärte er grinsend.

»Irrtum!« behauptete Mascha. »Da muß man nämlich hier geboren sein und zwar ein paar Jahre später als Sie!«

»Sie meinen, eine Altherrenkategorie gibt's da noch nicht?« witzelte Valentin. Dann aber wurde er dienstlich. »Der Schnoor hat mir da wieder was aufgehalst. Und das ausgerechnet jetzt, wo mein Vetter und der Bernie aus Bayern kommen wollen . . .«

Gähnend verließ er wieder das Revier.

Valentin kaufte in der Nähe einen Blumenstrauß aus Margeriten, Vergißmeinnicht und violetten Anemonen, dann ging er geradewegs zu Ines in die Drukkerei.

»Kleinen Augenblick, bitte«, sagte sie ohne aufzuschauen, als er eintrat.

Er gähnte. »Ich hab Zeit!«

Da sah sie auf. »Valentin!« rief sie erfreut. »Das ist aber 'ne echte Überraschung . . .«

Verlegen trat er von einem Bein aufs andere. »Ja,

also . . ., verstehst, neulich abends . . .«, druckste er herum.

»Laß mal«, sagte sie beherrscht. »Du hast ja gesagt, du willst dich nicht wieder binden.« Traurig sah sie vor sich hin und bemühte sich, zu lächeln. »So ein kleiner, vorübergehender Flirt ist ja auch was Schönes . . .«

Er spürte, daß sie das genaue Gegenteil empfand. »Ja, wirst schon recht haben . . .«, sagte er zögernd.

Ines erhob sich von ihrem Stuhl und ging auf ihn zu. »Schade eigentlich«, lächelte sie und schaute ihm auf den Mund.

»Ich mag dich ja auch, aber . . .«, Valentin wurde wieder verlegen. ». . . das langt nicht.«

»Du liebst sie immer noch – deine Kollegin, meine ich?«

»Ja schon, aber es sieht so aus, als wenn's ziemlich hoffnungslos wär.«

Sie stellte sich auf die Zehen und küßte ihn auf die Wange. »Ich wünsch dir Glück!«

»Danke!« sagte er und wandte sich zum Gehen. »Man sieht sich . . .«

»Vielleicht bewerbe ich mich um eine Stelle in Schwerin«, sagte sie, »da ist eine ausgeschrieben, die paßt genau auf mich.«

»Schöne Stadt«, erwiderte er, dann verließ er sie endgültig.

Langsam kehrte sie an ihren Schreibtisch zurück. Sie nahm die Blumen in die Hand und betrachtete sie intensiv. Tränen fielen auf die Blütenblätter . . .«

Bei seinem letzten Besuch in Miesbach hatte Valentin seinem Vetter Karl ein überraschendes Angebot gemacht. Unter der Bedingung, daß er nicht das Mammutprojekt à la Bode, sondern etwas in Richtung eines einfachen Ferienbauernhofs verwirklichen würde, wollte er Karl den Aiblinger Hof verpachten. Karl hatte ihn zunächst ungläubig angestarrt, aber Valentins Begründung hatte etwas für sich:

»Die Heidi wird doch bei dem Bode droben auf Rügen nicht glücklich. Und du wirst ohne die Heidi hier herunten nicht glücklich. Die Agnes wird auf dem Hof nicht glücklich und die Kathrin wird nur mit dem Petersen glücklich ...«

Als Karl immer noch mißtrauisch blieb, sagte Valentin: »Überlegst dir's halt. Ich, wenn ich du wär, würd den nächsten Zug nach Rügen nehmen, ein bissel ausspannen, die Heidi b'suchen und alles mit ihr amal in Ruhe durchsprechen. Kein Riesen-Feriencenter, sondern ›Ferien auf dem Bauernhof‹. Die Heidi managt dir das mit links. Ich red mit der Agnes und meinem Vater.«

Zwei Tage später hatte der Bürgermeister die notwendigen Vorbereitungen getroffen, die ihn für eine Woche entbehrlich machten. Nur mit Mühe konnte er Frau Waldmüller, seiner Sekretärin, verständlich machen, daß eine Benachrichtigung des Bürgermeisters der Miesbacher Partnerstadt Saßnitz überflüssig war. Seine Reise sei rein privater Natur! Dann machte er sich auf den Weg zum Aiblinger Hof, um Bernie abzuholen, der ihn begleiten wollte ...

Bernie war gerade dabei, Michael beim Umfüllen

des mexikanischen Tequilas in Flaschen mit dem Etikett »Tequila Bavariae« zu helfen – freilich unter größter Geheimhaltung. Da kam Karl die Einfahrt hochgefahren. Als Michael seinen Neffen entdeckte, ließ er rasch alle Indizien verschwinden, stellte sich scheinheilig an seinen Destillierapperat und tat so, als würde er dort abfüllen ...

»Grüß dich, Onkel Michael!« rief Karl, als er das Gewächshaus betrat. »Servus Bernie. Bist reisefertig, der Zug geht in ner Stund.«

»Reisefertig bin ich immer – genau das zeichnet nämlich den Top-Journalisten aus.«

»Da, nimmst dem Valentin ein paar Flaschen von meinem Tequila mit!« sagte Michael und packte routiniert drei von den Flaschen in ein Holzkästchen mit Baumwolle.

»Kannst dir gar nicht vorstellen, wie ich mich auf Rügen freu!« strahlte Bernie Karl an.

»Auf Rügen oder auf die weiblichen Bewohner dort?« Ein schelmisches Grinsen ging über Michaels Gesicht.

»Da geht's den Menschen wie den Leuten, Onkel Michael!« sagte Karl verschmitzt. Dann deutete er auf das Holzkästchen mit dem Tequila und sagte: »Da wächst ja langsam ein neuer Industriezweig heran.«

»Ja, das Geschäft geht nicht schlecht«, erwiderte Michael. Er wich Karls Blick aus.

Der aber begann herumzustolzieren und das Gewächshaus bis hin zu Michaels kleinem Büro zu begutachten. »Hast denn eine Brennerlaubnis?« fragte er beiläufig.

Michael kam nach und zog eine Schublade seines Schreibtisches auf. Er holte die amtliche Urkunde heraus und hielt sie stolz in die Luft. »Seit Montag dieser Woche! Das hat alles seine beste Ordnung! Wenn der Petersen und die Kathrin tatsächlich heiraten, brenn ich einen extra Jubiläumsbrand!«

»Respekt!« sagte Bernie.

Karl lächelte und nickte Michael zu. Dann nahm er die kleine Holzkiste an sich und trat mit Bernie auf den Hof hinaus. Nachdem Kathrin ihnen für Valentin noch Brot und Speck mitgegeben hatte, verabschiedeten sie sich und fuhren zum Bahnhof.

Beim Umsteigen in Stralsund hatten sich die beiden Männer frische Blumen besorgt. Als der Zug nun im Bahnhof Saßnitz einfuhr, stand Karl im ersten Waggon hinter der Tür und hielt seinen Strauß Rosen fest in der Hand. Er hatte Heidi zwar benachrichtigt, war sich aber völlig unsicher, wie sie seinen Besuch auffassen würde. Ihre Stimme am Telefon hatte zwar erfreut, zugleich aber auch zurückhaltend geklungen. Als die Bremsen quietschten, bemerkte er, daß er viel aufgeregter war, als er sich hatte eingestehen wollen. Seine Hände waren feucht. Er kniff die Augen zusammen, um Heidi schon möglichst aus dem Fenster des noch fahrenden Zuges entdecken zu können – falls sie überhaupt gekommen war ... Aber die menschlichen Gestalten draußen schossen an seinen Augen vorbei. Dann endlich stieg er aus.

Als er den Bahnsteig überblickte, entdeckte er sie. Heidi stand weit hinten am Zugende mit einem

Strauß Blumen in der Hand und sah sich suchend um. Rasch ging er auf sie zu. Nun hatte auch sie ihn entdeckt und ging ihm mit verhaltenem Schritt entgegen. Schließlich kletterte auch Bernie aus dem Zug und schaute sich um. Als er merkte, daß Miriam nicht da war, ließ er den Strauß sinken und ging mit hängenden Schultern hinüber zur Bahnhofshalle.

Plötzlich schob sich eine Gruppe von Blasmusikern vor Karl, und aus der Gruppe strebte ein bekanntes Gesicht auf ihn zu. Christian Bode! Die Musiker, die in letzter Minute zusammengetrommelt worden waren, stimmten hektisch einen schrägen Begrüßungsmarsch an. Karl schlug einen Bogen, um dem Empfang auszuweichen, da streckte sich ihm schon Bodes Hand entgegen. Während er sie zwangsläufig ergriff, reckte Karl den Hals, um Heidi nicht aus den Augen zu verlieren. Aber Bode begann schon mit seiner Rede: »Ich habe mir erlaubt, für den Herrn Bürgermeister einzuspringen. Er selbst mußte wegen einer wichtigen Angelegenheit nach Berlin zur Treuhand . . .«

Karl dröhnten die Blechbläser unerträglich in den Ohren. Außerdem hatte er jetzt Heidi aus den Augen verloren.

»Und so ist es mir eine besondere Freude«, fuhr Bode fort, »den Bürgermeister unserer Partnergemeinde, den verehrten Herrn Karl Gruber, in unserer Mitte willkommen zu heißen!«

Während er zwei weitere Hände drücken mußte, entgegnete Karl: »Ja, aber mein Besuch ist ganz und gar inoffiziell . . .«

»Zum Glück hat ihre tüchtige Sekretärin Ihre Geheimniskrämerei nicht geteilt, lieber Herr Gruber!« Bodes Grinsen hatte etwas Hämisches, glaubte er festzustellen.

Heidi war stehengeblieben. Sie sah Karl umringt von einer offiziellen Abordnung aus dem Rathaus und konnte daraus nur schließen, daß er offenbar gedacht hatte, er könne wieder einmal das Nützliche mit dem Angenehmen verbinden. Typisch: Seine Verpflichtungen waren ihm ja schon immer wichtiger gewesen! Sie war Nebensache – wie gehabt! Und daß Bode die Begrüßung übernommen hatte, bewies einmal mehr, daß das Geschäft für ihn an erster Stelle kam.

Heidi machte auf dem Absatz kehrt und strebte wütend dem Ausgang zu.

»Allerdings hat das Fax aus Ihrem Rathaus unser Rathaus leider so spät erreicht, daß wir den Empfang zum Bedauern von Herrn Bürgermeister Knoop und auch zu meinem persönlichen Bedauern nicht gebührend vorbereiten konnten«, redete Bode weiter.

»Oh, mir reichts!« entfuhr es Karl, der immer noch reichlich verwirrt war, »mir reicht er vollkommen!«

»Naja, wir sehen uns dann ja sicher bei mir«, sagte Bode plötzlich vertraulich.

Die Kapelle hatte sich inzwischen eingespielt und kam langsam in Fahrt. Karl aber wurde zusehends nervöser.

»Ja, alles wie besprochen«, antwortete er. Dann fuhr er mit der Hand durch die Luft. »Aber dieser Aufwand hier ...«

»War leider nicht zu verhindern«, meinte Bode entschuldigend.

Währenddessen stieß Heidi in der Bahnhofshalle ihren Blumenstrauß wütend in den nächsten Papierkorb. Plötzlich stand Valentin vor ihr.

Der hatte ihr jetzt gerade noch gefehlt! »Du weißt genau, mit dir red ich nicht mehr«, stieß sie hervor, »seitdem du uns das Feriencenter kaputt g'macht hast!«

»Und ich hab gedacht, wir rauchen heut noch die Friedenspfeife – der Karl, du und ich! Ohne den Herrn Bode natürlich!«

»Der Karl kann mir auch g'stohlen bleiben. Überhaupt können mir alle Grubers g'stohlen bleiben!« rief sie wütend. »Und der Herr Bode hat's sogar g'schafft, den Begrüßungsaugust für den Karl zu machen. Alles wegen der Politik und dem Geld!«

Damit ließ sie ihn stehen und rannte hinaus. Valentin zog den Blumenstrauß aus dem Papierkorb, sortierte die zerdrückten Blüten aus und ordnete die restlichen mit wenigen Handgriffen zu einem neuen Strauß.

Auf dem Bahnsteig wartete Bernie mit hängendem Kopf auf Karl.

Die Musikkapelle spielte immer noch. Valentin streckte Bernie die Blumen entgegen und rief: »Herzlich willkommen wieder amal auf Rügen, du alter Knödelwascher!«

»Bist allein kommen?« stellte Bernie enttäuscht fest.

»Ja, siehst außer mir noch jemand?«

»Behalt deine Blumen.«

Jetzt erst begriff Valentin und erklärte rasch: »Die Miriam ist leider unabkömmlich auf'm Rathaus, weil der Herr Bürgermeister verreist ist, und irgendwer muß die Stadt ja regieren . . .«

Bernies Gesicht hellte sich auf. »Ja, wenn das so ist«, sagte er und streckte ihm die Hand entgegen, »grüeß di, Valentin!«

Das Empfangskomittee löste sich auf, auch Bode ging rasch davon. Karl stand plötzlich verlassen auf dem Bahnsteig und versuchte, erst einmal einen klaren Gedanken zu fassen.

Da trat Valentin auf ihn zu. Valentin fragte: »Hast die Heidi irgendwie verärgert?«

»Wenn ich heimkomm, entlaß ich als erstes die Waldmüller«, entgegnete Karl dumpf.

»Das renken wir schon wieder ein«, meinte Valentin. Aber Karl sagte bestimmt: »Du läßt bitte die Finger davon, sonst geht der Rest auch noch schief!«

»Also das würd ich so nicht sagen, Karl«, mischte sich Bernie ein. »Als Postillon d'amour ist er vom Feinsten, der Valentin!« Dann reichte er Valentin die kläglichen Reste von Kathrins Brot und Speck, die sie ihm übriggelassen hatten . . .

Der Wagen der Bilderdiebe rumpelte über die ungeteerte Sackgasse, an deren Ende eine langgestreckte, weiße Villa mit flachem Dach lag. Dem Haupteingang war ein imposanter Wintergarten vorgelagert, daneben befand sich eine große Garage mit wuchtigen Eichenholztüren.

Das Auto blieb mit laufendem Motor stehen. Der bedeckte Himmel lieferte ein gleichförmiges, diffuses Licht für die Kamera, die jetzt aus dem Wagenfenster gehalten wurde. Der Auslöser klickte, der Filmtransport surrte, die Kamera verschwand.

Der Wagen wendete und bog in eine schmale Straße ein, die auf die meerzugewandten Grundstücke führte. An der Einfahrt zu Bodes Anwesen blieb der Wagen stehen. Wieder erschien die Kamera am Seitenfenster. Das Teleobjektiv war auf das Haus gerichtet, der Verschluß klickte ...

»Ich hoffe, Sie nehmen mir den Empfang auf dem Bahnhof nicht übel«, sagte Bode, als er Karl in sein Arbeitszimmer führte. »Aber Knoop hat doch tatsächlich damit gedroht, seinen Termin bei der Treuhand zu verschieben, nur um Sie angemessen begrüßen zu können.« Er lächelte ironisch. »Wie geht's denn so?«

»Tja, seitdem Sie bei uns in Miesbach waren, hat sich a bissel was verändert«, sagte Karl.

»Aber Sie sind doch hoffentlich noch Bürgermeister?«

»Ja, da ist alles beim Alten ...«

Bode deutete ihm an, sich zu setzen.

»Ich wollt mich gar nicht lang aufhalten«, sagte Karl und nahm Platz. »Na hören Sie mal, soviel Zeit muß sein!« Bode setzte sich ihm gegenüber und schlug die Beine lässig übereinander.

»Ist die Heidi – ich meine, die Frau Mitterer, nicht da?«

Bode kniff die Augen zusammen und fixierte ihn kurz. Dann sagte er ohne Regung in der Stimme: »Nein, sie muß aber bald kommen – mit lauter guten

Nachrichten, wie sie mir grade noch am Telefon gesagt hat.«

Er erhob sich und schlenderte zu seiner Hausbar. »Eigentlich bin ich gar nicht unglücklich darüber, daß es mit unserem Feriencenter bei Ihnen unten in Bayern nicht geklappt hat. Ich komme nun endlich mit meiner großen Urlaubsanlage hier weiter. Und beides gleichzeitig hätte mich doch ein bißchen überfordert.«

Karl holte aus seiner Aktentasche einen Plan hervor, der auf ein großflächiges Foto des Aiblinger Hofs samt Umgebung projeziert war. Sorgfältig faltete er den Plan auseinander, legte ihn auf den Tisch und strich ihn glatt. Dann sah er zu Bode hinüber und sagte: »Aber wenn unser Projekt in verkleinerter Form realisiert würde?«

Bode schaute interessiert, machte vor der Hausbar kehrt und schlenderte zurück.

»Der Valentin bietet mir an, den Hof und das ganze Gelände zu pachten!«

Bode blieb verblüfft stehen. »Ist der plötzlich unter die Menschenfreunde gegangen?«

»Dann hätt' er's mir ja vielleicht geschenkt!«

Bode ging auf den Plan zu und deutete mit dem Finger auf das Foto mit dem Gewächshaus. »Was ist denn das?«

»Das Gewächshaus von Valentins Vater. Er züchtet dort Agaven . . .«

»Was macht er?« fragte Bode erstaunt.

»Er züchtet Agaven, aus denen er den berühmten mexikanischen Tequila herstellt. Ich habe Ihnen eine Flasche davon mitgebracht.«

»Oh, das ist aber sehr aufmerksam!« rief Bode interessiert.

Karl holte die Flasche aus seiner Aktentasche und überreichte sie ihm. »Aber wenn wir die Anlage übernehmen, soll da ein Teepavillon hin ...«

»Warum nicht eine echt mexikanische Bodega?« meinte Bode. Er musterte die Flasche, drehte sie in den Händen und schüttelte ungläubig den Kopf. »Tequila aus Bayern – aber dieser alte Gruber ist ja wohl in der Tat ein ziemlicher Kauz!«

»Wissen Sie, bei den Bayern, den Sachsen und bei den Schwaben – bei allen Südländern halt – ist das so: Es gibt Weltläufige und Verhockte. Der Michael Gruber ist eben ein Weltläufiger.«

Bode hatte mit etwas Mühe den Korken heraus und schenkte zwei hochstielige, mundgeblasene Schnapsgläser voll. »Ein Feriencenter ... Nun also doch? Und Sie denken da an eine Kooperation mit uns?«

»Ja, ich kenne niemand, der so viel Erfahrung in diesen Dingen hat.« Bode ging mit beiden Gläsern auf Karl zu. »Geht's Ihnen wirklich nur darum?« Sie erhoben ihre Gläser.

»Nun ja, um ehrlich zu sein ...«, druckste Karl nun herum. Da platzte Heidi herein. Von der Tür aus jubelte sie Bode zu: »Wir haben ihn – den roten Punkt! Wenn du willst, kannst du morgen anfangen zu bau ...« Jetzt erst nahm sie Karl wahr. Ihr Gesicht verschloß sich. »Ach, du bist auch da?« sagte sie kühl.

»Ja, eigentlich weil ich zu dir wollte«, erklärte er.

»So?« meinte sie spitz. »Sind deine offiziellen Termine schon alle abgehakt?«

»Ich hab keine«, erwiderte er ruhig. »Der Herr Bode ist doch nur in Vertretung von Knoop mit dieser Delegation am Bahnhof gewesen, weil meine dußlige Sekretärin mich offiziell angekündigt hat. Dabei hab ich ihr so was von eingeschärft, daß ich ausschließlich privat fahre!«

Heidis eisige Miene zeigte keine Veränderung. »Klingt wie eine gut auswendig gelernte Ausrede«, sagte sie schnippisch und legte nacheinander einige Akten auf den Tisch, wobei sie für Bode zu jeder einzelnen einen Kommentar abgab. »Das sind die Unterlagen vom Innenministerium – die Förderung geht in Ordnung. Brüssel hat einen Zuschuß aus den Mitteln zur Unterstützung strukturschwacher Fremdenverkehrsgebiete zugesagt – da...« Sie reichte Bode ein einzelnes Schreiben, »...das hab ich vom Europareferenten im Ministerium. Der hat sich da unheimlich engagiert. Und nicht nur bei der EG!« flötete sie kokett. »Und jetzt kommt das Entscheidende: Die Baugenehmigung, der rote Punkt! Ohne Wenn und Aber und Gelaber! Das Baureferat hat sich als ganz schön flexibel erwiesen.« Mit einem geübten Blick prüfte sie die Wirkung, die ihr Auftritt auf Karl ausgeübt hatte, und fügte hinzu: »Der Landrat läßt sie übrigens herzlich grüßen, Chef!«

»Na, wenn das kein Grund zum Feiern ist!« rief Bode und klatschte sich mit den Händen auf die Knie. »Ich schlage vor, wir drei gehen heute abend gemeinsam aus!«

»Gerne«, erwiderte Karl. Dann wandte er sich an Heidi. »Aber vorher hätt ich ganz gern noch ein paar Worte mit dir unter vier Augen gesprochen!«

Heidi sah Bode fragend an. Der aber breitete die Arme aus und hob die Schultern. »Nachdem Sie sich derartige Meriten um unser Unternehmen erworben haben, dürfen Sie sich frei nehmen, wann immer Sie wollen«, äußerte er jovial.

»Blöder Chauvi!« sagte Miriam zum Telefon, nachdem sie aufgelegt hatte. Wollte doch da tatsächlich eben ein Hardware-Händler aus Köln ihr per Telefon eine neue EDV-Anlage aufs Auge drücken und wurde, als sie dankend ablehnte, auch noch anzüglich!

»Aber es gibt auch noch andere unter uns«, erklang Bernies Stimme hinter ihrem Rücken von der Tür her. Miriam fuhr herum und stieß einen Jubelschrei aus. Dann stürmte sie auf ihn zu und fiel ihm um den Hals. Bernie bemühte sich, den opulenten Rosenstrauß so von sich wegzuhalten, daß die Blumen aus der Brandung von Miriams leidenschaftlicher Begrüßung heil hervorgingen!

»Bernie! Da biste ja endlich!« rief sie, nachdem sie ihn mit Küssen überschüttet hatte.

»Ja, schneller ist es nicht gegangen – die Deutsche Bundesbahn, verstehst. Ich hätt dem Lokomotivführer ja ein Trinkgeld geben, aber an den kommst ja so schwer ran.«

»Mensch, ich freu mich vielleicht! Komm rein, ich bin allein hier.«

»Ja, das hab ich schon auf dem Bahnhof erfahren.«

Sie nahm ihm den Strauß ab und stellte ihn in eine Blumenvase. Bernie umfing sie von hinten und setzte zärtlich einen Kuß in ihren Nacken. Dann sagte er zögernd: »Ich wollt dich zwei Sachen fragen . . .«

»Hmmm?«

»Erstens: Kommst mit nach Miesbach?«

Sie drehte sich zu ihm um und sah ihn mit liebenvollem Blick an. »Ja, sicher.«

»Aber du bist doch fest angestellt auf'm Rathaus.«

»Ich hab schon vor vierzehn Tagen gekündigt. Exakt zwei Wochen vor Ende meiner Probezeit«, antwortete sie. »Zweite Frage?«

»Hast mich eigentlich lieb?« fragte er ernsthaft.

Da strich sie ihm übers Haar. »Ja, wen denn sonst?«

Ohne Rücksicht auf mögliche Unterbrechungen gaben sie sich einen langen, leidenschaftlichen Kuß.

Karl war froh, endlich allein mit Heidi sprechen zu können. Sie waren über Seedorf in die Hügel hinausgewandert und schlenderten nun zwischen abgeernteten Getreidefeldern über die Anhöhen. Die Luft war mild. In der Ferne strahlten blaue Buchten, in denen weiße Segel schwammen . . .

Heidi zeigte auf ein großes Areal, das sich zu ihren Füßen ausdehnte, und sagte: »Da wollen wir nächstes Frühjahr mit dem Bau von 'nem Goldplatz anfangen.«

»Ich hab eigentlich gehofft, daß du im nächsten Frühjahr wieder in Miesbach bist«, erwiderte Karl.

»Wie kommst denn auf so was?« Sie warf ihm einen verständnislosen Blick zu.

»Heidi, schau, zwischen uns zwei hat's so viele

Mißverständnisse gegeben ...«, begann er zu erklären. Sie aber schnitt ihm das Wort ab und sagte ironisch: »Ich hab immer alles ganz gut verstanden.«

Karl fuhr unbeirrt fort: »Und jetzt, wo uns der Valentin den Aiblinger Hof überläßt ...«

Sie blieb wie angewurzelt stehen. »Was macht der?«

»In Pacht natürlich nur. Aber wir könnten alle unsere ursprünglichen Pläne verwirklichen. Du managst den Aiblinger Ferienhof und ich helf dir dabei, so weit's mir mein Amt erlaubt!«

Heidi war plötzlich ganz aufgeregt. Sollte das etwa die Einleitung zu einem Heiratsantrag sein? Sie wartete einen Augenblick. Dann, als er schwieg, fragte sie: »Und?«

»Was und?« fragte er zurück.

»Sonst nix? Ich mein, ist das alles?«

»Na, hör mal, ist dir das nicht genug? Das Kapital reicht, um erst einmal anzufangen, du hast hier eine Menge Erfahrungen gesammelt. Ich, mit meinen Beziehungen ...« Er zählte alle Voraussetzungen auf, die den absoluten Erfolg seiner Pläne garantieren sollten.

Sie beschloß, ihn jetzt nicht zu bedrängen und sagte nur: »Ja, ja, interessant klingt das schon!«

»Schau, du mußt es ja nicht gleich entscheiden«, sagte er einfühlsam. »Ich bleib ja noch ein paar Tage.« Vorsichtig legte er seinen Arm um ihre Schultern und bemerkte erleichtert, daß es ihr nicht unangenehm war.

Nun erst war er offen für die herrliche Umgebung, in der sie sich befanden. Er ließ seinen Blick über die

Landschaft gleiten und stellte dann fest: »Schön ist es ja schon hier auf Rügen ...«

Kathrin, Agnes und Michael hatten im selben Augenblick das Motorengeräusch von Kathrins Wagen gehört, mit dem Petersen zurückkam. Sie traten auf den Hof hinaus, um ihn zu empfangen.

Petersen trug die Uniform der Feuerwehr und strahlte. Kathrin faßte ihn an beiden Händen und fragte: »Und?«

»Mit neunzehn gegen neun Stimmen!« sagte er stolz. Kathrin jubelte: »Ham's dich zum Kommandanten gewählt!«

Michael gratulierte.

»Ja, da steht ja einer Hochzeit nichts mehr im Weg«, meinte Agnes.

»Nö, aus meiner Sicht nicht«, erwiderte Petersen trocken.

Agnes sah Michael nachhaltig an. »Ich hab auch überhaupt nichts gegen eine Hochzeit!«

Michael aber murmelte: »Ja, da will ich mich amal um den Jubiläumsbrand kümmern.« Und damit verschwand er wieder in seinem Glashaus.

Hanna war am Abend zu Hoffstetts Galerie vorausgefahren. Valentin wollte nachkommen ...

Interessiert schaute sie sich in dem kleinen Skulpturengarten vor dem Eingang um. Dann trat sie in einen großen, hellen, weißen Raum. An den Wänden hingen einige wenige, größere Bilder mit Zeichnungen und kurvigen Liniengebilden, die ihrem Auge die Illusion vermittelten, als bewegten sie sich langsam vor und zurück ...

Hoffstett führte sie zu einer kleinen Sitzecke. Karin, seine Frau, brachte Tee und Gebäck. Hanna erläuterte kurz den Grund ihres Besuchs, dann holte sie ein Blatt Papier hervor und reichte es dem Galeristen.

»Ich hab da mal eine Liste der bisher gestohlenen Werke zusammengestellt. Mich würde interessieren, ob Sie da Zusammenhänge erkennen, die wir als Laien nicht sehen.«

Er nahm ihr die Liste aus der Hand und begann, sie zu studieren. Hanna schlenderte an den Wänden entlang und betrachtete die seltsam ineinander verschlungenen Kreisbewegungen dicker Bleistiftlinien, die sich immer wieder verdichteten und auseinanderzogen.

Karin trat neben ihren Mann und warf ebenfalls einen Blick auf die Liste.

»Muß wohl ein Liebhaber englischer Kunst des 19. Jahrhunderts sein. Ah ja, und dann sammelt er – 'tschuldigung, dann klaut er noch – oder läßt klauen – Werke photorealistischer Maler. Warum ist er dann zum Beispiel noch nicht bei Bode gewesen oder bei Casstorf?« sagte Hoffstett.

Hanna drehte sich zu ihnen um. »War er. Heute Nacht! Bei Casstorf!«

Da trat Valentin ein, hielt sich aber im Hintergrund, um das Gespräch nicht zu unterbrechen.

»Verstehe!« sagte Hoffstett. »Wenn er dort das Bild ›Marx und Coca-Cola‹ gestohlen hat ...«

»Hat er!« bestätigte Hanna.

»Dann ist er um 150 Mille reicher. Mindestens! Wir wären schon froh, wenn wir so ein Bild nur verkaufen könnten – von der Provision würden wir die nächsten fünf Jahre unsere Miete bezahlen.«

Valentin registrierte diese Aussage mit Interesse.

»Sind Sie sicher?« fragte Hanna.

»Das Bild ist von Christopher Morley! Ich kenne Leute, die würden einen Klee dagegen tauschen oder auch ein Original von Egon Schiele – obwohl man Schiele noch bewundern wird, wenn kein Mensch mehr über Morley redet!«

Nun machte Valentin auf sich aufmerksam. »Bei dem Bode hängt auch so modernes Zeug.«

»Kennen Sie schon unseren Revierleiter, den Herrn Kommissar Gruber?« stellte Hanna ihn vor.

»Tag«, nickte Hoffstett aus der Entfernung und erklärte: »Bode hat tatsächlich zwei Morleys: ›Tankstelle am Fluß‹ und ›Berliner Mauer mit Wäscheleine‹.«

»Ich versteh ja nichts davon«, gab Valentin zu, sagte dann aber nicht ohne Ironie: »Mein Großvater hat nur den ›Röhrenden Hirsch‹ von unbekannter Hand überm Bett g'habt.«

»Also, diese Einbrecher sammeln Photorealisten und englische Kunst aus dem 19. Jahrhundert«, faßte Hanna zusammen. »Sehen Sie da einen Zusammenhang?«

»Wenn man davon absieht, daß es sich in beiden Fällen natürlich um Realisten handelt – kaum! Die Diebe werden eben zwei verschiedene Auftraggeber haben. Kunstdiebstähle geschehen heute auf

Bestellung, Frau Gernrich – das ist nicht anders als bei Autodiebstählen«, erklärte er in belehrendem Ton.

Als Valentin und Hanna wieder zum Auto gingen, sagte sie lachend.

»›Röhrender Hirsch‹ – also weißte! Ich war ja doch auch mal bei euch auf dem Aiblinger Hof.«

»Weißt, solche Leut erwarten das von mir. Wie wär's, gehn wir was essen?«

»Steak vom röhrenden Hirsch . . .?«

Sie gingen sich umziehen und trafen sich anschließend in einem kleinen Restaurant in Saßnitz. Valentin genoß es, endlich einmal wieder mit Hanna allein zu sein. Sie aßen zwar keinen Hirsch, aber das Boeuf Stroganoff, das man ihnen servierte, war auch nicht gerade übel. Als Vorspeise nahmen sie Carpaccio vom Rinderfilet mit Pfifferlingen und Basilikum und als Dessert in Tannenhonig getauchte und mit Calvados flambierte Apfelscheiben.

»Gut war's . . .« sagte Hanna und nippte an ihrem Espresso.

». . . reichlich und weit über unsere Verhältnisse, hat mein schwäbischer Onkel Eugen immer g'sagt.«

»Wir können ja zusammenlegen«, lächelte sie.

»Nein, ich hab doch drauf g'spart«, meinte er ironisch. »Weißt, mein Onkel Eugen, des war der, der sich ab seinem sechzigsten Lebensjahr immer hat scheiden lassen wollen . . .«

»Ja und?«

»Mit zweiundachtzig hat's dann geklappt.«

»Und warum so spät erst?«

»Ja, das hat ihn der Scheidungsrichter auch gefragt. Und weißt, was er g'sagt hat? ›Wir wollten warten, bis die Kinder tot sind!‹«

Hanna mußte lachen, bis ihr die Tränen kamen. Valentin sah sie an – verliebt und unglücklich!

»Schön schaust aus!«

Sie wischte sich mit dem Handrücken die Tränen aus den Augen und gab dabei auf ihr Make-up acht. Dann fragte sie: »Was hast du gesagt?«

»Nicht so wichtig«, meinte er verlegen. »Du g'fallst mir unheimlich, wenn du lachst!«

»Sonst nicht?« fragte sie kokett.

»Das ist ja das Drama, eigentlich immer!«

»Ach, Valentin«, versuchte sie, ihn zu trösten. Aber er rief sich innerlich bereits zur Ordnung und wechselte das Thema: »Schon komisch, daß wir immer nur so knapp zu spät kommen. Die Diebe müssen sich verdammt gut auskennen!«

Hanna schwieg. Sie zahlten und gingen hinaus. Valentin sog die würzige Nachtluft ein: »Das war jetzt beinah wie früher.«

»Beinah.«

Er schaute zum Himmel empor. »Schau, und Stern hat's. So klar sieht man sie nicht amal bei uns in Bayern.«

Hanna blieb stehen. »Wie isses denn jetzt?« fragte sie. »Bleibst du auf Rügen?«

»Denk schon.«

»Aha.«

»Das g'fallt dir net, hmmm?«

Hanna packte der Schalk. »Ich hab eben gedacht, wenn du gehst, kann ich vielleicht Revierleiterin in Saßnitz werden.«

»Aha, so schaut's aus?« – »Ja, so schaut's aus.«

»Aber das könnten wir auch anders erreichen.«

»So, wie denn?«

»Ich lös den Schnoor ab, werd Polizeichef des Landkreises Rügen und setz dich als Revierleiterin von Saßnitz ein.«

»An Selbstbewußtsein fehlt's dir wirklich nicht«, stellte sie fest.

»Nein, bloß bei den Frauen, da hapert's ein bissel damit.« Endlich wagte er, den Arm um sie zu legen und ging mit ihr zu den beiden Autos.

»Gehn wir zu dir oder gehn wir zu mir«, fragte er unernst und hoffte insgeheim doch auf eine positive Reaktion. Hanna aber löste sich von ihm, lächelte ihn an und sagte: »Ich überleg's mir bis morgen!«

Am nächsten Morgen kam Valentin herunter zum Frühstückstisch, den Wibke wie immer geschmackvoll gedeckt hatte.

»Gut geschlafen?« erkundigte sie sich.

»Wie immer – am besten schlaf ich Tag und Nacht unter Tante Wibkes Dach!«

»Na, dann setz dich mal hin«, sagte sie bedeutungsvoll.

»Ist es war Ernstes?«

»Die Kathrin hat ein Telegramm geschickt. Sie heiratet in vier Wochen!« Sie legte den Umschlag vor ihm auf den Tisch.

»Hoppla!« rief Valentin. »Den Armin Petersen?«

»Na, hoff ich doch!«

»Ich freu mich richtig für die Kathrin!« sagte er.

Das Modell, das Bode auspackte und auf dem Tisch in der Sitzecke aufstellte, zeigte die Gesamtansicht der Urlaubsanlage in maßstabsgetreuer Kleinansicht. Er war begeistert! Spielerisch rückte er ein Haus zurecht, versetzte einen Baum und schob das Symbol für die Tennisplätze hin und her.

Als Heidi in diesem Moment hereinkam, rief er: »Zwei Fliegen mit einem Schlag. Du siehst einen glücklichen Menschen vor dir!« Er richtete sich auf, ging ihr entgegen und wollte sie an sich ziehen, aber Heidi sträubte sich.

»Bitte, laß!«

»Also doch!« Sofort begriff er, woher der Wind wehte.

»Du hast es eh g'wußt, Christian, oder?«

Er nickte leise. »Aber bis heut hab ich's erfolgreich verdrängt.« Dann sah er ihr in die Augen. »Du verläßt mich?«

Heidi nickte still, sie war den Tränen nahe. Er ließ ihre Hände los und schlenderte zu seinem Modell zurück.

»Man muß auch verlieren können«, sagte er betont lässig.

Da ärgerte sie sich nun doch, daß er so schnell darüber hinwegging. »Viel scheint's dir ja nicht auszumachen!«

»Man soll Reisende nicht aufhalten, Frau Mitterer«, sagte er kalt. »Am besten Sie bereiten alles vor und übergeben mir in den nächsten Tagen Ihre Arbeitsvorgänge und Unterlagen.«

Geschäftsmäßig erwiderte sie: »Mach ich, Herr Bode!« Dann war sie verschwunden.

Bode überkam ein ohnmächtiger Zorn. Er packte die Flasche Tequila, die immer noch auf dem Tisch stand, und warf sie gegen den Aktenschrank, wo sie zerbrach ... »So schnell geb ich nicht auf!« sagte er kämpferisch.

Die Musiker bastelten schon seit einiger Zeit an einem Song, der Valentin auf den Leib geschnitten sein sollte. Heute wollte man den ersten Probedurchlauf machen. Sie starteten, und Valentin sang die ersten Takte von »Ich bin der Bayer auf Rügen«, brach aber sogleich ab, weil das Schlagzeug wieder dann lahmte.

»Nun sag amal, Freddy, hast jetzt geprobt oder nicht?«

»Ich schaff das nicht!« sagte der verzweifelt.

»Blödsinn – du kannst dir doch nicht so eine Schießbude kaufen und dann resignierst du schon nach vier Wochen. Hör amal zu!« Er schnalzte gekonnt im Rhythmus des Schlagzeugs.

Valentin kannte Karl als hervorragenden Schlagzeuger und hatte ihn gebeten, einmal bei ihrer Probe hereinzuschauen. Nun stand Karl endlich mit Heidi im Proberaum und rief amüsiert: »Wenn du das auf Tonband aufnimmst und richtig verstärkst, kannst das Schlagzeug vergessen.«

Valentin freute sich, daß sie gekommen waren, rief ihnen einen Gruß zu und forderte seine Band auf, nochmal zu starten. Es endete mit dem gleichen Fiasko.

»Kannst es dem Freddy nicht amal zeigen?« wandte sich Valentin an Karl.

Der nickte und kam zur Band hinüber. Freddy machte eiligst Platz. Karl setzte sich und spielte sich erst mal ein. Dann legte er ein tolles Solo hin, das er langsam in den Rhythmus des Stückes überleitete. Schließlich gab er Valentin und den Musikern ein Zeichen. Sie setzten ein. Freddy biß sich auf die Lippen. Über die Gesichter der anderen aber ging ein Leuchten. Sie bewegten sich im Takt und spielten mit sichtlichem Genuß ...

»Super, du hast echt nichts verlernt!« sagte Valentin nach der Probe begeistert zu Karl.

»Das ist wie beim Radfahren«, erwiderte der.

»Und beim Küssen«, sagte Heidi, legte Karl den Arm um die Schulter und gab ihm einen Kuß auf den Mund.

»Sauber ...!« sagte Valentin trocken.

»Weißt es eh«, meinte Karl, »der schönste Streit nützt nichts, wenn's nachher keine Versöhnung gibt. Trink ma noch was?«

»Wir sind doch zum Abendessen verabredet«, erinnerte ihn Heidi.

»Ach ja, hätt ich fast vergessen. Der Bode feiert mit uns den roten Punkt«, erklärte Karl seinem Vetter.

»Und was ist das, der rote Punkt? Genau so eine Pleite wie der grüne Punkt, oder?« meinte dieser. »Ist ja eh wurscht. Ich muß sowieso noch aufs Revier. Die Bilderdiebe schlafen ja auch nicht. Ciao, ihr zwei!«

Karl und Heidi gingen Arm in Arm davon. Versonnen sah Valentin dem Paar nach. Er wußte, daß sie ihn jetzt mit zu sich in ihre Wohnung in Bodes Haus mitnehmen würde. Plötzlich fühlte er sich sehr einsam. Eine unsägliche Traurigkeit überkam ihn ...

An seinem Schreibtisch nahm er sich die Akten über Kunstdiebstähle der letzten Jahre vor, Informationen, die Mascha inzwischen zu dem Thema zusammengetragen hatte, aber eine rechte Arbeitsfreude wollte nicht aufkommen. Schließlich warf er den Ordner hin, stand auf und ging unruhig hin und her.

Da trat Künath ein. »Tut mir leid, es ist ein bissel spät geworden«, sagte er. »Sind denn die zwei anderen vom Nachtdienst noch nicht da?«

»Macht ja nix, mir läuft ja nix davon«, meinte Valentin trübsinnig.

Künath war der ungewohnt leidende Ton in Valentins Stimme nicht entgangen. Er sah ihn forschend an. »Ist was?« fragte er besorgt.

»Was soll denn sein, wenn einem alles schiefgeht«, erwiderte Valentin traurig. »Die zwei sind übrigens auf Streife.«

Künath holte Kaffee von der Kaffeemaschine und stellte Valentin auch eine Tasse hin. »Wenn alles schiefgeht?« hakte er nach.

»Naja, dafür geht's ja ringsrum gut«, sagte er nicht ohne Selbstmitleid. »Die Heidi hat sich mit dem Karl versöhnt, der Bernie ist mit der Miriam glücklich, die Kathrin heiratet den Petersen ...« Dann lachte er bitter auf: »Die Hanna macht Karriere. Nur der Bode und ich, wir schauen in die Röhre ...«

»Ooch, gleich krieg ich Mitleid!«

»Danke, das hilft mir auch nix!«

»Glaubst du denn wirklich, daß die Hanna mit dem allem so glücklich ist?«

»Gestern abend hat's noch so ausg'sehn, als ob's

wieder so werden könnt wie früher«, sagte Valentin und schüttelte traurig den Kopf.

»Vielleicht mußt du einfach die Initiative ergreifen«, riet Künath.

»Wie meinst denn das?«

»Mach ihr halt einen Vorschlag.«

Valentin sah Künath fragend an.

»Frag sie zum Beispiel, ob sie nicht mit nach Miesbach kommt, wenn die Kathrin heiratet. Die beiden sind doch immer ein Herz und eine Seele gewesen. Ich sag dir, so was mögen die Frauen . . .«

Valentin schöpfte wieder Hoffnung. »Du, Konstantin«, sagte er, »das ist vielleicht gar keine so dumme Idee!«

»Ist ja auch von mir!« lachte Künath.

Abends saßen Hanna, Wibke und Domberger im »Störtebeker« um einen Tisch, und Hanna erzählte ihren interessierten Zuhörern vom Stand der Ermittlungen in Sachen Kunstraub.

»Englische Maler des 19. Jahrhunderts und moderne Photorealisten also?« sagte Domberger nachdenklich. »Zeigst du mir mal die Liste?«

Während Hanna in ihrer Handtasche kramte, wandte Wibke sich an Donatius.

»Soll ich nun oder soll ich nicht?«

»Wenn du mir sagst, was, sag ich dir auch, ob ja oder nein.«

»Soll ich die Kneipe hier pachten – ja oder nein?«

»Nein!« rief er. »Definitiv: Nein!«

Hanna reichte ihm die Liste. Da erschien Valentin und rief dem Wirt zu: »Hallo – mir ein Bier, frisch und hell!« Wibke rief fröhlich herüber: »Das mußt du bald bei mir bestellen!«

Domberger fuhr auf und rief: »Grade hab ich doch gesagt...«

»Eben!« unterbrach sie ihn. »Drum!«

»Aha. Und warum?« wollte Valentin wissen.

»Ich pachte den ›Störtebeker‹.«

Im Hintergrund betrat Bode das Lokal, er war nur schnell hereingekommen, um Zigaretten zu ziehen. Flüchtig grüßte er herüber. Valentin wandte sich gerade direkt an Hanna: »Du, ich hätt da eine Idee – du bist doch immer schon gern auf 'em Aiblinger Hof gewesen. Was hältst denn davon, wenn d'mitfährst zu der Hochzeit von der Kathrin und dem Petersen?«

»Ich hab der Kathrin eh schon zugesagt«, erwiderte Hanna fröhlich.

Plötzlich war Domberger wie elektrisiert. »Also Kirchner ist nun weder ein Photorealist noch ein englischer Maler des 19. Jahrhunderts. Und Giacometti erst recht nicht!«

»Naja, die werden mitgehen lassen, was sie kriegen, wenn sie schon mal irgendwo eingebrochen haben«, meinte Hanna.

Aber Wibke erinnerte sie: »Ich denke, die klauen auf Bestellung?«

»Ja, demnächst bei ihm, meint Hoffstett.« Hanna deutete mit dem Daumen auf Bode.

Valentin fuhr auf. »Verdammt, und da ist er der einzige, für dessen Haus wir keine Überwachung angeordnet haben.«

»Der Bode ist ein geradezu ideales Opfer!« sagte

Domberger und schien sich richtig darüber zu freuen.

Christian Bode verließ im gleichen Augenblick das Lokal. Valentin hastete ihm nach. »Augenblick, Herr Bode, einen Moment!«

Die Tür war schon ins Schloß gefallen.

Auf dem Parkplatz erwischte Valentin den Makler gerade noch, ehe der davonfuhr. »Tut mir leid«, sagte er, als Bode sein Fenster elektrisch heruntergefahren hatte, »es sieht so aus, als ob Sie heute nacht womöglich bestohlen werden könnten.«

Bode schaute ihn überrascht an. »Wir treffen uns bei Ihnen vor dem Haus«, rief Valentin und schwang sich auf sein Motorrad.

Im »Störtebeker« war Domberger noch immer damit beschäftigt, die Liste der gestohlenen Kunstgegenstände zu studieren. »Der Hoffstett hat dich angelogen«, sagte er plötzlich zu Hanna. »Die haben mehr *sakrale* Kunst geklaut als alles andere!«

»Im Ernst?« Hanna war überrascht.

»Warum lenkt dich der Hoffstett auf 'ne falsche Fährte?«

»Hat er das wirklich getan?« wunderte sie sich.

»Und auch noch so plump! – Da schau her!« Domberger sprang mit dem Zeigefinger auf der Liste von einem Namen zum andern. »Ganini, Holbein, Silawski, Mellsdorf ... und da Kollers Pieta. Alles sakrale Kunstwerke! – Wo findet man auf Rügen noch besonders schöne sakrale Kunstgegenstände?«

»Jedenfalls nicht dort, wo der Valentin auf die Diebe warten will«, stellte Wibke fest.

»In 'ner Kirche natürlich ...« sagte Hanna.

»Ich ruf sofort alle Pfarrer an!« Domberger war plötzlich ganz aufgeregt. »So viele sind's ja nicht mehr, Gott sei's geklagt!«

Hanna sprang auf. »Und ich fahr ins Revier!«

Vor Bodes Haus stieg Valentin von seinem Motorrad. Er traf mit dem Makler kurz vor der Haustür zusammen, die sich im gleichen Augenblick öffnete. Fröhlich lachend kamen Karl und Heidi heraus. Sie grüßten kurz und waren dann schon in der Nacht verschwunden.

»Es ist alles schon mal dagewesen«, stellte Valentin mißmutig fest.

»Ein Déjà-vu-Erlebnis?« fragte Bode.

»Ich weiß zwar nicht, was das heißt, aber wahrscheinlich haben Sie recht.«

»Das erste, was uns verbinden könnte«, sagte Bode nachdenklich. »Ich hab sie jetzt auch verloren.« Aber Valentin konterte ironisch: »Schon verschmerzt, oder?«

»Ganz so einfach ist das auch wieder nicht, außerdem: So rasch geb ich den Kampf nicht auf. Das im Augenblick ist nur ein taktischer Rückzug. Eine Etappe sozusagen.«

Sie gingen ins Haus.

»Und Sie rechnen wirklich damit, daß die Einbrecher es heute nacht bei mir versuchen?« fragte Bode.

»Ich frag mich auch, warum die zu Ihnen erst ganz zuletzt kommen ...«

»Na gut, schlagen wir zwei uns gemeinsam die Nacht um die Ohren!«

Sie saßen in der Sitzecke in Bodes Büro und warteten. Als sich ihre Augen an die Dunkelheit gewöhnt hatten, konnten sie die Gegenstände schemenhaft erkennen. Bode köpfte umständlich eine Flasche Chianti Classico Superiore, tastete sich an die Weingläser heran und füllte sie, ohne etwas zu verschütten. Sie tranken und warteten. Langsam kamen sie miteinander ins Gespräch über die Liebe im Allgemeinen und die Frauen im Besonderen. Die Zeit verging. Bode öffnete eine zweite Flasche. Als er Valentin einschenken wollte, hielt der die Hand drüber. Bode registrierte es im letzten Moment.

»Danke«, sagte Valentin, »wenn ich weiter trinke, bin ich dienstunfähig!«

»Die kommen sowieso nicht mehr«, sagte Bode mit belegter Zunge und tastete nach dem Lichtschalter.

Als das Licht anging, kniff Valentin die Augen zusammen und sagte: »Daß wir zwei uns amal so unterhalten ...!«

Der Makler fixierte ihn. »Ich sag Ihnen was: Wir zwei könnten Berge versetzen, wenn wir nicht gegen, sondern miteinander arbeiten würden!«

»Geht nicht. Wir passen nicht zusammen, überhaupt nicht! Wir passen genau so wenig zusammen wie ..., wie ...« Valentin fiel kein passender Vergleich ein.

»Männer und Frauen!« sagte Bode.

»Das könnt sein.«

»Jetzt sag ich Ihnen was, Herr Gruber.« Bodes Stimme klang mit einem Mal vertraulich. »Das

Grundstück, auf dem Sie Ihre Pension bauen wollten ...«

»Ich hab's ja dann doch nicht gekauft.«

Bode nickte. »Ich sag Ihnen was: Das war gescheiter, als Sie glauben!«

»Wenn *Sie* das sagen, macht mich das mißtrauisch, Herr Bode!«

Der Makler offenbarte ein ungewohntes Bedürfnis, einen Beitrag zur Wahrheit zu leisten. »Weil nämlich: Sie hätten einen Vertrag mit diesen Erben gemacht ...« Der Wein zeigte seine Wirkung.

»Stimmt«, erinnerte sich Valentin. »Der Knoop und Sie haben mir ja noch zugeraten. Sie ham ja sogar g'sagt, ich könnte bedenkenlos anfangen, zu bauen.«

»Also, ob wir das genau so gesagt haben ...?« Bode drehte die Hände hin und her und leerte dann sein Glas mit einem Zug.

»Hätt ich also nicht bauen sollen?«

»Ne!«

»Und warum nicht?«

Jetzt ließ Bode die Katze aus dem Sack. »Weil das Grundstück, auf dem Sie gebaut hätten, gar nicht Ihnen gehört hätte.«

»Sondern?«

»Mir! Das Leben ist hart, aber ungerecht! Ich sag Ihnen was: Als Sie mich damals niedergeschlagen haben ...« Jetzt kam er vom Hundertsten ins Tausendste!

»Hören'S doch auf!« rief Valentin. »Wissen wir doch alles. Sie wollten sich rächen ...«

»Und Sie?«

»Ich auch, geb ich zu.«

»Und was nützt uns das?« Bode stand schwankend auf und brummte: »Gaaaaar nichts!«

Valentin schmunzelte. »Muß einem ja nicht immer alles was nützen, was man macht. Prost, Herr Bode!« Nun genehmigte er sich doch noch mal einen Schluck.

»Ich sag Ihnen was . . .«

»Jetzt sagen'S doch nicht immer: ›Ich sag Ihnen was . . .‹!« rief Valentin genervt. Aber Bode fuhr unbeirrt fort:

»Sie hätten niemals Polizist werden dürfen!«

»Sondern?«

Er schaute auf sein halbgefülltes Glas. »Weiß nicht.«

»Schönheitskönig von Mecklenburg-Vorpommern!« rutschte es Valentin raus.

»Sie?« Bode lachte albern. »Da wär ich auch gegen Sie angetreten.« Er trank sein Glas ex und lachte weiter.

»Natürlich hätten wir zwei bloß eine Chance in der Altherrenklasse. Sie könnten ja vielleicht den zweiten Platz machen . . . wenn's gut läuft!« Valentin ließ sich von Bodes Gelächter anstecken und klopfte sich auf die Schenkel.

Das Telefon klingelte. Bode bewegte sich schwerfällig auf den Apparat zu und nahm ab.

»Mascha Kressnik hier, kann ich mal meinen Kollegen Gruber sprechen?« Bode wollte etwas erwidern, ließ es dann aber lieber bleiben und reichte den Hörer an Valentin.

»Herr Gruber, können Sie sofort zur Kirche nach

Lanken-Granitz kommen. Wir sind ziemlich sicher, daß die Bilderdiebe heute nacht dort einbrechen!« Mascha hatte sich aus dem Polizeiwagen gemeldet. Am Steuer saß Hanna, deren Gesicht einen ungewöhnlich entschlossenen Ausdruck hatte.

Die Bausubstanz der Backsteinkirche von Lanken-Granitz stammte aus romanischer Zeit, wurde später aber gotisch überbaut. Unter den Ausschmükkungsgegenständen befanden sich einige wertvolle, unersetzliche Kunstwerke, weshalb die Kirche nach der Wende bald mit einem Alarmsystem versehen worden war. Hanna hatte dies alles in der Zwischenzeit mit Dombergers Hilfe fieberhaft recherchiert.

Als die maskierten Einbrecher die Türe aufbrachen, ertönte sofort die Alarmanlage. Ruhig und zielsicher gingen sie auf ein Bild zu – einen Druck, der Lucas Cranach d. J. zugeschrieben wurde und angeblich aus seiner Wittemberger Zeit stammte. Sie verstauten das Bild in einer ihrer Plastikmappen und gingen ruhig zur Tür. Als sie die Schwelle überschritten, wurden sie in das gleißende Licht von Autoscheinwerfern getaucht.

Jetzt sprang Hanna mit Mascha aus dem Auto. Mit der Dienstwaffe im Anschlag schrie sie: »Bleiben Sie stehen! Polizei!«

Die beiden Gestalten versuchten zu entkommen, aber da preschte schon Valentin mit seinem Motorrad heran. Resigniert blieben die beiden Einbrecher stehen. Die Polizistinnen gingen auf sie zu und legten ihnen sofort Handschellen an.

»Muß für die Kerle ja schon hart sein, wenn sie

ausgerechnet von zwei Frauen festgenommen werden«, meinte Mascha. Hanna aber sah die beiden an und sagte auffordernd: »Würden Sie freundlicherweise Ihre Masken abnehmen?«

Zögernd kamen die Festgenommenen dem Befehl nach. Hanna und Valentin schauten in zwei bekannte Gesichter: Hoffstett und seine Frau!

»Der Galerist als Bilderdieb!« sagte Valentin ironisch. Dann flüsterte er Hanna ins Ohr: »Wir sind halt doch ein unschlagbares Team!«

In der Stube des Aiblinger Hofes saßen derweil zu vorgerückter Stunde Agnes, Michael und Petersen um den Tisch herum und schauten gespannt zur Tür.

»Fast wie im Theater, kurz bevor der Vorhang aufgeht!« stellte Michael fest.

»Wieviel kommen denn jetzt aus Rügen?« fragte Agnes Petersen.

»Wir haben ausgemacht, daß die Hochzeit im kleinsten Kreise stattfindet!«

Endlich ging die Tür auf, und Kathrin rauschte in einem prachtvollen, blauen Dirndl herein, das sie selbst genäht hatte. Der Kragen war allerfeinste Klöppelarbeit, die zierlichen Litzen setzten hübsche Akzente, und die mit feinen Goldfäden durchwirkte Schürze unterstrich ihre schlanke Figur. Petersen hielt den Atem an. Applaus brandete auf. Als er sich wieder gefangen hatte, sagte der Bräutigam: »Da könnt ich doch auch meine alte Fischertracht anziehen ...«

»Hat die Feuerwehr keine Gala-Uniform?« fragte Michael.

»Ich, wenn ich heiraten würd«, sagte Agnes versonnen, »würd ein anthrazitgraues Kostüm anziehen.«

Michael verstand die Anspielung und erwiderte: »Naja, aber bis zum 28sten würde das ja nicht mehr fertig werden.«

»Es hängt drüben in meinem Schrank.«

»Dann heb's auf«, antwortete er, um keine Antwort verlegen. »Man weiß nie, wann man's amal braucht!«

Die Trauungszeremonie fand am nächsten Tag in der kleinen Kapelle am Berg statt.

»So ermahne ich euch nun, daß ihr wandelt, wie sich's gebührt eurer Berufung, mit der ihr berufen seid, in aller Demut und Sanftmut, in Geduld; und vertraget einer den anderen in der Liebe und seid fleißig, zu halten die Einigkeit im Geist durch das Band des Friedens: ein Leib und ein Geist, wie ihr auch berufen seid zu einerlei Hoffnung eurer Berufung . . .«, predigte Pater Tobias.

Agnes folgte der Zeremonie verträumt, während Michael nervös mit dem rechten Fuß wackelte. Über ihre Köpfe und die leeren Bänke hinter ihnen hinweg sah Kathrin immer wieder ungeduldig zur Tür. Als Pater Tobias die Trauung beendet hatte und die Orgel einfiel, flüsterte sie enttäuscht ihrem Mann zu: »Im kleinsten Kreis hab ich's ja schon wollen, aber daß nicht amal der Valentin gekommen ist . . .« Sie mußte weinen. Petersen holte ein großes weißes Taschentuch hervor, trocknete ihr die Tränen und sagte: »Ich hätt mir ja auch gewünscht, daß ein paar von meinen Feuerwehrkameraden ...«

»›Kein Aufhebens‹ habt ihr gesagt!« erinnerte ihn Agnes.

Petersen aber zuckte die Achseln. »Naja, was man halt so sagt!« Dann bot er seiner Frau den Arm. Michael tat es ihm gleich. Die beiden Paare schritten hintereinander auf die Tür zu, und Agnes sagte zu Michael: »Ich versteh dich nicht!«

»Was verstehst nicht?«

»Es wär *ein* Aufwasch gewesen!«

»Wenn *wir* amal heiraten«, entgegnete er mit Nachdruck, »dann muß das ein Riesenfest sein!«

In diesem Augenblick stieß Tobias die Tür auf. Eine brodelnde Menschenmenge empfing sie mit großem Hallo! Die Feuerwehrkapelle spielte den Wagner'schen Hochzeitsmarsch »Treulich geführt« mit leichtem Jazz-Drive. Und plötzlich strebten aus der Menge Hanna und Valentin dem frischgebackenen Brautpaar entgegen und umarmten die Hochzeiter innig! Böllerschützen schossen in die Luft. Kinder warfen Reis auf das Brautpaar. Durch ein langes Spalier von Leuten gingen sie, zahlreiche Hände schüttelnd, hinunter zu der festlich geschmückten Kutsche, die mit vier Schimmeln an der Straße auf sie wartete.

Hinter ihnen formierte sich ein imposanter Zug und folgte ihnen den Weg von der kleinen Bergkapelle hinab ins Tal. Valentin und Hanna waren bei der Kirche stehengeblieben und beobachteten das festliche Geschehen.

»So was könnt mir schon auch gefallen«, sagte Hanna unvermittelt.

Valentin sah sie überrascht an. »Das hat man aber auch schon mal ganz anders gehört.«

Sie lächelte ihn offen an und erwiderte: »Manchmal ändert sich ja auch was . . .«

Dann hakten sie sich unter und reihten sich in den bunten Zug der Hochzeitsgesellschaft ein.

Band 11947

Berry Fuger

Gute Zeiten – Schlechte Zeiten

Auf der Suche nach dem großen Glück verstricken sie sich in Liebe und Leidenschaft

Erzählt wird die Geschichte von sieben jungen Menschen, die kurz vor dem Abitur von der Schule abgehen: Da ist Peter Becker, der vor den Schikanen seines Vaters von zu Hause flieht. Auch sein Freund Heiko hat Probleme mit den Eltern und sucht Trost bei Tina. Wie sie schmeißt auch ihre Freundin Elke trotz guter Leistungen die Schule. Doch sie hat ihre Gründe … Und dann sind da noch Bertrand und Denise, die eine Familie gegründet haben, und Julia, die ihr Geld als Hosteß für reiche Geschäftsleute verdient …

Roman nach den ersten 100 Folgen des gleichnamigen RTL-Serienhits

BASTEI LÜBBE

Band 12159

Elfie Ligensa

Der Nelkenkönig

August König – seit dreißig Jahren trägt er den Ehrentitel »Nelkenkönig«, weil er durch einen simplen, aber höchst cleveren Trick mit blauen Nelken ein Riesengeschäft machte. Tricks, Raffinesse und charmantes Draufgängertum charakterisieren August König, der mit seiner Schlitzohrigkeit nicht nur das Geschehen in den Berliner Markthallen, sondern auch das innerhalb der Familie bestimmt.

Und die Familie ist ein Kapitel für sich. Nach der »Wende« entdecken die Königs ihre alten Besitzungen in Mecklenburg wieder, der »Nelkenkönig« soll zum Gutsherrn werden – Pläne, die Probleme schaffen. Und die sind nicht nur geschäftlicher Art, denn auch in Herzensdingen ist August ein »König«.

BASTEI LÜBBE